第五番　無痛II

久坂部羊

幻冬舎文庫

第五番　無痛II

《第五番　無痛Ⅱ＊目次》

主な登場人物

為頼英介　在ウィーン日本人会診療所の医師。
イバラ　先天性無痛症の青年。
高島菜見子　元六甲サナトリウムの臨床心理士。イバラの身元引受人。
三岸薫　気鋭の女流日本画家。
菅井憲弘　創陵大学皮膚科の准教授。後に特任教授。
南サトミ　ウィーン大学法学部の留学生。六甲サナトリウム出身の元自閉症児。
フェヘール　ウィーンで開業するハンガリー人精神科医。
ヘブラ　ウィーン大学医学部付属の医学史博物館「ヨゼフィーヌム」の館長。
犬伏利男　フリージャーナリスト。
笹山靖史　三岸薫が所属するササヤマ画廊の画廊主。
北井光子　三岸薫の内弟子。
千田治彦　創陵大学皮膚科主任研究員。
白神陽児　医師。六年前の神戸市灘区教師一家殺害事件の主犯。事件後に海外逃亡。

プロローグ

一九六七年――

ドイツ・ヘッセン州のマールブルグで、突如、悪性の出血熱が発症した。

四十度を超える高熱、吐血、リンパ腺《せん》の腫脹《しゅちょう》、全身の出血傾向で、二週間のうちに二十人が大学病院に入院した。

感染はフランクフルトなどにも広がり、三十二人の感染者のうち、七人が死亡した。いわゆる「マールブルグ熱」である。

当時の西ドイツでは、社会民主主義的な政策により、医師の給与は低く抑えられ、大学病院の予算も限られていた。基礎研究が中心で、成果のわかりにくい医学部の研究部門は、マスコミの批判にさらされ、国民の不信も高まっていた。

にもかかわらず、マールブルグ大学衛生学教室のルドルフ・ジーゲルト教授は、マールブルグ熱の発生から、わずか四カ月という短期間で、原因となるウイルスを検出し、一挙に名誉を挽回《ばんかい》した。世間の信頼は回復し、政府は大学医学部の予算を大幅に増額した。

そのウイルスはアフリカから輸入されたミドリザルに感染していたもので、「マールブルグウイルス」と命名されたが、これは後に同定された「エボラ出血熱」のウイルスと同属のものだった。

一九八一年——

アメリカのロサンジェルスに住む同性愛者の男性が、原因不明の免疫不全症候群を発症し、後に「エイズ」の第一号患者と認定された。

当時、アメリカの医療は、保険会社による管理医療（マネジドケア）体制下にあり、医師は患者の治療よりも、保険会社の利益を優先する傾向にあると批判されていた。また、専門医の高額な報酬も世間の反発を買っていた。しかし、エイズの発生で全米に恐怖が広がり、批判の矛先は鈍った。医療批判より、エイズ対策が火急の課題となったのである。

エイズ研究は驚くほどの速さで進められ、二年後にはＨＩＶ（ヒト免疫不全ウイルス）が同定された。しかし、予防のためのワクチンも、エイズの治療薬も開発されなかった。国際エイズ学会が認定したのは、エイズの発症を抑える薬だけである。これは多剤併用のため、治療にかかる医療費は例外的に高額となった。

新薬の認定以後、エイズ患者の発生は減少したが、HIV感染者は依然、増加し続けている。感染者はエイズの発症を抑えるために、一生、薬をのまなければならない。感染者一人につき、製薬会社が得る収益は、日本円にして年間約三百万円。患者が生きているかぎり、それは支払われ続ける。

一九九三年——

イギリスでハンバーガー好きの十五歳の少女が突然、意識障害を起こし、入院後の検査で脳にスポンジ状の変化が確認された。病名は「変異型クロイツフェルト・ヤコブ病」、いわゆる「狂牛病」からの感染である。

従来、クロイツフェルト・ヤコブ病は、経口感染しないとされていたが、一九九六年、イギリス下院議会でステファン・ドレル保健相が、次のように発表して世間に衝撃を与えた。「変異型クロイツフェルト・ヤコブ病の原因が、狂牛病に感染した牛肉であることは、否定できない」

折しもイギリスでは、第二次世界大戦後にスタートした国営の医療体制が制度疲労を起こし、長い待ち時間、院内感染、医療者のモラル低下など、医療崩壊寸前の状況だった。

一九九七年、政権を掌握したブレア首相は、狂牛病の不安におののく世間の後押しを受け、医学部の定員を一・八倍に増やし、医療費をこれまでの九・一兆円から二十・八兆円に増額した。これにより医師の激務は軽減され、収入も一・五倍に増えた。

二〇〇二年——

中国の広東省《カントン》で高い致死率を示す新型の肺炎が発生し、北京や香港などの都市部に広がった。重症急性呼吸器症候群「ＳＡＲＳ」である。十一月の第一号患者の発生から、翌年の七月までに、中国で三百四十八人、香港で二百九十九人の患者が死亡した。

中国政府は一九九〇年代から医療改革に取り組んでいたが、成果はほとんどあがっていなかった。ＷＨＯ（世界保健機関）の調査では、「改革は不成功」との結論が出され、特に都市部と農村部の医療格差、入院費用が年収を超えるほどの医療費の高騰、医師の報酬の低さ、医学研究の予算不足などが問題視されていた。

建前を重んじる中国政府は、ＳＡＲＳに関する報道を規制し、ＷＨＯへの報告を患者発生から四カ月も遅らせた。このため、国際社会の対応が遅れたのは周知の通りである。事実の隠蔽《いんぺい》、形式主義、コミュニケーション不足など、中国の古い医療体制が暴かれ、保健大臣を含む多くの関係者が処分された。これにより、中国の医療は近代化がはかられ、医療者の勤務環境も改善された。

これら四つの事例から言えることは、疫病《えきびょう》が流行すれば、医療者の状況が改善するということだ。果たしてそれは偶然だろうか。

二番目のエイズに関しては、興味深い事実がある。一九九九年に、アメリカのボイド・E・グレイブス博士が、「エイズウイルスは実験室で作られた」と発表したのだ。

アメリカ連邦議会監査院は、ただちに調査チームを発足させ、二年半に及ぶ調査の結果、グレイブス博士の主張を裏づける証拠を得た。同チームは連邦議会に対し、本件に関する会議を至急開くよう勧告した。だが、その直後、なぜか会議はキャンセルされた。

グレイブス博士の調査は、「特別ウイルス計画」に関するもので、それは一九六二年にはじまり、一九七七年に新しい疫病の開発に成功したとしている。疫病の名前は「荒廃性マイコプラズマ」。後のエイズである。疫病開発の目的は、アメリカにおけるアフリカ系アメリカ人の人口削減だった。

グレイブス博士の主張が闇《やみ》に葬り去られた背景として、博士自身がアフリカ系アメリカ人であることや、博士が証拠とした「実験のフローチャート」の信憑性《しんぴょうせい》が十分でなかったことなどがあげられる。

ＷＨＯの職員数は、現在約八千人。財政規模は年間約十六億ドル。

二〇〇九年、世界の保健に大きな役割を果たしていると信じられているこの組織に、スキャンダルが持ち上がった。同年六月に出された「豚インフルエンザ」に対する「偽パンデミック（世界的大流行）宣言疑惑」である。

メキシコで発生した豚インフルエンザは、当初、強毒性の可能性ありとされ、世界に恐怖を与えたが、実際には弱毒性で、流行も限定的であり、とてもパンデミックの状況ではなかった。にもかかわらず、ＷＨＯがパンデミック宣言を出したため、各国でワクチンに対する需要が一気に増大した。その結果、欧米のワクチン製造会社は「パンデミック景気」で、約四十億ドルの利益をあげた。

これがスキャンダルとされたのは、ＷＨＯの専門家組織のメンバーが、大手製薬会社であるイギリスのグラクソ・スミスクライン社、スイスのロシュ社、およびノバルティス社から、多額の資金提供を受けていたことが判明したからである。欧州評議会の保健衛生委員会は、同年十二月、豚インフルエンザのパンデミック宣言に対し、不透明な背景がなかったかどうか調査することを決定した。

日本の厚労省は、豚インフルエンザの流行に備え、グラクソ・スミスクライン社とノバルティス社より、九千九百万人分のワクチン購入を決定した。その費用は一千百二十六億円。しかし、ワクチンの接種希望者は、たったの二百人だった。

豚インフルエンザに関しては、もう一つ隠れた事実がある。

WHOのパンデミック宣言から二カ月後、メキシコシティーで一人のインドネシア人医師が殺害された。医師の名前は、アキヴァ・ラヌ・サルディィ。彼はWHOを通じて現地に派遣された豚インフルエンザの研究者だった。犯人や殺害理由は不明で、警察は通り魔事件として処理した。

WHOの存在意義は、世界の人々の健康を守り、難病や疫病を撲滅することである。だが、そこには隠れた意味合いもある。恐ろしい病気が蔓延《まんえん》すればするほど、WHOの存在意義は高まるということだ。新しい病気が発生するたびに、WHOがその重要性を増し、予算の増大を得る構図は、皮肉としか言いようがない。

似たような構図は、医学にもある。医師は病気を治すことが使命だが、病気が治ってしまえば出番がなくなる。逆に、重大な病気が広がっていればいるほど、医師は必要とされ、大事にされる。

WHOの旗に描かれている蛇の巻きついた杖《つえ》は、アスクレピオスの杖と呼ばれ、むかしから医療のシンボルとされている。聖書を繙《ひもと》くまでもなく、蛇は悪魔の化身である。よく見れば、その蛇は舌を出している。WHOはなぜそんな不吉な紋章を採用しているのか。

　これだけ医学が進歩し、衛生状況も改善されているのに、次々と新しい疫病が出現するのはなぜか。

　さらにもう一つ。

「WHO」の略称には、ある皮肉が込められている。WHOをコントロールするのは、WHO？（だれか）、という……。

第一部　発症

1

二〇一×年四月。東京――

まほろば銀行品川支店の融資課に勤務する加納真一《かのうしんいち》は、住宅ローンの申込み書類一式を持って接客ブースに入った。

「何度もお運びいただきまして申し訳ありません。昨日、ようやく決裁が下りました。ご希望通りの二千八百万円」

不安げに待っていた若い夫婦の顔が喜びに輝く。うれしいのは加納も同じだ。この融資には苦労した。夫の年収が査定条件に合わず、決裁がなかなか下りなかったのだ。

夫は二十四歳。加納と二歳しかちがわない。そんな若さで家を買おうとするのは、住み込みで働いている母親を、一日も早く呼び寄せたいからだという。妻も、「お義母《かあ》さんは身体《からだ》が弱いんです」と、ローンを急ぐ理由を小声で補足した。

　加納は親孝行な二人に感心し、なんとかローンを成立させてやりたいと思った。しかし、当初の条件では、満額の融資はむずかしかった。いろいろ方法を探るうちに、先輩から年収加算の裏技を教えてもらい、ようやく融資にこぎ着けたのである。

「では、書類に必要事項を記入していただけますか」

　差し出した借入申込書を、夫婦は恭《うやうや》しく受け取った。妻が見守るなか、夫が緊張してペンを動かす。微笑《ほほえ》ましい光景だ。そう思ったとき、加納は上の歯茎に奇妙な違和感を覚えた。

　何だ、このざらつきは。

　舌の先でそっと触れてみる。痛みはないが、客の前なので詳しくは調べられない。

「あの、ここは何と書けば」

　夫に訊《たず》ねられ、加納は慌てて書類に目をやる。

「資金使途の欄ですね。『住宅の購入』と書いてください」

　記入を終えた夫が、神妙な顔で印鑑を押す。加納は書類を受け取り、住民票や印鑑証明など、ほかに必要な書類について説明した。

「書類がそろえば、すぐに全額が振り込まれます」

「ありがとうございます。加納さんのおかげで、親孝行ができます」

席を立った夫が深々と頭を下げた。

「わたしもうれしいです。早くお母さまを呼べるといいですね」

二人を出口まで送り出し、自分の席にもどってから、指で歯茎に触れてみた。別に変化はない。

気のせいだろう……。

思う間もなく、受付から次の客の応対に呼ばれた。

加納はまほろば銀行に入って四年目。几帳面《きちょうめん》なところもあるが、元来、明るい性格で、接客も得意だった。融資課に配属され、いくつかの融資を担当し、銀行の非情な側面もわかってきた。それでも理想は失っていない。金融業の基本は人助けだ。客の喜ぶ顔を見れば、仕事のやり甲斐《がい》を感じる。

その日は午後七時から、支店の新入行員歓迎会があった。支店長が乾杯の音頭を取り、職員が唱和する。しばらくすると、融資課長が加納のとなりに来て、今日まとめた若夫婦の住宅ローンをほめてくれた。

「今日の融資はよく頑張ったな。厳しい条件だったが、あきらめずにやれば道は開けるだろ

「ありがとうございます」

課長が注いでくれたビールを飲み干したあと、加納は前に座っていた新入行員に融資のいきさつを語った。

「この夫婦が健気《けなげ》でな。俺はどうしても融資を成立させてやりたいと思ったわけよ。近江《おうみ》商人の『三方よし』って知ってるか。商売は『売り手よし、買い手よし、世間よし』の三方よしでなきゃだめなんだ。銀行も同じだよ」

「ほう、さすがだ。いいこと言うねぇ」

課長が茶化すように言い、ほかの席へ移っていった。そのとき、加納はふたたび上の歯茎に奇妙なざらつきを感じた。

やっぱりおかしい。口内炎だろうか……。

指で歯茎を確かめ、違和感のある部分を押さえてみる。痛みはないが、粘膜が少し分厚くなっているようだ。彼は小指で唇を持ち上げ、新入行員に低く訊ねた。

「ここ、どうかなっていないか」

新入行員は赤い顔で加納の口もとを凝視する。

「別に、どうにもなってませんけど」

「そうか。ならいいんだ」

自分で唇を左右に動かし、ビールを一口あおると、ざらつきはわからなくなった。

一次会のあとは、若手だけでカラオケに行き、加納は好きなコブクロを六曲歌って声が嗄《か》れた。

終電ぎりぎりにカラオケボックスを出て、独り暮らしのマンションに帰る。大いに飲み、歌い、笑って、加納は充実した気分でベッドに倒れ込んだ。

翌朝、二日酔いを醒《さ》ますため、冷たいシャワーを浴びた。途中から湯に変えて、シャンプーで髪を洗う。シャワー室を出てから、バスタオルを腰に巻きつけて歯を磨いた。歯ブラシはあまり力を入れないほうがいいとテレビで言っていたが、加納はいつも全力で磨く。何事にも前向きに取り組む男の性《さが》かもしれない。上の右奥歯を磨いたとき、忘れていた違和感がよみがえった。

何だろう。

鏡に向かって唇をめくり上げた。その瞬間、加納はこれまで感じたことのない恐怖に襲われた。歯茎のいちばん奥から、墨汁を混ぜたような黒い血が、噴き出すようにほとばしったのだ。

2

二〇一×年四月。ウィーン――

アーチ形の玄関脇に、赤白二色の旗が結ばれている。下にはウィーン市の観光名所を示す案内板。ベルク小路《ガッセ》十九番、「フロイト博物館」。

土曜日の午後、為頼英介《ためよりえいすけ》は久しぶりにこの建物を訪れた。精神分析の父ジークムント・フロイトの元診療所である。彼が精神分析に用いた有名な「寝椅子《カウチ》」も、当時のまま展示されている。

ここでフロイトが患者の心をのぞき込んでいたのかと思うと、同じ医師として、為頼もまた周囲の客を観察してしまう。一人一人スキャンするように、上から下へと徴候を読み取るが、幸いなことに、悪性の病気の人はいないようだ。しかし、まったく健康といえる人も少ない。

古い写真に見入っている男性は、髭剃《ひげそ》り跡に斑点《はんてん》状の出血がある。血小板が減少しているのだろう。足首にむくみのある老婦人は、腎《じん》機能が低下しているようだ。太い腕にハンドバッグを抱えた女性は、肩が野牛のように盛り上がっている。副腎《ふくじん》に良性の腫瘍《しゅよう》がある徴候だ。頸《けい》静脈が数珠《じゅず》状に膨れている老人は、心臓の僧帽弁《そうぼうべん》に軽い閉鎖不全がある。

為頼は、患者の外見から、あらゆる病気を読み取ることができた。それは彼の豊富な医学知識と、卓越した診断力によるものである。彼ほどではなくても、注意深い医師なら、血液検査の結果を見る前から、肝機能が低下しているとか、コレステロール値が高そうだとか、およその見当はつく。身体の異常は、徴候として外見に表れるからだ。

為頼が最初にそれに気づいたのは、今から二十五年前、外科の研修医として、甲状腺《こうじょうせん》がんの患者を受け持ったときだった。その患者は目に特徴があり、なぜかそれが気になった。気のせいかとも思ったが、別の甲状腺がんの患者にも、同じ特徴があった。

指導医に聞いてみると、甲状腺がんと目の特徴など、関係あるはずがないと一笑に付された。しかし、同じ甲状腺の病気であるバセドウ病は、眼球突出という徴候がある。甲状腺がんの徴候は、潤んだような二重まぶただったが、指導医にはふつうの二重まぶたと区別がつかないようだった。

それから為頼は、患者の外見に注意するようになった。意識して観察すると、さまざまな病気に特有の徴候があった。糖尿病の患者には皮膚に独特のふやけた感じがあり、喘息《ぜんそく》患者は指の背に青黒い筋が浮いていた。胃がんや肝臓がんの患者には、それぞれ口角に独特のへこみがあった。

外見から病気がわかる医師は、一見、名医のように思えるが、決してよいことばかりではない。病気の予後まで見えてしまうので、悪性の病気は治療に希望が持てないのだ。治らないとわかっていながら、無駄な治療を続けるのは、患者に対する欺瞞《ぎまん》ではないか。しかし、大学病院の教授でさえ、病気が見える医師は少なく、見当はずれな検査や治療を行っていた。そんな状況に失望して、為頼は大学病院を去り、神戸で小さな診療所を開いた。だが、それもある事情で閉鎖せざるを得なくなり、請われて五年前からウィーンに来て、日本人会診療所の医師として働いていたのだった。

ウィーンといえば音楽の都である。ウィーン・フィルハーモニーの本拠地「楽友協会《ムジークフエライン》」をはじめ、国立オペラ座、コンツェルトハウスなど、世界有数の音楽ホールがある。モーツァルト、ベートーヴェン、ブラームスなど、この地で活躍した音楽家も枚挙にいとまがない。しかし、為頼がそれ以上に興味を惹《ひ》かれたのは、この街と医学との関わりだった。たとえば、世界で最初に胃がんの手術に成功したのは、ウィーン大学の外科教授ビルロートである。もともと外科医だった為頼は、研修医のころからビルロートの名に慣れ親しんでいた。

消毒の重要性を発見したのも、ウィーン総合病院の産科医長ゼンメルワイスである。彼は手指の消毒によって、当時、多くの妊婦が死亡していた産褥熱《さんじょくねつ》が防げることを証明した。

血液型を発見したラントシュタイナーも、ウィーン大学の病理学研究所で働いていた。彼は血液の凝集《ぎょうしゅう》反応が、血液型のちがいによることを発見し、安全な輸血への道を拓《ひら》いた。

内科の「打診」が開発されたのもウィーンである。十八世紀の半ば、旅館主の息子で医師になったアウエンブルッガーが、父親が酒樽《さかだる》を叩《たた》いて残量を判断していたのを思い出して、指で身体を叩く方法を考案した。

打診に聴診を加えて、診断学の基礎を築いたのが、ウィーン大学の内科教授スコダである。ヨーロッパの医学界は、打診や聴診による診断を、音楽の都ウィーンにちなんで「診断音のオーケストラ学」と呼んだ。

さらに、遺伝の法則で有名なメンデルも、ウィーン大学で学んでいるし、生涯に三万体の解剖をしたロキタンスキー、尿蛋白《たんぱく》を発見したヘラー、横隔膜の働きを解明したガル、不整脈の治療を開発したウェンケバッハらも、ウィーンで活躍した医師である。

ウィーンはなぜこれほど多くの著名な医学者を輩出したのか。それは、この街が持つ独特の世紀末的な雰囲気によるものだろう。死や死体をいとわず、生と性を直視する風潮は、ハプスブルク帝国の古都に特有なものだった。

為頼が妻の倫子《のりこ》とこの街に滞在したのは、そんな死への親しみを、無意識に感じていたからかもしれない。

十余年前、倫子は卵巣がんに冒され、為頼が気づいたときには、すでに転移の徴候があった。治癒の見込みはなく、治療をすれば副作用に苦しむだけであるのが為頼には見えていた。倫子は治療を求めず、かねて憧れていたウィーンに夫と滞在することを選んだのだった。

それから二カ月半、二人はオペラやワインやウィーンの森の散策を楽しんだあと、倫子の希望で日本にもどり、為頼は神戸に小さな診療所を開いた。倫子は二年余り診療所の手伝いをして、がんの治療はまったく受けずに安らかな最期を迎えた。もし治療をしていたら、副作用に苦しみ、余命ももっと短かっただろう。

その後、為頼は細々と診療所を続け、六年前のイバラの事件が解決したあと、前に知り合っていたウィーン日本人会の会長に請われて、この地にやってきたのだった。

3

同じく二〇一×年四月。神戸――

どんより曇った空が、新神戸駅の背後の布引山《ぬのびきやま》に深い陰影を与えている。

イバラは、駅に続く歩行者通路を規則正しく歩いていた。地下鉄の改札から、新神戸駅の二階コンコースまで、四百四十二歩。新幹線の到着時刻の五分前きっかりに、改札出口に着くはずだった。

イバラの本名は伊原忠照《いばらただてる》という。しかし、「いはら」と呼ばれることも多い。そんなとき、極端な潔癖性《しょう》の彼は返事をしない。相手が焦《じ》れて、「おい」とか「おまえ」とか声を荒らげると、彼は振り向き、ボーイソプラノのような甲高い声で、「ぼく、イバラです」と言うのだった。

二十九歳にもなってそんな少年のような声を出すのは、彼が抱えるさまざまな障害のせいである。イバラは髪も眉毛もない無毛症で、頭が銃弾のように尖《とが》っている尖頭症《せんとうしょう》で、なおかつ、痛みや熱さをまったく感じない先天性の無痛症だった。

無痛症の子どもは、骨折してもそのまま走りまわったり、熱湯に手を入れたり、誤って眼球を突いたりするので、重篤《じゅうとく》な怪我《けが》を負うことが多い。イバラも右足首に渦巻き状の火傷《やけど》の痕があるが、それは寝ている間に、蚊取り線香が倒れて、足の上で燃えた名残だ。

そんなイバラが加古川刑務所を出所したのは、三週間前のことである。五年の刑期を一年残しての仮釈放だった。

六年前、神戸市灘《なだ》区で起きた教師一家殺害事件――。犯人として検挙されたイバラは、犯行時の記憶がほとんどなかった。特殊な向《こう》精神薬「サラーム」をのまされ、暗示をかけられていたからだ。イバラにサラームを処方し、殺害の暗示を与えたのは、白神《しらがみ》メディカルセンターの院長、白神陽児《ようじ》。当時、イバラは白神の病院で手術室の器材係をしていた。白神はイバラが逮捕される直前に逃亡し、ある少女と国外に脱出して、今も所在不明となっている。

　裁判では、イバラの責任能力が争われたが、薬剤の服用と暗示による心神喪失《しんしんそうしつ》と判定され、この件に関しては無罪の判決が下った。「心神喪失者の行為は、罰しない」と規定した刑法三十九条が適用されたのである。しかし、イバラの罪状はそれだけではなかった。

　まず、灘警察署の刑事を昏倒《こんとう》させ、左手首を切断した傷害。刑事は教師一家殺害事件をイバラの犯行だと確信し、アパートでイバラに手錠をかけたが、その直後、イバラが病院から持ち帰っていた麻酔薬で眠らされた。イバラが刑事の手首を切ったのは、刑事と自分をつなぐ手錠をはずすためだった。

　二つ目は、六甲サナトリウムの臨床心理士、高島菜見子《たかしまなみこ》の幼い息子、祐輔《ゆうすけ》に対する誘拐および殺人未遂。イバラはかつて自分がいた施設に赴任してきた菜見子を母親のように慕い、祐輔が彼女を独占していることが許せなくて、殺害をはかった。

　三つ目は、為頼英介に対する監禁傷害。為頼は以前から菜見子の相談を受けており、イバラの犯罪徴候にも気づいていた。為頼は白神にそそのかされ、祐輔を救うためにイバラのアパートに行き、逆に拉致《らち》されて筋弛緩剤《きんしかんざい》で自由を奪われた。

　さらには、菜見子の元夫に対する殺人および死体損壊。元夫は異常性格者で、離婚後も菜見子につきまとい、イバラを怒らせた。イバラは元夫を拉致したあと、生きたまま解剖し、遺体は手術器具で細かく切断してトイレに流した。

イバラは祐輔と為頼の監禁で現行犯逮捕され、刑事と元夫に対する犯行も自白で立件されていた。しかし、弁護団はすべての犯行にサラームの影響があるとして、心神耗弱《こうじゃく》を主張。刑法三十九条を援用すべしとして、刑の減軽を訴えた。

初公判までに三人の医師による精神鑑定が行われたが、結果は、薬剤による心神耗弱、人格障害、限定的だが責任能力ありの三つに分かれた。

逮捕時、興奮状態にあったイバラは、その後、落ち着きを取りもどしたが、一転、拘置所内で自殺をはかった。極度の緊張状態のあとに、精神的に疲れ果ててしまう寛解《かんかい》期《き》疲《ひ》弊《へい》症候群だった。専門的な治療が必要と判断された彼は、神戸市の精神科病院に移された。

しかし、イバラは監視の隙《すき》をついて病院から脱走。一時、世間は騒然となった。半ば朦朧《もうろう》状態で逃げ出したイバラは、人目を避けて六甲山中をさまよい、四日目に山頂近くの穂《ほ》高《だか》湖畔で衰弱しているところを発見された。

神戸地方裁判所で開かれた裁判では、菜見子の元夫に対する殺人および死体損壊は、証拠不十分とされ、その他の犯罪にも心神耗弱が認められて、最終的に懲役五年の判決が下された。イバラは大阪医療刑務所に収監され、治療を受けながら軽作業を行った。

イバラに転機が訪れたのは、心理療法で絵を描きはじめてからだった。決してうまい絵ではなかったが、持ち前の集中力で、常人には考えられないような綿密な描写をした。たとえば野菜の写生でも、大根やタマネギには目もくれず、カボチャだけを画面一杯に描いた。表面には独特の紋様が描き込まれ、ずっしりとした重みまで感じさせる存在感は、見る者を圧倒した。

その才能に注目したのが、鎌倉在住の日本画家三岸薫《みぎしかおる》である。医療関係の専門誌が掲載した作品を見た三岸は、刑務所に連絡を取ってイバラとの面会を申請した。彼女によれば、イバラの性格、特に極端な几帳面さは、日本画では貴重な資質となり得るとのことだった。

三岸は事件当初からイバラに興味を持っており、裁判にも何度か足を運んでいた。そんな経緯もあって、仮釈放が近づいた今年二月、三岸はイバラとの面会を許可された。イバラには何の話かわからなかったが、主任刑務官の勧めもあり、面会を受け入れた。

はじめての面会のとき、イバラは三岸の出《い》で立ちに驚いた。日本画家なのに中近東風のドレスをまとい、頭にはターバンを巻いていた。化粧はそれ自体が絵画のように端整で、人工的だった。

三岸は面会室のアクリルボードに顔を近づけ、イバラを凝視して言った。

「あなたはすばらしい才能があるわ。正しい道に進めば、きっと花開く」

イバラは思わず目を閉じた。においに敏感なイバラは、三岸のエスニックな香水にめまいを覚えたからだ。彼は目を閉じたまま訊ねた。

「どうすれば、正しい道に進めるんですか」

「わたしが導いてあげる」

「でも……」

イバラは言い淀《よど》んでから、ゆっくり目を開けた。怖くない。この人は自分の味方だ。

「じゃあ、また来てください」

最初の面会は五分ほどで終わった。仮釈放までに、三岸はさらに二回面会に来た。

そして今日、仮釈放後はじめて、三岸が神戸にイバラを訪ねてくるのだった。

4

口から噴き出した黒い血を見て、加納は一瞬焦ったが、冷静に考えると、さほど恐れることもなかった。赤い血は新しい出血だが、黒っぽいのは古い血が溜《た》まっていたにすぎないことを、知っていたからだ。健康オタクで、新聞やネットの医療情報に常に気を配っている加納は、一般人にしては医学知識が豊富だった。

しばらく鏡の前で口を開けていたが、案の定、新しい出血はなかった。しかし、古い血はどこに溜まっていたのか。加納は昨日、新入行員に見てもらったときより大きく唇をめくり上げた。頰《ほお》と歯茎の境目の奥に、奇妙な臙脂《えんじ》色の「斑点」があった。小豆《あずき》ほどの大きさだが、アメーバのように歪《いびつ》に足を伸ばしている。食べ物のカスでもはさまっているのかと思い、人差し指で探ったが取れなかった。代わりに残っていたらしい黒い血がわずかにこぼれた。表面はカリフラワーのようにざらついている。

口をゆすいだあと、リビングにもどってパソコンを開いた。インターネットの医療情報サービス「メディペディア」で、「歯茎　出血」を検索すると、ヒットしたのは歯周病ばかりで、加納の症状に合う項目はなかった。歯茎の出血は、まれに歯肉《しにく》がんのこともあるとあったので、念のために「歯肉がん」でも調べてみた。好発年齢は六十歳前後、ほとんどが四十歳以上とあった。二十六歳の加納は該当しない。

出勤時間が近づき、加納は朝食のシリアルとヨーグルトをかき込んでマンションを出た。

午前中は仕事に追われ、歯茎の違和感は消えていた。それでも彼は、昼休みに品川駅前の歯科医院に行った。異常があれば早めに医者に行くのが、彼のモットーだ。

歯科医は加納の歯茎の「斑点」を見るなり、「これは歯科の病気じゃないな」と言った。

「たぶん、皮膚科でしょう」

そう言いながら、取り敢《あ》えずの処置として、止血剤と抗生物質を処方してくれた。

やる気のなさそうな対応は不満だったが、抗生物質をもらえたことには満足した。これまでも、抗生物質でいろんな病気が治ったからだ。

銀行にもどって昼の薬をのみ、仕事が終わったあともまっすぐ帰宅して、夕食後の薬をのんだ。それから何度も鏡をのぞいたが、歯茎の「斑点」はいっこうに消えるようすがなかった。

四日目の夕方、加納はネットで調べておいた皮膚科のクリニックへ行った。院長が東帝大学の出身で、皮膚科専門医の肩書きを持つクリニックである。

診察室に入ると、四十代半ばの院長はいかにも信頼できそうな感じだった。症状を聞かれ、加納はできるだけ手短に説明した。

「五日ほど前から、歯茎の奥に赤黒い『斑点』みたいなものができてるんです。歯ブラシでこすったら、黒っぽい血が出て」

「出血は一度だけですか」

「はい。次の日に歯科に行って、抗生物質と止血剤をもらいました」

院長はゆっくりとうなずき、電子カルテに病歴を打ち込む。

「それじゃ、ちょっと見せてください」

先がL字になったステンレスのヘラを上唇に差し込み、ペンライトで照らしてのぞき込む。すぐにも診断が下るのかと思いきや、院長は病変をのぞいたまま、「うーん」と唸《うな》った。

いったんヘラをはずし、横にいた看護師に、「擦過標本《さつか》」と指示した。看護師が綿棒とスライドグラスを用意する。院長は綿棒で「斑点」の表面をかなり強くこすり、スライドグラスになすりつける。デスクに置いた顕微鏡にセットし、接眼レンズをしばらくのぞき込んでから首を振った。

「真菌は出てないな」

加納が眉をひそめると、院長は「リンパ腺は腫《は》れていませんか」と加納の顎《あご》から首筋を探った。

「リンパ腺は腫れていない、と」

加納は不安を募らせたが、院長が何を考えているのかはわからなかった。

「加納さん。ちょっと写真、いいですか」

言うなり返事も待たずに、看護師にカメラを用意させた。ふたたびステンレスのヘラで唇をまくり上げ、数枚続けて撮影する。

「何の病気かわかったんですか」

加納が訊ねると、院長はむずかしい顔で腕組みをした。

「まだ、確定したわけではありませんが、もっとも疑わしいのはカポジ肉腫《にくしゅ》です」

「カポジ肉腫？」

どこかで聞いたことのある病名だ。決してよい印象ではない。

院長が怪訝《けげん》そうに続ける。

「加納さん。あなたは臓器移植を受けて、免疫抑制剤を服用しているというようなことはありませんか」

「ありませんよ」

「でしょうね。もし免疫抑制剤をのんでいるなら、それが原因ということも考えられるのですが、そうでないなら、やっぱり……」

「何です」

加納が不安げに眉をひそめると、院長は深刻な表情で言った。

「カポジ肉腫は、エイズ患者に多い病気なんです」

5

カポジ肉腫？　エイズ患者に多い病気？　この医者は何を言っているのか。

院長の声は加納の耳に幻聴とも安っぽいドラマのセリフともつかない虚《むな》しさで響いた。ふざけるなと思った瞬間、加納はふと不安に襲われた。先日読んだ新聞記事を思い出したからだ。

——都市部で広がる〝見えない〟ＨＩＶ感染。

東京や大阪でエイズウイルス（ＨＩＶ）の感染者が増えているという記事だった。エイズは同性愛者や、海外で買春した者だけの病気ではない。自分がＨＩＶ感染者だと知らない若者が、通常の性交渉で感染を広げているというのだ。記事によれば、風俗店で知らないうちに感染するケースもあるという。

加納はまさかと思いつつも、自分の過去を振り返った。これまで性交渉を持った相手は三人。いずれもごくふつうの女性だ。だが、彼女らがエイズウイルスに感染していないという保証はない。それでも最後の彼女と別れて一年近くになるのだから、いくら潜伏期が長くても、もし感染していれば、もっと早くに症状が出ているだろう。

問題は、どちらかといえば風俗のほうだった。加納はソープランドには行ったことはないが、ファッションヘルスには何度か行ったことがあった。最近も二カ月ほど前に一度行った。そのときに感染したのか。いや、通常のサービスでは、まず感染はないはずだ。危険なのは、自分の性器か相手の口に傷がある場合だ。感染はわずかな擦り傷でも起こるらしい。しかし、たまたま行った風俗店で、たまたま自分についた風俗嬢がエイズウイルスに感染していて、たまたまどちらかに傷があったなどということがあるだろうか。

「いずれにせよ、血液検査が必要です」

院長は加納の返事も聞かずに看護師に採血を命じた。

「結果は一週間後に出ますから、また来ていただけますか」

「それで、治療は」

「取り敢えず薬を出しておきますから、それをのんでください」

帰り際に渡されたのは、歯科医院でもらったのと同じ止血剤だった。


マンションに帰ってから、加納はメディペディアでカポジ肉腫について調べた。

カポジ肉腫は皮膚がんの一種で、一八七二年、ハンガリー人の医師モーリッツ・カポジによって発見された。原因はヘルペスウイルスの一種、HHV－8（ヒトヘルペスウイルス8型）で、通常は悪さをしないが、免疫抑制剤やエイズなどで免疫力が低下すると、カポジ肉腫を発症するらしい。好発部位は口の中や鼻、肛門《こうもん》などだが、エイズ患者では身体のどの部分にもでき、最後は肺や肝臓に転移して、数カ月以内に死に至るとあった。

加納は生きた心地がしなかった。自分は免疫抑制剤など使っていない。とすれば、やはりエイズなのか。しかし、いつ、どこで、どうやって。

メディペディア以外の検索ソフトでも調べたが、明るい材料はなかった。加納はなまじ健康オタクなだけに、不安が募った。びらん（粘膜のただれ）、血管侵襲《しんしゅう》（腫瘍が血管に広がること）、予後不良。不吉な言葉の連続に、これなら何も知らないほうがましだと思ったが、やはり調べずにはいられない。

カポジ肉腫の画像もいくつか見た。エイズ患者のそれは、顔全体が黒いキノコに覆われたようになっていた。五本の指が腐ったゴーヤのようになった写真もある。見るに堪えないグロテスクさに、思わず吐き気を催した。

調べるうちに、転移の説明として、次のような記述を見つけた。

『肉腫を傷つけると、細胞が剝《は》がれ落ち、血流に乗って転移する場合がある』

加納は心臓がねじれそうな恐怖を感じた。皮膚科クリニックの院長が綿棒でこすったとき、細胞はこぼれなかったか。もしあれで、肉腫が転移したら取り返しがつかない。自分は何という医者にかかってしまったのかと、思わず頭を掻《か》きむしった。

まんじりともせず夜を過ごしたあと、加納は朝イチで融資課長に病欠の連絡を入れた。こうなったら一刻も早く、最高レベルの病院で徹底した検査を受けなければならない。

加納は朝食も摂《と》らずにマンションを飛び出し、港区三田の創陵《そうりよう》大学病院に向かった。私立大学病院の最高峰と、加納が信頼する施設である。

初診受付で紹介状を求められ、ないと答えると、「選定療養費」が五千五百円かかると言われた。もちろんそんなものにかまっていられない。診察を申し込むと、二階の皮膚科外来へ行くようにと言われた。

待つこと三時間。ようやく名前を呼ばれて予診室に入ると、学生上がりのような若い医師が問診をした。

「できれば、教授の診察をお願いしたいのですが」と頼むと、「そういうご希望には応じられません」とそっけなく言われた。どれほど深刻な状況かわかってるのかと苛立《いらだ》ったが、従うほかなかった。

予診のあと、午後二時過ぎに看護師に呼ばれ、ようやく診察かと思いきや、採血室へと連れていかれた。続いて顔のX線写真を何枚か撮られ、また待合室にもどされる。その間も病気の恐怖は加納の胸で膨れ上がり、心を押し潰《つぶ》す。なぜこんな責め苦を負わされるのか。答えが出ないまま悶々《もんもん》とし、精も根も尽き果てかけたとき、アナウンスで第一診察室に入るように言われた。

おぼつかない足取りでカーテンを開けると、四十代後半の目つきの鋭い医師が座っていた。名札を見ると「准教授　菅井《すがい》憲弘《のりひろ》」とあった。准教授なら悪くはない。加納はわずかに救われた気分で、診察椅子に座った。

「長い時間お待たせしました。エイズのカポジ肉腫を心配されているとのことですが」

菅井はパソコンのモニターで予診の内容を確認してから、向き直って口もとを緩めた。

「取り敢えず、エイズは大丈夫ですね。迅速検査でＨＩＶ抗体はマイナスですから」

「ほんとうですか。いや、でも、それじゃあ、これはいったい……」

朗報に安堵《あんど》しつつも加納は混乱した。菅井は質問には答えず、診察の用意を進めた。

「ちょっと拝見しますよ」

ゴム手袋をはめ、加納の唇をゆっくりとめくる。診察しやすいように、加納は首を後ろに反らせた。エイズでないなら、カポジ肉腫というのは誤診だろう。あのヤブ医者めと、加納は昨日の皮膚科クリニックの院長を内心で罵《ののし》った。

ペンライトで歯茎を照らしていた菅井が、わずかに口もとを歪《ゆが》めた。

「うーん。でも見たところは、やっぱりカポジ肉腫が疑わしいな」

喜びも束《つか》の間、ふたたび不安に襲われる。

「でも、エイズではないんでしょう。免疫抑制剤ものんでいませんし、それでカポジ肉腫ができるんですか」

「通常はできません」

「それなら、どうして」

菅井は唇を結んだまま、首を傾《かし》げた。万一、カポジ肉腫だとしても、エイズでないなら治るだろう。加納は気持を切り替え、改めて菅井に訊ねた。

「先生。じゃあこの『斑点』は手術で取るんですか。それとも液体窒素で凍結させるのですか。わたしの『斑点』は単発ですし、大きさも小豆程度ですから、切除することは可能ですよね」

「いろいろよくご存じですね」

菅井は苦笑し、それでも深刻な表情を解かずに答えた。

「病変が表面だけなら、おっしゃる通り、手術や液体窒素で処理できるんですがね。加納さん。あなたの腫瘍は少し根が深いんですよ。これをご覧ください」

菅井はマウスを操作して、モニターにX線写真を呼び出した。上顎《うわあご》の歯根《しこん》に、黒っぽい空洞が見える。カーソルでそこを示し、菅井は眉をひそめた。

「腫瘍が、骨を溶かしてしまってるんです」

6

ウィーン日本人会の診療所は、ウィーン九区のリヒテンシュタイン通《シュトラーセ》りにある。

この地区は、ウィーン大学や近代美術館のある文化的な土地柄で、裕福な市民が多く住む地域として知られる。診療所が入っているのは、ビーダーマイヤー調の瀟洒《しょうしゃ》な建物で、診察室には簡素な家具が備えられ、応接室にも使えるしつらえになっている。

為頼はここで木曜日の午後を除く平日、午前九時から午後六時まで診察している。患者は大人から子どもまでさまざまだ。風邪や下痢など、たいていは軽症だが、たまに脳梗塞《こうそく》や狭心症の患者も来る。診るのは日本人会の会員にかぎるという条件で、オーストリアの保健省から内々に了承を得ていた。

壁際にある置き時計が、午後五時半を指している。今日はもう終わりだろうと思いかけたとき、来客を告げるブザーが鳴った。インターフォンを押すと、「南《みなみ》と申します」と応答があった。聞き覚えのない名前だ。解錠のボタンを押すと、入ってきたのはショートカットの学生風の女性だった。

「為頼先生。長い間、ご無沙汰《ぶさた》しておりました」

そう言われても思い当たらない。いや、目尻の上がったアーモンド形の目と、尖った顎にかすかに見覚えがある。為頼は記憶をたどり、思いがけない顔を脳裏に浮かべた。

「君は、まさか、あの六甲サナトリウムの」

「はい。南サトミです」

ていねいにお辞儀をし、以前では考えられない愛想のよい笑みを浮かべた。

サトミに会ったのは今から六年前、神戸市灘区の教師一家殺害事件の直後だった。彼女は崩壊家庭の出身で、自閉症と強迫神経症に、ヒステリー性の発作の混在した複雑な症状を抱えていた。殺された教師が彼女の元担任だったことから、自分が犯人だという妄想に取り憑《つ》かれ、六甲サナトリウムの臨床心理士、高島菜見子にケータイのメールで犯行を告白したのだった。菜見子の依頼でサトミを診察したとき、彼女は十四歳で、ケータイのメール以外では満足に他人と会話もできない状態だった。

為頼はあの棘々《とげとげ》しかった少女が、目の前の落ち着いた女性と同一人物とは、とうてい信じられなかった。

「でも、君は、どうしてここに」

「はい。あれからいろいろありまして……」

サトミは思いを募らせるように、為頼を見上げた。

イバラが逮捕された直後、彼を操っていた白神陽児は国外に逃亡し、そのときサトミを伴っていたことが、入国管理局の記録でわかった。それからしばらくして、菜見子にサトミから手紙が届き、カナダでフランス語を学んでいること、次はアルゼンチンに行くこと、白神の世話になって勉強を続け、将来は国際弁護士になりたいことなどを報せ《しら》てきた。それ以後は、まったく消息が知れなくなっていた。

サトミは応接椅子に座ると、これまでのことを順序立てて語った。

六甲サナトリウムで施設長に乱暴されかけ、夜中に脱走したこと、三宮《さんのみや》で風俗関係の大物に拾われ、派遣の高級娼館《しょうかん》に入り、見習いのようなことをしているうちに、店の常連だった白神に気に入られたこと、白神に特別な治療を受けて病気から回復し、勉強ができるようになると、白神は急に外国へ行くと言いだし、慌ただしく出発したことなどである。

「君が六甲サナトリウムからいなくなったとき、高島さんはずいぶん心配したんだよ。でも、無事でよかった」

「ご心配をおかけして、すみませんでした」

「高島さんには連絡したの」

「いいえ。わたし、今、ウィーン大学で法律を勉強してるんです。高島先生には、正式に国際弁護士の資格を得てから報告しようと思っていましたので」

サトミは二年前にミュンヘン大学の法学部に入り、この四月からウィーン大学に編入したと言った。ウィーンに来たのは、国連の施設があるからだという。たまたま手にした日本人会の会報で為頼のことを知り、懐かしくて挨拶《あいさつ》に来たとのことだった。

「いや、ほんとうに見ちがえたよ。高島さんもきっと喜ぶだろう」

為頼は、すっかり回復したらしいサトミに目を細めたが、ふと不吉な思いが胸をかすめた。

「白神先生は今、どうしているの」

サトミはふいに目を曇らせ、声を低めた。

「白神先生は、亡くなりました」

為頼は思わず椅子から腰を浮かした。

「いつのこと」

「三年前です。アルゼンチンで……」

「いったいどうして」

サトミは悲しみをこらえるように、一語ずつ区切って話した。

「わたし、白神先生が、神戸の事件に関わっていたことは、知らなかったんです。でも、だれかに追われているのは、薄々感じていました。急にホテルを替わったり、フロントで偽名を使ったりしてましたから。白神先生には、行く先々で協力してくれるお医者さんがいて、住む場所をさがしてくれたり、移動の手配をしてくれたりしました。よくわかりませんが、何か特別な支援組織のようなものがあるようでした」

「お金はどうしていたの」

「スイス銀行に口座があって、そこから引き出していました。でも、先生は徐々に憔悴《しょうすい》してきて、イライラしたり、強いお酒を飲んだりするようになったんです。わたしは心配だったけれど、どうすることもできなくて」

無念の思いが込み上げるのか、サトミは唇を震わせた。気持が治まると、深い悲しみをこらえるように言った。

「ブエノスアイレスのスラム街で、白神先生は焼身自殺したんです。廃屋になっていた倉庫に火をつけて」

「遺書はあったの」

「はい。現地で支援してくれていた大学教授と、わたし宛《あて》に」

「そこには何と」

「自分は人生に十分満足した、これ以上生きる意味はないし、苦しむのもいやだと。まだ三十八歳だったのに」

為頼は痛ましい思いで白神の風貌《ふうぼう》を思い浮かべた。端整な顔だちで、活力にあふれていた白神陽児——。

彼もまた、為頼と同じく、患者の外見から病気を見抜く能力を持っていた。しかし、その活《い》かし方は真逆だった。為頼が患者への誠意を重視して、治らない患者に常に頭を悩ませていたのに対し、白神は〝医療功利主義〟ともいうべきドライさで、その能力を病院経営に利用していた。すなわち、治る患者と治らない患者を選別して、治らない患者をほかの病院に送っていたのだ。そうすることによって、白神メディカルセンターは、死亡率ゼロの病院として高い評判をほしいままにしていた。

——よい医療を提供するためには、まず医師のステータスを高く保つことが必要です。

白神はそう主張して、誠実さよりも効率を重んじていた。為頼はそんな白神のやり方に反発し、彼の病院に協力を求められたときも応じなかったのだ。しかし、治らない患者とどう向き合えばいいのか。為頼はこの六年間、答えの出ない問いを自分に繰り返していた。だから、サトミから白神の死を知らされたとき、為頼は思いがけない虚しさに囚《とら》われた。

「身元は君が確認したの」

「いいえ。遺体は一部が炭化するほど焦げていたので、外見では判断がつきませんでした。警察でいろいろ聞かれて、ある特徴を言ったら、まちがいないと」

「特徴？」

「はい。白神先生は、睾丸《こうがん》が一つしかなかったんです。詳しくは知りませんけど、生まれつきらしいです。酔ったときなんかに、よくご自分を嘲《あざけ》るようにおっしゃっていましたから」

停留《ていりゅう》睾丸（睾丸の両方または片方が、腹腔内にある先天異常）だろう。それは恥ずかしいことではないが、もしかすると白神の精神を屈折させたかもしれない。

「白神先生が亡くなったあと、君はどうしたの」

「ミュンヘンに行きました。白神先生がミュンヘン大学中央病院のヨアヒム・ベック先生という精神科の教授に、わたしのことを頼んでくれていましたので」

白神はサトミが困らないように、きちんと手配をすませてから自殺したらしい。彼の死は錯乱によるものではなく、冷静な判断に基づくということだ。

その死に痛ましさを感じつつも、為頼は釈然としない思いに苛《さいな》まれた。六年前、イバラに一家四人を惨殺させた白神が、償いもせず、官憲の手の届かないところへ去ったからだ。

7

神戸の中華街、南京町《ナンキンまち》にある愛城《あいじょう》飯店は、週末の客で賑《にぎ》わっていた。

人目につきにくい奥のテーブルで、高島菜見子は人待ち顔に入口を見ていた。開襟シャツを着た白髪《しらが》の男性が、身軽な足取りで近づいてくる。

「やあ、高島さん。早いですな」

イバラの保護司、石立聡《いしだてさとし》だ。

「イバラくん、この店、わかるかしら」

「大丈夫。彼は昨日、場所を確かめたと言うてましたから」

やはりイバラはきちんとしている。安心すると、改めて店内のいいにおいが鼻をくすぐった。

南京町は久しぶりだ。さっき長安門をくぐったとき、菜見子は懐かしい思いに駆られた。

ウィーンにいる為頼とはじめて出会った場所だからだ。あのとき、為頼は財布をタクシーに置き忘れ、それをたまたま拾った菜見子が、長安門で待ち合わせて手渡したのだ。

「イバラくんが仮釈放されて、かれこれ三週間になりますかな」

石立の言葉に、菜見子は我に返る。そうだ。今日はイバラの将来に大きな影響を与えるかもしれない人に会うのだった。

石立はウェートレスが運んできたジャスミン茶を、一口すすった。

「イバラくんは思った以上に順調ですな。生活も規則正しいし、定時連絡も時計みたいに正確やし」

「仕事のほうはいかがですか」

「頑張ってますよ。神戸ビルメンテの人事部長に聞いたら、床のクリーニングなんか、やりすぎるくらいていねいにやると言うてました」

仮釈放のあと、イバラはビル清掃の会社に就職していた。

「それもすべて高島さんのおかげです。いや、ほんまによう決心してくれはりました」

石立が言うのは身元引受人のことだろう。その目には、事情を知る者の暗黙の感謝と危惧《きぐ》が浮かんでいた。

息子の祐輔が誘拐され、危うく殺されかけたことを思えば、イバラの顔は見たくもないと思うのがふつうだろう。しかし、菜見子はイバラを遠ざけるより、正面から向き合う道を選んだ。そのほうがむしろ安全だと考えたからだ。

臨床心理士の菜見子には、イバラの行動の背景が理解できた。恵まれない成育歴と、特異な障害。親の愛情を受けずに育ち、常に社会から疎外されてきたイバラの孤独を思えば、たまたま施設で出会った菜見子に強い母性を感じたのも、ある意味、仕方のないことだった。それを抑えつければ、また暴発しかねない。それより時間をかけて、徐々に心をほぐし、理性を取りもどすように仕向けたほうが危険が少ない。そう判断して、彼女は事件の直後から拘置所や刑務所での面会を続けたのだ。

「今日は、祐輔くんは」

「体育館に空手の稽古《けいこ》に行ってます。七時に終わりますけど、ひとりで留守番くらいできますから」

「四年生でしたっけ。しっかり育ててはるんやな」

そう言いながら、石立はちらと腕時計を見た。待ち合わせの六時にはまだ少し時間がある。菜見子は気になっていたことを石立に訊ねた。

「三岸薫さんのことは、石立さん、よくご存じですか」

「いや。会うのは今日がはじめてです」

石立はあいまいな表情を浮かべ、また茶をすすった。

菜見子が調べたところでは、三岸薫は気鋭の日本画家で、東芸美術大学の大学院を卒業後、現在は銀座のササヤマ画廊に所属して活躍しているらしい。画壇の評価は必ずしも高くないが、愛好家に絶大な人気を誇り、有名美術館にも作品が買い上げられているようだ。ネットの情報では、絵の評価もさることながら、群を抜く美貌《びぼう》と奇抜なファッションで、マスコミの注目を集めているとのことだった。

「三岸さんは、イバラくんに無償で絵の指導をしてくださるんでしょう。親切な方ですね」

「これでイバラくんが絵描きにでもなってくれたら、万々歳なんやけどね。三岸さんは、あながち夢やないて考えているみたいですよ。彼には才能があるって、刑務所長宛の上申書にも書いてあったから」

「でも、三岸さんはどうしてイバラくんの才能がわかったのかしら。心理療法で描いた絵を見ただけでしょう」

「そら専門家なら、わかるんとちゃいますか。プロやもん」

「石立さん。三岸さんの絵をご存じですか」

「知りません。わし、美術とかはからきし疎《うと》くて。ははは」

石立はのんきな笑い声をあげたが、菜見子は笑えなかった。ネットで見た三岸の絵が、あまりにグロテスクだったからだ。

――日本画のヒエロニムス・ボス。

それが彼女に与えられた称号だった。ボスといえば、怪奇な祭壇画などで知られるルネサンス期のフランドルの画家である。三岸の絵も、畸形《きけい》、障害者、妖獣《ようじゅう》などをモチーフに、妖《あや》しいエロティシズムを漂わせていた。こんな絵を描く人に、イバラを近づけて大丈夫だろうか。そんな不安が菜見子の胸にわだかまっていたのだ。

「とにかく、一流の絵描きらしいでっせ。そやから経済的にも余裕があるんでしょう」

石立は神戸人特有の楽天家ぶりでひとり納得している。菜見子があいまいに応じたとき、イバラが急ぎ足で入ってきた。ニット帽はかぶっているが、尖頭症の小さな頭とシャツがずり落ちそうな極端な撫《な》で肩は、遠くからでも目立つ。

「イバラくん。ここよ」

菜見子が手をあげると、すぐに気づいて近寄ってきた。後ろからつば広の帽子を目深にかぶった女性がついてくる。三岸薫だろう。菜見子が会釈をすると、女性はテーブルの手前で帽子を取り、ていねいなお辞儀をした。

「はじめまして。三岸薫です」

ネットの画像で見た通り、息を呑《の》むような美貌だ。周囲の客が何人か振り向く。石立が席を勧めながらにこやかに言った。

「ようこそ神戸へ。イバラくんとはうまく会えましたか」

「ええ。改札の前で待っていてくれましたから」

「そりゃよかった」

石立がウェートレスを呼び、料理長のおすすめコースを注文した。三岸が「まあ、楽しみ」と明るく応じた。芸術家ということで身構えていたが、三岸は思ったより気さくなようだ。菜見子は少し肩の力を抜いた。

「以前、わたしがいた施設で、イバラくんは粘土細工で河童《かっぱ》のついた筆入れを作ったんです。そのとき、お手本そっくりに作って、みんなが感心しました。イバラくん、覚えてる？」

「はい。ぼく、高島先生にほめてもらって、うれしかった」

甲高い声と子どもっぽいしゃべり方は相変わらずだが、あのころと比べるとイバラはずいぶん成長した。事件を起こした六年前は、二十三歳にもなって菜見子を「あーちゃん」と幼児語で呼んでいたが、今はきちんと「高島先生」と呼ぶ。

「お手本そっくりに作るのも、ひとつの才能ですわ」

三岸が話を盛り上げてくれたので、菜見子は打ち解けた気分になって訊ねた。

「イバラくんの日本画の才能って、どんなところに表れているんですか」

「それは、彼の絵を見ればわかります」

三岸は自信に満ちた声で言った。菜見子と石立を均等に見て、専門家らしい口調で解説する。

「アール・ブリュットをご存じですか。直訳すれば〝生《なま》の芸術〟という意味ですが、正規の美術教育を受けずに、内面から湧き出るものをモチーフにした芸術です。無数の突起をつけた陶器とか、果てしなく細かく描いた都市の俯瞰図《ふかんず》とかですね。それらは既存のいかなる芸術潮流にも属さないものとして注目されています。イバラくんの絵も、このアール・ブリュット的な素質に満ちているのです」

菜見子は、その芸術についてテレビで見たことがあった。

「何年か前、そういう日本人の作品を集めて、パリで展覧会があったのじゃありませんか」

「よくご存じですね。アール・ブリュット・ジャポネ展です」

三岸は菜見子に一目置くような目線を送った。しかし、逆に菜見子はかすかな不安を感じた。その展覧会の作家たちは、多くが自閉症や知的障害の患者だったからだ。

彼女は不安を打ち消すために、イバラの気持を代弁するように言った。

「イバラくんは今、自由の身になって、社会で何かよいことをしたいと考えているのです。人の役に立つことを。ねぇ、イバラくん」

「はい」

イバラは無垢《むく》なようにうなずいた。三岸は意味ありげに微笑みながら、イバラを見つめた。ひとりで紹興酒のグラスを重ねていた石立が、あけすけな声を出した。

「そのアールなんとかは別にしても、日本画は基礎が大事なんとちがいますか。イバラくんは何の素養もないけど、やっていけますやろか」

「大丈夫です。日本画に大切なのは、技術や知識じゃなくて、創作に対する内面の力です。基本的なことはわたしが教えます。イバラくんには何より日本画にふさわしい資質がありますから」

「ほんなら彼は、画家として大成しますかな」

「可能性は十分にありますね」

ほろ酔い気分の石立に、三岸は艶然《えんぜん》と微笑んだ。そして、射すくめるような視線をイバラに送った。

「あなたには、ほかの画家にはない、ものすごい体験があるものね」

その目に妖しい光を見て、菜見子はふたたび不安が高まるのを抑えられなかった。

8

為頼はサトミが診療所に来たことを、すぐ菜見子にメールで報せた。菜見子からは、「信じられない」という喜びの返信が来た。彼女はずっとサトミのことを心配して、帰国したらいつでも身元引受人になるつもりでいたようだ。サトミの父親は行方が知れず、母親も長期の入院で、とても面倒を見られる状態ではなかったからだ。

菜見子からのメールによれば、サトミの母親はイバラの事件後、東京に引っ越し、神戸のときと同様、荒れた生活を送って重症のうつ病になったらしい。二年前に都立の精神科病院に入院し、今も退院の目途が立たないという。

メールにはほかにも、為頼の不安を掻き立てることが書いてあった。イバラの仮釈放である。

イバラが関わった多くの事件は、たとえ彼がサラームという向精神薬で操られていたとしても、異常なものだった。特に為頼自身が拉致された事件では、その異常性を目の当たりにして戦慄《せんりつ》した。あのとき、イバラの眉間《みけん》に浮き出ていた「犯因症《はんいんしょう》」は、それまで見たこともないほど強烈なものだった。両眉の間に浮かぶ奇妙な「M」の形の盛り上がり。今、イバラの眉間は平らになっているだろうか。

あらゆる病気に徴候があるように、ある種の犯罪にも「徴《しるし》」があると気づいたのは、為頼が大阪の拘置所に勤務したときだった。大学病院の医療に失望した彼は、医局からの派遣で、大阪拘置所の医務主任を三年間務めた。

拘置所のカルテには、容疑者の名前の下に罪名が書いてある。万引き、放火、幼児性愛など、病的な傾向の強い犯罪者には、それぞれ特有の徴候があった。たとえば性犯罪を繰り返す人間は、額が狭く後ろに傾いている。放火魔は肘《ひじ》の関節がまっすぐ伸びず、中指と薬指が常に小刻みに震えている。殺人者にも、独特の徴候があった。眉間に盛り上がる奇妙な「M」字形の皺《しわ》である。

最初に気づいたのは、拘置所内で殺人事件が起きたときだった。おとなしいと思われていた男が、食事中、突如、となりの男の口に割り箸《ばし》を突き刺して死亡させた。原因は些細《ささい》な諍《いさか》いだったが、箸の先端は頭蓋底《ずがいてい》を突き破り、脳幹《のうかん》にまで届いていた。その男の眉間が、「M」の形に盛り上がっていた。

殺人という行為は、通常の人間には行い得ない。偶発的なものを除き、意図的な殺人は、いざという瞬間に、畏《おそ》れや怯《ひる》みによって抑圧されるからだ。殺人を行える人間は、その抑圧が病的に欠落している。だから平気で殺せるのである。

しかし、殺人者の徴候は常に現れているわけではない。それは心電図の変化に似ている。心電図では、心筋梗塞が起こりかけると、虚血《きょけつ》のサインとして、ST部分が下がる。そして心筋梗塞になると、異常Q波が出現する。病的な殺人者は、殺害のエネルギーが高まると眉間が奇妙に盛り上がり、行為が切迫すると「M」の字を浮かび上がらせる。しかし、それはだれにでも見えるわけではなかった。

外見から犯罪者を判別するのは、十九世紀、イタリアの犯罪学者チェザーレ・ロンブローゾが提唱した概念である。犯罪は環境や偶然によって起こるのではなく、生まれついての犯罪者が起こすという「生来犯罪者説」だ。それは似非《えせ》科学として、今は完全に否定されているが、犯罪者に身体的な徴候があるという着眼点は、あながち誤りではなかった。為頼には、殺人者の眉間の「M」が3Dの立体画像のように浮き出て見えたが、ほかの医官や刑務官には見えないようだった。

菜見子のメールには、さらにもう一つ、気になることが書かれていた。三岸薫という日本画家のことである。三岸は収監中からイバラの絵の才能を見抜き、何度か面会に来ていたようだ。しかし、どこか不自然だった。

ネットで三岸の絵を調べると、思わず眉をひそめたくなるようなグロテスクなモチーフが多かった。為頼はふと、白神メディカルセンターの院長、白神陽児のことを思い出した。過去のイバラの犯罪は、白神がイバラにサラームをのませて暗示をかけたことが原因だった。似たようなことが繰り返されはしないか。絵と犯罪が結びつくという根拠はないが、為頼はそこはかとない胸騒ぎを覚えた。

9

菜見子と為頼は、二年前に一度だけ、ウィーンで再会していた。ゴールデンウィークに菜見子が祐輔を連れてやってきたのだ。滞在はわずか五日間だったが、いい気候だったので、為頼は彼らをザルツカンマーグートのドライブ旅行に誘った。ザルツブルクの東、アルプスの麓《ふもと》に広がる美しい湖沼地帯である。

祐輔が車の窓を全開にし、顔を出して歓声をあげた。アウトバーンのドライブはいつも子どもを夢中にさせる。

「危ないから、座ってなさい」

菜見子が助手席から何度も後ろを振り返り、たしなめた。それでも、日本では考えられない空の青さと緑の濃さには、菜見子も心を奪われたようだった。

泊まったのは、ヴォルフガング湖畔。ここはオペレッタ『白馬亭にて』の舞台としても知られる保養地だ。湖の見える小さなガストホーフ（簡易旅館）に荷を解き、周辺を散歩したり、祐輔を水辺で遊ばせたりした。

夕食はガストホーフのベランダで、新鮮な川魚のレモン蒸しを堪能した。ワインは飾り気がなく、さわやかな香に満ちていた。祐輔は一日中遊びまわった疲れで、デザートもそこそこに眠ってしまった。菜見子が部屋に連れていき、起き出したらわかるように窓を開けて、ベランダにもどってきた。

「そちらに座ってもいいですか」

そう言って、彼女は自分のグラスを持って為頼のとなりに席を移した。二人の前に静かな湖面が広がり、涼しい風が流れてくる。あたりが暗くなり、湖岸の建物に明かりが灯《とも》った。ベランダの少し離れたところに、七十代のカップルがいた。為頼たちと同じく湖に向いて座り、肩を寄せ合っている。菜見子がワインを一口飲んで微笑んだ。

「ヨーロッパの人はすてきですね、いくつになっても」

為頼が背もたれに手をまわすと、菜見子は安心しきった猫のように身体を預けてきた。為頼は八年前に妻の倫子を亡くして以来、久しぶりに女の髪のにおいを嗅《か》いだ。

やがて対岸の山陰から月が昇り、湖面が銀色に輝いた。菜見子の頬は、ワインに火照《ほて》りながら硬直していた。胸もとが締めつけられ、喘《あえ》ぐようなため息が洩《も》れる。為頼が首を傾げ、唇を重ねたとき、菜見子はかすかに震えていた。

身体の奥から熱いものが込み上げ、二人は部屋に引き上げた。祐輔の眠る部屋ではなく、木のベッドのある為頼の部屋へ。

あれは旅の解放感がもたらした気まぐれだったのか。

ウィーンにもどったあと、帰国までの短い日時、菜見子はじっと為頼の言葉を待っているようだった。しかし、為頼は何も言えなかった。言えない理由があった。菜見子はきっと信じないだろうが。

菜見子は祐輔を連れ、そのまま機上の人となった。見送る為頼の胸に、ほろ苦い、それでいて重い気持が残った。

それは今なお、彼の心で揺れ続けている。

10

腫瘍が骨を溶かしていると言われても、加納は意味がわからなかった。痛みもなければ、出血もない。何よりエイズでなかったのだから、さほど深刻になることもないだろう。

しかし、准教授の菅井は、深刻な調子で言った。

「まず診断を確定しなければなりません。入院して検査するのがよいと思いますが」

エイズでもないのに入院？　仕事もあるのにそんな悠長なことはしていられない。

「取り敢えずカポジ肉腫ということで、治療できないんですか」

「そんな当てずっぽうみたいなことはできませんよ。治療がまちがっていたら、副作用で症状が悪化することもあるのですから」

「とにかくこの『斑点』を消してほしいのです。副作用のない治療をしてもらえませんか」

「無理です」

菅井は硬い表情で電子カルテのモニターに向き直った。これ以上、機嫌を損ねるのはまずい。加納はそう判断して、声の調子を改めた。

「急に入院と言われても、いろいろ事情があってすぐにというわけにはいかないんです。申し訳ありませんが、なんとか通院で治療していただけませんでしょうか」

「診断が確定できなければ、対症療法しかできませんよ」

「それでけっこうです」

菅井は顔を半分だけもどして加納に言った。

「では、再出血に備えて止血剤を出しておきます」

また止血剤か。加納は失望したが顔には出さなかった。ここはとにかく、エイズでないとわかっただけでもよしとしよう。

翌日、彼はいつも通り銀行に出勤した。歯茎の「斑点」のことは考えないようにした。怪我でもニキビでも、放っておけばたいてい治る。気にするからいけないのだ。

そう思って加納は仕事に集中した。新規融資先の調査、新商品の売り込み、住宅ローンの借り換え申請。いったん仕事モードに入れば、身体のことなどかまっている暇はない。

夜、帰宅してからも、コンプライアンス研修や業務検定など、勉強することは山ほどある。朝夕の歯磨きのときも歯茎を見ないようにした。幸い出血もなく、はじめに感じた違和感も徐々に薄れていた。

大学病院の診察を受けて四日目の夜、風呂上がりに背中を拭《ふ》こうとして身体をねじったとき、鏡に奇妙なものが映った。尻の割れ目にキクラゲのようなものが貼《は》りついている。指で触ると不快なざらつきがあった。加納は思わずバスタオルを取り落とした。

尻の肉を分けると、もはやそれは「斑点」などという大きさではなかった。肛門の横からアゲハチョウくらいの大きさで尻の両側に盛り上がっている。

何だ、これは……。

加納は慌てて歯茎の「斑点」をチェックした。唇をめくろうとして、半分も持ち上げないうちに増殖した肉腫が見えた。それは唇の奥にも広がり、アメーバのような形で歯肉を冒していた。触れても触った感じがない。違和感がなかったのは、肉腫が広がって無感覚になっていたからか。

目を閉じて、自分に言い聞かせる。落ち着け。大丈夫だ。明日、病院に行けばいい。入院の用意をして、銀行には病欠の届けを出して。それ以外にできることはない。大丈夫だ。まだ、何も決まっていない。

眠れないまま夜を明かし、加納は翌朝六時にマンションを出た。再診の受け付けは七時からだが、病院の玄関は六時半から開いている。加納は十番目くらいに再診手続きをしたが、診察室に呼ばれたのは昼前だった。

前に診察した准教授の菅井は、加納の尻の病変を見て絶句した。

「いつからこんな状態になったんです」

「わかりません。気づいたのは昨晩です」

「しかし、一日や二日でこんなものができるはずがないでしょう」

「そんなことより、早く検査なり治療をしていただけませんか」

加納は診療台で尻を出したまま、焦れったそうに菅井を見返した。

「加納さん。これはやはり入院していただく必要があります」

「そのつもりです。準備もしてきました」

菅井はすぐ病棟に連絡をとり、入院の手続きをとった。病室が決まると、午後からさっそく検査がはじまった。まずは血液検査。それから臀部《でんぶ》のX線撮影と全身のCTスキャン。夕方、菅井が病室にようすを見に来たので、加納は待ちかねたように訊ねた。

「尻の黒いものは何なんですか。やっぱりカポジ肉腫ですか」

「いや、まだ何とも言えません」

「今日の検査の結果は」

「まだ出ていません」

加納は苛立ったが、まだと言われれば待つより仕方がない。

翌日も検査と診察が続いた。MRI、超音波、分泌液《ぶんぴつ》の採取。その合間を縫って、医局員らしい医師が何人も診察に来る。自分の病気はそんなに珍しいのか。

翌々日には教授回診があった。大勢の医師を引き連れた教授が、加納の歯茎を診察した。続いてうつ伏せにさせられ、尻を露出させられる。菅井が聞き取りにくい声で教授にささやく。加納は全神経を耳に集中するが、英語を交えた専門用語は聞き取れない。わざとわかりにくく言うのは、患者に事実を悟らせないためか。

教授が次の病室に向かったとき、加納はたまらず菅井を呼び止めた。

「菅井先生。今の説明は何と」

「待ってください。あとで言いますから」

菅井は逃げるように教授を追いかけていった。いったい患者の気持を何だと思っているのか。こんな不安なまま放置されたら、それだけで消耗してしまう。

昼前になって、ようやく菅井がやってきた。

「さっきはすみません。教授の指示で、肉腫の穿刺《せんし》を行います。注射針で細胞を採取するのです」

「針で突くんですか。それで転移しませんか」

たしかメディペディアに、肉腫を傷つけると転移する場合があると書いてあった。菅井は扱いにくい患者だというように苦笑して答えた。

「どうぞご心配なく。組織を切り取る生検よりは安全ですから。よければ今日の午後にさせていただけますか。早いほうがいいので」

菅井は検査内容を説明し、同意書にサインを求めた。考える時間もない。大学病院とはこういうところなのか。加納は不安に思いつつも、半ば菅井の語気に押されて同意書に署名した。

午後いちばんに行われた穿刺は、思いのほかあっけなく終わった。消毒をして、針を刺して、注射器に組織を吸い取るだけだ。痛みもほとんどない。拍子抜けする思いだったが、菅井は仰々しく採取した検体をクーラーボックスに入れて出ていった。

不安な思いで週末、月曜と過ごした翌火曜日、ようやく検査の結果が出揃《でそろ》ったと、菅井が加納を呼びに来た。ナースセンターの前にある説明用の小部屋に入ると、菅井はもったいぶった調子で説明した。

「加納さんの病気は、ちょっと珍しいものなので、我々も慎重にならざるを得なかったのです。歯茎と臀部の病変は、前にも申し上げた通り、外見的にはカポジ肉腫によく似たものです。しかし、穿刺で得た細胞からは、カポジ肉腫の原因となるＨＨＶ-８というウイルスが検出されませんでした」

ＨＨＶ-８はメディペディアにも出ていた。それが見つからなかったのなら、よかったじゃないか。加納は思わず身を乗り出した。

「じゃあ、カポジ肉腫ではないんですね」

「いや。そうとも言い切れない。実は、ＨＨＶ-８とは別のヘルペスウイルスが検出されたのです。新しいサブタイプの……」

どういうことか。目顔で問うと、菅井は唇を引き締め、厳かに答えた。

「加納さん。あなたの病気は、言うなれば『新型カポジ肉腫』です」

11

愛城飯店での食事が終わったのは、午後八時半をまわったころだった。菜見子ら四人は元町通りまで歩き、そこでいったん足を止めた。

「三岸先生。今日はありがとうございました。これからも、イバラくんのことをよろしくお願いします」

菜見子が頭を下げると、三岸は穏やかな笑顔で、「こちらこそ、ご馳走《ちそう》になって」と会釈を返した。菜見子はていねいに訊ねた。

「お帰りはどうされます。よければ、わたしがホテルまでお送りしますが」

「それには及びません。タクシーですぐですから」

「そうですか。悪いですな。ほんなら、わたしはＪＲですので」

紹興酒で顔を火照らせた保護司の石立が、片手を振って駅に向かった。三岸は石立を見送ったあと、通りかかったタクシーを停めた。

「そうだ。イバラくんに渡したいものがあったんだわ。イバラくん、悪いけどホテルまで来てもらえるかしら」

イバラが困惑した視線を向けると、菜見子は少し考えてから声を低めた。

「今日はもう遅いから、明日にしていただいたら」

イバラが返事をする前に、三岸は菜見子に向かっておどけた表情で手を合わせた。

「ごめんなさい。わたし、明日は朝一番で鎌倉にもどらなくちゃいけないの」

「でも、お疲れじゃありませんか」

「ぜんぜん。今日は楽しかったから平気よ」

「じゃあ、ごいっしょさせてもらう？　でも、すぐに失礼するのよ」

気がかりなようすの菜見子を残して、三岸はイバラをタクシーに促した。


車窓の後ろに菜見子の姿が遠ざかると、三岸はバッグから真っ黒のサングラスを取り出してかけた。夜なのにどうしてそんな眼鏡をかけるのかと、イバラは首を傾げた。

三岸の宿泊先は、新神戸のプレジデンシャルホテルだった。エントランスでタクシーを降り、制服のボーイに迎えられる。

「こっちよ」

三岸は「エグゼクティブフロア専用」と書かれたエレベーターに乗った。三岸は何をくれるのか。イバラは知りたいと思ったが、サングラスをかけた三岸には、何も訊ねてはいけない気がした。

最上階に着いて部屋の扉を開けると、三岸は黙ってイバラを中へ通した。そのまま三岸はバスルームに入る。イバラはどうしていいのかわからず、部屋の真ん中に立っていた。

しばらくすると三岸が出てきた。化粧は落としているが、サングラスはそのままだ。彼女は奥のソファに座り、ハイヒールを脱いで脚を組んだ。

「ミニバーからウイスキーを出してちょうだい。氷もいっしょに」

声がおかしい。さっきまでの優しさが消えている。三岸は長いキセルをバッグから取り出し、煙草《たばこ》を詰めて火をつけた。

イバラが不器用な手つきで氷を入れたグラスとウイスキーのミニボトルを運んでくると、三岸は栓を開け、乱暴に注いだ。

「おまえを完璧《かんぺき》なアーティストにしてあげる」

三岸が唇を歪めて笑う。サングラスをかけているので、目はどんな表情かわからない。

「おまえは知らないことがたくさんある。無痛症で痛みを知らない。親の愛情とか、家族のぬくもりも知らない。優雅な暮らしも、人から羨《うらや》まれることも、愛されることも……。そうでしょ」

三岸の声が怒っている。なぜだろう。

「どうなの。返事は」

「はい。知りません」

「おまえは、高島さんが好きなの」

「はい……。いえ、わかりません」

「あの人はおまえに何をしてくれた」

「高島先生は、ぼくの身元引受人で、いつも励ましてくれます」

「愛を教えてもらったのか」

何のことかわからない。イバラは撫で肩をすぼめて首を振る。三岸はグラスを置いて立ち上がり、いきなりイバラのニット帽を取った。無毛の小さな頭が露出する。

「日本画はね、不潔な人間には描けない。心身ともに清らかでないとだめよ。おまえの頭はきれいだね。でも、身体はどう」

三岸の手がイバラに絡みつき、衣服を脱がせる。上半身が裸になると、三岸はサングラスの顔を近づけ、イバラの肌を舐《な》めるように見た。三岸の首筋からいやなにおいが立ち上ってくる。思わず顔をそむけると、三岸はすっと背後にまわり、耳もとでささやいた。

「今から、日本画の真髄を教えてやるからね。動くんじゃないよ」

草むらを這《は》う蛇のような指が、素早くイバラの下半身を裸にしていく。逃げようとすると、

「動くな」と鋭い声が飛んだ。

「どれだけわたしがおまえのことを考えているか、わからないの。おまえは人の気持がわからないから、逃げようとするんだ。どれほど恩知らずなことか、考えてみなさい」

全裸にされると、イバラは震えながら前を押さえた。三岸はそれを愉快そうに見ている。

「おまえは何もできない。何も知らない。おまえには、絵しかない」

イバラは立ったまま、三岸のサングラスを見て顔をしかめた。身体が膨れそうになるのを必死に抑える。灘区の事件の前、白神の言いつけでトレーニングをしていたとき、極端な撫で肩のイバラが逆三角形に変身した。筋肉が膨張し、肩甲骨が開いて肩が盛り上がる。

「おまえはめくるめくような性の悦《よろこ》びを知らない。それを知らなければ、いい絵は描けない」

三岸がイバラの身体を愛撫《あいぶ》しはじめる。イバラは思わず身を引く。

「動くんじゃないと言ったろ！」

イバラは目を閉じる。これはいい絵を描くために必要なんだ。そう自分に言い聞かせる。逆らうことは許されない。三岸先生はぼくのためにしてくれているのだから。

三岸は部屋の明かりを落とし、薄闇の中で服を脱いだ。さっきより一段と濃い体臭が押し寄せる。絨毯《じゆうたん》に仰向《あおむ》けにさせられ、熱のこもった肉体を覆い被《かぶ》せられる。巨大な軟体動物に咥《くわ》え込まれるような感覚が身体を這い、うごめき、喘ぐ。顔のすぐ上で、サングラスをかけた野獣が、蒸気のような息を吐いていた。イバラは無理やり狂わされ、精を奪われた。


…………

三岸は身を起こしてバスルームに行った。バスローブを羽織って出てくると、部屋の明かりをつけて言った。

「さあ、よく見るんだよ」

三岸がゆっくりとサングラスをはずす。

イバラは声にならない叫びをあげた。愛城飯店で見たのとまるで別人の顔だった。化粧であれほど華やかに浮き立っていた目が、チーズに埋め込んだガラス玉のようになっている。

「これが素顔よ。見たからには、もうわたしから逃れられない」

12

サトミが診療所を訪ねたとき、為頼は彼女の下宿先の住所とスマホの番号を聞き、暇なときはいつでも遊びにおいでと言った。

「ありがとうございます。よろしくお願いします」

礼儀正しく頭を下げるサトミを見て、為頼は未だに信じられない思いだった。

六甲サナトリウムではじめて見たとき、サトミはプレイルームで顔を伏せたまま、頑《かたく》なに心を閉ざしていた。それが今は背筋を伸ばし、相手の目を見て話す立派な女性になっている。やや吊《つ》り上がったアーモンド形の目は、こちらがどぎまぎするほど美しい。

しかし、自閉症や強迫神経症を含む複雑な問題を抱えていた彼女が、そう簡単に回復するものだろうか。かつての彼女は、ヒステリー性の発作が起きればアップライトのピアノを引き倒すほどの力を暴発させたのだ。為頼はサトミを送り出したあとも、一抹の不安をぬぐい去れなかった。

その後、為頼は何度かサトミに連絡し、ウィーン大学を訪ねてメンザ（学生食堂）で昼食をともにしたり、カフェで暮らしぶりを聞いたりした。生活費は白神がサトミのために作ってくれた口座の預金と、ベビーシッターなどのアルバイトで賄っているという。

「わたし、質素な生活に慣れてますし、音楽もiPodで聴ければ十分ですから」

サトミは白神にクラシックの魅力を教え込まれ、iPodに何曲もため込んでいるようだった。特にウィーンゆかりの音楽家が好きらしく、カフェで雑談しているときも、モーツァルトやベートーヴェンなどの話題がよく出た。

「でも、せっかくウィーンにいるのに、生の演奏を聴かなきゃもったいないよ」

「そうなんですけど、でも、チケット代が……」

はにかみながら言うのを聞いて、「iPodで聴けば十分」というのは、逆の意味なのだなと為頼は思った。

楽友協会のスケジュールを見ると、ベートーヴェンの「交響曲第五番」が五日後に予定されていた。指揮はフランツ・ウェルザー＝メスト。気晴らしにどうかと誘うと、サトミは目を輝かして喜んだ。

「わたし、ウィーンに来て、まだ楽友協会の大ホール《グローサー・ザール》に行ったことがないんです。ありがとうございます。感激です」

為頼にしても、一人で行くより女性同伴のほうが気分も華やぐ。

演奏会の当日、正面入口で待ち合わせると、サトミは青いサテンのドレスを着て現れた。

「すごいね。とても質素な学生には見えない」

「白神先生が最後に作ってくれたドレスなんです。わたしの唯一の晴れ着です」

やや窮屈そうだが、清楚《せいそ》な美しさを感じさせる。大ホールの中程に並んで座ると、サトミは金と赤を基調としたきらびやかな装飾に半ば放心状態になった。

演目はモーツァルトの序曲とハイドンのピアノ協奏曲のあとが、ベートーヴェンの「交響曲第五番」だった。音楽にさほど造詣の深くない為頼でも、さすがにこの曲は知っている。有名な出だしから、深刻に荒れ狂うような第一楽章、一転、優しい夜明けに続く荘厳な一日のはじまりのような第二楽章、さらには、重厚さの中に不気味な音の連なりが展開される第三楽章と進むにつれ、為頼はウィーン・フィルの華麗な演奏に魅了されていった。

サトミは曲のはじめから演奏に圧倒され、見えない風圧に耐えているようだった。拳を握りしめ、ときおり小刻みに震わせる。第三楽章が終わったとき、為頼はサトミの緊張に気づいたが、すぐに第四楽章の強烈で高揚感のある演奏がはじまり、曲はそのまま盛り上がり、立ち止まることを許さない力強さで、聴衆を興奮の渦に巻き込んでいった。

演奏が終わると、聴衆はいっせいに拍手をし、あちこちから「ブラヴォー」の声が上がった。ウェルザー＝メストも会心の指揮だったらしく、興奮の面持ちで拍手に応えている。月に数えるほどしかコンサートに足を運ばない為頼にも、今日の演奏はすばらしかったと実感できた。

「よかったね。今日はアタリだったらしい」

サトミは大きく目を開いたまま うなずく。

「やっぱり生演奏はいいだろう。それにしても迫力があったね。最後はすごい熱気だったものな」

拍手のせいで声が聞き取れないのか、サトミは返事をしない。全身を強《こわ》ばらせ、驚いたような顔でしきりにうなずいている。

「南さん」

呼びかけても応えない。そこで為頼はようやくサトミのようすがおかしいことに気づいた。

「どうした。気分でも悪いの」

首を振る。

「どうしたのか言ってごらん。遠慮しなくていいから」

さらに首を振る。いやな予感がした。六甲サナトリウムにいたときの姿が思い浮かんだ。

「南さん。もしかして、声が出ないの」

サトミはすがるような目で為頼を見てうなずいた。その目に見る見る涙が盛り上がる。心配していたことが起こったと、為頼は眉根を寄せた。

13

ホテルの部屋でイバラが身繕いを終えると、三岸はソファに座り、ふたたび濃いサングラスをかけた。

「新しいウイスキーを持ってきてちょうだい」

グラスを片手に冷蔵庫を顎で指す。イバラはうつむいたままジョニ黒の小瓶を差し出す。

「もう、帰っていいですか」

「まだよ」

早く帰らないと、高島先生に叱《しか》られる。しかし、今は三岸に逆らえない。

「そこにお座り」

三岸がベッドの端を指し、乱暴な手つきでウイスキーをあおった。

－わたしは下積みが長かった。絵に取り憑かれたのは、中学一年生のときよ。東芸美大に四回落ちて、仕方なく鎌倉造形美術大学に入った。二流の美大。でも、あきらめなかった。今に見てろって、歯を食いしばって頑張った。必死で勉強して、なんとか東芸美大の院に入った。でも、美大の生え抜きの連中にはもぐりと蔑《さげす》まれた。あのときの屈辱は忘れない。わたしが鎌倉にいるのも、世間への復讐《ふくしゅう》よ。わたしをあんなところに押し込めて、血の出るような苦労を強いた世間に、思い知らせてやるためにわざと離れないのよ」

イバラは三岸の言うことが理解できなかった。サングラスの下にどんな目が隠れているのかもわからない。

「わたしの作品が認められるようになったのは、ある人に巡り合ったから。その恩人は今もわたしを導いてくれる。その人の力を、おまえにも分けてあげる」

イバラは恐る恐る顔を上げる。

「日本画は神秘の表現よ。身体の内側から湧き起こる魔の力が必要なの。たとえば人を殺すエネルギー。身体の芯《しん》から震えるような、強烈で崇高な心の波動よ。おまえならわかるでしょう」

三岸の唇が斜めに引きつれる。笑っているようだ。

「殺すためだけに殺す殺人。そのとき感じる心の波動。それを作品に封じ込めれば、見た者は心を激しく揺さぶられる」

イバラは恐ろしくて目を上げることができない。

「死は美しい。命が大切だなんて、でっちあげもいいところ。現実に向き合って、絶望を乗り越える者だけが、真の創造を成し遂げる。自分を憐《あわ》れむな。のたうちまわれ。この宇宙に絶対の価値などない」

三岸は拳を振り上げ、見えない聴衆に演説するように言葉を放った。左手のグラスで溶けた氷がカランと鳴った。

「イバラ」

三岸はソファにもたれてイバラを見た。

「こっちを向いてごらん」

「はい」

「あのときのことを、話してみろ」

「あのときって……」

「灘区で教師一家を殺したときのこと」

五年前、裁判でさんざん聞かれた事件のことか。イバラは身を強ばらせた。

「覚えてません」

「そんなはずはない」

三岸が歪んだ笑いを浮かべる。イバラは顔を伏せて首を振る。

「ほんとうに、覚えてないです」

「心神喪失だったから？　嘘《うそ》ね。わたしにはわかる。まったく記憶がないとは言わせない」

イバラは何度も首を振って否定した。しかし、途中から何のために首を振っているのかわからなくなった。

三岸は無表情のまま冷ややかに言う。

「忘れているつもりでも、事実は消えない。無意識の中に必ず記憶されている。おまえは、その無意識に操られる」

14

サトミの症状は、おそらく突発性の失声症だった。

失声症とは、ストレスやトラウマによって、あるときを境に声が出なくなる状態だ。きっかけは何かわからない。今、聴いていたベートーヴェンの「第五番」だろうか。為頼はサトミを楽友協会の外へ連れ出し、人混みから離れたところで彼女の全身を見た。目と口元には困惑が浮かんでいるが、それ以外に病気の徴候はない。つまり、脳にも発声器官にも異常はないということだ。しかし、為頼にわかるのは身体的な病気だけで、精神的な異常や変調はよくわからなかった。

「気分は悪くない？　不安とか、恐怖は？」

サトミはいずれも首を振る。混乱はしているが、意識ははっきりしているようだ。

「取り敢えず、アパートまで送ろう。自分の部屋にもどってリラックスしたほうがいい」

為頼が促すと、サトミは国立オペラ座の前にあるバスターミナルに向かった。五月のウィーンは、午後九時を過ぎても日本の夕方のように明るい。為頼は歩きながら、サトミのようすをもう一度観察したが、やはり身体的な病気の徴候は見られなかった。

バスターミナルに着くと、サトミは46番のバスを指した。十六区のオッタクリングと呼ばれる地区に向かう路線だ。労働者や低所得者が多く住む地区で、あまり治安がよいとは言えない。二人はバスに乗り込み、空いている席に座った。

バスが動き出したあと、為頼はサトミの状況について改めて考えた。日本にいたころ、彼女は複雑な精神状態にあり、自閉症や強迫神経症のほかに、統合失調症も疑われていた。施設でもしゃべらず、ときに凶暴な発作を起こしていたが、失踪後は白神陽児に特別な治療を受けて回復したという。白神はいったいどんな治療をしたのか。

二十分ほどバスに乗ると、あたりは煤《すす》けたアパートが建ち並ぶ殺風景な眺めになった。

「州立病院前《ヴィルヘミーネン・シュピタール》」のアナウンスが流れると、サトミが降車ボタンを押して立ち上がった。

バスを降りて、さびれた坂道を上る。サトミは壁のひび割れたみすぼらしい建物を指さし、為頼を見た。

「ここが君の家？　とにかく部屋まで送るよ」

為頼が言うと、サトミは玄関を解錠し、エレベーターで最上階の五階まで上がった。さらに階段でもう一階上がる。借りているのは屋根裏の部屋らしい。扉を開けると、斜めの天井と、二つの出窓が見えた。簡易ベッドと木の机、右手に粗末な台所をしつらえた八畳ほどの空間だ。

サトミが先に入り、為頼を招き入れた。壁際の椅子を為頼に勧め、自分も机の前の椅子に座った。

「前にも急に声が出なくなったことはあるの」

為頼が聞くと、サトミは首を振る。

「息はふつうにできるんだろう。深呼吸してごらん」

目を閉じて、大きく息を吸う。ゆっくり吐き出すが、声は出ない。

「君は身体的には異常はないようだよ。のども声帯も正常だ」

サトミはほっとした表情を見せたが、すぐに為頼に目線をもどした。引き出しからメモ用紙を取り出して、鉛筆を走らせる。

『ほんとうですか』

「ああ。だから、声が出ないのは精神的な理由だと思う」

サトミはやや吊り上がった目をしばたたき、怪訝な表情を見せた。

『どうしてわかるんですか』

「私は外見から病気の徴候がわかるんだ。病気で声が出なくなったのなら、もとの病気のサインみたいなものがどこかに現れる。それがないから、のどの筋肉や声帯が麻痺してるわけではないと思う」

サトミがいぶかしげな表情を解かないので、為頼は、「信じられないかもしれないけれど」と付け足した。すると、彼女は思い出すように目を逸らし、また鉛筆を走らせた。

『白神先生も、同じことをおっしゃってました。病気の徴候が見えるって』

そうだ、彼も同じ診断力を持っていたのだと、為頼は苦々しく思い出した。自分はそのために悩み、医療に絶望しかけたが、白神はその能力を使って、医療のビジネス化を企んでいた。

「そう言えば、南さんは六甲サナトリウムにいたときも、しゃべれなかっただろう。白神先生の治療を受けてよくなったと聞いたけど、どんな治療だったの」

『それは、わたしの思考パターンを、変えるように、認識を改めるやり方です』

「薬とかは使わないの」

サトミが首を振る。心理療法とか認知行動療法とか呼ばれるものだろう。白神は外科医だったはずだが、精神科の素養もあったのか。

「そういう治療は、私にはちょっとむずかしい。ウィーンで専門の医師にかかったほうがいいんじゃないかな」

『わかりました』

メモにそう書き、素直にうなずく。

「でも、ほんとうに声が出ないの。あーと言ってごらん」

サトミは口を開け、なんとか声を出そうとするが、音にならない。困惑したようすで首を振る。その悲しげな表情は、とても演技のようには見えなかった。

15

「新型カポジ肉腫」という菅井のひとことは、加納に強い衝撃を与えた。いったいそれは良性なのか悪性なのか。

「先生。治療はどうなるんです」

加納は性急に訊ねた。患者にとっては病名などどうでもいい。治るかどうかがすべてだ。

加納は菅井の返事を待てずに先走った。

「新しい病気ということは、まだ治療法もわかっていないということですか」

「まあ、そんなに慌てないで」

菅井は鷹揚《おうよう》に片手をあげて、加納を制した。「取り敢えずは、カポジ肉腫の治療を行いましょう。抗ウイルス薬の点滴と局所の放射線治療です」

「副作用はないのですか」

「ないことはありませんが、十分に注意してやりますからご心配なく」

「治る可能性はあるんですか。今のところ命に危険はないんですか。歯茎の『斑点』と、尻の『腫れ物』は同じものなんですか。転移したということですか。ほかにも転移しているところはないんですか」

加納は自分を抑えられずに矢継ぎ早に質問した。菅井はひとつひとつにていねいに答えてくれた。その説明はわかりやすく、かつ不安を与えないような配慮が感じられた。ただ、最後の答えだけが加納の恐怖心を揺さぶった。

「ＭＲＩの検査で小腸の一部に〝影〟が見つかりました。壁の一部が分厚くなっているのです。まだ何かはわかりませんが」

―転移ですか。検査ではっきりしないんですか」

「はっきりさせるためには、細胞診といって内視鏡で細胞を採る検査が必要です。しかし、小腸は口からも肛門からも遠いですからね。内視鏡の検査ができないんですよ」

「それじゃ、腹腔鏡《ふくくうきょう》はどうです」

菅井は加納の医学知識に感心するように肩をすくめた。

「おっしゃる通り、腹腔鏡なら検査はできます。でも、今すぐやる必要はないでしょう。単なる炎症かもしれませんからね。危険な検査はなるだけ避けたいのです」

すぐに調べなくても大丈夫なのか。加納は戸惑いながらも、菅井の答えにやや安心した。よけいな検査をしないのは、患者のことを考えてくれているからだろう。

「わかりました。では先生にお任せしますので、どうぞよろしくお願いします」

加納が頭を下げると、菅井がにこやかに制した。

「そんなに畏《かしこ》まらないでください。実はこちらからもお願いしたいことがあるのです。加納さんの病気は新しいタイプなので、治験《ちけん》のデータを採らせていただきたいのです。大学病院は研究機関でもありますから」

「データ、といいますと」

「検査の結果や治療経過ですね。できれば写真も撮らせていただきたいのです」

なんだ、そんなことかと、加納はその場で了承した。菅井は看護師に指示して、「治験承諾書」を持ってこさせた。説明によると、治験の患者はデータを提供する代わりに、治療費はすべて病院持ちになるようだった。はじめにかかった皮膚科のクリニックでは、返事も聞かずに写真を撮られたが、それとは大ちがいだ。さすがは一流の大学病院は紳士的だと、加納は感心した。

16

治療はさっそくその日から開始された。

夕食後に、看護師が小さな点滴パックを持ってきた。「ゾビラビン」という抗ウイルス薬らしい。それを朝夕、毎日続けるという。

放射線治療は、翌日からはじまった。西病棟の放射線科に行き、治療台に俯《うつぶ》せになり、肉腫の部分に放射線を照射してもらう。痛みも熱さも感じない。これで効くのか。もっと強い治療でもいいのにと思ったが、素人《しろうと》考えは禁物と加納は自重した。

初日の治療を終えて皮膚科の病棟にもどると、看護師長に呼び止められた。

「菅井先生の指示で、お部屋を替わっていただくことになりました」

案内されたのは、廊下の奥にある特室だった。広々とした部屋に、液晶テレビ、冷蔵庫、クローゼット、応接セットまである。

「どうして、こんないい部屋に」

「いいじゃないですか。特室料も病院持ちなんですから」

少しでもいい環境で治療できるよう、菅井が配慮してくれたのだろう。加納はまんざらでもない気分で、先に運び込まれていた私物をクローゼットにしまった。


翌々日の午後、両親と妹が静岡の実家から見舞いに来た。

「お兄ちゃん、どうしたの。こんな豪華な部屋に入っちゃって」

今年、市役所に就職した妹が、頓狂《とんきょう》な声を出した。

「なんだかむずかしい病気みたいだけど、大丈夫なの」

母親が心配そうに息子の顔色をうかがう。父は意識的に明るい声で、「創陵大学病院なんだから、任せておけばいい」とうなずいた。

まだ治療がはじまったばかりなので、そんなに話すこともない。妹は兄の病状よりＶＩＰ用らしい特室に興味津々のようだった。応接セットのソファに座るなり、「うわぁ、これ本革じゃん」と肘掛けを撫でる。

「食べるものには制限ないんでしょう。おまえの好きなわさび漬けを買ってきたから、ごはんのおかずにすればいいよ。それから新しい下着とパジャマの替え」

母親は手提げから見舞いの品を次々取り出して、棚や引き出しにしまった。

「お兄ちゃん。どんな病気かちょっと見せてよ」

妹が加納のそばに来てねだるように言った。

「やめなさい」

「いいよ、母さん。見るくらい」

深刻さのかけらもない妹に、ちょっとショックを与えてやろうと思って、加納は唇をめくった。

「きゃっ」

妹は短い悲鳴をあげて後ずさった。横で父親も言葉を失っている。

「ほらごらん。ふざけるから」

顔をそむけていた母親だけが、いつもの調子で妹をたしなめた。

「お兄ちゃん……。それ、治るの」

「当たり前だろ。今、最新の治療をしてるんだから。俺は体力があるから、かなり強い治療にも耐えられるんだ。でも、まさか皮膚科の病気で入院するとは思わなかったな。世の中にはいろんな病気があるもんだよ。ははは」

加納は沈黙を嫌って、陽気に笑った。妹も元気を取りもどし、ふたたび憎まれ口を叩いた。

「ほんとね。お兄ちゃん、健康オタクなのに、変な病気になっちゃって」

「バカ。おまえなんか不摂生してるから、もっとキモい病気になるぞ」

「そんなこと言うもんじゃありません。とにかく早くよくなって、安心させてちょうだい」

子どものときのように叱られ、加納は頭を掻いた。

それから毎日、治療は続けられた。副作用はなかったが、効果も思わしくなかった。四日目あたりから、逆に肉腫が増大しはじめたのだ。

17

三岸に陵辱《りょうじょく》された翌朝、イバラは午前六時四十分に新神戸駅に着いた。そのまま仕事に行けるよう、作業衣《さぎょうい》を着ている。

五分後、サングラスをかけた三岸がキャリーバッグを引いてコンコースに現れた。

「イバラくん。おはよう。早いのね」

近づきながら微笑む。昨夜のことなどなかったかのように平然としている。イバラは作業衣のポケットをまさぐり、中の札《さつ》と小銭を三岸に差し出した。

「何なの、これ」

「お釣りです。昨日の」

昨夜、ホテルからの帰り際に、三岸はタクシー代と言って一万円をイバラに持たせたのだ

った。釣り銭は八千四百二十円あった。

「いいのよ、そんなもの。それはあなたのお小遣い」

三岸はささやくように言い、イバラの手を押し返す。

「それより、これをお願い」

キャリーバッグを指さし、三岸は切符売り場に向かった。もどってきて、イバラに入場券

を渡し、自分はさっさと改札口に向かう。

イバラはキャリーバッグを引きながら、三岸のサングラスの下にはどちらの目があるのだ

ろうと考えた。化粧をしたきれいな目か、冷酷で恐ろしいガラス玉のような目か。

エスカレーターでホームに上がり、グリーン車の停車位置で三岸は立ち止まった。

「イバラくん。それ、会社の服なの」

「……はい」

「どんな仕事をしてるの」

「ビルとか事務所の掃除です」

「仕事はつらくない？」

「大丈夫です」

三岸は朝日に顔を向け、かすかに眉をひそめた。

「あなた、前は病院にいたんでしょう。手術室で働いていたそうね」

「はい」

「手術をしてるところも見た？」

「……はい」

「わたしも見たことがあるわ、絵の参考にね。手術ってきれいでしょ」

イバラは返事ができない。三岸はかまわず続ける。

「強烈なライトに照らされて、内臓がうごめいている。太い血管が拍動して、脂肪や粘膜が煌《きら》めいていたわ。感動的だった」

サングラスの目が自分を見ている。イバラは顔を上げることができない。黙っていると、
三岸はかすかな笑い声を洩らした。

「そんなに緊張しなくていいのよ。そうそう、昨夜、あなたに渡そうとしたものを忘れてたわ。イバラくんは新聞とか読むのかな」

「……いいえ」

「テレビは」

「見ません」

「時代に通用する絵を描くには、社会のことも知らなきゃだめよ。あなた、前に病院にいたのなら、医療のことは少しわかるでしょう。これを読んでみなさい」

三岸はキャリーバッグのファスナーを開いて、週刊誌を取り出した。ページを折って目印にしたところを開く。

「この記事。『反省しろ！　最低な日本の医師たち』。週刊誌くらい読めるでしょう」

「……刑務所で、少し本を読みました」

「じゃあ、大丈夫ね」

押しつけられた週刊誌は、真新しいものだった。

列車到着のアナウンスが流れ、のぞみ号が入ってきた。

「お見送りありがとう。今度はあなたが鎌倉へいらっしゃい。アトリエを見せてあげるから」

三岸は優しげな笑みを残して車内に消えた。

18

改札を出たあと、イバラはキオスクでパンと牛乳を買い、待合室の椅子に座った。朝食は会社の近くで摂るつもりだったが、渡された週刊誌を少しでも早く読まなければと思ったのだ。

記事には、日本の悪い医者のことが書いてあった。

『和歌山県尾鷹《おたか》市の市民病院は、医師不足のため、年収三千万円で内科医を募集した。これに応じたK医師（42歳）は、一年間勤めて満額の報酬を受け取ると、さっさと病院をやめてしまった。彼は市民病院を救いに来たのではなく、開業資金を稼ぎに来たのだった』

なんてひどい医者なんだろう。お金だけもらって一年でやめたら、みんなが困るじゃないか。イバラは眉をひそめたが、ほかにももっとおかしな医者のことが書いてあった。

『水増し診療により、三年で二億三千万円を稼いで逮捕された愛知県酒山市の開業医（52歳）は、犯行の動機を聞かれ、自分にふさわしい収入を得るためと恥ずかしげもなく答えた。

奈良県大和道《やまとみち》市のY病院では、治療の必要のない患者に心臓カテーテル手術を行って死亡させ、さらにはがんではない患者に、肝臓がんの手術を行い死亡させた。Y病院の関係者は、執刀《しっとう》した院長（54歳）が、「肝臓がんということにして手術しよう。儲《もう》かるぞ」と言っていたと証言している。

東京恵愛医大付属病院の内科医（36歳）は、交際中の女性が妊娠した後、本人の同意なしに子宮収縮剤を点滴し、人工流産させた。内科医は犯行を否認していたが、メールの内容を追及されて犯行を自供した。

大阪府の調査によれば、入院患者が全員、生活保護受給者である病院が府下に三十四もあり、診療報酬の請求額は平均の二倍以上。なかには十六倍という高額な請求もあった。生活保護受給者は、医療費が全額医療扶助でまかなわれることを悪用した、医療貧困ビジネスの可能性が高いと当局は見ている』

むずかしい言葉はわからないが、とにかく悪いことをする医者が多いことだけはわかった。それにしても、三岸はなぜ自分にこんな記事を読ませるのだろう。

そう思っていると、待合室のテレビからこんな声が聞こえてきた。

「みなさん。許せますか。日本のお医者さん。見てください、この体《てい》たらく」

白髪頭の強引そうな司会者が怒鳴っている。効果音に合わせて、大きなフリップから紙を剝がす。『救急患者の診療拒否』と書かれた下に、『実は医師の〝居留守〟』という文字が現れた。さらに、『激務のはずが、昼間からゴルフ』『カラ出張、カラ当直で手当ガッポリ』『製薬会社と癒着。治験データねつ造』などの文字が画面に大きく映る。

「どうです、みなさん。我々患者は、お医者さんを信じて、感謝してきたんです。むかしから医は仁術と言うじゃないですか。我々患者は、お医者さんに頑張ってもらいたいから、なんとか勤務状況が改善するようにと、陰ながら支援してきたんです。それがどうです。居留守を使ったり、ゴルフ三昧《ざんまい》、データのねつ造？　はっきり言わせてもらいます。こんなひどい状況なら、医療界はもっと反省してもらいたい」

コメンテーターも顔をしかめている。口髭をはやした新聞の論説委員が、肘をついたまま発言した。

「医療崩壊だ、医師不足だって言うから、我々マスコミもお医者さんには気をつかってきたんです。こういう不届き者の医師がいるようでは、患者はたまったもんじゃない。我々はもっと遠慮せずに、医師を監視すべきでしょうね」

イバラはテレビを見ながら思った。みんな、医者が嫌いなんだ。悪い医者が多いから。でも、病気になったらどうするんだろう。ほかに治してくれる人はいないのに、みんなが医者を嫌いになったら、困るんじゃないか。

そのとき、イバラは以前、似たようなことを聞いたのを思い出した。

――今に医師は嫌われ、世間から攻撃されるだろう。

刑務所に入る前、イバラが勤めていた白神メディカルセンターの院長、白神陽児が言った言葉だ。今から十一年前、知的障害があったイバラを治療し、病院に雇ってくれた白神。自分を一人前に扱ってくれて、手術室で仕事をさせてくれた白神。

イバラは複雑な気持で思い返した。

白神先生の言った通りになった……。

19

サトミが失声症になった翌日、為頼はウィーン総合病院の外科部長、ルドルフ・クロイツァーに電話をかけた。クロイツァーとは以前から知り合いで、必要に応じてウィーンの専門医を紹介してもらう間柄だ。

挨拶のあと、為頼は単刀直入に言った。

〈実は、二十歳の日本人女性で、失声症《アフォーニア》になった患者がいるのだけれど、だれか適当な医師を紹介してもらえないだろうか〉

英語で状況を説明すると、クロイツァーは、ウィーン大学医学部の精神科主任教授、グスタフ・マイヤーを紹介してくれた。

〈マイヤー教授は、マリエンヌ病院で水曜日にプライベートの外来をやってるから、ちょうどいいだろう〉

マリエンヌ病院は、日本人が多く住むウィーン十八区にある私立病院で、為頼もこれまでに何度か患者を連れて行ったことがあった。サトミの住む十六区からも遠くはない。

サトミはその後も声が出ず、為頼とは、日本語アプリをダウンロードしたスマホのメールでやり取りするようになっていた。

翌週の水曜日、為頼はサトミを連れて、マリエンヌ病院を訪ねた。

マイヤーは銀髪を短く刈り込み、鼻眼鏡《はなめがね》をかけた厳格な雰囲気の老教授だった。為頼がサトミの状況を説明すると、笑顔一つ見せず、サトミを見つめた。

〈およそのところはわかりました。では、検査のプランを立てましょう〉

マイヤーは英語で応じ、電子カルテを起動させた。為頼は日常会話はドイツ語でできるが、込み入った話は英語のほうが話しやすい。

サトミが不安そうな表情を見せたので、為頼が代わりに訊ねた。

〈検査はどんなことをするのですか〉

〈まず、脳のCTとMRI、脳波、脳SPECT《スペクト》、心理テスト、それに血液検査です〉

〈脳SPECTとはどんな検査ですか〉

〈放射性同位元素を使って、脳の血流を調べるものです〉

サトミは小さく、しかし、決然と首を振った。それを見とがめて、マイヤーがサトミに低く語りかけた。

〈放射線を怖がっているのかな。それなら心配ない。ごく微量だから、身体に悪影響はいっさいない〉

サトミはスマホを操作し、メールの画面を為頼に見せた。

『検査は受けたくありません』

「どうして」

為頼が聞くと、サトミは手早くメールを打つ。

『六甲サナトリウムでいやな目に遭ったから』

詳しくはわからないが、しつこくは聞かないほうがよさそうだった。為頼はできるだけ穏便に、サトミの気持を通訳した。マイヤーは驚いたように片方の眉を上げ、理路整然とサトミに説明した。

〈検査をしなければ、治療はできないよ。まずCTとMRIで、脳腫瘍や脳出血がないことを確かめて、脳波でてんかんの有無を見る。次いで、脳SPECTで血流状態を判定し、心理テストで心因性の症状を見て、血液検査でホルモンや酵素の異常をチェックしなければならない。どれも欠かせない検査だ〉

マイヤーの口調は居丈高《いたけだか》で、声も苛立っていた。サトミは表情を強ばらせ、身を守るように両腕を交叉《こうさ》させた。為頼はまずいと思い、相手のプライドを傷つけないように控えめに言った。

〈マイヤー教授。彼女は子どものころにつらい経験があって、医療不信に陥っているのです。検査はしばらくようすを見てからということで、お願いできないでしょうか〉

〈何をしてようすを見るのですか〉

〈カウンセリングとか、簡単な服薬で〉

〈カウンセリングにも服薬にも、検査は必要です。可能性のある疾患を除外しなければなりませんから〉

　マイヤーはドイツ系気質の頑固さで、為頼を見返した。失声症はヒステリー性の発作や過緊張などで発症することが多い。だから、心理療法で軽快するのではないかと思うが、マイヤーはあくまで検査を優先する正攻法を採るつもりのようだった。

　為頼はとっさに思いついて付け加えた。

〈彼女の失声症は、ベートーヴェンの交響曲第五番を聴いたときにはじまったのです。そこにヒントはないでしょうか〉

　マイヤーは軽く肩をすくめ、サトミに視線を移す。

〈あなた自身に、思い当たることはあるかい〉

　サトミは顔をそむける。

「南さん、何かあるのならメールに書いてみて」

　サトミの親指が素早く動き、為頼にスマホを見せる。

『特にありません』

そのようすを見ていたマイヤーが、ひとつ咳払《せきばら》いをして言った。

〈ドクター・タメヨリ。彼女をウィーンで治療するのは、むずかしいのではないですか。環境の影響もあるでしょうし、日本に帰るのがよいと思いますが〉

その言葉にサトミが強く反応した。激しく首を振り、憎悪に満ちた目でマイヤーをにらみつける。全身から凶暴なエネルギーが立ち上るようだった。マイヤーはさすがにそんな患者にも慣れているのか、さして動揺も見せず、どうしようもないというふうに両手を広げた。

このままではさらに状況が悪化しそうだと見た為頼は、診療の中止を申し出て、サトミといっしょに診察室を出た。

診療費は為頼が立て替え、取り敢えず病院を離れた。サトミの緊張はどんどん強まり、いつ発作が起きるかしれない状態になっていた。

最寄り駅から路面電車の市電に乗ると、サトミは少し落ち着いたようだった。

「悪かったね。ウィーン大学医学部のえらい先生らしいけど、あんなに頑固じゃだめだよな」

為頼が申し訳なさそうに言うと、サトミはさっとスマホに指を走らせた。

『わたしのほうこそすみません。でも、日本に帰るのだけは、ぜったいにいやなんです』

「わかった。君を無理に帰国させるようなことはしないから、安心して」

サトミは潤んだ目で為頼を見上げた。

発作の危機は去ったようだったが、このまま声が出ないのは困る。どうすればいいのかと、為頼は途方に暮れる思いだった。

20

「母さん！　隠さずに全部話してよ。ぼくはもうだめなんだろ。生検で悪性の細胞が出たんだろ。小腸の〝影〟も転移なんだろ。そうにちがいない」

「そんなことないよ。菅井先生は、まだ検査の結果は出ていないって」

「嘘だ！　生検をしてからもう十日もたつのに、悪い細胞が出たから何も言わないんだろう。こんなふうに焦らされるほうがつらいんだよ。これじゃ蛇の生殺しだ」

加納の唇からは、増殖した肉腫が赤黒くはみ出していた。歯茎から血まみれのコールタールのような液が流れ出ている。尻の肉腫は臀部の右側をほとんど覆い、巨大な干し椎茸《しいたけ》の笠を貼りつけたようになっている。

入院して、すでに一カ月余りが過ぎていた。生検は、治療方針の最終決定のために、十日前に菅井が教授に命じられて行ったのだった。

はじめに治験として受けたゾビラビンの点滴と放射線治療は、一週間で中止された。肉腫が増大しはじめたからだ。

その一方で、皮膚科に未知の疾患の患者が入院したという噂《うわさ》は、病院内にすぐに知れ渡った。ほとんどの病気が研究し尽くされた現代では、新しい疾患の登場は医師たちの興味を掻き立てる。五月に入ってすぐ、まず外科から小腸の〝影〟の切除の打診があった。

菅井とともに病室に来た外科の講師は、加納を診察したあと熱っぽく言った。

「加納さん。小腸の〝影〟は、CTやMRIでは診断がつきません。腹腔鏡なら診断できますが、それよりいっそのこと〝影〟を含む小腸を切除したほうがいいでしょう。臀部の肉腫についても、外科的な治療が有効です。外科の治療は手術ばかりではありません。電気凝固《ぎようこ》、焼灼《しようしやく》、局所切除、掻爬《そうは》など、いろいろな方法があります」

その口ぶりがあまりに親切ごかしだったので、加納は警戒した。

「でも、肉腫を傷つけると、転移の心配があるのでしょう」

「全摘出《てきしゆつ》をすれば大丈夫ですよ。肉腫を傷つけずに取りますから」

「歯茎のは骨まで広がっているから、摘出はむずかしいと聞きましたが」

「だから、まずは臀部の肉腫だけでも」

「歯茎のほうはどうするんです」

外科の講師は返答に窮し、気まずそうな笑みを浮かべた。加納はその場で手術を断った。

尻の肉腫だけ取っても意味がない。前もって菅井にそう言い含められていたからだ。

外科医が退散したあと、内科の准教授が病室に現れ、新薬による治療を提案してきた。准教授は知的な雰囲気で静かに語った。

「我々は、エイズにも有効な高活性《こうかっせい》抗ウイルス療法を考えています。使うのは塩酸ドキソルビシンのリポソーム製剤、『ドキソビル』です。これはエイズ関連のカポジ肉腫の特効薬として、今年二月に認可された最新の抗腫瘍薬です」

いかにも専門家然とした准教授の説明に、加納の気持は傾いた。准教授はさらに続けた。

「ドキソビルはマクロファージに捕捉《ほそく》されることなく、腫瘍組織に長く留《とど》まります。腫瘍の縮小効果も、海外のデータでは、七四パーセントと高率で……」

それまで横で黙っていた菅井が割って入った。

「しかし、それはエイズ関連のカポジ肉腫でしょう。新型カポジ肉腫は、エイズとは関係ありませんよ」

「それでも、試してみる価値はあるでしょう」

「副作用はどうするんです」

「副作用を恐れていては治療は進みません。最終的な決断は、患者さんに委《ゆだ》ねられます。加納さん、いかがです。試してみませんか」

そっぽを向いている菅井を気にしながら、加納は内科准教授に治療を依頼した。できるかぎりの方法を試したいと思うのは、患者として当然のことだ。

ドキソビルの点滴は翌日からはじまった。しかし、副作用は思った以上に強く、まず下唇と頰に口内炎ができ、痛みで食事ができなくなった。一週間、歯を食いしばって頑張ったが、肉腫は小さくなるどころか徐々に大きくなり、逆に体重は四キロも減った。内科の准教授はあくまで治療の継続を主張したが、白血球が減りはじめて、ようやく中止に同意した。

菅井は内科の准教授のいないところで、勝ち誇ったように言った。

「だから、わたしはドキソビルなんか勧めなかったんだ」

「でも、ほかの治療法があるんですか」

「大丈夫。加納さんの病気は、我々皮膚科が全力をあげて治しますから」

翌週には、しばらく関わりが途切れていた放射線科が、新しい治療を申し入れてきた。前回の治療を担当していたのは講師だったが、新しい治療の説明に来たのは准教授だった。

「今回、我々が考えている治療は、モノクローナル抗体を利用して、放射性物質を肉腫に集中させる、『内照射療法』と呼ばれるものです」

放射線科の准教授も自信たっぷりに説明した。

「それは新しく開発された治療法なのですか」

「そうです。この病院ではわたしが二年前からやっています」

二年前から？　それならなぜはじめからやってくれなかったのか。加納は釈然としなかったが、今さら言っても仕方がない。

「加納さん。ぜひ我々に治療を任せてください。きっと肉腫を治して見せます」

菅井が横から反論した。

「しかし、この新型カポジ肉腫はそう簡単なものではありませんよ」

放射線科の准教授は動じずに言い返す。

「いや、内照射療法はこういう肉腫にはもってこいなんだ」

「しかし、効果が強いということは副作用も強いということでしょう」

「いやいや、内照射は全身的なダメージを最小に抑えられる」

「いやいや、しかし体内被曝《ひばく》はどうする。ほかのがんを誘発する危険もあるでしょう」

二人の准教授は患者の前であることも忘れたように、不毛な言い争いをはじめた。

やがて、放射線科の准教授は加納に向かい、傲然《ごうぜん》と言い放った。

「治療の選択権は、加納さん、あなたにあります。我々はいつでも最良の治療を提供する準備を調えています」

慇懃《いんぎん》な一礼を残して、放射線科の准教授は出ていった。その高慢な後ろ姿を見送ったあと、菅井は興奮した面持ちで吐き捨てた。

「まったく冗談じゃない。内照射なんて大した治療じゃないのに、奴はあなたを放射線科に転科させろと言うんですよ。そうまでして手柄がほしいのかって感じですよ。あなたの病気が新しいもんだから、どの科も鵜《う》の目鷹《たか》の目で集まってくる。大丈夫。放射線科なんかにはぜったいに渡しませんから、安心してください」

「でも、わたしは、内照射というのを試してみたいんですが」

「加納さん。最初の放射線治療で、肉腫が悪化したのを忘れたんですか。大きな声では言えませんが、そのあとも肉腫が増大しているのは、放射線治療が原因じゃないかとわたしはにらんでるんです」

「ほんとうですか」

「そうですよ。だってほかに考えられませんから」

加納ははじめて聞かされる事実にショックを受けた。しかし、あのときはゾビラビンの点滴もしていたではないか。ゾビラビンを指示したのは菅井だ。しかし、それは言えない。加納は迷ったが、放射線の内照射はもう少し白血球が増えてからということに決めた。

それが今から二週間前のことだ。

放射線科の治療を断った数日後、菅井は尻の肉腫の生検をさせてほしいと言い出した。治療方針の最終決定のために、病理検査をしろと教授から指示が出たらしい。加納は転移の心配を訴えたが、菅井は、もし転移するのなら、最初の穿刺で転移するはずだから、今、転移がないということは大丈夫だと説明した。穿刺がそんな危険な検査だったとは知らず、加納はだまされた気分だったが、菅井はそのことについては言葉を濁した。

「一歩踏み込んだ治療のためにも、ぜひとも生検が必要です。虎穴《こけつ》に入らずんば虎児《こじ》を得ずですよ」

そう言われて、加納は渋々生検を受け入れた。

生検さえすめば、治療法が決まると思っていたのに、結果はなかなか知らされなかった。菅井はあいまいな説明をするばかりで、はっきりしたことを言わない。ドキソビルで失った体重はもとにもどらず、白血球も回復しなかった。

その少し前から、母親が加納のマンションに泊まり込み、毎日、見舞いに来るようになっていた。さまざまな検査が繰り返され、そのたびに「詳しい説明はあとで」と話をぼかされる。加納は疑心暗鬼に陥り、夜も眠れず、ついに母親に怒鳴り声をあげてしまったのだった。

21

「ぼくはほんとうのことを知りたいんだ。だまされているのがいやなんだよ」

加納は苛立ちを抑えきれずに言った。母親は「だましてなんかいない」と、口を押さえて顔をそむけた。

そのときノックがして、菅井が入ってきた。

「加納さん。長い間お待たせして申し訳ありませんでした。病理がなかなか判定をつけられなかったもので」

いよいよ生検の結果が出たのか。加納は身を強ばらせて菅井に向き合った。

「組織像は、やはりカポジ肉腫に近いようです。血管の内皮《ないひ》細胞が、肉芽腫様《にくがしゅ》に増殖して、核の巨大化があります。細胞分裂の活性も高いようです」

「それはいったい、どういうことです」

「悪性度が高いということです」

あまりにあっけらかんと言われ、加納は動揺した。しかし、これほど簡単に言うからには、逆にさほど深刻ではないのだろう。加納はそう考えて冷静さを保とうとした。しかし、その期待はたちどころに裏切られた。菅井が言いにくそうにこうつけ加えたのだ。

「実は、ちょっと困ったことが起こっています。以前、お話しした小腸の〝影〟ですが、どうやら転移らしいのです」

「それは腹腔鏡の検査をしなければ確認できないんでしょう。前にそうおっしゃってたじゃないですか」

「確定診断はそうですが、状況から考えて、やはり転移が疑わしいのです。数も増えているので」

「数が増えたって、転移とはかぎらないでしょう」

「まあ、それはそうですが」

加納は菅井のあいまいさに希望をつなごうとしたが、それもまた無残に打ち砕かれた。

「実は、小腸以外にも、似たような〝影〟ができているんです」

「どこです」

「肝臓に」

まさか。加納にはとうてい納得できず、菅井に食い下がった。

「菅井先生。きちんと確かめてください。腹腔鏡でも何でも受けますから」

「いや、確認することには、あまり意味がありません。腹腔鏡は危険を伴う検査ですし。それに」と、菅井は面倒そうにつけ加えた。「腹腔鏡をするとなると、内科に依頼しなきゃならないし」

前に腹腔鏡の検査を勧めなかったのは、加納のことを考えたからではなく、内科に依頼をするのが面倒だったからか。加納はとっさに菅井に叫んだ。

「先生。退院させてください。もうこの病院にはいたくない」

「何を言うの、真一」

母親がうろたえながら立ち上がる。

「母さん。この病院はもういやだ。東帝大病院で診てもらおう。セカンドオピニオンだよ。菅井先生。紹介状を書いてください」

「ちょ、ちょっと待ってください」

菅井は狼狽《ろうばい》し、退院を思いとどまらせるよう懸命に説得しはじめた。それでも加納が翻意しそうにないのを見ると、菅井は顎を引き、最後通牒《つうちょう》のように声を低めた。

「これはたいへん申し上げにくいことですが、加納さんは治験の患者として入院されていますので、途中で退院されますと、これまでの治療費がすべて自己負担になります」

母親が顔色を変えた。それを目の端で確認しながら、菅井は平然と続ける。

「もちろん、健康保険の対象にはなりますが、特室の室料を入れると、かなりの額になると思われます」

「いくらくらいお支払いすれば」

「そうですね。治療費、検査料、室料合わせて、ざっと三百万円」

「そんなに……」

母親の情けなさそうな声に、加納はカッとなって叫んだ。

「冗談じゃない。特室はこっちが頼んだわけじゃないだろう」

「もちろんです。特室での療養は、治験のストレスを考慮して、わたしが判断したものです。ですから治験を継続していただける間は無料ですが、中止となればまた別問題で」

「治験の中止って、何度もいろんな治療を中止したじゃないか」

「個別の治療はそうですが、治験全体としては継続中です」

そんなことがあるのか。加納はおかしいと思ったが、菅井は押し被せるように続けた。

「それにちょうど今、生検の結果を踏まえて新しい治療を計画しているところです」

「新しい治療？」

加納の気持が揺れた。

「そうです。これまでにない画期的な方法です」

菅井は海外の文献や症例を調べて、肉腫そのものへの抗がん剤の注射が有効だという結論に達したという。

「使うのはブレオクレスチンという強力な薬です。注射は肉腫の中央に行います。真ん中が壊死《えし》すれば、次第に周辺も崩れて、やがて消滅するでしょう」

母親が加納にすがりつくように言った。

「その治療をやってもらおうよ。新しい方法だからきっと効くよ」

「副作用はないんですか」

「やってみなければわかりません。しかし、効果はまちがいないでしょう」

加納はまだ疑わしい気持だったが、新しい治療なら試してみたい気もした。

「加納さん、どうぞ我々を信頼してください。創陵大病院は常に最高の医療を提供しています。海外では東帝大病院より評価が高いくらいですから」

「真一。菅井先生にお願いしようよ。ね、もう少しの我慢だから」

母親と菅井の両方に説得されて、加納はようやく怒りの矛を収めた。

22

ブレオクレスチンによる治療は、翌日からはじまった。

歯茎の肉腫は、血染めのマウスピースが飛び出しているような状態で、尻の肉腫も厚みを増し、表面に無気味な剛毛《ごうもう》が生えていた。菅井は治療をはじめる前に、肉腫の大きさや厚さを測り、何枚も写真を撮った。治療の効果を確かめるためだろう。

肉腫への注射はまったく痛くなかった。針を刺す痛みさえないのは、かえって気味が悪い。はじめは少量を注射し、ようすを見て徐々に増量するとのことだった。

注射の翌日から肉腫が崩れだし、ブレオクレスチンを注入した部分が潰瘍《かいよう》になった。溶けた組織は悪臭を発し、血と膿《うみ》が流れ出た。菅井の説明では、目論見《もくろみ》通りに肉腫が壊死しているとのことだったが、潰瘍が深くなるにつれ、鈍い痛みが出てきた。菅井は鎮痛剤を処方したが、とても耐えられず、加納は夜も眠れなくなった。

ブレオクレスチンの注射は計四回行われたが、肉腫はよけいに周囲に広がり、口の肉腫は下顎《したあご》にまで広がった。ＭＲＩの検査では、新たに肺に転移が確認された。

菅井は治療の中止を決め、沈痛な面持ちで加納に言った。

「どうやら肉腫の勢いが強すぎるようですね。せっかくの治療法だったのですが、残念です」

そのひとことに、加納はキレた。

「残念です？　何だよそれは。先生は残念ですむかもしれないけど、こっちは命がかかってるんだ。先生は医者だろ。医者ならまともな方法を考えてくれよ。先生が信頼しろって言うから任せたんじゃないか」

「加納さん。落ち着いてください。治療にはやってみなければわからない側面があるのです。新しい治療だけではなく、すでに確立された治療でも、思いがけないことが起こるのです。特にがんや肉腫の場合は、もともとがむずかしい病気ですから……」

「もういい。いくら聞いても弁解にしか思えない。先生には責任感はないのか。いろいろな治療を試して、副作用ばかり出て、僕は実験台なのか。データばかり採って、少しもよくならない。いや、どんどん悪くなっている。先生はいつか、診断が決まるまで当てずっぽうのような治療はできないと言ってたよな。でも、診断が決まってからも、やったのは当てずっぽうばかりじゃないか！」

「そんなことは、断じてありません」

菅井は蒼白《そうはく》な顔を強ばらせた。

「出ていってくれ。もう治療はいい。もう何もしてほしくない」

加納は頭から布団をかぶって背を向けた。菅井が乱暴な足取りで出ていく気配がした。

翌日の昼前、加納は突然、意識不明に陥った。緊急ＭＲＩの結果、前頭葉《ぜんとうよう》に転移らしい病巣が確認された。

幸い二時間ほどで意識はもどったが、表情はそれまでとは明らかにちがっていた。朦朧として、呼びかけにもすぐに反応できない。心配する母親に「大丈夫だよ」と言っても、うまく笑顔が作れなかった。

そのうち口が動かなくなり、声を出そうにものどの筋肉がいうことをきかなくなった。食事も摂れないので、鼻からチューブを入れられた。ときどき意識が混濁して、知らないうちに眠っていたり、思考が止まったりした。

目が覚めると暗闇で、おかしいと思うとまぶたが持ち上がらなくなっていた。指を動かすこともできない。深呼吸もできず、人工呼吸器がついているわけではないのに、器械に呼吸させられているようだった。

母親が語りかける声が聞こえる。しかし、まるで独り言のようだ。

「真一。わかるかい。どうしてこんなことになったの。かわいそうに……」

母親は加納が意識がないと思っているようだった。

(母さん。わかってるよ。ぼくはちゃんと意識があるよ)

そう伝えたいが、声も出ず、手も動かせない。しばらくすると、母親が「帰るわね」と去っていく。さようならと言いたいが口が動かない。闇に吸い込まれるように意識が薄れる。

どれくらい時間がたったのか。看護師が部屋に来て、「朝ですよ。今日はいい天気ですよ」と言う。もう朝なのか。

「はい、点滴を変えましょうね」

明らかに意識のない患者に話しかける口調だ。ふたたび混濁。

気づくと、二人の医師がベッドの横で話していた。一人は菅井の声だ。

「本人にすれば、このほうが楽だよな……。ある意味で救いだ」

「いや、世の中には、怖い病気があるもんだな……」

「ですよね」

「前頭動脈の肉腫、どうなってるんですかね」

「さあな。それは解剖してのお楽しみだ」

そんな言葉が、他人事《ひとごと》のように聞こえる。恐怖や憤りを感じる脳の部分が、肉腫に冒されてしまったのだろうか。それならそれで、菅井が言ったようにいっそ楽だ。

薄れがちの意識で加納は必死に考える。

医師を信頼し、期待し……、我慢して……、遠慮して、結局、治してもらえず……、申し訳ないのひとこともない。いろんな治療を試され、データを採られ……、死ぬのを、待たれている。

自分の人生は何だったのか。

短い人生……。何が過ちだったのか……。わからない……。

途切れがちな意識で、加納は懸命に何かを紡ぎ出そうとする。

……これが、運命なのか。

それが加納の最後の精神の揺らぎだった。

第二部　狂態

23

南サトミの失声症は、発症から十日たっても治らなかった。

為頼英介は、手持ちの専門書やネットであれこれ調べたが、これといった治療法は見つからない。メールで日本の知人の精神科医にも相談したが、はかばかしい答えは得られなかった。失声症の原因となった心理的な要因を取り去ることが肝要と言われるが、それが何かわからない。楽友協会のコンサートで声が出なくなったのはまちがいないが、その原因が聴いていた曲なのか、場所なのか、あるいは生演奏の迫力なのか、いずれもサトミ自身、思い当たることがないらしかった。

サトミは為頼とはメールでやり取りを続けていたが、取り敢えずはそれで生活に大きな支障はなさそうだった。大学の講義にも出ていて、級友や教授には必要に応じてスマホのメールやメモを見せて、意思の疎通をしているという。

しかし、為頼は不安だった。失声が長く続くと、ストレスが高まり、何かが引き金となってサトミの精神が不安定にならないともかぎらない。為頼が恐れていたのは、六甲サナトリウムにいたときのような強い発作を起こすことだ。菜見子の話によると、発作が起きると、サトミは男の介護士二人でも取り押さえるのに苦労するほど、強い力を発揮したらしい。判断力も失われるから、場合によっては自傷他害のおそれもある。万一、事件になって、日本に強制帰国させられるようなことになれば、サトミにとって最悪の状況になるだろう。せっかくウィーン大学で国際弁護士を目指すほどにまで回復したのに、それはあまりに惜しい。為頼はひとり気を揉《も》んでいたが、ようすを聞くメールを出す以外、これといった手立ても思いつかないのだった。

そんなとき、サトミから思いがけないメールが届いた。ハンガリーから留学している友だちに、いい先生を教えてもらったというのだ。医師の名前はカーロイ・フェヘール。ブダペスト出身の精神科医で、ウィーンの森に近いハイリゲンシュタットで、クリニックを開業しているという。

ハイリゲンシュタットはウィーン十九区にあり、ベートーヴェンのゆかりの地としても知られる。「ハイリゲンシュタット遺書の家」は、聴力を失いつつあることに絶望したベートーヴェンが、一八〇二年に死を覚悟して、弟たちに宛てた遺書を書いた場所だ。為頼も見物がてら訪ねたことがある。ベートーヴェンは結局、自殺を思いとどまり、その後、「傑作の森」と称される数々の交響曲を作曲した。

サトミを診察に連れて行く前に、為頼はフェヘールに電話をかけた。事情を話し、診察を依頼すると、フェヘールは二つ返事で引き受けてくれた。声の感じからすると、ずいぶん愛想のいい医師のようだった。

その週の金曜日、為頼はサトミといっしょにフェヘールのクリニックを訪ねた。

路面電車の37番で終点まで行き、ホーエ・ヴァルテを山手のほうに二ブロックほど上がると、フェヘールのクリニックは古びたネオゴチックの建物の一階にあった。流麗な筆記体で書かれた表札のボタンを押すと、扉を解錠するブザーが鳴った。中へ入ると、奥から見事に頭の禿《は》げ上がった男性が出てきた。大きな黒縁眼鏡をかけ、聖職者のように黒い詰め襟服を着ている。

〈お待ちしていました、ドクター・タメヨリ。お目にかかれて光栄です〉

フェヘールは少し訛《なま》りのある英語ながら、満面の笑みで握手を求めてきた。禿げてはいるが、年齢はまだ四十代前半だろう。大柄で茫洋《ぼうよう》として、とりとめのない印象だった。ただし、瞳は深いブルーで、高い知性を感じさせる。

〈はじめまして。為頼と申します。こちらが電話でお願いした南サトミです。どうぞよろしくお願いします〉

〈サトミ、よく来たね。オーケー、こちらへどうぞ〉

フェヘールは会釈しながら、気さくに二人を奥の診察室に招き入れた。

診察室は天井の高い部屋で、寄せ木細工の床に、青いトルコ絨毯が敷いてあった。壁際に診察机があり、医師の椅子に向き合うように、華奢《きゃしゃ》な肘掛け椅子が置いてある。サトミがそこに座ると、フェヘールは窓辺の一人用のソファを為頼に勧めた。

〈さて、今日は最初の診察なので、いろいろ聞かせていただきますが、イエス・ノーは首の動きで答えられますね〉

サトミがうなずくと、フェヘールは現在の状態について簡単に確認した。サトミは声が出ない以外は、特に身体の不調はないようだった。睡眠も食事もとれているし、動悸《どうき》や冷や汗の症状もない。

〈それでは、今までの状況についてですが、これはドクター・タメヨリに話してもらったほうがいいですね〉

フェヘールが身体の向きを変えたので、為頼はサトミの既往歴について説明した。幼少時から崩壊家庭で育ったこと、自閉症や強迫神経症、ヒステリー性の発作など、複雑な症状があったことを話すと、フェヘールは大きな黒縁眼鏡の奥の目を細め、静かにうなずいた。

〈わかりました。では、診察しましょう〉

彼はサトミの目を調べ、舌を出させ、首に手を当ててのどの動きを確認した。次いで三本の指で脈を取り、深呼吸をさせながら全身を観察した。サトミは緊張したようすで、フェヘールの手元を逐一、目で追った。

〈オーケー、大丈夫。心配することはありません〉

フェヘールは立ち上がり、サトミの後ろにまわってうなじに右手の親指を当てた。左手は額にあてがい、ゆっくりとサトミの頭を後方に倒す。

〈気分が悪くなったら、手をあげて合図してください。楽なら目を閉じて、静かに呼吸を続けるように〉

何度か頭を前後させたあと、フェヘールは背後からサトミのこめかみを押さえ、中指と薬指で頬骨弓《きょうこつきゅう》をゆっくりとマッサージした。指先から皮膚へ何かを送り込むような揉み方だ。

サトミはおとなしくしていたが、やがて呼吸が速まり、胸の動きが大きくなった。

〈はい、今日はここまでにしましょう。気分はどうですか〉

サトミは小さく顔を揺らしたが、それはうなずきとも、首振りともつかない動きだった。

〈大丈夫ですよ。サトミは何も心配する必要はありません。失声症はストレスが原因のこと

が多いけれど、声が出ないことがまたストレスになるから、困るんですよね〉

フェヘールはおどけたようすで肩をすくめて見せた。サトミは不安げな表情を解かない。

〈ドクター・フェヘール。今あなたがしたマッサージのようなものは、治療の一環ですか〉

〈そうです。患者をリラックスさせるためにね。失声症の背景にあるエピソードを聞き出す

には、まず緊張をほぐすことが必要ですから〉

為頼はサトミに聞いた。

「君のほうから何か質問はある?」

サトミはスマホに手早く入力して為頼に見せた。

〈薬はのまなくていいのかと聞いていますが〉

〈薬は必要ありません。薬に頼るのはよくない〉

それは為頼も同じ考えだった。薬が必要な場合もあるが、どの症状にも薬があるわけで

はない。同意を込めてうなずくと、フェヘールは濃いブルーの目に深刻さをたたえて言っ

た。

〈ドクター・タメヨリ。サトミの症状はさほど重症ではないと思います。しかし、複雑な背

景があるようだから、油断はできません。時間をかけて、トータルに治療する必要があるで

しょう〉

〈おっしゃる通りです〉

失声症以外の発作を心配していた為頼は、フェヘールの診療姿勢に共感するものを感じた。しかし、肝心のサトミが硬い表情のままだった。

〈今日はこれで終わります。すぐには声が出るようにはならないけれど、焦らず確実に治していきましょう〉

〈ありがとうございます〉

為頼はサトミの代わりに礼を言い、フェヘールのクリニックをあとにした。

通りに出てから、為頼はサトミにフェヘールはどんな印象だったかと訊ねた。

『よくわかりません。なんだか頼りない感じで』

「たしかにね。でも、前のマイヤー教授よりはいいんじゃないか。いきなり検査とか言わなかったし」

サトミは返事をよこさない。為頼は諭すように言った。

「フェヘール先生は専門医だから、治療は受けておいたほうがいいと思うよ。いやだったら、いつやめてもいいんだから」

サトミは顔を伏せていたが、やがてゆっくりとスマホに入力した。

『わかりました。しばらく診察を受けてみます』

24

創陵大学病院皮膚科の准教授、菅井憲弘が、新型カポジ肉腫で死んだ加納真一の解剖を考えはじめたのは、加納に病名を告げたとき、すなわち、まだ治療をはじめる前だった。現代ではめったにお目にかかれない新種の病気に遭遇したのだから、大学病院の医師としては当然だ。研究を志す医師にとって、新しい病気を発見することほど名誉なことはない。それは医学史に名を刻むことであり、人類への貢献でもある。モーリッツ・カポジがしたように、自分もこの病気を「スガイ肉腫」と名づけてもいい。そうなれば、自分の名前は病気の発見者として、世界中の大学の講義で繰り返されるだろう。

それればかりではない。新疾患を発見すれば、大学内での皮膚科の地位も向上する。今まで威張っていた内科や外科どもも、一目置かざるを得なくなるだろう。そうなれば、これまでの鬱屈《うっくつ》を一気に晴らせる。

大学を卒業後、菅井が皮膚科に進んだのは、彼なりの戦略があったからだ。内科や外科は志望者も多く、競争が激しい。だからマイナーな科が有利と見たのだが、その思惑通り、彼は同級生ではトップで准教授に昇進した。だが、いかんともしがたいのは、病院内での序列だった。内科、外科、小児科、産婦人科と続く暗黙のヒエラルキー。皮膚科は麻酔科や放射線科よりは上だが、整形外科や泌尿器科《ひにょうき》よりは下で、耳鼻科、眼科、精神科と同列だ。医局員の数も少なく、命に関わる病気も多くないので、どうしても発言権が弱くなる。生来、自意識の強い菅井は、それが我慢できなかった。だが、ここで新疾患の論文を出せば、状況は一変するだろう。それは大学の名を高めることにもなるのだから。

論文には解剖が欠かせない。しかし、遺族から解剖の承諾を得るのは、必ずしも容易ではない。一昔前なら、大学病院では解剖が当たり前と言えばよかったが、今はそんな説明で押し切れば、あとで何を言われるかしれない。家族の心情を無視したとか、研究を優先したなどと難癖をつけられて、せっかくの栄誉が台なしになる。

解剖の承諾を得るには、いくつかコツがある。まず第一は、女性のキーパーソンをつかむことだ。女性は感情に走りやすく、一度機嫌を損ねると修復がむずかしい、それにどの家でも、重大事項の決定権はたいてい女性が握っている、だから患者が生きているうちから、女性の身内に絶対の信頼を得ておくことが最優先だと、菅井は考えていた。彼は加納の母親に何くれとなく気をつかい、励まし、常に優しい声をかけていた。母親は菅井を信頼し、加納が病院を替わりたいと言ったときも、それを止める側にまわってくれた。

加納の臨終を告げたあと、菅井は遺族が霊安室で十分なお別れをするのを待って、説明室に呼んだ。時刻は午後十一時。遺族が疲弊して、抵抗する気力の弱っている絶妙のタイミングだ。

第二のコツは、言うまでもなく迫真の演技である。

「このたびは、誠に力及びませんで……」

菅井は若い医局員をとなりに従え、込み上げる無念に耐えかねるそぶりで声を震わせた。

先方は両親と妹、叔母の四人だ。

「加納さんを救うことができなかったことは、わたしとしても、生涯の痛恨事です」

悔しげに唇を嚙《か》む菅井に、母親が深々と頭を下げた。

「菅井先生にはほんとうにお世話になりました。心からお礼を申し上げます」

父親を含む全員がうなずく。だが解剖の話を持ち出すのはまだ早い。

「入院中、加納さんはほんとうによく頑張られました。つらい症状にもかかわらず、泣き言ひとつ洩らさず、懸命に耐えておられた。その忍耐力には心から敬服いたします」

両親が嗚咽《おえつ》を洩らす。菅井はすかさず言葉を継ぐ。

「にもかかわらず、わたしは何のお役に立つこともできなかった。医師として、今回ほど無力を感じたことはありません。いっそのこと、医師をやめてしまいたいと思ったほどです」

拳を握り、歯を食いしばる。迫真の演技を続けていると、ほんとうに怒りや悲しみが湧いてくるから不思議だ。涙さえ浮かんでくる。

「この病気は、我々にとっても、信じられないほど困難なものでした。まったく未知の病気ということもあり、考え得るあらゆる治療を試しましたが、思うような結果を得られなかった。我々もどれほど悔しい思いをしたか」

徐々に解剖への布石を忍ばせつつ、無念さに身体を震わせる。遺族にもその感情は伝わるだろう。共感させておいて、さらに歩み寄る。

「いや、しかし、いちばん悔しい思いをされていたのは、ご子息の真一さんでしょう。わたしも無念です。なんとか、この病気をやっつけてやりたい……」

遺族全員の嗚咽が高まる。そろそろ潮時か。

「加納さん。大学病院というところは、研究機関でもあります。もし、我々の願いを聞き入れてもらえるなら、解剖の手続きをとらせていただけないでしょうか。いえ、お気持はわかります。これ以上ご子息を苦しめたくないと思われるのは当然です。しかし、解剖は病気を解明するためにもっとも有効なのです。病気をこのままにせず、少しでも謎を明らかにして、治療に役立てたい。ご子息に代わって、恨みを晴らしてさしあげたいのです」

遺族が戸惑いの表情を浮かべる。想定内のリアクションだ。ここで第三のコツ、殺し文句の出番だ。

「医学の発展には、解剖は欠かせません。ご、子、息、の、死、を、無、駄、に、し、な、い、た、め、に、も、ぜひお願いいたします」

母親が、自分を納得させるようにうなずいている。父親も抵抗の意思は示していない。妹と叔母はすでに疲れ果てているようだ。よし。菅井は内心でVサインを出し、最後の詰めにかかった。

「加納さんのご遺体には、唇と臀部に肉腫が残っています。解剖をご承諾いただければ、これもきれいにさせていただきます。ほんとうは、加納さんが生きていらっしゃる間になんとしても取り除きたかったのですが、それができずに……、申し訳ございません。せめてお別れのときには、きれいな身体で旅立っていただきたいのです。もちろん、最大限の敬意と慎みをもってさせていただきますので、どうかご了承をいただけないでしょうか」

「わかりました。どうぞ、よろしくお願いいたします。あの子もきっと喜ぶでしょう」

母親が顔を上げ、毅然《きぜん》と応えた。

「ありがとうございます」

菅井は神妙に頭を下げ、医局員に用意させていた解剖承諾書を素早く差し出した。

25

それから菅井は当直室で横になったが、とても眠ることはできなかった。すべてが思惑通りに進んでいる。ツイているときはこういうものかと、自然と笑みがこぼれた。いや、これにただのツキではない。大いなる何かが自分をして、この新疾患の解明に向かわせているのだ。おそらく野口英世やパスツールらも、同じ啓示に打ち震えたことだろう。

午前四時半。眠ることをあきらめた菅井は、当直室を抜け出して、皮膚科の医局へ行った。准教授の菅井に個室はないが、パーティションで仕切ったスペースがある。彼はパソコンを立ち上げ、加納の電子カルテを開いた。X線写真やMRIの画像を呼び出す。闘いに勝利した革命家が、記念のアルバムを開く心境とはこういうものか。

「スガイ肉腫」の第一症例……。

菅井は自分の名を冠した病名をつぶやき、面映《おもは》ゆさを感じた。まるで、自分が歴史上の人物になったような感じだ。

甘い夢想に浸っているうちに時間が過ぎ、窓の外が白みはじめた。

午前七時。解剖の承諾を取るとき横にいた医局員が当直室から出てきた。

「おはようございます。解剖室の準備を見てきます」

「ああ、頼む」

菅井は医局のソファに浅く座り、自分でいれたコーヒーを飲んだ。目の前に栄冠への階段が見えるようだった。亡くなった加納には悪いが、自分はその階段を上っていく。医師の栄光の前に、個々の患者の人生など無に等しい。加納という患者はいわば新しい病気の一サンプルなのだ。

いや、人間をサンプルにたとえるのは穏当《おんとう》でない。いやしくも医師として関わりを持ったのだから。しかし、と菅井は、窓から射《さ》し込む朝日に目を細める。すべては医学のためなのだ。加納という患者は救えなかったが、未来の多くの患者は救える。この悪性の新疾患を撲滅するために、自分が医学の大鉈《おおなた》を振るわなければならない。それこそが、医師として自分に課せられた崇高な使命なのだ。

菅井は手前勝手な正当化で自らを鼓舞しつつ、コーヒーを飲み干した。そのとき、解剖室から準備ができたという連絡が入った。


創陵大学病院の病理解剖室は、霊安室と同じ地下一階にある。窓のない部屋の真ん中に、ステンレスの解剖台、頭側に水道と汚物処理槽、壁際には事務机がある。

部屋に入ると、病理の担当医と助手、それに皮膚科の医局員が菅井を待ち受けていた。

「やあ、朝っぱらから悪いね」

菅井が病理医を軽い調子でねぎらった。遺体はすでに全裸で解剖台に横たわっている。

「それではじめます」

ゴムのエプロンと手袋をつけた病理医が、遺体に歩み寄った。解剖は病理医の仕事で、菅井らは横から見守るだけだ。病理医が外見所見を口述し、助手がそれを書き留める。唇からはみ出ていた肉腫は、昨夜よりやや縮んだようだ。肉腫も死んだということか。病理医が遺体を横に向け、臀部の肉腫を確認する。こちらも体重の圧迫で薄くなっている。

「内臓の剖出《ぼうしゅつ》を行います」

病理医がメスを取り、首の付け根から恥骨《ちこつ》までを一気に切り裂いた。いつ見ても大胆な切開だ。腹膜が開かれ、胃、大腸、肝臓などが露《あら》わになる。まず目についたのは、腸間膜に貼りついたワインレッドのクラゲのような巨大な肉腫だ。

病理医が小腸を腹腔外に引っ張り出しながら所見を述べる。

「腸間膜に手拳大《しゅけんだい》および鶏卵大の肉腫。拇指頭《ぼしとう》大の肉腫数個。空腸、回腸とも多数の腫瘤《しゅりゅう》あり。次に肝臓を検索する」

右の肋骨《ろっこつ》の下に手を入れ、肝臓を掬《すく》うように引き出す。全体が肉腫で腫れ上がり、表面は黒紫色の芽キャベツが爆《は》ぜたようだ。

「すごいな」

菅井が思わず眉をひそめる。ここまで凄《すさ》まじいとは思わなかった。

腹部の臓器を一括して取り出すと、病理医は骨切り鋏《ばさみ》で肋骨をキャッチャーのプロテクターのように切り取り、肺と心臓を取り出した。肉眼所見の口述。

「右肺は中葉《ちゆうよう》と下葉《かよう》に拇指頭大の肉腫を多数認める。漿膜《しようまく》を破って胸壁に癒着するものあり。表面はカリフラワー状。点状出血あり。左肺は上葉《じようよう》下葉ともに数個の肉腫を認む」

続いて、脳の取り出しにかかる。外から傷が見えないように、頭髪部に大きな切開を入れ、頭の皮を前後に剝《む》いて頭蓋骨を露出する。ストライカー（電動ノコギリ）で頭蓋冠《とうがいかん》を切断すると、脳全体が露わになる。

「前頭葉にいくつか転移があるようですな」

見ると、前頭葉に煙草の火を押しつけたような黒い肉腫が四つほど食い込んでいた。病理医が脳ベラを差し込み、血管と神経を切り離して脳を取り出す。

「ひどいな、まったく」

菅井は、テレビキャスターが悲惨な災害現場を見て言葉を失うような表情を見せた。しかし、症状が悲惨であればあるほど、学会での発表は見栄《みば》えする。菅井はテレビキャスター同様に、顔をしかめながら目を輝かせた。

病理医は頭蓋骨と剝いた頭の皮をもとにもどして縫い合わせる。取り出した臓器は、まとめて保存用のバケツに入れる。それぞれの検索と顕微鏡による病理検査は、ホルマリン固定が終わってからだ。器材係が用意した新聞紙を丸め、体腔《たいくう》の空洞部分に無造作に詰めていく。そのあとはタコ糸で乱雑に縫合する。

——最大限の敬意と慎みをもってさせていただきます……。

遺族へのセリフが頭をよぎるが仕方がない。

「口腔と臀部の病変はどうします」

「あ、それは我々が」

せめて遺族に見えるところだけはきれいにしようと、菅井は自らが切除することを申し出た。皮膚科の医局員に準備をさせ、菅井は手術用のマスクと二重のゴム手袋をつけて、肉腫の切除にかかった。口の肉腫は遺族が見たときに見苦しくないように、特に注意して唇の形を整えた。臀部の肉腫は大きいので、皮膚が欠損した部分にガーゼを詰めた。その上に絆創《ばんそう》膏《こう》を貼って、体裁を整える。

裏向けにした身体をもとにもどすとき、医局員が思わずつぶやいた。

「中身がないと、軽いですね」

「ああ。重要な部分は、すべてこっちにいただいたからな」

臓器を入れたバケツを見ながら、菅井はマスクの下で会心の笑みを浮かべた。

26

待ち合わせの時間までには、まだ十分ほどあった。

フリージャーナリストの犬伏利男《いぬぶしとしお》は、鞄《かばん》から総合雑誌「FRONT」を取り出し、自分のコラムの載っているページを繰った。大手出版社から出ている雑誌を見せれば、相手はこちらをひとかどのジャーナリストだと認識するだろう。

彼が取材しようとしている相手は、臨床心理士の高島菜見子。なかなかの美人だが、息子をイバラに殺されそうになりながら、仮釈放に際して身元引受人になった物好きな女である。犬伏はかつてイバラの裁判の傍聴席で、菜見子を何度か見かけていた。

犬伏がイバラの事件に興味を持ったのは、裁判で責任能力が争点になったからだ。

刑法三十九条。

『心神喪失者の行為は、罰しない。心神耗弱者の行為は、その刑を減軽する』

犬伏はこの法律に、以前から憎悪にも近い反発を感じていた。この法律によって、殺人を犯した精神障害者などが、驚いたことに毎年百人前後も責任能力なしと認定され、無罪または不起訴になっているのだ。その一方で、何の落ち度もない被害者が、同じく毎年百人ほども殺され損の憂き目に遭っている。そんなことが許されていいのか。

イバラにもこの法律が適用されそうだと聞いて、犬伏は彼の初公判に注目していた。競争率約三十倍という傍聴券を運よく手にした犬伏は、以後も毎回裁判所に足を運び、後半は倍率が下がったこともあって、判決公判まで計六回傍聴することができた。

思えば、あのころからツキがまわってきたのかもしれない。マイナーな雑誌や業界紙にしか仕事のなかった犬伏に、最近、有名雑誌からも声がかかるようになった。四十六歳にしてようやく実力を認められた遅咲きジャーナリストというわけだ。

犬伏がツキを感じるのは、先々週の土曜日にも、思いがけない巡り合わせがあったからだ。取材の帰りにたまたま立ち寄った神戸の南京町で、イバラを見かけた。いくらニット帽で隠していても、独特の尖頭と、いかにもサイコパス然とした禍々《まがまが》しい風貌は見まちがいようもない。

さらに驚いたのは、イバラの横に日本画家の三岸薫がいたことだ。犬伏は彼女もイバラの裁判で見かけていた。一般人とかけ離れた三岸の美貌は、傍聴席でも目立っていた。日本画家の彼女が、なぜイバラの裁判にと、怪訝に思っていたのだ。

犬伏は二人に気づかれないようにあとをつけた。南京町広場に近い愛城飯店に入ると、菜見子ともう一人の男性が待っていた。それとなく近い席に座って耳を傾けたが、詳しい話は聞こえなかった。わかったのは、三岸が盛んにイバラをほめていたことと、菜見子と男性――イバラの保護司らしかった――が、三岸にイバラをよろしくと頼んでいたことだけだった。

店を出ると三岸とイバラはタクシーに乗り、犬伏が同じくタクシーであとを追うと、二人は新神戸のプレジデンシャルホテルに入った。しばらく外で待っていたが、二時間ほどしてそろそろ引き上げようかと思ったとき、イバラがひとりで出てきた。そのときのイバラは、夜目にも明らかなほど憔悴していた。

そのあと、犬伏は自分の情報網を使って、イバラが神戸市中央区にある「神戸ビルメンテナンス」の契約社員として勤めていることを突き止めた。兵庫新聞社の知人を通して、神戸ビルメンテナンスの人事部長に話を聞くと、イバラは今のところ勤務態度もよく、周囲ともうまくやっているとのことだった。

イバラに偶然出会ったとき、犬伏の脳裏には、四年前の判決に対する違和感が鮮やかによみがえった。

――主文。被告を懲役五年に処する。

幼い子どもを含む一家殺害と、人間を生きたまま解剖するという猟奇殺人を犯し、さらには幼児の略取と殺人未遂、刑事らに対する監禁と傷害の罪まで犯しながら、たった五年の懲役だと。ふざけるな。

犬伏は歯嚙《はが》みをする思いだったが、この軽すぎる判決こそ、彼の憎悪する刑法三十九条の適用にほかならなかった。

しかし、同時に犬伏の頭には、思いがけない考えもひらめいた。この悪法を一撃で葬り去る方法、凡百の議論も吹き飛ばす決定的な根拠があるじゃないか。それは、刑法三十九条で刑を減軽されたイバラが、ふたたび残虐な罪を犯すことだ。

南京町で見かけたあの異常な風貌からすれば、イバラはきっとまた犯罪に走るだろう。そうなれば、彼を安易に社会復帰させた法律の不備が露呈する。そのタイミングを捉《とら》えて刑法三十九条を糾弾すれば、世論は盛り上がり、自分はオピニオンリーダーとして一躍ジャーナリズム界の寵児《ちょうじ》になれる。ここまで鳴かず飛ばずで来たが、ようやくビッグチャンスが巡ってきたのだ。

そう思うと、犬伏は自らのジャーナリスト魂がうごめくのを感じずにはいられなかった。

阪急六甲駅の駅ビルにある喫茶店は、菜見子が指定した場所だ。イバラに関する取材は、正面から申し込んでも受けてもらえないだろうから、イバラの社会復帰をテーマにしたルポを企画していると、犬伏は説明した。菜見子ははじめ渋ったが、ルポは仮釈放の人たちを応援するのが目的だと説得すると、ようやく面会に応じてくれた。

そろそろ時間かと腕時計を見ると、入口から菜見子が近づいてきた。

「犬伏さんですか。お待たせしてすみません」

「いいえ。こちらこそご無理をお願いして。犬伏と申します」

名刺といっしょに、付箋《ふせん》をつけた「FRONT」を手渡す。

「どうぞご覧ください。つまらないものしか書いていませんが」

「ああ、この雑誌は書店でよく見ます」

面と向き合った菜見子は、知的な雰囲気はあるが、きれい事好きの視野の狭い女という感じだった。世の中を斜《はす》に見がちな犬伏には、決して好きになれないタイプだ。そんな思いはおくびにも出さず、笑顔で菜見子が飲み物を注文するのを待つ。

「実は以前にも、高島さんにお目にかかっているんですよ。高島さんはご記憶にないでしょうが」

わざと煙《けむ》に巻くような言い方で主導権を確保するのは、犬伏のいつものやり方だ。裁判で見かけたことを告げ、イバラとの関係を訊ねた。

「イバラくんは、わたしが最初に勤めた施設にいたんです。赴任して三カ月ほどで彼は卒業しましたが、なぜかわたしのことを気に入ってくれて、やや特殊な感情を抱いたようです」

イバラが菜見子のことを「あーちゃん」と呼び、母親のように慕っていたことは、裁判でも明かされていた。施設を出たあと、イバラは白神メディカルセンターの手術部に雇われ、院長の白神陽児との関係を深めていったのだ。

仮釈放から神戸ビルメンテナンスへの就職まで、一通りの経緯を聞いたあと、犬伏は別の質問に移った。

「イバラさんは、『いはら』と呼んでも返事をしないそうですね。自分は『イバラ』だから、正しく呼ばれないと応えないと聞きましたが、ふつうなら返事をしそうなものですが」

「そこが彼の潔癖なところなんです」

「ほかに彼の性質で、変わったところはありますか。たとえば、会話でしょっちゅう話題を変えるとか、いきなり関係のない語句を口にするとか」

いずれも犯罪を繰り返し、快楽殺人を行うサイコパスの特徴だ。

「……そういうことはありません」

表情が強ばっている。思い当たることがあるのだろう。菜見子が警戒の色を浮かべたので、犬伏は素早く話題を変えた。

「イバラさんは今はまじめに働いているようですね。新聞社の知人を通じて会社の方にお話をうかがったのですが、評判は上々でした」

「頑張ってくれているみたいで、わたしも喜んでいます」

「日本画家の三岸薫さんとも関係がおありなんですか」

「よくご存じですね。どこからそんな」

「いや、わたしもジャーナリストの端くれですからね。それに何といっても、三岸さんは有名人ですから」

思わせぶりに言うと、菜見子は三岸サイドからの情報だと勝手に納得したようだった。そのまま待つと、彼女のほうから三岸との関わりを話しだした。

「三岸先生は、以前からイバラくんの絵の才能を評価してくださっていたようです。伸ばせばきっと彼のためにもなるとおっしゃって、それで手ほどきをしてくださることになったのです」

「イバラさんにはそんな才能があるんですか。高島さんはお気づきでしたか」

「いいえ。わたしは彼の絵は見たことがないので」

どこかおかしいと思ったが、取り敢えず保留にした。いよいよ本論に入る。

「裁判で知りましたが、イバラさんは無痛症だそうですね。生まれつき身体的な痛みを感じないという」

「ええ」

「精神的な痛みはどうなんでしょう」

「何のことですか」

「いや、つまり心の痛みですよ」

菜見子の表情がふたたび強ばる。犬伏はかまわず畳みかける。

「灘区の事件で被害者は全員、頭を割られていましたが、殴打にためらいの痕跡《こんせき》がまったくなかったそうですね。まるで段ボール箱でも踏みつぶすかのような思い切りのよさだと、裁判のとき検察官が言っていました。どうなんでしょう。イバラさんには、もともと人の痛みに共感しない特殊な性質があったのではないですか」

「何をおっしゃりたいのですか」

菜見子の声に怒りと不快感がこもっていた。犬伏は愛想笑いの仮面を取り、厳しい視線を菜見子に向ける。

「わたしはあの裁判にずっと疑問を持っていましてね。灘区の教師一家殺害事件は、主犯である白神陽児容疑者が、サラームという薬でイバラさんを操り、心神喪失の状態で実行させたと認定されましたが、実際はどうだったのでしょう」

「どうって、裁判で明らかになった通りです。検察官だって控訴しなかったじゃありませんか」

「精神鑑定がありましたからね。しかし、それでいいんでしょうか。実はイバラさんの裁判以後、心神喪失や心神耗弱を主張する弁護士が増えていましてね。たとえば、去年のマッサージ店員殺害事件。二十一歳の女性店員がストーカーの客に自宅で襲われ、本人と母親が殺害された事件ですが、弁護士は容疑者が長年うつ状態にあったので、犯行当時は心神耗弱で刑を減軽すべきだと主張しているのです。明らかに、法律を悪用した刑罰逃れではありませんか」

「イバラくんの場合はちがいます。彼は犯行時の記憶もないし、白神医師から過剰な投薬と暗示も受けていたのですから」

「すべてそれで説明がつきますかね。あなたの元夫の殺害はどうです。証拠不十分で無罪となりましたが、イバラさんの自白によれば、あの生体解剖は白神容疑者とは無関係です。つまり、暗示なしでも、イバラさんにはもともと凶暴性があったということではないですか」

「暗示はなかったけれど、サラームは服用させられていました。だから、薬の影響があったのはまちがいありません」

「薬の影響さえなければ、問題ないと」

「もちろんです。今は顔つきも穏やかで、前とはぜんぜんちがうし、性格だって臆病《おくびょう》なくらいなんですから」

「しかしですよ。もし、イバラさんにふたたびサラームが投与されたらどうでしょう」

「そんなことはあり得ません。サラームは白神医師が独自に作った薬で、彼は日本にいないのですから」

「白神医師がだれかにサラームの作り方を教えていたら」

考えられない。そんな根拠のない仮定で話さないでください」

「わかりました。でも、これだけは聞いてください」

犬伏は改まった調子で告げた。

「イバラさんの責任能力が問われたのは、薬の影響もありますが、殺害方法の凶悪さも理由の一つでした。あんな残虐な行為は、とてもまともな神経ではできない、だから心神喪失だったと、弁護団の主張には一見、説得力がありました。しかし、それなら、殺害方法が残虐であればあるほど、心神喪失で無罪になる可能性が高まりませんか。であれば、生来の残虐さを持ち合わせたサイコパスのほうが、罪を逃れやすいということになる。もしかして、イバラさんにそのような……」

「これ以上お話しすることはありません。失礼します」

席を立った菜見子に、犬伏は冷ややかに目を向けた。

「高島さん。わたしはある意味、親切で申し上げているのですよ。刑法三十九条は恐ろしい法律です。妙な温情を与えれば、新たな被害者が出るばかりです。たとえば、あなたの息子さんがふたたび狙《ねら》われることはありませんか。あるいは、思いがけない犠牲者が出るという危険は」

「そんなことあるわけがないでしょう。今のイバラくんは、とてもまじめな青年です。彼がふたたび事件を起こすなんて、ぜったいにあり得ません」

「そうでしょうか。わたしには、どうもね」

口もとを歪めて笑うと、菜見子は険しい形相で犬伏をにらみつけ、踵《きびす》を返した。その背中に向けて犬伏は言葉を投げつけた。

「彼はきっと再犯しますよ。それも、持ち前の残虐さでね」

27

六月に入ってウィーンはさわやかな季節を迎えた。

土曜日の午後、為頼はサトミといっしょに、市立公園《シュタットパーク》にある野外カフェに座っていた。どこからか、ヴァイオリンの音色が聞こえる。音楽学生が練習を兼ねて、路上演奏をしているのだろう。ウィーンはそこかしこに音楽があふれている。

しかし、サトミの声は依然、もどらないままだった。

サトミがスマホにメッセージを打ち込んで、うつむき加減に為頼に見せる。

『お忙しいのに、付き合っていただいてすみません』

「いいんだよ。私も気分転換になるから。今日は薄曇りだけど、ほんとに気持がいいね」

為頼は空を見上げ、くつろいだようすで大きく息を吸った。内心ではサトミの治療が思わしくないことに焦っていたが、顔に出さないようにしていた。自分が焦ると、サトミも治療に不安を抱く。それは決していい影響を及ぼさない。

サトミはあれから週一回のペースで、ひとりでフェヘールの治療に通っていた。治療は先日のマッサージを応用したリラクゼーションと、雑談のようなやり取りをスマホと会話で繰り返しているらしい。サトミによると、フェヘールはかなりの親日家で、日本の文化や歴史に興味を持っているようだった。サトミの診察を快く引き受けてくれたのも、そんな背景があったからかもしれない。

サトミが診察を受けに行ったあと、為頼がメールでようすを訊ねると、こんな返事が返ってきた。

『フェヘール先生は、日本のことをいろいろわたしに聞くんです。でも、茶道とか歌舞伎などのことは、先生のほうがよっぽど詳しいです』

サトミは小さいときから施設にいて、十四歳で日本を離れたのだから、日本の文化に疎いのも仕方ないだろう。

メールには、こうもあった。

『ほんとうにこんな治療で、よくなるんでしょうか』

サトミの不安は為頼も同じだったが、ほかの医者にかかっても大差ないように思われた。

フェヘールは最初から検査に頼ったり、薬漬けにしたりしないだけ、ましなのではないか。

為頼はそう考えて、もう少し治療を続けたほうがいいとサトミに勧めた。

「この公園は有名なわりに、人が少なくていいね」

為頼は目を細めてメランジュ（泡立てたミルク入りコーヒー）を口に運ぶ。少し離れたところに、ヴァイオリンを弾くヨハン・シュトラウスの黄金の像があり、そこはさすがに観光客で賑わっているが、カフェの前は散策する人影もまばらだ。生け垣にラベンダーが咲き乱れ、淡い紫が濃い緑によく映えている。

サトミは目の前のザッハトルテに目を落としたまま、フォークも取らない。

「食べないの？」

為頼が聞くと、スマホに手早く文字を打ち込んだ。おずおずとディスプレイを為頼に向ける。

『為頼先生がわたしを治療していただけませんか』

スマホを持つ手が緊張している。いやな予感がした。為頼は平然を装い、コーヒーカップをゆっくりテーブルにもどした。

「私が治療できるならしてあげたいけど、専門外だからね」

サトミは即座に返事を打つ。

『でも、わたし、為頼先生に診ていただきたいんです。そのほうが安心だから』

どう答えるべきか。治療は安易に引き受けられないし、かといって突き放すのもよくない。考えた挙げ句、率直に聞くことにした。

「南さんは、フェヘール先生の治療がいやなの」

『別に、いやじゃありませんが』

「それなら、やっぱり専門の先生に治療してもらうほうがいいよ。心理療法は時間がかかることも多いから、焦らないほうがいいと思う」

優しく言うとサトミは顎を下げ、上目遣いに為頼を見た。いかにも恨めしそうな表情だ。為頼は困ったようにこめかみを掻いた。

「そんな顔をしないで。治療はできないけど、心配なことがあったらいつでも相談に乗るから、ね」

なだめるように言っても、サトミは怒った目線を変えない。為頼は雰囲気を変えるため、別の質問をした。

「南さんは日本から来ている留学生と付き合いはないの？　ウィーンには音楽留学生とか語学留学生がけっこういるでしょう」

サトミは首を振り、スマホに返事を入れて見せる。

『日本人とは付き合ってません』

「そうなのか。それは偉いね。言い方は悪いけど、留学生同士で群れて、だめになる人も多いからね。本気で勉強しようとしている学生は、だいたいひとりで頑張ってる」

そう言うと、サトミの表情が少し和らいだ。為頼はさらに続けた。

「私もウィーンに五年住んでるから、だいたいの感じはわかってる。当たり前のことだけど、日本から来る留学生は裕福な家の子女が多い。中には日本の社会になじめなくて、逃避して来る子や、ウィーン留学の肩書きだけが目的の音楽学生もいる。彼らは似たような友だちを見つけて、いつも仲間内で集まってるんだ。勉強はそっちのけでね」

サトミがあきれたようにうなずく。

「その点、南さんはしっかり自立している。声が出なくなっても、大学の講義は休んでないんだろう。その精神力は大したものだ。ふつうなら、くじけて大学を長期欠席してもおかしくないところなのに」

サトミの反応がよかったので、為頼はことさら持ち上げるように言った。さらに続けると、サトミの機嫌は完全に直ったようだった。安心した為頼は、ふたたびメランジュをすすり、苦笑いして言った。

「日本人会の診療所にも、そういうだめな留学生がときどき来るんだ。この前も眠れないって言う学生が来て、よく話を聞いてみると、毎晩、日本人の友だちとワインを飲んで騒いでるんだ。昼に寝る癖がついてるから、昼夜逆転なんだよ。それで夜に眠れる薬がほしいなんて言うのはまちがってるよね。まず、生活のリズムを整えなきゃ……」

ふと見ると、サトミの目つきがおかしかった。妙に潤んで、場ちがいな真剣さが浮かんでいる。口元はだらしなく緩み、魂が抜けたようだ。

「南さん、どうかした」

サトミは為頼から目を離さず、とろけるような淫靡《いんび》な笑顔を見せた。為頼は異様さにたじろぎ、慌ててもう一度雰囲気を変えるように言った。

「君はザッハトルテは食べないの？　ウィーンのケーキはちょっと甘すぎるかな」

サトミはゆっくり首を振り、口元に怪しげな笑みを浮かべたまま、頬を上気させてスマホに文字を打ち込んだ。顔を伏せ、恥ずかしそうにディスプレイを差し出す。それを見て、為頼は血の気が引く思いだった。そこには大きなハートやウィンクする顔の絵文字とともに、こう書かれていた。

『今夜、為頼先生のお部屋に行ってもいいですか』

28

六月最初の土曜日。イバラはＪＲ横須賀線の鎌倉駅に降り立った。

待ち合わせの午後五時半にはまだ少し時間がある。このままホーム反対側の電車に乗って神戸に帰りたい気持を、イバラは必死に抑えた。

鎌倉の三岸のアトリエに来るように電話で言われたのは、ほんの二日前だった。

「今度の土曜日、アトリエを見にいらっしゃい」

半ば命令だった。イバラは三岸の素顔を思い出して恐ろしくなったが、断るともっと怖いことが起こりそうに思えて、「わかりました」と応えた。

駅には迎えが来るはずだったが、それらしき人影は見えなかった。イバラは極端な撫で肩をすぼめるようにして、駅舎の前で待っていた。しばらくすると、駅前広場を横切って、不機嫌そうな女性が近づいてきた。ひどくやせて、頬骨《ほおぼね》の幅が狭く、鼻と口が魚のように尖って見える。

「イバラさん？」

高圧的な呼び方に、イバラは顔を伏せてうなずいた。

「三岸先生のところから迎えに来ました」

女性は名乗りもせず、イバラをじろじろと見た。顔を上げなくてもわかる。この人はぼくを嫌ってる。

「こっちよ。車で来てるから」

ついていくと、広場の端に白い外車が停めてあった。女性は離れたところからロックを解除し、黙って運転席に乗り込んだ。イバラはどこに乗ればいいのかと迷ったが、遠慮がちに運転席の後ろに座った。

車は市役所の前を通り、源氏山方面に向かった。石垣を組んだマンションの前で停まり、地下駐車場に車を入れると、女性は黙ってエレベーターに乗った。最上階のボタンを押してから、ようやく口を開いた。

「わたし、三岸先生の内弟子の北井《きたい》光子《みつこ》です」

不愉快だけれど仕方がないという口調だ。イバラは首だけで会釈をした。

六階に着くと、北井は廊下の突き当たりまで進み、インターフォンの前で姿勢を正した。

「イバラさんをお連れしました」

扉が開き、完璧なメークをした三岸が出迎えた。白いTシャツにホワイトジーンズというラフな恰好《かっこう》だ。

「ようこそいらっしゃい。待っていたのよ」

招き入れられるまま、イバラは奥の部屋に入った。

そこはマンションの一室とは思えない広い空間で、窓はなく、部屋全体に蛍光灯の光が反射していた。壁に大きな木枠や巻いたままの絹本《けんぽん》が立てかけられている。奥にはキャスターつきの乗り板や、大小さまざまな刷毛《はけ》と筆、絵皿や岩絵具、筆洗いなどが整然と置かれていた。右手の書架には、画集や百科事典、ホルマリン漬けの魚や爬虫類《はちゅうるい》、鳥の剝製《はくせい》が所狭しと並べられている。

「ここがわたしのアトリエよ。今、制作中の作品は『ルネサンスの恥辱に還《かえ》る』というの」

三岸は画架に載せた襖《ふすま》ほどの絵を指さした。顔が二つある女が、全裸で腕と脚を卍《まんじ》の形に曲げて十字架に吊されている。その下で人間の手足をつけたウナギやヒキガエルが、女の口から垂れる唾液《だえき》を待ち受けていた。

「きれいでしょ」

イバラはどう答えていいのかわからず、その無気味な絵をじっと見つめた。横の衝立《ついたて》に奇妙な写真が貼ってある。古いヨーロッパの解剖図、内臓を剝き出しにした女性のロウ人形や、頭蓋骨が二つついた骨格標本の写真。

「それはシャム双生児の骨格よ。ウィーンの博物館にある標本なの」

三岸がイバラに顔を寄せ、棘のような睫《まつげ》をしばたたいた。これが顔が二つある女のモデルか。でも、ほんとうにこんな人間がいたのだろうか。

インターフォンが鳴り、北井が応対に出た。玄関から黒ずくめの服装をした華奢な体つきの男性が入ってきた。

「やあ、もう来ていたの」

甲高いしゃがれ声の女性っぽい人だ。三岸がすっと近寄り、男性の背に手を添える。

「紹介するわ。ササヤマ画廊の笹山靖史《ささやまやすし》さん」

「こんにちは。君のことは薫から聞いてるよ」

笹山は愛想よく笑って、イバラに手を差しのべた。イバラは緊張しながら握手をする。ほとんど力の入っていない冷たい手だった。

「この人はわたしのパトロンよ。泥沼で苦しんでたわたしを引き上げ、支援してくださったの。ねえ」

三岸が甘えるように言うと、笹山は「いやいや」と手を振った。

「イバラくん。あなたもお世話になるかもしれないんだから、失礼のないようにね」

「ボクのほうこそよろしく頼みますよ。金の卵だもの。ふふふ」

笹山は身体をくねらせて笑い、先ほどイバラが見ていた絵に目を向けた。

「これ、新作だね。うーん、いかにも薫らしい。静謐《せいひつ》な人間性の罪に直接触れてるって感じ」

「うれしい」

三岸は声を弾ませ、笹山としばらく絵の話をしていたが、イバラにはほとんど理解できなかった。

ふたたびチャイムが鳴り、北井が玄関に行く。扉の隙間《すきま》から香ばしいにおいが流れてきた。

「ケータリングが来たわ。ミッチャン、こっちに並べてもらって。あと、ワインと座布団をお願いね」

レストランの店員が出前用のワゴンを押して入ってくる。三岸の指示に従い、大きなゴザの上に前菜やパスタ、サラダ、地鶏《じどり》のローストなどを並べる。

「さあ。今夜は『イル・ポスティーノ』のイタリアンよ。ここのフォカッチャ、最高なんだから」

「これはご馳走だ」

笹山が北井の並べた籐《とう》の座布団にあぐらをかく。イバラは勧められてそのとなりに正座する。三岸がワインを開け、全員のグラスに注いだ。

「イバラくんの前途を祝して乾杯」

イバラは三岸が皿に取り分けてくれた料理を次々と平らげた。これまで食べたことがないほどおいしい料理だった。ワインが進むと、三岸と笹山はほかの画家や画商の悪口を言い、賞の審査員をこきおろし、世間を嘲笑《ちょうしょう》した。

料理がなくなり、ワインが白と赤、合わせて三本空になると、三岸が「じゃあ、そろそろいつもの王子と乞食《こじき》ゲームをやりましょう！」と声を上げた。

「またかい。まいったなぁ」

笹山がまんざらでもなさそうに頬をさする。北井が音もなく立って、引き出しからトランプを持ってきた。

「イバラくん、ババ抜きは知ってるでしょ」

三岸がルールを説明し、笑いをこらえながらつけ加える。

「これで順番が決まったら、一番の人が王子さま、二番が家臣、三番は平民、最後が乞食になって、上の位の人が下の者に順に命令するの。命令には絶対服従よ」

「ただし、ここでできることだよ。自分用の美術館を建てろとか、そんなのはなしだぞ」

笹山が混ぜ返すように言う。

「さあ、はじめましょう」

カードが配られ、早いテンポでゲームが進んだ。最初の勝負はビギナーズ・ラックでイバラが勝った。

「イバラくんが王子さまだ」

三岸がはしゃいだ声で叫ぶ。二番は北井、三番は三岸、笹山が乞食になった。イバラはどうしようかと戸惑ったが、懸命に考えてなんとか思いついた。

「みんなで、ぼくの肩を揉んで」

「承知いたしました。イバラさま」

三岸が大仰に頭を下げ、北井、笹山とともにイバラの後ろにまわる。そして三人が按摩《あんま》をする。

「いかがですか」

「気持いい」

「次はミッチャンよ」

「では、わたしの手に口づけを」

北井は冷たく笑い、三岸と笹山に両手を出した。二人が手の甲に唇を押しつける。それを終えると、三岸が笹山に向かって腕組みをした。

「わたしは何を命令しようかな。乞食だから呼び捨てでいいわね。そうだ、笹山、わたしの足を舐めなさい」

「ノォー」

笹山は外国人のように大袈裟《おおげさ》に両手を広げ、首を振る。三岸は許さず、両手を後ろについて足を投げ出した。笹山は三岸の前に這いつくばり、足の指に顔を近づける。じっと見つめ、わずかに舌を出す。上目遣いに三岸を見て、笹山は一気に足の裏を舐め上げた。

「あははっ、くすぐったい」

三岸が頓狂な声で笑うと、笹山も笑い、口もとを手で拭った。

「さあ、第二回戦だ」

笹山がトランプを繰り、乱暴に配る。今度は三岸が一番になり、イバラ、笹山、北井の順になった。三岸は三人に顔を白塗りにするよう命じ、イバラは笹山と北井ににらめっこをさせ、笹山は北井に逆立ちをさせた。

ゲームは三岸の仕切りでテンポよく進み、イバラも徐々にリラックスした。ゲームの間もワインのグラスが次々に空く。

「おもしろい顔をしなさい」

「犬の鳴き真似《まね》をする」

「おへそを舐めて」

「鼻からワインを飲みなさい」

酔いが進むとババ抜きは省略され、もっぱら三岸が笹山におかしな命令を繰り返すようになった。笹山を正座させ、三岸がその上に安楽椅子のように座ったり、目隠しをして鬼ごっこをしたり、四つん這いにして部屋中を引きまわしたりした。さらには、仰向けに寝かせて口を開けさせ、股間にはさんだボトルからワインを滴らせて飲ませたりした。笹山はへらへら笑い、三岸も冷ややかに笑い続ける。北井は座布団に正座し、イバラのことなどまるで眼中にないように二人の狂態に見入っている。

「ああ、おかしい。笑いすぎてお腹が痛いわ。じゃあ、最後の命令よ。いいこと」

三岸が笹山に目配せをし、笹山は身を強ばらせる。

「薄汚い最低の乞食。わたしの指をきれいにおし」

三岸が腕を細い竹のようにたわませ、人差し指を差し出す。笹山は半裸で後ろ手に縛られたままにじり寄り、唇を震わせる。三岸が焦らすように指をまわす。笹山が顔で追う。一瞬遅れて待ち伏せのようになった笹山の口が、三岸の指を捉え、素早く根本まで咥えた。恍惚《こうこつ》の表情で指を吸い続ける笹山。三岸が指をゆっくり出したり入れたりしながら、意地の悪い微笑で見下ろしている。

これもいい絵を描くのに必要なことなのか。イバラはワインで締めつけられるような頭痛を感じながら、ぼんやりと思った。やがて睡魔に襲われ、座布団を抱き枕にして横になった。

29

「イバラくん。こんなところで寝ちゃだめ。風邪をひくわ」

常夜灯の薄暗い明かりのなかで、三岸が身体を揺する。笹山も北井も姿が見えない。

「こっちに寝る用意がしてあるから」

三岸に抱えられて奥の和室に入った。大きな布団が敷いてある。三岸がイバラの服を脱がせ、布団をめくった。

「おやすみ。また明日」

明かりが消え、完全な闇に包まれる。

…………

(何なりと……、お申しつけくださいい……。王子さま)

(内弟子の……、泥沼で……、金の卵)

(イバラくん、イバラさん、イバラさま、イバラちゃん、イバラ……)

(動くんじゃない！……おまえはもう……られない)

胸が苦しい。飲みすぎだ。心臓が跳ねる。

生臭いにおいが吹きかけられる。喘ぐように。声も。

暗闇ではない。目を開ければ見える。でも、怖くて見られない……。

だれかが上に乗っている。このにおいは、あの人だ。あの人がぼくの上で動いている。

恐る恐る目を開ける。ネガとポジが入れ替わったような白々しい輪郭。天井から湧き出したような髪の間で、真っ黒なサングラスが白く喘いでいる……。

に襖を閉める。

30

暗い四畳半に寝息が聞こえた。祐輔はぐっすり眠っているようだ。菜見子は安心して静かに襖を閉める。

祐輔は四年生になったこの四月から、塾に通いだした。教育ママにはなりたくないし、経済的にも楽ではないが、周囲を見ているとどうしてものんびりしてはいられない。幸い、祐輔はいやがらずに塾に通ってくれている。学校の宿題のほかに、塾の勉強は大変だと思うが、今のところはさほど苦労もせずにこなしているようだ。

菜見子はリビングにもどり、パソコンデスクの前に座る。そこが狭いマンションの自分用のスペースだ。メールをチェックするが、無料のメルマガなどのほかに、個人的なメールは届いていなかった。かすかに期待していたウィーンからのメールも。

為頼のメールでサトミのことを知ったときには、心底、驚いた。彼女が六甲サナトリウムから失踪して六年。五年前に、一度だけカナダから手紙が届いたが、以後はまったく音信不通だった。サトミの母親は東京に移ったあと、精神が不安定になり、今は重症のうつ病で長期の入院を続けている。サトミの安否もずっと不明で、場合によっては、万一のことも覚悟しておかなければと考えていた。それが今、彼女は二十歳になり、ウィーン大学で法律を勉強しているなんて。まるで夢のような話じゃないか。
菜見子は、為頼にアドレスを教えてもらい、サトミにメールを送った。返事はすぐに来た。大人びた文面で、長らくの無沙汰と、心配をかけたことをていねいに詫《わ》びていた。六甲サナトリウムで自分の殻にこもり、ときに恐ろしい発作を起こしていた彼女からは、想像もつかない成長ぶりだ。
しかし、すべてが順調というわけではないようだった。サトミは今、まったく声が出ない状態で、為頼ともメールでやり取りをしているらしい。以前の自分と同じ関係だ。専門的な治療も受けているようだが、思うような効果は得られていないようすだ。為頼にメールで訊ねると、サトミがかかっているのはハンガリー人の医者だという。そんな医者とどうやってコミュニケーションをとっているのか。
菜見子はふと思い出して、引き出しの奥にしまってあるサトミの写真を取り出した。施設の遠足で行った須磨の水族館で写したものだ。大型水槽の前で、顎を引いて薄く笑う顔に、自筆の書き込みがある。
『No one see
No one see
No, you can't see into my heart』

そのころサトミがよく聴いていたアメリカンポップスのフレーズだ。聞き取りも正確だし、原詩の「anyone」を「you」に替えて、正しく菜見子へのメッセージにしている。思えば、サトミはもともと頭もよく、語学の才能もあったのだ。

しかし、声が出なければ、生活も不自由だろうし、長期化すれば彼女が目指す国際弁護士の資格取得にも差し障りがあるだろう。それとなく懸念を伝えると、サトミは、『為頼先生に、すばらしい治療をしてもらっているから大丈夫！』と、異様にはしゃいだ調子のメールが返ってきた。

心配だったが、ウィーンにいるサトミには、メールを送ることくらいしかできない。

そのほかにも、菜見子は身近で気になることがあった。この前、彼女を訪ねてきた犬伏というフリージャーナリストの不吉な捨てゼリフだ。

――彼はきっと再犯しますよ。それも、持ち前の残虐さでね。

もちろん、菜見子はイバラの更生を信じていたし、日々の努力も認めている。しかし、三岸薫のアトリエから帰って以来、イバラはふさぎがちで、どうもようすが変だった。

「イバラくん。もし、何か心配なことがあるならわたしに話してくれる？　できるだけのことはしてあげるから」

しつこく問うと、顔を伏せたまま深刻な表情で答えた。

「ぼくに、もっと、好きなように描きたいんです」

「三岸先生が好きに描かせてくれないの？」

イバラは答えない。菜見子は病人をいたわるようにイバラの顔をのぞきこんだ。

「三岸先生は芸術家だから、きっと気むずかしいところがあるのよ。もし、イバラくんが言いにくいようだったら、わたしが三岸先生に話してあげようか」

精いっぱい優しく言ったが、イバラはしかめ面のまま首を振るばかりだった。

菜見子は少し距離を取り、さりげなくイバラの眉間を観察した。寄せた眉の間が微妙に盛り上がっている。それが為頼に教わった犯因症の「M」字形なのか、それともただの皺なのか、菜見子には判然としない。たぶんちがうように思うが、確信はない。万一、これが犯因症なら、犬伏が言ったようにイバラはまた凶悪な犯罪に走るのだろうか。

ああ、為頼先生が日本にいてくれたなら！

願っても詮ないこととはわかりながら、菜見子はそう思わずにはいられなかった。

31

名古屋市に住む佐々木彩美《ささきあやみ》は、無邪気な子どもだった。

幼稚園のときには、劇で赤頭巾《あかずきん》ちゃんの役もやった。イジメがはじまったのは、小学校に入って太りだしてからだ。

「汚い」「臭い」「バイキン」「死ね！」

恐ろしい言葉が容赦なく投げつけられた。それらはすべて、彩美の心にコールタールのようにこびりついた。

小学校四年生のとき、彩美は登校拒否になった。その少し前に、「不登校」という言葉をテレビで知ったからだ。それまで彩美は学校は休んではいけないと思い込んでいた。靴を隠されたり、筆箱に土を入れられたり、友だちに無視されたりしても、我慢して登校していた。そんなとき、「不登校」という言葉を聞いたのだ。目からウロコだった。病気でもないのに、学校を休むのもありなんだと。

中学校に上がっても、イジメは相変わらずだった。この年ごろは残酷だ。男子から「ブスのくせに」と言われたとき、女子は「ホントのこと言ったらかわいそう」と笑い崩れた。たしかに彩美は美少女ではない。鏡を見るたびに自分を醜いと思った。わざと目を細めたり、鼻を押さえつけたりして、自虐的な気分に浸った。

担任の女性教師が、あるとき教室でこう言った。

「人に不愉快な思いをさせてはいけません」

するとお調子者の男子が、同じ口調で言った。

「じゃあ、佐々木さんは人に顔を見せてはいけません」

教室が爆笑に包まれた。女性教師は「コラッ」と叱ったが、目が笑っていた。彩美はそれを見逃さなかった。

中学校はなんとか卒業し、家から遠い公立高校に進んだ。しかし、状況はすぐ同じになった。高校生は知恵がある分、イジメも陰湿だ。わざと醜く描いた似顔絵、中傷メール、相変わらずのシカト。

耐えられなくなって、彩美は一年の三学期で中退した。父親は激怒した。父親はもともと強引なタイプで、彩美がイジメに遭っても、「負けるな」と叱咤《しった》するばかりだった。それが逆に彩美を追い詰めることを、どうしても理解しなかった。高校を中退した彩美に手をあげ、彩美はそれから自分の部屋に引きこもった。

部屋の窓を黒いカーテンで覆い、昼も夜もわからないようにした。明かりはノートパソコンのバックライトだけ。これで醜い自分を見なくてすむ。食事は母親が運んでくる。気の弱い母親は彩美の要求を何でも聞いてくれた。

暗い部屋で、彩美は寝るかパソコンを見るかの生活に入った。風呂もシャワーも使わない。はじめはひどいにおいがしたが、嗅覚《きゅうかく》はすぐに麻痺《まひ》した。

（臭い）（汚い）（死ね！）

小学校で浴びた罵声が思い浮かび、その通りだと自嘲《じちょう》する。髪が伸びて腰に届きそうになった。もともと黒くて太い毛質で、伸びるのも速かった。目の前に垂れる髪が気になったが、いつの間にか慣れた。たぶん原始人がそうだったように。

引きこもって十六年。彩美は間もなく三十二歳になる。はじめの五年ほどは、父親も彩美を部屋から引き出そうとした。しかし、そのたびに彩美は牛のように暴れて抵抗した。カッターナイフで切りつけたこともある。以後、父親は彩美の存在を忘れたかのように何もしなくなった。

三歳下の妹もいたが、彼女ははじめから姉を完全に無視していた。彩美に関わりを持っていたのは、食事と洗濯の世話をする母親だけだ。母親は食事以外にも、スナック菓子や飲み物、健康食品などを買ってきてくれる。彩美はネットの情報でありとあらゆる健康食品を試していた。食欲を抑えられないなら、せめて食べるもので健康を保とうと思ったのだ。

今、彼女がハマっているのは外国製のヨーグルトだ。乳酸菌や酵母を加えて牛乳を発酵させたもので、強い除菌作用があるという。かつて「バイキン」と呼ばれた自分にはちょうどいい。コンビニで売っているので、もう半年以上、三日とあけず母親に買ってもらっている。

彩美はさまざまな薬も集めた。中学のときに心療内科に行き、以後、いくつかのクリニックにかかった。そのうち、母親が彩美のためにカウンセリングに通うようになり、診察を受けなくても、薬を出してもらえるようになった。睡眠薬や抗不安薬はもちろん、頭痛薬、抗アレルギー剤、抗生物質からステロイドまで備蓄していた。これだけあれば、どんな病気になっても病院に行かずにすむだろう。

そんな彩美に、最初の異変が現れたのは、五月に入ってすぐだった。鼻の穴から唇にかけて、皮膚の感覚が消えたのだ。指で触ると、ゴムを貼りつけたような感触だった。

何だろう。

彩美は引き出しの奥から小さな鏡を取り出した。もう何年も自分の顔を見ていない。正直、見るのが怖かった。でも、この鏡なら必要な部分しか見えないだろう。恐る恐る映すと、左の鼻の下に黒紫色の盛り上がりがあった。平たいイボという感じだ。爪で剝がそうとしても、取れなかった。

三日ほどしてふたたび鏡に映すと、イボは大きくはなっていないが、少し分厚くなったようだった。カッターナイフで表面を削ると、思いがけないほど血が噴き出た。慌ててティッシュで押さえたが、止まらない。薬箱にワセリンがあったのを思い出し、それを出血部位に塗りつけて、その上からハンカチできつく押さえた。三十分近くそのままにして、ようやく止血することができた。

彩美は傷が化膿《かのう》してはいけないと思い、持っていた抗生物質を二種類のんだ。ところが、その日からイボが急に増大しはじめた。上唇から頬に広がり、飛び火したように右の顎も噴火口みたいに盛り上がった。さらに数日後、首筋から前胸部に黒紫の病変が広がった。

彩美はネットで情報をさがし、手持ちの薬を片っ端からのんだ。しかし、症状はよくならない。皮膚病には不潔と湿度がよくないと書いてあったので、髪を切ることにした。脂じみた毛に鋏を入れると、おぞましい音がして、じっとり湿った髪が床に落ちた。首筋が何年かぶりに外気に触れた。しかし、感覚がおかしい。合わせ鏡で見ると、髪の生え際から背中まで、甲羅のように黒いイボが覆っていた。

彼女は恐怖に駆られて、風呂場へ走った。汗と垢《あか》に汚れた髪がへばりついていたからこうなったのだ。そう思って、彩美は熱いシャワーを浴びた。しかし、イボの部分は熱さを感じない。タオルに石けんをつけ、必死にこすっても感覚がない。

真夜中だったが、気配に気づいた母親がようすを見に来た。

「彩美ちゃん。どうしたの」

身体を洗うのに夢中で聞こえない。母親はもう一度呼び、遠慮がちに風呂場の扉を開いた。黒紫色の肉腫に覆われた背中が見えた。

「ひぃっ」

母親はその場にへたり込み、廊下に後ずさった。彩美は石けんを洗い流し、バスタオルを巻いて自分の部屋に駆けもどった。そしてドアに鍵をかけた。

「彩美ちゃん。大丈夫なの。いったいどうしたの」

母親の声のあとで、父親が出てきて怒鳴った。

「おい、彩美。ドアを開けろ」

父親はドアノブを力任せに引いたがもちろん開かない。彩美はベッドにもぐり込み、頭から布団をかぶった。

「彩美。返事をしろ。具合が悪いのなら、なんで早く言わん」

父親が拳でドアを叩いた。

「彩美ちゃん。病院に行きましょう。病院がいやなら、お医者さんに来てもらうこともできるわ。夜が明けたら頼もうか」

彩美は返事をしなかった。そのうち、ドアの外で父親が母親を責めはじめた。

「おまえ、いったい何を見たんだ。寝ぼけて見まちがえたんじゃないのか」

「いいえ。彩美の背中に変なものが」

「変なものって何だ」

「よくわかりませんけど、黒いものが」

「垢で汚れていただけじゃないのか。あいつはもう何年も風呂に入ってないんだろ。それになぜ返事をせん。具合が悪ければ、病院へ行くだろう。もう寝るぞ。親が心配してるのに、返事もせん奴は放っておけ」

父親の荒い足音が遠のいていった。母親も引き上げたようだ。彩美はパソコンの電源を切り、部屋を真っ暗にした。手探りで引き出しから睡眠薬を出して、五錠のんだ。しばらくすると沼に引き込まれるように眠りに落ちた。


目が覚めたのは、二時間後か、二日後かわからなかった。昼か夜かもわからない。彩美は暗闇のなかでただひたすら時間が過ぎるのを待った。耐えられなくなると、睡眠薬をのむ。無気味なイボが、全身に広がっていることはわかっていた。足の裏や手にも広がり、指は里芋のように腫れて曲がらなくなっていた。

彩美は手持ちの睡眠薬をのみ続け、現実から逃避した。薬がなくなったらどうするかは考えなかった。ただなんとなく、もうすぐ楽になる予感がして、彩美はその思いにすべてを任せた。こんなバカげた苦しみが、長く続くはずはない。運命はもっと優しいはずだ。これまで優しい運命になど、一度も恵まれたことはないのに、彩美はそう信じた。そして、数日後、それに現実になった。薬をのまなくても、ほとんど意識がなくなったのだ。

……汚い、死ね……、ほんとはかわいい……、赤頭巾、ちゃーん……。

ときおりもどる意識の中で、彩美は夢とも現《うつつ》ともつかない声を聞いた。


食事を運ぶとき、母親は暗闇に呼びかけ、返事がないと入口に置いて引き下がる。娘の姿は見えなくても、気配は感じられる。しかし、六月半ばの雨の日、彼女は異変を感じた。娘の気配がまるでなかったのだ。まさか、どこかへ出かけたのか。

「彩美ちゃん」

返事はなかったが、彼女は暗闇に踏み込んだ。ベッドに近寄ると、娘はそこにいた。しかし、呼吸をしていなかった。

母親は叫び声をあげると、一縷《いちる》の望みをかけて救急車を呼んだ。


名京大学医学部の特殊救急部に運ばれた佐々木彩美は、ＤＯＡ（到着時死亡《デッド・オン・アライバル》）と診断され、翌日、病理解剖されることになった。奇妙な皮膚症状は皮膚科に伝えられ、准教授と医局長が遺体を診に来た。

医局長が准教授に耳打ちした。

「これ、もしかして、創陵大学の菅井先生がこの前、『皮膚科臨床』に報告していた症例と同じじゃないですか」

「ああ、新しいタイプのカポジ肉腫か」

「同じ症例があったら、連絡してほしいって依頼書が来てましたよ。報せますか」

「たしか一症例につき謝金は二十万だったな。医局の暑気払いの予算にちょうどいい」

准教授は創陵大学の菅井に連絡するよう、医局長に指示をした。

32

全日皮膚科学会が発行している「皮膚科臨床」に、菅井が発表したのは、本格的な論文ではなく、取り急ぎという形の症例報告だった。タイトルは、『口腔に発生したカポジ肉腫類似疾患の一例』である。

詳しい分析や考察はなかったが、冒頭の「要旨」には、この症例が新しいタイプの悪性疾患である可能性が高いと明記されていた。つまりは、病気の発見に唾《つば》をつけるための報告だった。

菅井は報告と同時に、全国の大学病院や国公立病院の皮膚科に、症例の収集の協力を求めた。謝金は一症例につき二十万円。財源は大手製薬会社の天馬製薬からの寄付だった。

菅井はパーティションで仕切った准教授室で、ひとりほくそ笑んでいた。名古屋の名京大学からの報告を皮切りに、この二週間にすでに四例集まっている。「皮膚科臨床」への論文も早めに出しておいてよかった。これでこの疾患は自分の専有事項になる。他大学のライバルたちは、地団駄《じだんだ》を踏んでいるだろう。

「菅井先生。失礼します。天馬製薬の田村です」

パーティションの向こうから、天馬製薬のＭＲ（医薬情報担当者）が顔を出した。もみ手をせんばかりに菅井にすり寄る。

「例の疾患、思った以上に好調な集まりですね。この調子だと一気に十例はいくんじゃないですか。菅井先生の予想通り、新しい病気の発生かもしれませんね」

「うむ。決して望ましいことではないが、厳然たる事実かもしれんな」

「伝染性の病気でしょうか」

「どうかな。伝染性なら一カ所で複数の患者が出てから、ほかへ広がるんじゃないか。今、集まってるのは名古屋と大阪、広島、仙台だろう。この四人が感染で発症したとは考えにくい。まして名古屋の症例は外部と接触のない引きこもりだったそうだし」

「でも、短期間にこの発生はふつうじゃありませんよ。もし伝染性ならパンデミックの危険もあるわけでしょう。そうなれば、病気の発見者である菅井先生の名は、日本中、いや世界中に知れ渡りますね」

「君ぃ、病気が広まったほうがいいような言い方は不謹慎だよ」

眉を寄せながら、菅井の頬は虚栄の笑みにうごめいていた。

菅井は引き出しからファイルを取り出し、デジカメからプリントアウトした写真を見た。患者は三十代半ばの男性で、前胸部から肩にかけて、アメフトのプロテクターのように黒い肉腫が盛り上がっている。さらに、両方のまぶたが干したプラムのように黒く盛り上がり、目がほとんど開かない状態だ。

「見たまえ。広島の症例だ。エイズ関連のカポジ肉腫でも、ここまでひどくはならんだろう。この症例は生検をしていたので、プレパラートをもらってきた」

「この患者さんはまだ生きているんですか」

「いや。生検のあと肉腫が急速に悪化して、わたしが診察した六日後に亡くなった。まさに電撃的な死だ」

「劇症《げきしょう》肝炎並みの経過ですね。それじゃ新しい病名は『劇症型カポジ肉腫』ですかね」

「病名を決めるのは、まだ早いよ、君」

菅井は不機嫌な表情で顔をそむけた。察しの悪い野郎だ。新病名は「スガイ肉腫」だよ、バカと、菅井は胸の内で罵る。

「それにしても、どうしてこんな病気が発生したんですかね」

「わからんね。原因は新種のヘルペスウイルスなんだが」

菅井は機嫌を直し、椅子の肘掛けに両手を載せた。

「それがヒトからヒトへ伝染するんですね」

「いや。それは今のところ考えにくい。患者の家族や周辺で次々発症すれば別だが」

「じゃあ、ウイルスはどこから来るんです」

「おそらく食べ物か空気中、あるいは水かもしれない」

田村が恐ろしげに眉をひそめる。

「ところで、菅井先生。ちょっと小耳にはさみましたが、先生の患者さんは大日ファーマさんのドキソビルが効かなかったそうですね」

他社の薬が無効だったことがうれしくて仕方なさそうな田村が、菅井にすり寄る。

「ということは、従来のカポジ肉腫の治療薬以外の薬で攻める必要があるということですね」

「だろうね」

「わが天馬製薬としましては、菅井先生のご研究にあらゆる協力を惜しまないつもりです」

言外に金銭面での援助をほのめかし、田村は上目遣いに声をひそめた。

「ところで、先生に少々お願いがあるんですが」

来たな、と菅井は身構える。

「創陵大学病院のステロイド軟膏《なんこう》ですが、当社の製品を、もう一種類加えていただくわけにはまいりませんでしょうか」

創陵大学病院の薬剤部には五社から五種類のステロイド軟膏が納入されている。品目数は決まっているから、新規を採用するならどれかを削らなければならない。天馬製薬の製品を二つにすると、明らかにバランスを欠くが、ステロイド軟膏の使用は皮膚科が圧倒的に多いので、菅井が薬事委員会に根回しをすれば通る可能性は高い。

「わかった。じゃあシグマ薬品のステロ軟膏を切るよ。あそこのMRは気が利かないからな」

「ありがとうございます。そうしていただければ、わたしどものほうでも、またそれなりに」

田村はもみ手をしながら頭を下げた。菅井はまんざらでない顔で顎を撫でる。互いに狡猾《こうかつ》な笑みを交わした。

33

菅井が症例報告で新しい病気を「スガイ肉腫」と呼ばなかったのは、一例目から自分の名前を冠するのもみっともないと思ったからだ。だれかが言い出してくれればいいが、なかなかそううまくはいかなかった。

　症例は六月下旬に七例に達した。これだけ集まれば、新疾患として学会に発表するのに遜《そん》色《しょく》はない。十一月のはじめに全日皮膚科学会の学術総会がある。菅井はそれに間に合わすべく、本格的な論文の準備に入った。

　同時に疾患名を決めるための地ならしもはじめた。マスコミを使って学会より先に世間に名称を広めるという戦略である。

　菅井は田村に催促した。

「例の新しい疾患だが、医学界ばかりでなく、一般にも知らせるべきだと思うんだ。ゴシップ誌はいかんが、知的な週刊誌で興味を持つところがあるんじゃないか」

「知的な週刊誌、と申しますと」

「『週刊時流』とか、『ＡＲＥＡ』とかだよ。特集記事なら新聞でもいいが」

　菅井は自らマスコミに登場する場面を想像し、鼻孔を膨らませた。

「承知しました。心当たりを聞いてみます」

　一週間後、田村の紹介で菅井は「週刊時流」のインタビューを受けた。取材に来た女性記者は二十代後半の美人だった。菅井は満面の笑みで愛想よくしゃべった。

「この病気はいわゆるカポジ肉腫に類似の疾患ですが、悪性度はカポジ肉腫の比ではありません。肉腫ははじめ口の中や背中、肛門などに発生しますが、またたく間に全身に広がり、皮膚や粘膜を食い破って増殖します。患者の写真を見てください。首から背中にかけて肉腫がびっしり覆っています。まるで、皮膚から黒いカリフラワーが生えたようでしょう」

　菅井はことさらセンセーショナルな言葉を使って説明した。女性記者は恐ろしげに口もとに手を当てる。

「ほんとうですね。皮膚科の病気はあまり重症という感じはありませんが、これはひどいですね」

　女性記者の発言に、菅井はこめかみをぴくつかせる。プライドの高い彼は、わずかな軽視にも耐えられない。

「君ね、皮膚科の病気を軽く見ちゃいかんよ。悪性黒色腫《こくしょくしゅ》や色素性乾皮症《かんぴしょう》などの悪性疾患から、尋常性乾癬《じんじょうせいかんせん》、天疱瘡《てんぽうそう》のような難病も多いんだから」

「すみません」

　女性記者が頭を下げると、菅井はふたたび熱弁を振るった。

「肉腫の細胞は、血管やリンパ管に侵入して全身に広がる。肝臓に転移すれば、胆管《たんかん》を破壊して重症の黄疸《おうだん》を来す。肺に転移すれば、肺胞《はいほう》を閉塞《へいそく》させて患者を窒息させる。脳に転移すれば、神経細胞を溶かして意識を奪う。病理所見はカポジ肉腫に類似しているが、その電撃的な進行は、とても同類の疾患とは思えない。うちの病院内では、仮称として、『スガイ肉腫』なんて呼ばれてますがね。ふっ」

菅井は思わせぶりに言って、女性記者がメモしたかどうかを横目で確認した。そして素知らぬ顔でつけ加える。

「正式名は未定だが、もしインパクトがあるというのなら、その仮称をインタビューのタイトルとか見出しに使ってもらっても、わたしはかまわんが」

「ありがとうございます」

女性記者の笑顔を見て、菅井は電車の吊り広告に、自らの名を冠した病名が華々しく報じられるさまを思い浮かべた。

三日後、原稿の校正刷りができあがってくると、インタビューのタイトルは『専門医が警鐘　新型カポジ肉腫の脅威』となっていた。本文にも「スガイ肉腫」の言葉は一つもない。

「田村くん。これはどういうことかね」

菅井は田村を呼びつけて、露骨に不機嫌な顔を見せた。

「あの記者は顔はかわいいが、オツムが空っぽなんじゃないか」

「はあ、いや、その……」

田村は困惑の表情を浮かべた。菅井は赤ペンで校正刷りの「新型カポジ肉腫」を「スガイ肉腫」に書き直しはじめた。ところがその数があまりに多いので、途中で菅井自身、少々気恥ずかしくなってきた。筆の鈍ったところを捉えて、田村が遠慮がちに言った。

「菅井先生。こんなことを申し上げて、ご気分を害されると困るのですが、病名に先生のお名前をつけられるのは、やや危険かと存じますが」

「何が危険なんだ」

「売名行為のように言われないともかぎりませんし」

「何だと」

色をなして聞き返した菅井に、田村は慌てて釈明した。

「いえ、もちろんそれは悪質な噂です。しかし、ご承知の通り、医学界には常に嫉妬《しっと》とやっかみが渦巻いておりますでしょう。ここは新型カポジ肉腫ということにしておいて、その発見者として、一歩引いた立場をお取りになるほうが、菅井先生の奥ゆかしさが際立つかと存じますが」

たしかに皮膚科でも、人の足を引っ張ることしか考えない連中は多い。そんな医師たちにせっかくの発見をじゃまされるのも鬱陶《うっとう》しい。菅井はそう考え、不承不承、新型カポジ肉腫の呼び名を受け入れることにした。

「週刊時流」のインタビューは、発売当初はさほど注目を集めなかったが、菅井は新しい症例が集まる度にマスコミ各社に情報を流した。
やがて菅井の〝広報活動〟は実を結び、全国紙である読日新聞と毎朝新聞の社会面トップに、世間を震撼《しんかん》させる見出しが躍った。
『新型カポジ肉腫　各地で患者続出』（読日新聞六月三十日付朝刊）
『新たな疫病か　新型カポジ肉腫』（毎朝新聞六月三十日付夕刊）

34

「為頼先生。今、お電話、大丈夫でしょうか」

平静を装ってはいるが、ささやくような菜見子の声は震えていた。時計を見ると、午後七時十分。ウィーンでこの時間ということは、日本では午前二時を過ぎている。そんな時間まで菜見子は眠れずにいるのか。

電話がかかってきたとき、為頼はスーパーで買い物をしてアパートにもどったところだった。スマホを片手にソーセージとライ麦パン、マカロニサラダをテーブルに置き、普段通り応える。

「大丈夫ですよ。でも、こんな時間にどうしたんです」

「メールでお送りした写真、見ていただけたかと思って」

「いや、今日はちょっと忙しかったもので、メールはまだ。すぐに見ます」

電話を持ったまま、パソコンを起動して受信する。送られていたのはイバラの写真だった。アパートで撮ったらしく、壁の前で作業衣姿のまま、戸惑った表情や無理に笑ったような写真が四枚、添付されていた。

十日ほど前、菜見子からイバラの相談を受けて以来、為頼は何度かメールのやり取りをした。変なジャーナリストが彼女に会いに来て、イバラの再犯を予告したという。犬伏というそのジャーナリストは、イバラが刑法三十九条で刑が軽くなったのが気にくわないらしい。菜見子によれば、犬伏はイバラにもともと凶暴性があったのではないかと指摘したそうだが、それは為頼も密《ひそ》かに危惧することでもあった。

メールの写真を見たと告げると、菜見子は喘ぐように訊ねた。

「イバラくんの眉間に犯因症は現れていますか」

「いや。見たところ、大丈夫のようだけど」

「犯因症は写真でもわかるんでしょうか」

「どうだろう。写真で徴候を見たことはないからな」

おそらく徴候は実際に本人を見なければわからないだろうと、為頼は思う。

「この写真はいつ撮ったんですか」

「今日です。先生に見てもらおうと思って」

「イバラくんのようすはどうでした」

「いきなりアパートに行って、写真を撮らせてほしいと頼んだので驚いてましたけど、凶暴そうなところはありませんでした」

「作業衣を着ているところを見ると、仕事をしてるんですね」

「ええ。イバラくんはまじめに働いています。会社でも仕事先でも、何の問題も起こしていません」

菜見子は犬伏というジャーナリストの言葉が気になって仕方がないようだった。イバラを信じたい気持と、万一の場合の心配とで、身も心も引き裂かれそうなのだ。

「為頼先生。イバラくんの犯因症はどうやったら見えるんですか。今日もシャッターを切る直前、彼が目をつぶって、わたし、一瞬、『M』の字が見えた気がしたんです。でも、写真には写っていなくて」

為頼はもう一度、写真を確認する。三枚目に目を閉じかけた写真があった。たしかに眉間に皺は寄っているが、「M」の形ではない。

「イバラくんの眉間が平らならいいんですか。皺がなければ犯因症はないんですか」

そうともかぎらない。徴候は生きた動きの中に現れるものだ。しかし、それを言えば、菜見子はよけいに不安になるだろう。

「徴候は無理に見ようとしても見えませんよ。何でもない皺を犯因症だと読みちがえる危険もあるし、あまり神経質にならないほうがいいです」

「でも、わたし、祐輔にもしものことがあれば、生きていけない……」

電話の向こうが涙声になる。為頼は犬伏というジャーナリストに舌打ちしたい気分だった。彼がよけいなことさえ吹き込まなければ、菜見子はこんなに心配せずにすんだものを。

「大丈夫ですよ。イバラくんもきっと前とは変わっているだろうし」

事件後のイバラの経過はよく知らない。しかし、裁判のあとには医療刑務所に収容され、その後、一般の刑務所に移ったのだから、治療は終わったのだろう。であれば未治療のときとはちがうはずだ。

「彼は祐輔くんのことをどう思っているのですか」

「わたしの大切な息子だということは理解していると思います。何度も説明しましたから」

「納得していたようですか」

「たぶん、していると思いますが」

考えれば考えるほどわからなくなるのだろう。菜見子は臨床心理士だが、我が子の危険が絡むと途端に弱い母親が前面に出てくるようだ。

為頼は気分を変えようと、祐輔のことに話題を向けた。

「祐輔くんはもう十歳ですね。それなら前の事件のときより力も強くなっているでしょう」

「でも、イバラくんが本気で襲ってきたら、どれだけ通用するか」

菜見子はほんとうは為頼にイバラの犯因症を見分けてほしいのだろう。しかし、無理な願いだからと、必死に自分を抑えている。為頼もできればそうしてやりたいが、怪しげなジャーナリストの戯言《ざれごと》に振りまわされるのも困る。まして、今はサトミのことが気がかりだ。

次の言葉をさがしていると、菜見子が為頼の困惑に気づいたように声の調子を変えた。

「電話が長くなってすみません。お疲れのところ、ご心配ばかりおかけして」

「かまいませんよ。私のほうこそお役に立てなくて」

電話を迷惑がっていないことを伝えようと、為頼は話題を変えた。

「ところで、最近、日本で何か変わったニュースはありますか」

菜見子は平静を装って答えた。

「そうですね。この前、変な病気が新聞に出てました。『新型カポジ肉腫』っていう」

「新型？　じゃあ従来のカポジ肉腫とはちがうのかな」

「詳しいことは知りませんが」

カポジ肉腫はエイズ患者にときどき見られる悪性腫瘍だ。新型とはどんな症状なのか。

為頼は一抹の不安を感じたが、敢えてそれ以上は聞かなかった。

35

鎌倉の三岸のアトリエから帰ったあと、イバラは三岸に指示されて、熱心に新聞を読むようになった。特に注意するように言われたのは、医者の悪行に関する記事だ。

『喘息の女児　病院たらい回しで死亡』

イバラは社会面の見出しを見て思わず目をみはった。

大阪で八歳の女の子が、夜中に喘息の発作を起こし、母親が救急車を呼んだが、どこの病院も受け入れてくれずに死んだらしい。むずかしいことはわからないが、おおよそのことは理解した。喘息は息が苦しくなる病気で、重い発作を起こすと死ぬことがある。治療すれば助かるが、女の子は家の近くの大阪市此花《このはな》区医療センターをはじめ、十二もの病院に断られて、治療が受けられずに死んだらしい。

なぜそんなことが起こるのか。病院は患者を治療するのが当たり前じゃないのか。女の子は最後まで泣かずに、息苦しさに耐えていたという。それを読んで、イバラの目は真っ赤に充血した。同時に、女の子の治療をしなかった医者に激しい怒りを感じた。

三岸先生が言った通りだ。

イバラに身内に凶暴な力が湧くのを感じながら、三岸のアトリエに泊まった翌朝のことを思い出した。

………

笹山や北井と奇妙なゲームをした翌朝、目が覚めるとイバラは布団の中で芋虫のように丸まっていた。ワインの二日酔いで頭が重い。イバラははっとして、衣服を確かめた。下着が湿っていた。においに敏感なイバラは、それが何を意味するのかすぐにわかった。

「失礼します」

引き戸の向こうで北井の声がした。いかにも不機嫌な口ぶりだった。

「朝食の用意ができてます」

和室を出ると、朝の光に目が眩《くら》んだ。洗面所で顔を洗って、アトリエに急いだ。前夜と同じ場所に座布団が敷かれ、お膳《ぜん》が三つ用意されている。梅干し入りの白粥《しらかゆ》に小鉢と香の物。三岸が背中を向けて座っていた。

「おはようございます」

前にまわると、完璧な化粧をした三岸が無表情にうなずき、「おはよう」と返してきた。

「お酒を飲んだ翌朝は、こういうのがいいでしょう」

三岸の向かいに座ると、北井が蜆汁《しじみじる》とほうじ茶を運んできた。

「じゃあ、いただきましょう」

北井は三岸の横に座り、静かに合掌して箸を取った。イバラも遠慮がちに食べはじめる。

「昨夜は眠れた？」

イバラが小さくうなずくと、三岸は膳を箸で鋭く叩いた。

「返事はハイと、はっきり言う！」

「は、はい」

思わず身がすくんだ。三岸が濃いマスカラに縁取られた目でイバラを見据えた。

「おまえはもうわたしの弟子よ。これからは厳しく指導します。それがおまえのためだから」

「はい」

横で粥をすする北井の表情が険しくなった。

朝食がすむと、三岸はイバラを制作スペースに連れていった。

「おまえにデッサンや写生を教えるつもりはない。でも、基本は知っておく必要がある。まずは絵具」

壁際に置いた木箱を指して言う。これが岩絵具、こっちが水干《すいひ》絵具、箱に入っているのが胡粉《ごふん》、岩絵具は粒子の細かさによって番号がついている。

続いて絵具を溶く膠《にかわ》を見せ、煮溶かし方を説明した。三千本膠、粒膠《つぶにかわ》、電熱器や行平鍋《ゆきひらなべ》、水匙《みずさじ》、漉《こ》し器。さらにさまざまな種類の筆、刷毛、箔《はく》、泥《でい》、墨と硯《すずり》など、とても覚えきれないほどの道具や画材を、三岸はイバラに見せた。

「一度に覚えなくてもいい。使っていればそのうち慣れるから」

三岸はイバラを従え、画架に載せた描きかけの絵の前に移動した。顔が二つある女性が卍形に十字架に吊された気味の悪い絵だ。前日に見たときより、かなり色塗りが進んでいる。昨夜、あれから描いたのか。

「わたしが描くのはものじゃない。心の奥底にうごめく情念。日本画には精神が宿っている。使いにくい絵具で、手間ひまをかけ、自分を押し殺し、自由を奪い、追い詰めて描く。そうやって内面を深めて、はじめていい絵が描ける」

三岸はイバラを見向きもせず、しかし明らかに彼を意識してつぶやく。

「その抑圧に耐えるためには、自分を駆り立て、鼓舞するものがいる。イバラ。おまえにはその力がある。おまえは特別な人間だから」

何のことか。イバラは背筋に怖気《おぞけ》を感じる。いつの間にか、三岸の後ろに北井が立っていた。どんな命令にも従う凶暴な番犬のようだ。

「内面の苦しみに耐える壮絶なエネルギー。わたしの場合は、殺人の非日常性よ。あらゆる制限を突破して、無限の力を得る飛躍感。前にも言ったわね」

三岸が戦慄するように身震いする。北井は細い目に嫉妬をたぎらせ、イバラを見つめる。

「イバラ。おまえはこの前、神戸の事件を覚えてないと言ったね。それならそれでいい。新たな経験をすればいいのだから。むしろそのほうがいい。自覚があるほうが意識は覚醒《かくせい》する」

「新しい経験って、どうするんですか」

イバラは恐る恐る訊ねた。三岸は額を突き出して目を細めた。

「おまえは自由の身になって、何かよいことをしたいんだろう。神戸でそう聞いたよ」

「はい。ぼくは、何か人のためになることを……」

「殺人が人のためになることもある」

三岸が誘惑するようにささやく。「世の中に害を及ぼす相手ならね」

イバラは意味がわからず、混乱しながら訊ねる。

「三岸先生は、人を殺したことがあるんですか」

三岸はいきなり身体を反らせて哄笑《こうしょう》した。

「あははは。わたしは芸術家よ。創作のためなら何でもする。花も踏みにじる。蝶の羽もちぎる。だけど、行為と観察は同時にできない。想像力を飛躍させるためには観察が必要なの。

だからね」

三岸は言葉を切り、横にあった椅子を引き寄せて座った。北井がすっと背後に移る。

「わたしには協力してくれる人がいる。身も心も捧《ささ》げてくれる人がね。心配はいらない。殺人でもぜったいに失敗しないやり方がある。周到に準備された通り魔よ」

イバラは三岸の言葉に気圧《けお》される。

「通り魔殺人は、警察がもっとも手を焼く犯罪よ。動機が不明だから。自分にまったく縁のない場所で、逃走ルートを準備しておいて、犯行のときに変装したらぜったい捕まらない。目撃者がいたほうがいいくらいよ。まちがった証言をすれば、捜査が混乱するから」

三岸がふたたび歪な笑みを浮かべた。北井もうっすら笑っている。

「天罰を与える通り魔は正義の使者よ。悪辣《あくらつ》な人間に思い知らせて、悔い改めさせる。一罰百戒という言葉を知ってる？　見せしめに一人を罰して、百人を戒めるの」

「そんな悪い人がいるんですか」

「この前、おまえに渡した週刊誌に書いてあっただろう。今、日本でいちばん悪いのは医者よ。ねぇ、ミッチャン」

「はい。最近の医者の堕落ぶりには、目に余るものがあります」

北井がすかさず答える。イバラは不安に駆られて抗弁を試みた。

「でも、お医者さんにも、いい人がいます」

「たとえば？」

「一生懸命、患者さんを治そうとしてくれる人」

「医者なら治療にベストを尽くすのは当然よ。そうでない医者がいるのが問題なの。贅沢《ぜいたく》な暮らしをして、いい加減な診療で、患者を見捨てる医者には天罰を下すべきよ」

三岸は憎々しげに断定した。

…………

患者を見捨てる医者。死にそうな女の子をたらい回しにした病院。

イバラはもう一度、新聞記事を読んだ。死んだ女の子の母親の言葉が出ていた。

『娘は苦しそうな息で、ママ、病院はまだと聞いてました。死ぬ前に一度でいいから、ゆっくりと大きな息をさせてやりたかった』

先天的に涙の出ないイバラの顔が、悲しみに歪んだ。記事には治療を断った病院の言い分が出ていた。専門医がいなかった、ベッドが空いていなかった、ほかの患者を治療中だった云々。そんなことが死にかけている女の子を治療しない理由になるのか。

どんな理由があるにせよ、八歳の女の子が苦しみながら死んだのだ。許せない、ぜったいに許せない。そんな言葉がイバラの頭の中で呪文《じゅもん》のように渦巻いた。

36

天井の低い部屋に、アドバルーンのように頭を膨らませた裸の少女が立っている。小さな顔は淋《さび》しげに微笑み、深い諦念《ていねん》を感じさせる。周囲にはオスの頭をかじるメスカマキリ、捕まえたネズミから血を吸うコウモリ、犬の死骸《しがい》の腹を食い破って出てくるサナダムシなどが描かれている。暗くて寒々しい絵だが、不思議な静謐さに満ちている。

絵のタイトルは、『屋根裏の小伯爵令嬢』。ネットで検索した三岸薫の作品である。露悪的な耽溺《たんでき》。美術の世界ではひとつの見識として成り立つのだろうと、犬伏利男は皮肉っぽく考えた。

しかし、それがもしイバラの凶悪性と出会えばどうか。

高島菜見子に取材をしたあと、犬伏は三岸にも話を聞きたいと思っていた。彼女がイバラに接近した真意は何か。単純に絵の指導だけが目的とは考えにくい。

犬伏は三岸を攻略するため、彼女の経歴を詳しく調べた。三岸は金沢出身で、現在、三十八歳。東芸美大の受験に四度失敗し、鎌倉造形美術大学を卒業したあと、東芸美大の大学院に入学した。二十九歳のとき父親が自殺し、その前後から精神的に不安定になって、精神科に通いだした。しかし、経過が思わしくなく、次々と医師を替えるドクターショッピングの状態になったと、ネットの掲示板に書き込まれていた。ところが、大学院を卒業する直前、病院巡りはぴたりと止まったらしい。何があったのか。

三岸のトレードマークであるグロテスクなモチーフは、そのころから急に現れはじめ、あとは何かに憑かれたように独自の世界を創《つく》り上げた。画壇で後押ししたのは銀座のササヤマ画廊である。以来、彼女は美術界の内外でカルト的な人気を集め、「日本画のヒエロニムス・ボス」という称号まで献じられていた。

三岸について調べるうちに、犬伏はふとあることを思い出した。以前、雑誌でインタビューをした岡部《おかべ》という弁護士の事務所に、三岸の絵が飾ってあったような気がしたのだ。岡部は検察官から弁護士に転身したいわゆる「ヤメ検」で、右翼の大物や政界フィクサーの訴訟で活躍し、「闇社会の後見人」と呼ばれる人物だった。

善は急げとばかりに電話をかけると、岡部は自分に好意的な記事を書いた犬伏を覚えていた。犬伏の記憶通り、事務所には三岸の絵があるという。その絵はササヤマ画廊の画廊主からもらったものらしかった。

「笹山か。わははは。あいつはオレに頭が上がらねぇんだよ」

岡部は電話口で豪快に笑った。事情を聞くと、笹山靖史は二年ほど前、軽井沢の別荘に幼女を連れ込み、乱暴して刑事事件になりかけたところを、岡部に揉み消してもらったらしい。

笹山はそんな趣味があるのかと聞くと、岡部は愉快そうに答えた。

「幼女趣味だけじゃないよ。あいつは目黒の変態クラブの常連だし、クスリをやってるって噂もある。画廊主にもいろいろいるが、あいつはそうとうアブナイんじゃないか」

ササヤマ画廊に所属している三岸薫に取材したいと切り出すと、「それならオレが笹山に頼んでやるよ」と、岡部は気軽に請け負ってくれた。

翌週の月曜日、犬伏はまず銀座三丁目にあるササヤマ画廊に足を運んだ。三岸に会う前に、笹山からも話を聞こうと思ったのだ。

ササヤマ画廊は一階がギャラリー、二階が収納庫になった規模の大きい画廊である。応接スペースに通されると、気障《きざ》な出で立ちの笹山が出てきた。名刺を差し出すと、両肘をすぼめるようにして受け取る。

「岡部先生からのご紹介ですね。犬伏さんも三岸の絵にご興味がおありですか」

「いえ。わたしがうかがいたいのは、三岸さんが絵を指導しているイバラさんのことです」

「ああ、イバラくんね」

「ご存じですか」

「三岸のアトリエで一度会いました。なかなか才能のありそうな青年ですね」

笹山の女性的なハスキーボイスが神経に障った。犬伏はさりげなく探りを入れた。

「イバラさんは特別なキャリアもないようですが、どうして三岸さんは彼に目をつけたのでしょう」

「さあ。三岸には独特なセンスがありますからね。イバラくんに何か感じたのじゃありませんか」

「それにしても、三岸さんはどこでイバラさんの絵を見たのでしょう。彼は刑務所に入る前には、絵などまったく描いていなかったようですが」

笹山は刑務所の言葉に特段、動じなかった。事件のことはある程度は知っているのだろう。

「ボクにはわかりかねますね。三岸に直接、お聞きになったらいかがですか。今から行かれるのでしたら、電話しておきますが」

笹山は犬伏を早くやっかい払いしたそうだった。岡部から幼女暴行の件を聞いているかどうかが不安なのだろう。これ以上イバラの話は聞けそうになかったので、犬伏は三岸への連絡を頼んで画廊をあとにした。


ＪＲ横須賀線の鎌倉駅からタクシーに乗り、三岸のアトリエがあるマンションに着いたのは、約束の時間よりも早い午後二時前だった。高台に建つ瀟洒な建物は、外から見るかぎりでは画家のアトリエがあるようには見えない。しかし、三岸が部屋の扉を開くと、つんと獣くさい膠のにおいが流れてきた。

「ようこそ。お待ちしていました」

純白のパンツスーツに完璧な化粧をした三岸は、美貌でこちらを威圧するかのようだった。

「今日はお忙しいところ、おじゃまいたします」

奥へ進むと、窓のない倉庫のような部屋があり、描きかけの絵やトレーシングペーパーを何枚も重ねた下絵が立てかけてあった。隅でやせた女性が画材を片づけている。

「ミッチャン。お客さまにお茶をお願い」

女は一礼して横の扉から音もなく出ていく。

「アトリエでは椅子はあまり使いませんの。こちらでよろしいかしら」

三岸に勧められ、犬伏は丸い籐の座布団に腰を下ろした。

「はじめましてと言いたいところですが、わたしは以前、三岸さんに何度かお目にかかっているんですよ」

菜見子のときと同じように思わせぶりに言うと、三岸は怪訝な表情を浮かべた。

「イバラさんの裁判のときです。三岸さんはどうしてあの裁判を傍聴されたんですか」

「新聞で事件を知って、興味をそそられたからですわ」

「しかし、鎌倉から神戸までいらっしゃるのはたいへんだったでしょう。それに傍聴希望者も多かったから、無駄足にならないともかぎらないのに、よく何度も来られましたね」

「傍聴券は前もって手配してもらっていました」

そんなことができるのかと訊ねると、三岸は優雅に笑って、「ちょっと特別なコネがありましたので」とはぐらかした。

さっき出ていった女が日本茶を持ってきた。犬伏はそれを横目に見ながら問いを重ねた。

「イバラさんの事件に興味があったとおっしゃいましたが、具体的にはどういうところに」

「彼の攻撃性みたいなものかしら。直感的に思ったんです。この事件はわたしの創作力をインスパイアしてくれるって」

「なるほど。しかし、それならイバラさんの絵を指導するというのは、どういうことです？」

「彼の集中力は日本画に向いていますのよ。一般の方にはおわかりにならないでしょうが」

犬伏はごまかされないよう警戒しながら、別の方向からカマをかけた。

「それにしても、イバラさんの絵も見ずに素質を見抜くなんてすごいですね」

「彼の絵は見ていますよ」

「どこで」

「精神医学の雑誌に掲載されていたんです。彼が医療刑務所で絵画療法を受けていたときの作品が」

「そんな精神医学の雑誌を、どこでご覧になったのです」

「知り合いの医師が送ってくれたのです」

それでは答えは半分でしかない。なぜ医師が三岸にそんな雑誌を送ってきたのか、それを知りたいと、もの問い顔を向けると三岸は察しよく説明した。

「わたしの絵は、モチーフに解剖図とか内臓の写真を使うことが多いんです。それで知人の医師に参考になりそうな本や雑誌を送ってほしいと頼んでいるんです」

「イバラさんの絵が載っていたという雑誌を拝見できますか」

「ふう。それはたいへんだわ」

三岸は大袈裟にため息をつき、外国人のように肩をすくめた。

「見せていただけないのですか」

「さがすとなったらアトリエ中をひっくり返さないといけませんもの」

一応、話の筋は通っているが、どこかおかしい。だが、無理に雑誌をさがしてもらうわけにもいかない。その代わりにという感じで犬伏は訊ねた。

「これはちょっとお聞きしにくいことですが、イバラさんが過去にああいう事件を起こしたことについては、どうお考えですか」

「どうって」

「つまり、彼がふたたび犯罪を繰り返す心配というか、あるいは三岸さんご自身が身の危険を感じるというようなことが」

「それはありません」

「しかし、先ほどあなたはイバラさんの攻撃性に興味があったとおっしゃいましたね。彼にはそういう一面があるんじゃないですか、生来的に」

「かもしれませんね」

「こんなことを言うと失礼かもしれませんが、三岸さんの絵は、けっこう残酷というか、過激な絵柄が多いですよね。あなたの絵が、イバラさんを刺激するというようなことは考えられませんか。彼の秘められた攻撃性が、三岸さんの絵で誘発されるというような」

化粧に飾られた三岸の目が、冷ややかに犬伏を見つめる。イバラの再犯を期待する本心を見透かされたかと、犬伏は言葉を切った。きまり悪げに目を伏せ、置きっぱなしになっていた湯飲みを手に取る。

「冷めているでしょう。新しくいれさせましょう」

「いえ、けっこうです。それより、さっきの女性はお弟子さんですか」

「ええ」

「彼女にもお話をうかがえますか」

三岸は別室に声をかけた。犬伏を紹介すると、女性は床に正座して三つ指をついた。

「北井光子と申します」

「北井さんはイバラさんにお会いになりましたか」

「はい。先日、ここに来たときに」

「どんな印象でした」

「別に」

無愛想というより、敵意に近い陰険さが潜んでいた。犬伏は言葉の接《つ》ぎ穂《ほ》を失い、画架に立てかけた絵を見ながらわざと砕けた調子で訊ねた。

「北井さんは、こういう絵がお好きなんですか」

「はい」

「かなりグロテスクだと思いますが、ちょっと引いたりしませんか」

「いいえ」

まったく話がはずまない。北井は犬伏がイバラに関心を持っているというだけで、不愉快そうだった。

三岸が夢遊病者のように立ち上がり、自分の絵に近づく。犬伏は何事かと目で追う。彼女は宙に言葉を投げ出すように言った。

「イバラくんは無垢な魂の持ち主です。心の内に強烈なエネルギーを秘めています。それを昇華させれば、すばらしい作品が生まれるでしょう。わたしはそれを心より願っています」

まるで、見えないだれかに忠誠を誓うかのような恍惚の表情だった。

37

新型カポジ肉腫の新聞報道を受けて、民放の東京キャピタル放送が、菅井に番組への出演を依頼してきた。朝の報道バラエティ「モーニング1」である。菅井は即座に出演を了承した。

七月十五日、午前六時十分。菅井はテレビ局差し回しのハイヤーで、恵比寿《えびす》南にあるキャピタル放送のスタジオに入った。六階の控え室に通されると、若いディレクターが来て、番組の段取りを説明した。番組は午前八時からで、菅井の出番は八時十五分前後になるだろうとのことだった。

しばらく待つと、打ち合わせを終えた出演者たちに紹介された。テレビでよく見る初老のキャスター、元NHKの美人アナウンサー、コメンテーターとして経済評論家と女性エッセイスト、芸能レポーターという面々だ。プロデューサーだという口髭の男性が近づいてきて、丁重に名刺を差し出した。

「菅井先生。今日はどうぞよろしくお願いいたします」

「こちらこそよろしく。はじめてのテレビ出演で緊張してますよ。ははは」

「いえいえ、お見受けしたところ、とてもリラックスされているようです」

実際、菅井は自分でも意外なほど落ち着いていた。むしろ、出演を楽しむ余裕さえあるほどだった。

午前八時。オープニングの音楽とともに、キャスターらがカメラに向かって朝の挨拶をした。レギュラー出演者を紹介し、まず最初の話題として、国会議員の不倫スキャンダルから番組がはじまった。続いて小学生の自殺のニュースがあり、三番目が新型カポジ肉腫だった。

はじめに局がまとめたVTRが流される。第一号患者として、創陵大学病院で亡くなった加納真一のケースが名前を伏せて報じられた。診断、治療、そしてあまりに電撃的な死。さらに解剖所見も紹介された。

VTRの間に菅井はゲスト席に座り、プロデューサーから教えられたコメントのコツを思い返していた。専門用語はできるだけ使わず、かみ砕いた説明にすること。そして、何よりインパクトのある表現を心がけること。

ディレクターがキューを出し、キャスターが深刻な顔でカメラに向かって話しだした。

「今、ご覧いただきました新型カポジ肉腫。いつの間にこんな恐ろしい病気が出現したんでしょう。今日はこの病気の発見者である創陵大学医学部の菅井憲弘准教授にスタジオにお越しいただきました。よろしくお願いします」

病気の発見者と紹介され、菅井は胸を張って会釈をした。キャスターが不安げな表情で続ける。

「菅井先生。この新型カポジ肉腫にかかった患者さんは、現在、何人くらいいるんですか」

「わたしどものほうで把握しているのは、十四人です。そのうちすでに九人の方がお亡くなりになりました」

「すると、死亡率は六割を超えるということですか」

「最終的には九〇パーセントを超える可能性もあるでしょう」

「そんなにですか」

わざと大袈裟に言うと、キャスターの顔が驚愕《きょうがく》に歪んだ。インパクトはばっちりだ。

「それにしてもこの病気、なんとも恐ろしい症状ですね。さっきＶＴＲで出ましたが、あの気味の悪い肉の塊みたいなのは何ですか」

「肉腫です。患者さんの中には、全身が黒いカリフラワーに覆われたようになる人もいます」

菅井は以前、「週刊時流」の女性記者を震え上がらせたのと同じ表現で、視聴者の恐怖を煽《あお》った。横にいるアナウンサーが不安げに眉をひそめる。

「病気の原因はわかってるんですか」

キャスターが訊ねると、アナウンサーは手もとの資料を読み上げた。

「原因はヘルペスウイルスの一種だということです。ヘルペスウイルスは、いわゆる水疱瘡《みずぼうそう》とか、口のまわりにできる単純ヘルペスの原因となるウイルスで、もともとのカポジ肉腫も、これが原因だそうです」

「その通りです」と、菅井があとを引き取った。「ヘルペスウイルスは従来、八種類あって、それぞれ番号で分類されています。1型が口唇《こうしん》ヘルペス、3型が水疱瘡と帯状疱疹《たいじょうほうしん》を起こすタイプ、8型がカポジ肉腫を起こすウイルスという具合です。今回、新型カポジ肉腫から分離されたウイルスは、このどれにも属さないので、ヒトヘルペスウイルス9型、すなわち、HHV-9《ナイン》と名づけました」

「初歩的な質問かもしれませんが」

経済評論家が右手をあげる。「この新型カポジ肉腫は、がんの一種なんですよね。それがウイルスでできるんですか」

「正確にはがんではなくて肉腫ですね。まあどちらも悪性の病気にはちがいありません。ウイルスが関係しているがんや肉腫は、ほかにもあります。たとえば子宮頸《しきゅうけい》がんや白血病の一部、肝臓がんもC型肝炎のウイルスが原因になります」

エッセイストが不安げに訊ねる。

「ウイルスが原因ってことは、伝染するんですか」

「まだ詳しいことはわかっていません。基本的にヘルペスウイルスは水疱瘡を起こすHHV-3を除いて、さほど強い感染力を持たないのです。現在、わかっている十四人の患者さんも、いずれも単発です。家族や接触のあった人が感染したという例はありません」

スタジオにわずかに安堵の雰囲気が広がる。それをさらに強めようとするかのように、経済評論家がふたたび質問した。

「原因がウイルスなら、ワクチンも開発されるということですか」

「いいえ。残念ながら、HHV-9については、ワクチンの見通しはまだ立っていません。エイズもそうですが、ウイルスが分離されたからといって、すぐワクチンができるわけではないのです」

キャスターがふたたび深刻そうに眉をひそめる。

「治療法はあるんですか。VTRを見たところではなかなかむずかしいようでしたが」

「今のところ特効薬的なものはありません。しかし、化学療法や免疫療法、放射線治療など、さまざまなアプローチを検討中です。病気を完全に治せなくても、進行を遅くする薬剤などは可能でしょう」

　それだけでは安心できないとばかりに、キャスターが性急に聞く。

「どうすれば、この病気にならないですむんですか」

「それもまだわかっていません。患者さんの数もさほど多いわけではありませんからね。しかし、基本的なことはどの病気も同じです。すなわち体力の温存。規則正しい生活とか、十分な休養、栄養のバランス、禁酒禁煙」

「それはたいへんだ。ボクなんか酒をやめろって言われたら、それだけで病気になっちゃう」

　芸能レポーターが混ぜ返すと、経済評論家がまじめな顔で訊ねた。

「健康食品みたいなものはいいんでしょうか。わたしは自然食品を愛用してるんですが」

「それはいいでしょうね」

　菅井は同意しつつ、脱線しかけた話をもとにもどす。「新型カポジ肉腫は、今のところヒトからヒトへの感染の徴候はありませんが、油断は禁物です。もし、口の中や肛門、手足などに黒いイボ状のものができたら、すぐ病院の皮膚科に行ってください。肉腫の部分にはくれぐれも触れないように。出血した場合はその血液にも触れないようにして」

　エッセイストが思いついたように聞く。

「患者さんが出ているのは日本だけなんですか。外国で同じ病気は？」

「報告はありません。すなわち、新型カポジ肉腫は世界的に新しい病気といえるでしょう」

菅井は意気込んでさらに説明を加えようとしたが、すでに割り当てられた時間は尽きていたようだ。キャスターがディレクターから指示を受け、まとめに入る。

「いや、それにしても恐ろしい病気が現れたものです。今はまだ患者さんの数がさほど多くないようですが、今後、増えないともかぎりません。みなさん、十分に注意して、少しでもおかしいと思ったら、すぐ病院へ行ってください。専門は皮膚科ですね」

「そうです」

「菅井先生、今日はありがとうございました。研究はこれからでしょうが、この恐ろしい病気がぜひ先生の手で克服されるよう心から期待しています」

最後はお決まりの世辞とも励ましともつかない言葉で終了した。

放送時間は約九分。菅井は仏頂面でゲスト席を立った。スタジオでは早くも芸能レポーターが次のタレントの離婚話を賑やかにしゃべっていた。新型カポジ肉腫のことなど、すっかり忘れたようすだ。

テレビの連中は何もわかっていない。菅井は憤然としながら控え室にもどった。新型カポジ肉腫がどれだけ恐ろしい病気で、今後どれほどの危険が予測されると思っているのか。彼らは単純に、その場かぎりの視聴率を上げることしか考えていない。

あいつらのうち、だれか一人でも新型カポジ肉腫になればいいのに。そうすればもっと真剣になるだろう。菅井はそんなどす黒い思いが胸に渦巻くのを止めることができなかった。

38

大阪市の此花区医療センターの内科医長、木原真砂代《きはらまさよ》は苛立っていた。

医局会の席上で、これまで小児科や精神科を組み入れていた内科系の当直を、内科の医師だけでまわすと、部長が言い出したからだ。そんなことをしたら、十日に一度の当直が、六日に一度になってしまう。安い給料で激務に耐えているのに、これ以上仕事が増えたらたまらない。

だいたい部長は弱腰すぎる。今回の当直問題も、発端は例の八歳の喘息の少女の〝病院たらい回し事件〟だ。ちょっとマスコミに突《つつ》かれただけでオタオタして、みっともないったらありゃしない。

「えー、この件について何かご意見……」

「反対です。ぜったいに反対」

部長の言葉が終わる前に真砂代が言うと、会議室に緊張が走った。

「内科はただでさえ人が足りないのに、これ以上当直が増えたらやっていけません。激務に耐えかねて辞める人が出てもいいんですか」

「それは困るが、この前も新聞にいろいろ書かれたやろう。病院としては、何らかの対策を外部に示さんといかんから」

たらい回し事件では、この此花区医療センターが、患者を最初に断った病院として、マスコミから厳しい目を向けられていた。

「マスコミなんて、無視すりゃいいのよ」

真砂代が乱暴に言い放つと、何人かの医師が忍び笑いを洩らした。東京出身の真砂代の標準語は、関西人にはときに強烈に高飛車に聞こえるらしい。

「そもそもマスコミは偏ってるのよ。新聞もテレビも、あの女児が死んだのはたらい回しのせいみたいに言ってるけど、もしうちが受け入れてたら、助かったという保証はあるの。田辺先生、どう？」

話を振られた呼吸器内科の専門医は気だるそうな関西弁で答えた。

「あの患者はもともと阪都大学病院にかかってたらしいで。聞くところによると、そうとう重症で、入院を勧められてたのに、母親が拒否してたんやて。病院を十二も断られたていうけど、救急隊が来てからステる（死ぬ）まで四十分余りやからね。仮にうちが受けてても、助からんかった可能性は高いんとちゃいますか」

田辺はドイツ語の「死ぬ＝sterben《ステルベン》」から派生した隠語を使って、皮肉っぽく笑った。

「ほらね。マスコミも世間もバカなのよ。そういう事情も理解せず、ただ病院を悪者にしようとしてるだけよ」

「しかしねぇ、うちが受け入れてても死んでた可能性が高いやなんて、言われへんでしょう」

「言ったらいいのよ。事実なんだから」

「そう言うてもねぇ」

部長が眉を寄せると、真砂代はさらに舌鋒《ぜっぽう》鋭く反論した。

「そんなだから、いつまでたっても世間が目を覚まさないのよ。医師の数が足りないんだから、毎晩、内科医が当直するわけにはいきません。医師には応招義務があるけれど、専門外の医師が診察して時間を無駄にするより、専門医のいる病院へ早く送ったほうが救命率が上がるのは自明でしょう。今回の件については、当院にはまったく落ち度はありません。専門外の医師しかいない日に発作を起こした患者が不運だったんです。患者を一〇〇パーセント救うことなんかできません。そもそも院長と部長は当直のローテーションに入っていないのに、勝手なことを言わないでください」

部長が半ばうんざりして院長を仰ぎ見る。温厚な院長も顔を引きつらせたが、余裕を取り繕い、真砂代と部長の双方に言った。

「まあ、木原先生の言うこともわからんでもない。困ったねぇ。当直の件はもうしばらく検討してみたらどうや」

卑怯者《ひきょう》め、と真砂代は院長をにらみつけた。院長は自分も当直させられそうな雲行きになったので、逃げたのだ。それでもともかく、当直の増加は回避できた。わたしの勝ちだと、真砂代は仏頂面のまま内心でうそぶいた。


医局会が終わると、午後七時半を過ぎていた。会議室を出て医局にもどっても、真砂代に声をかける者はいない。だれのおかげで当直が増えずにすんだと思ってるのよ。彼女は不愉快だったが、さして気にもしなかった。いつものことだ。

真砂代は今年で満四十歳。男と付き合ったことはなく、結婚するつもりもない。おしゃれや化粧に興味はなく、仕事一筋に打ち込んできた。協調性のない真砂代は、横浜の医科大学を出て、医局の教授とケンカをしてからずっと一匹狼《いっぴきおおかみ》で生きている。専門は血液内科。東京の病院にも勤めたが、行く先々でケンカをしては退職を繰り返し、名古屋から大阪まで流れてきた。関西ではなぜか標準語を使うとケンカにならなかった。だれもがあいまいな笑いでごまかす。唾棄《だき》すべき弱腰だと思ったが、取り敢えず居場所があるのはありがたかった。

電子カルテを整理し、調べものをしていると、いつの間にか医局にだれもいなくなっていた。時刻は午後九時過ぎ。夕食は今夜もコンビニ弁当だ。わびしいとか、身体に悪いとかは思わない。食事など生命維持のためにしているにすぎない。

病院を出て、国道四三号線を渡り、USJに続く道を西へ歩く。四つ角にあるコンビニで、鳥そぼろ弁当とカップ味噌汁《みそしる》を買った。今夜はイギリスの専門誌「ランセット」に出ている新しい抗がん剤の論文をまとめて読もう。

コンビニの袋をぶら下げたまま、真砂代は酉島《とりしま》一丁目のマンションに急いだ。郵便局を過ぎたところで、暗い路地に入る。マンションまであと五十メートルというところで人影が消えた。ふいに心細くなって、後ろを振り返った。帽子から長い髪を垂らした奇妙な体つきの女性が、光るものを握って足早に迫ってくる。

（いやっ！）

そう思ったが、声は出なかった。次の瞬間、真砂代は首筋にピアノ線で弾《はじ》かれたような衝撃を受けた。痛みはなかった。傷が大きすぎるからだと、真砂代は医師らしく判断した。通り魔が振り下ろした大型ナイフは、真砂代の首を三分の一ほど切り裂いていた。頸動脈も頸静脈も切断され、筋肉と気管の一部も切れた。その鋭利な断面が、刹那《せつな》、夜空にCTスキャンの画像のように浮かんだ。

出血を止めることも、傷口を押さえることもしなかった。なんだ、これがわたしの最期かという、ふて腐れた思いが頭をかすめただけだった。

その場に崩れ落ちたとき、すでに真砂代の意識はなかった。

此花区医療センターの内科医、木原真砂代が殺害された事件は、翌日の夕刊各紙の社会面に大きく報じられた。新聞は通り魔の可能性を示唆しながらも、怨恨《えんこん》の線もあり得ると書き立てていた。患者とのトラブルを数多く抱えていたからだ。現場近くで目撃された髪の長い女性は、前日から此花区医療センターの周辺で何度か目撃されていた。医師の中には、その人物にあとをつけられたと証言する者もいた。

イバラは、新聞記事を何度も読み返し、被害者の勤務先が、前に喘息の女の子のたらい回し事件で最初に受け入れを拒否した病院であることを確認して、大きく息を震わせた。

ざまあみろ。あんな病院の医者は、天罰を受ければいいんだ。

39

市立公園の野外カフェで、今夜、部屋に行っていいかと訊ねられた為頼は、もちろんサトミの願いを断った。潤んだ目つきから、ただ遊びにくるのではないのが明らかだったからだ。

サトミはおそらく、「陽性転移」と呼ばれる変化を起こしたのだった。精神科の治療でときどき見られる現象で、患者が治療者に妄想的な恋愛感情を抱くことである。悪化を防ぐためには、早急にフェヘールに相談しなければならないが、サトミが為頼に陽性転移を起こした背景には、フェヘールの治療が思わしくないこともあるのだろう。だから、フェヘールに直接相談するのがためらわれた。為頼は陽性転移のことは口にせず、サトミの治療のお礼に、フェヘールを昼食に招待したいと持ちかけてみた。

〈それはすばらしいアイデアですね！　実は、わたしもあなたにお目にかかりたいと思っていたのです〉

フェヘールは電話口で嬉《うれ》しそうに声を弾ませた。

次の土曜日、為頼が予約したのは、ウィーンの繁華街、ケルントナー通りから横に入った小路にある「ドライ・フザーレン」という店だった。「三人の軽騎兵《けいきへい》」という意味の高級レストランだ。

先に行って待っていると、約束の午後零時ちょうどに、ジャケット姿のフェヘールが入ってきた。相変わらず大きな禿げ頭と黒縁眼鏡が目立つ。

〈ドクター・タメヨリ。今日はありがとうございます〉

親しげに近寄ってくるフェヘールを立ち上がって迎え、いっしょに着席しながら為頼は言った。

〈サトミの治療ではすっかりお世話になり、心より感謝しています〉

フェヘールは濃いブルーの目をまっすぐ為頼に向けて応えた。

〈サトミには、声が出るまで少し時間がかかると説明していますが、なかなか待てないようですね。彼女は優秀だから、これまで短時間での成功体験を重ねてきたのでしょう。だからすぐに結果を求める。しかし、病気は簡単には治らない。その状況が受け入れられないので、また精神が不安定になる。悪循環です〉

フェヘールは困ったように首を振った。言い訳に聞こえないこともないが、ほかにも言いたいことがあるようだった。

〈ドクター・タメヨリは、サトミとよく会っていますか〉

〈それほどではありませんが、先週は市立公園のカフェで会いました〉

〈そうですか〉

困惑したように目線を下げる。

〈それが何か〉

〈ドクター・タメヨリ。たいへん申し上げにくいのですが、サトミとはしばらく会わないよ

うにしていただけませんか。実は、サトミに困った変化が起きかけているようで〉

〈……陽性転移《ポジティブトランスフエレンス》ですか〉

　為頼が言うと、フェヘールの表情が一気に明るくなった。

〈お気づきでしたか。それなら話が早い。わたしの治療がうまく進まないせいで、ご迷惑をおかけしますが、サトミはあなたに空想的な愛情を抱きはじめているようです〉

　フェヘールがサトミの変化に気づいていたことに、為頼は安心感を抱いた。精神科医として腕はたしかということだ。サトミはフェヘールの治療を受けながら、しきりに為頼を賛美したり、心酔しているそぶりを見せたりしたようだ。

〈では、できるだけ彼女を刺激しない形で、距離を取るようにします〉

〈よかった。さすがは名医でいらっしゃる〉

　その言い方に、単なるお世辞というより、つい口を滑らせたような奇妙な真実みを感じ、為頼は違和感を抱いた。

　昼なのでワインはグラスにして、それぞれ前菜と好みの料理を選んだ。食事がはじまると、フェヘールは自らの生い立ちを語りだした。彼の先祖はアジア系のマジャール人で、第二次大戦後の混乱期には、一時期、家族でルーマニアに移住していたらしい。ユダヤ系の血も混ざる複雑な家柄で、ハンガリーでは迫害され、長らくブダペストには住めなかったという。

オーストリア国境に近い西ハンガリー大学で教養課程を終えた後、ウィーン大学で医学を学び、ウィーン大学の付属病院であるＡＫＨ《アーカーハー》で研修を受けたというから、かなり優秀だったのだろう。そのままウィーンの州立病院で勤務したあと、二年前にハイリゲンシュタットで開業したらしい。現在四十二歳で、結婚はしていないが、決して独身主義者ではないとおどけて見せた。

次は自分の生い立ちを言う番かと思っていたら、フェヘールが思いがけないことを言った。

〈サトミから聞いたのですが、ドクター・タメヨリは、患者の外見から病気を見抜くことができるそうですね。もしそうだとすれば、実にすばらしい〉

〈いや、すばらしいことではないですよ〉

〈謙遜《けんそん》されるところを見ると、事実なのですね。わたしはそんな才能がありませんが、大いに敬服します。今の医療は検査に頼りすぎで、患者をしっかり診ませんからね。病気を診るなら、患者を全体的に診る必要があります。そう思いませんか〉

〈たしかに〉

患者を全人的《ホリスティック》に把握することが大切だと常々考えている為頼は、フェヘールの意見に同意した。フェヘールが満足げに続ける。

〈患者の外見から病気が診断できれば、無駄な検査も省けますし、治療も最適なものが選べ

るでしょう。やはりすばらしい能力ですよ。わたしにもそれが備わっていれば、サトミの治療ももっとスムーズにできるのですが〉

　称賛と羨望の嘆息を洩らし、フェヘールは運ばれてきた牛肉をせわしなく切り分けた。為頼も食べながら、自分の診断力を改めて思い返した。病気が見えてしまうことが、すばらしい能力だろうか。治らないとわかっていながら、治療を続けるのは明らかに欺瞞だ。しかし、患者は最後まで治療を求める。それなら病気が見えない医者のほうが、よほど気楽ではないか。治るかもしれないという〝希望〟を、患者と共有できるのだから。

〈どうかしましたか、ドクター・タメヨリ〉

〈あ、いや、何でもありません。私にわかるのは、身体的な病気だけで、精神科の領域はさっぱりです。むしろ、ドクター・フェヘールのほうが鋭い診断力をお持ちでしょう〉

〈とんでもない〉

〈でも、すぐに検査メニューを考えたりしないのは、患者を診る目があるということじゃありませんか〉

　最初にサトミを診察したウィーン大学の教授と比べて、為頼はフェヘールに対する好感を素直に表した。フェヘールもまんざらではないようすで、食事は和やかに続いた。

　食後のコーヒーが終わったあと、為頼がテーブルで勘定をすませると、フェヘールは恐縮して礼を述べた。

〈今日はすばらしい昼食をありがとうございました。サトミとしばらく離れる件は、どうぞよろしくお願いいたします。変化があれば、わたしのほうからすぐにお知らせしますから〉

〈わかりました。こちらこそよろしくお願いします〉

通りに出ると、低い空に雲が広がっていた。土曜の午後で、周囲には観光客だけでなく、ウィーンっ子らしい人の姿も多い。

〈腹ごなしに、少し歩きませんか〉

フェヘールが誘い、二人はケルントナー通りから、シュテファン大聖堂の前を左に折れた。目の前に巨大なペスト記念柱が目に入る。十七世紀にウィーンで十万人もの死者を出したペストの終焉《しゅうえん》を祝して、皇帝レオポルト一世が建造したものだ。天使や女神たちが、渦巻くように身をくねらせ、台座の前では槍《やり》を持った天使が、ペストに見立てた老婆を地獄へ突き落としている。

〈この彫像を見るたびに、私は思います〉

為頼が憂うつそうに記念柱を見上げた。〈ペスト終焉を祝う記念柱が、どうしてこんなにおどろおどろしいのか。頂上に輝く三位一体像は華やかですが、柱をのぼる天使たちは、のたうちまわっているように見えませんか〉

〈たしかに〉

フェヘールは興味深そうに同意した。為頼が続ける。

〈ウィーンという街はまるで二重底のようです。善なるものの下に常に悪が隠されている。華やかさの下には無気味さ、栄光の下には悲惨です。シュテファン大聖堂だって、表向きは威厳に満ちていますが、地下にはカタコンベがあって、ペストの犠牲者たちの骨が堆《うずたか》く積まれている〉

〈そうですね。まるで薪《たきぎ》のように〉

〈そんな街に暮らすせいか、私は自分の存在に常に疑問を感じるのです。自分のやっていることは、まやかしではないかと〉

なぜそんなことを話しているのか。自分でもわからないまま為頼は言葉を連ねた。

〈患者の望みは、簡単に安心させてほしいということです。面倒な検査などなしに、大丈夫だと言ってほしい。しかし、ときには難病や不治の病の患者もいます。そういう患者には、検査をしても仕方がない。だから何も言わないと、本人は大丈夫だと思ってしまう〉

〈なぜ黙っているのです。不治の病ならそう告げればいいでしょう〉

〈簡単には言えません。日本人はほんとうのことをあまり知りたがりませんから〉

フェヘールが信じられないというふうに首を振り、思い出したように手を打った。

〈そういえば、日本では九〇年代ごろまで、がんの告知が一般的でなかったそうですね〉

サトミが言っていたように、フェヘールは日本の状況に詳しいようだ。大きく肩をすくめて続ける。

〈まったく理解できません。がんが見つかっても告知しないのなら、検査をする意味がないじゃないですか。事実を知りたくないのなら、はじめから検査を受けなければいいのです〉

〈日本人は、事実を知るために検査を受けるのではありません。安心するために検査をするのです〉

〈おお、まったく理解不能だ。がんがあるのに大丈夫なように思わせるのは、最悪のまやかしです。でも、患者自身がそれを求めるのですか。日本人は何と理解しがたい国民なのでしょう〉

フェヘールが天を仰ぐのを見ながら、為頼は低くつぶやいた。

〈かつての私は、手遅れのがん患者を診察するたびに悩みました。私の診断力は不幸な事実を暴くことにしかならない。患者を悲しませ、場合によっては命さえ縮めかねない〉

〈それは、精神科でも同じです〉

フェヘールは真剣な眼差《まなざ》しを為頼に向けた。〈精神科の病気も不治のものが多いのです。それを告げるとき、わたしも悩みます。患者は治癒を求めているのに、病気は治らないと言

うのですから〉

フェヘールも同じ悩みを抱えていると知り、為頼は気持の和らぐのを感じた。

二人はペスト記念柱の前を離れ、ショッピング街のコールマルクトに向かった。バロック調の建物が並び、優美な女像柱がバルコニーを支えている。見るともなく眺めていると、フェヘールがふいに立ち止まって言った。

〈ドクター・タメヨリ。あなたの悩みは、医療の必然的な矛盾ですね。患者を安心させたい、しかし、悪性の病気は治せない。これはどこまでいっても解決しない問題です。それでも同業者と語り合うことで、少しは心の重荷も軽くなりませんか〉

〈そうですね〉

〈医療にはさまざまな問題があります。安楽死や脳死、がん遺伝子やデザイナーベビー。そういった話題を忌憚《きたん》なく語り合う身内の集まりがあるのですが、一度、参加されませんか〉

〈ウィーンでですか〉

〈そうです。わたしが尊敬するある教授が中心になっています。今度、ご紹介しますよ。ただし、参加していただくには会の承認がいるのですが〉

フェヘールがわずかに言い淀み、為頼をじっと見た。〈でも、あなたなら大丈夫でしょう。少々特殊な集まりなので、秘密を厳守していただかなければなりませんが〉

〈秘密？〉

〈ええ。話の内容によっては、世間に知られないほうがよいこともあるでしょう。たとえば、あまりに現実的な医療の矛盾とか、率直すぎる医師の本音とか〉

そう言って、フェヘールは黒縁眼鏡の奥で意味ありげに目を細めた。

40

テレビ業界から一人でも新型カポジ肉腫の患者が出ればよいと思っていた菅井の思惑は、意外な形で実現した。タレントの奥山《おくやま》アミ子が発症したのである。

アミ子はバラエティやクイズ番組に欠かせない売れっ子で、元アイドルだが、四十歳になった今、環境問題や動物保護にも熱心に関わり、クリーンで知的なイメージで売っていた。

彼女が異変を感じたのは一カ月ほど前。頭頂部に大豆ほどのイボができ、触るとぶよぶよしていた。痛みやかゆみはなかったが、その部分だけビニールを貼ったように感覚がなかった。はじめは気にしなかったが、寝る前にブラッシングをしていると、突然、髪の毛が抜け、その部分から血が噴き出した。アミ子は驚いてマネージャーを呼び、芸能界御用達《ごようたし》の会員制クリニックに駆けつけた。医師は止血の処置はしてくれたが、病名はわからないと言った。病院を紹介されたが、なかなか診断がつかず、都立医療センターの皮膚科専門医が、頭皮の一部を切って細胞診を行い、ようやく新型カポジ肉腫の診断が下ったのである。

アミ子はすぐに創陵大学病院の菅井に紹介された。菅井はアミ子の発病を、新型カポジ肉腫を世間に知らせる大きなチャンスだと考えた。

「創陵大学病院に入院していただくからには、もう心配ありませんよ」

外来の診察室で、菅井は自信ありげに言った。アミ子はテレビで見るより小柄で、肌もくすんでいた。それでも現役のタレントだけあって、一般人にはない華が感じられる。菅井はそれを横目で楽しみながら、優しく診察した。

帽子を脱いだアミ子を見て、菅井は思わず息を呑んだ。肉腫はゆで卵を縦割りにしたくらいの大きさで盛り上がり、無気味な皺のある黒い脳がはみ出たようだった。その部分は髪の毛が抜け、代わりに剛毛が短く突き出ている。

「大丈夫……ですよ」

菅井は自分に言い聞かせるように言った。付き添っていた大橋という所属事務所の社長が、思わず菅井にすがりついた。

「どうぞよろしくお願いします。アミ子は先生だけが頼りなんです」

となりにいた専務の肩書きを持つ大橋夫人が、夫を押しのけるように菅井に詰め寄った。

「菅井先生。どうかアミ子を助けてやってください。この子は芸能界の宝なんです。今がいちばん大事なときなんです」

「わかりました。治療にはベストを尽くします」

「アミ子、菅井先生の言うことをよく聞いて、頑張るのよ」

大橋夫人は娘を諭すように言い、アミ子も幼い子どものようにうなずいた。夫人はマネージャーとアミ子を先に病室に上がらせ、自分は夫とともに診察室に残って声をひそめた。

「菅井先生。アミ子は治るんでしょうか」

「今は何とも申し上げられません。何しろあれだけの大きさですからね。もう少し早く受診されていればよかったのですが」

大橋夫妻が悲愴《ひそう》な表情で息を呑んだ。社長が何か言いかけるのを遮り、夫人が真剣な顔つきで菅井に言った。

「うちの事務所はアミ子で持っているようなものなんです。テレビのレギュラーは週三本、ゲスト出演が月十回、秋にはCMの契約も二本来ています。あの子にはどうあっても早く復帰してもらわなければ困るのです」

そう言われてもという顔を見せると、大橋夫人は間髪を容れずにバッグから分厚い封筒を取り出し、無言で菅井の手に押しつけた。感触からすれば百万円の札束だろう。一瞬、誘惑に駆られたが、菅井は表情を引き締めて押しもどした。

「こういうお気遣いは、無用に願います」

「そんなことをおっしゃらずに」

大橋夫人は封筒がたわむほど強く押しつけてきたが、菅井は素早く両手を後ろにまわした。

「申し訳ありませんが、病院の規則ですので」

惜しい気もするが、先のことを考えれば断るにしくはない。特に大金の謝礼は要注意だ。

大橋夫人は困惑顔だったが、菅井が手を後ろに組んだままでいると、ようやくきまり悪げに封筒をバッグにしまった。

「申し訳ございません。先生の高潔なお人柄もわきまえず、失礼をいたしました。お許しください。どうぞアミ子をくれぐれもよろしくお願いいたします」

これでまず信頼関係は築けただろう。アミ子は身内と疎遠になっていて、今は大橋夫妻が親代わりらしい。だからこの二人を押さえておくことが重要だ。この先、どんなことが起こるかわからないのだから。

そう思っていると、大橋夫人が改まった口調で菅井に言った。

「それから、これはお願いするまでもないことかもしれませんが、アミ子の入院はぜひとも内密にしていただきたく存じます」

菅井は演技に見えないよう注意しながら、紳士然として微笑んだ。

「もちろんです。医師には守秘義務がありますから、どうぞご安心を」

41

しかし一週間後、アミ子の入院はスクープとして「週刊プラザ」に大きく報じられた。

『アミ子恐怖の新型カポジ肉腫で緊急入院!!』

記事には深刻そうなアミ子のアップと、どこから調達したのか別の患者の新型カポジ肉腫の写真、および創陵大学病院の救急入口の写真などが添えられていた。

「菅井先生。これはいったいどういうことです。まさか病院関係者から洩れたのではないでしょうね」

大橋夫人が夫を従えるようにして、医局に怒鳴り込んできた。菅井はその剣幕に戸惑いながらも、二人をカンファレンスルームに案内した。

「どうぞ落ち着いてください。週刊誌の記事はわたしも見ました。いったいどこから情報が洩れたのか、こちらがうかがいたいくらいですよ」

相手の目を見据えて言うと、大橋夫人は夫と顔を見合わせた。先方に動揺を見て取った菅井は、さらに言葉を重ねた。

「当院には芸能界の方ばかりでなく、政治家や企業のトップも入院されます。そのほとんどが極秘入院です。病院の職員が患者さまのプライバシーを洩らすことは決してありません。これまで入院がマスコミに知られた例もありますが、それはいずれも患者さま側からの情報の漏洩《ろうえい》でしたよ」

大橋夫人は週刊誌を握りしめ、口を真一文字に結んでいたが、やがて一気にうなだれた。

「申し訳ありません。わたしどももきつく箝口令《かんこうれい》を布《し》いていたのですが……。アミ子は売れているので妬《ねた》む者も多いんです。ライバルのプロダクションもありますし、うちの事務所を逆恨みしている人間もいます。わたしたちの脇が甘かったんです。ああ、これからどうすればいいのか」

額に手を当てる大橋夫人を見ながら、菅井は数日前に医局に来た天馬製薬の田村との会話を思い出していた。

情報通の田村は、アミ子の入院の翌々日にはもう嗅ぎつけていた。

――菅井先生。今度は大物のご入院ですね。

――だれのこと。

菅井はとぼけて見せたが、田村が自分の思惑を敏感に察知しているのは明らかだった。

――これでマスコミも、新型カポジ肉腫のニュースで持ちきりでしょう。

――いや、我々のほうから患者の話はできないからね。守秘義務があるんだから。

――もちろんですよ。わかっておりますとも。先生のほうから情報が洩れるということなど、あり得ないことです。

会話はそのまま記録すれば守秘義務が遵守されたかのように見えるが、二人が暗黙のうちに交わした思惑は正反対だった。菅井はアミ子の入院がマスコミで騒がれることを望み、田村がそれを請け負う。その代わり菅井は天馬製薬の製品を積極的に使い、部下にも同じように働きかける。持ちつ持たれつの関係だ。

菅井の回想を打ち消すように、大橋夫人が決然と夫に言った。

「こうなったら作戦変更だわ。病気を公表して、そっちで稼ぐしかないわね」

「稼ぐって、おまえ、どうやって」

「闘病記の出版、特番、ドラマ化よ。マスコミに洩れたからには逆にそれを利用してやるわ。場合によっては菅井先生にもご協力をお願いするかもしれません。どうぞよろしくお願いします」

「それはいいですが、でも、まずは治療が先決ですよ」

冷静に応じながらも、菅井は大橋夫人の商魂の凄まじさにあきれた。アミ子の治癒を願いながら、同時に病気で稼ごうとする発想は並みの強欲ではない。

アミ子の入院が知れ渡ると、案の定、マスコミが菅井のもとにも殺到した。もちろん患者のプライバシーは公表できない。代わりに、一般論として新型カポジ肉腫の説明をあちこちで繰り返した。

「この病気は、色素沈着と感覚麻痺を伴う皮膚組織の肉腫で、内臓に転移した場合は生命にも関わる危険なものです」

菅井はアミ子の入院を特集した「モーニング1」にふたたび出演し、世間の恐怖を煽った。

「治療法はあるんですか」

不安げなキャスターに、菅井は鷹揚に答えた。

「今のところは対症療法しかありません。しかし、どんな病気でも、いつかは克服されるものです。我々はこの疾患の研究を集中的に進めており、すでにいくつかの治療法を開発しつつあります。予断は禁物ですが、十分に勝算はあると確信しています」

出演者が菅井に期待の眼差しを送る。それは世間の目も同じだった。

菅井が考えていたのはレーザーメスによる「広汎《こうはん》切除」だった。肉腫だけでなく、周囲の正常な組織を含めて広範囲に切り取る方法である。加納真一のときには、肉腫があちこちに転移していたからできなかったが、幸い、アミ子の肉腫は頭部に一つだけだ。これならうまく取れるだろう。切除範囲が広いので植皮が必要だが、それは下腹部の皮膚を取って自家移植すればいい。

新しい治療を説明すると、アミ子も大橋夫妻も是非にと希望した。

菅井の関心はマスコミにばかり向いていたのではない。彼が本気で重視していたのは、医学界での成功である。ターゲットは十一月に開かれる全日皮膚科学会の学術総会だ。菅井はアミ子の治療を主軸に、新型カポジ肉腫についての総括的な論文を発表することを考えていた。うまくいけば、オープニングの招待講演に選ばれるかもしれない。そこで新疾患を発表すれば、菅井は一躍医学界のヒーローになれる。

アミ子の手術は八月九日、火曜日の午前九時から開始された。

その三十分前、病室を出るとき、アミ子は事務所のスタッフがかまえるビデオカメラに、笑顔でVサインを送った。カメラを向けられると、アミ子は瞬時に営業用の笑顔を作る。しかし、ふだんの彼女はテレビのイメージとはちがい、とんでもないわがまま女だった。入院直後はおとなしくしていたが、すぐにイラつきはじめ、最初はマネージャーに当たり、事務所のスタッフを怒鳴りつけ、やがて看護師にまで悪態をついた。部屋は特室だったが、気に入らないことがあると食事を床にぶちまけ、プラスチックのコップを壁に投げつけた。

だが、この日の朝は、菅井の「頑張ろうね」という言葉に素直にうなずいた。すべては退院後の特番を意識してのことだ。付き添う大橋夫妻も、カメラアングルやアップの指示に余念がない。

アミ子が手術室に入ったあと、菅井は消毒のために手術準備室に入った。指を一本ずつブラッシングしながら、意識を集中する。この手術が成功すれば、栄光は自分のものだ。これまで外科や内科の医者に軽視されていた屈辱も一気に晴らせる。そう思った瞬間、冷徹な医師としての不安が、隙間風のように首筋を撫でた。

（広汎切除で、新型カポジ肉腫が治るという根拠はあるのか）

そんなものはない。新しい病気の、新しい治療なのだから、やってみなければわからない。

胸の奥底に畏れが湧き、菅井は手を止める。

（もし、手術がうまくいかなければ……。いや、そんな弱気でどうする）

菅井は迷いを打ち消し、ふたたびブラッシングに集中する。どんな治療でも、パイオニアはみんな同じ畏れを克服したのだ。ここまで来たらやるしかない。

滅菌ガウンを着て手術室に入ると、アミ子はすでに麻酔をかけられ、頭部以外の全身をブルーの布で覆われて横たわっていた。菅井は手術台をはさんで助手と向き合い、軽く左右に目線を走らせた。

「それでは頭部肉腫の広汎切除術を行います」

メスを受け取り、剃毛《ていもう》された頭皮に切開を入れる。助手が流れた血をガーゼで拭き、止血する。肉腫は入院したときよりひとまわり大きくなっていた。無影灯の強い光に照らされ、表面を黒光りさせている。剛毛を切った毛穴と盛り上がった皺が無気味だ。

しかし、肉腫は間もなく切除される。菅井はメスを持つ者の圧倒的な優位を感じながら、正常な皮膚から剝離《はくり》を進めた。助手が皮膚を鉗子《かんし》でつまみ、骨に対して垂直に引き上げる。頭皮の厚さは約二・五ミリ。そのうち表皮と真皮が約一・四ミリ。そのわずかな隙間をレーザーメスで切り離していく。

単調だが緊張を要する操作が続き、肉腫のまわりがあらかた剝離された。いよいよ病変部位の処置だ。

「肉腫の裏面を剝離する」

宣言するように言うと、助手がうなずく。肉腫の下には腫瘍血管があるだろうから、注意しなければならない。ここで肉腫を傷つければ、細胞が血流に乗って全身に広がる。菅井は剝離鉗子の指先に全神経を集中する。

「骨膜への癒着はありませんか」

助手が訊ねる。菅井は膝を折って、皮膚の剝離面をのぞき込む。結合組織の感触はスムーズだ。

「ああ。骨膜はインタクト（無傷）だ」

これならいける。菅井はわずかに安堵する。

皮下組織と真皮の間を一定の層で剝離し、増殖した血管を結紮《けっさつ》して切り離す。助手は適度の緊張を保ちながら、血管を引きちぎらないように肉腫のついた皮膚を持ち上げている。最後の結紮と切離《せつり》が終わると、肉腫をつけた手のひらサイズの皮膚がアミ子の頭部から離れた。

「よし。切除完了。出血部位確認」

肉腫を取り去ったあとの骨膜は、肉眼的にはまったく正常だった。出血もない。それでも菅井は念のため、肉腫が載っていた部分の皮下組織にレーザーメスを当てて、残っているかもしれない肉腫細胞を焼灼した。

肉腫の切除を終えると、菅井はアミ子の下腹部から紡錘《ぼうすい》形の皮膚を取り、それを頭頂部の欠損部位に移植した。その部分は無毛になるが仕方がない。幸い、生え際を一センチほど残せたので、あとはウィッグか植毛でなんとかなるだろう。

菅井が手術室を出たのは、午後零時過ぎだった。その一時間後、病院の会議室で記者会見が開かれた。汗の滲《にじ》んだ手術着にフラッシュを浴びながら、菅井は胸を張った。

「肉腫はすべて取り去りました。手術は成功です」

退院はいつごろか、テレビへの復帰はいつかなど、記者席から矢継ぎ早の質問が飛ぶ。菅井は余裕の表情で力強く答えた。

「すべては術後の経過しだいです。しかし、よほどのことがないかぎり、順調にいくでしょう。アミ子さんの元気な姿を早くお見せできるよう、我々も全力を尽くします」

いっせいにフラッシュがたかれ、菅井の視界はホワイトアウトした。

42

手術の翌日、奥山アミ子は集中治療室から特室の病室にもどり、大橋夫妻の見舞いを受けた。頭部を包帯で覆われたアミ子の表情は明るかった。事務所のスタッフが撮影するビデオカメラにいつものVサインを送る。彼女はこれで忌まわしい肉腫から、完全に解放されたと思っているようだった。

手術直後の経過は順調だった。移植した皮膚の色も悪くない。これなら問題なく生着《せいちゃく》するだろうと、菅井は栄光が近づきつつあるのを実感した。

ところが手術後四日目、傷の消毒のとき、移植した皮膚がわずかに膨れていることに気づいた。健康な細胞が増殖して皮膚の定着がはじまるのはもう少し先のはずだ。しかし、下から何かが皮膚を持ち上げている。菅井は一抹の不安を感じたが、アミ子は比較的若いから、細胞分裂も活発なのだろうと自分を納得させた。

マスコミは連日、アミ子の経過について取材攻勢をかけてきた。菅井は主治医のコメントとして、「経過は順調。回復は予定通り」と発表した。

「ただし、植皮の範囲が広いので、厳重な感染予防が必要です。移植した皮膚が安定するまでは、カメラのフラッシュや照明も控えていただきたい」

そう発表することで、アミ子本人への取材は食い止められた。特室のある階への立ち入りは、ナースステーションで厳重に管理する。アミ子の手術創の消毒は菅井と病棟看護師長のみで行うという警戒ぶりだ。

消毒の間、アミ子には鏡を見せないようにしていた。無毛の部分が広いので、ショックを与えないためというのが理由だ。アミ子は菅井を信頼しきっていて、言いつけを素直に守った。

手術創のガーゼをめくるたびに、菅井は植皮部の変化に神経質になった。色は悪くはない。しかし、皮膚の下にミミズがもぐり込んだような歪な膨らみが気にかかる。皮下で出血して、血腫《けっしゅ》ができているのだろうか。ピンセットで押さえると、血腫とはちがう無気味な弾力が返ってきた。

手術から一週間後、病室で傷の消毒を待ちかねていたアミ子は、少女のように弾んだ声で菅井に言った。

「先生。今日は抜糸《ばっし》の日よね。アミ子、早く傷を見たいな」

「いや、抜糸はもう少ししてからにしよう」

「どうして」

無邪気に問いかけるアミ子に、菅井は沈痛な面持ちで首を振った。異変を感じたアミ子は、夫とともに同席していた大橋夫人に声を尖らせた。

「ママ。今日はめでたい抜糸の日なのに、どうしてビデオを撮らないの」

「菅井先生が、延期したほうがいいとおっしゃったから」

「なんで。延期っていつまで。明日？　明後日《あさって》？」

「それは……」

歯切れの悪い大橋夫人に、アミ子は不吉な状況を察知したようだった。ベッドから飛び降りると、強ばった顔で洗面台の前に立ち、止める間もなく包帯とガーゼを剝ぎ取った。

植皮した皮膚を持ち上げていたのは、骨膜に残存していた肉腫細胞だった。レーザーメスで焼いたにもかかわらず、目に見えない細胞が生き残っていたのだ。それが手術後に急速に増殖し、熟したブルーベリーのようになって、縫合の隙間から顔を出していた。表面にブツブツがあり、短い剛毛が生えている。一部は皮膚を食い破り、黒いヒルのように這い出していた。

「きゃあっ。いや、いやっ、いやぁーっ」

窓ガラスがひび割れそうなほどの悲鳴が病室に響き渡った。菅井はすぐに看護師長に命じて鎮静剤を注射させた。あらかじめ話を聞いていた大橋夫妻も顔面蒼白になり、言葉を失っている。菅井は二人をカンファレンスルームに連れていき、詳しい状況を説明した。肉腫の悪性度が予想をはるかに超えて強かったこと、再発した肉腫は、切除してもまたすぐ増殖してくること、肉腫を抑えるためにあらゆる方法を試すが、効果はやってみなければわからないこと、そして、もし内臓に転移が起これば命も危ないこと。

大橋夫人は不満に表情を強ばらせていたが、途中からことの重大さを理解し、深刻な顔つきになった。

「こうなったら仕方がないわね。とにかく善後策を考えなければ」

大橋社長が悲愴な声で聞いた。

「アミ子はどれくらい持つんです」

「おそらく一カ月以内でしょう。早ければ、十日くらいかも」

「そんなに早く」

菅井の答えに驚きながらも、大橋夫人は厳しい顔でつぶやいた。

「このまま死なれるのはまずいわ。アミ子の商品価値がゼロになってしまう。なんとかうまくイメージを回復しなきゃ」

翌日、手術創の消毒に行くと、アミ子は菅井に雑誌やブラシを手当たり次第に投げつけて罵った。

「あたしの顔を返せ。ヤブ医者。いい加減な手術をしやがって、一生恨んでやる。ぜったいに許さない」

菅井は彼女をなだめ、今後の治療方針を説明しようとした。アミ子は怒りに目を充血させ、牙《きば》のように歯を剝き出して怒鳴った。

「説明なんかどうでもいい。早く治せ！　クソ野郎。それでも医者か。人の顔をめちゃくちゃにしやがって、責任をとれ！　死んで詫びろ！」

好感度の高いタレントとは思えない暴言を吐き、ヒステリックに泣くばかりだった。これではとても消毒はできない。菅井は仕方なく、看護師長にふたたび鎮静剤の注射を指示して部屋を出た。

翌日、菅井は抗がん剤とインターフェロンを組み合わせた治療を開始した。だが、肉腫の増殖は止まらない。傷からはみ出た肉腫は目の上に広がり、左のまぶたを腐ったイチジクのように腫れ上がらせた。こんな状況が明るみに出れば、菅井の名誉は地に墜《お》ちる。アミ子が死ぬのは仕方ないとして、どうすれば自分のダメージを最小に抑えられるのか。そのことだけが菅井の頭を占領した。

　やがて恐れていた内臓への転移が、ＭＲＩの検査で明らかになった。肺と脳に小指から親指大の肉腫が増殖している。もう時間がない。菅井はある方法を思いついて、大橋夫妻に提案した。

「アミ子さんはきわめて危機的な状態です。このまま亡くなれば、大学病院ですから、解剖をお願いしなければならなくなります。そうなると、またマスコミがどんな反応をするかわかりません。今ならアミ子さんをほかの病院に移すことは可能です。どうでしょう。もしご承諾いただけるなら、アミ子さんを海外の病院に移送しようかと思うのですが」

「海外ですって」

　黙って説明を聞いていた大橋夫人が、いきなり声をあげた。

「そうです。マスコミの目をくらますにはそれしかありません」

　菅井は深刻な面持ちで首を振った。実際、アミ子の状況が知れ渡ることは、菅井にとってもきわめて危険だった。

　大橋夫人が一抹の戸惑いを残しながら訊ねた。

「どこかに当てはあるんですか」

「わたしがアメリカに留学していたとき、同じ研究室にいたチャイニーズの医師が、サンフランシスコで個人病院を経営しています。そこなら信頼できます」

「シスコ、ですか」

大橋夫人がすぐには決断できないというように眉根を寄せた。菅井は強引に続けた。

「サンフランシスコといっても、郊外のモントレーというところです。日本のマスコミにはぜったいに知られません。この病院なら受け入れも融通が利きます。アミ子さんの病状を考えると、転院は今のタイミングしかありません」

考え込んでいた大橋夫人が、夫の意向も聞かずに答えた。

「わかりました。ではよろしくお願いします」

43

アミ子の退院と出国は、完全に秘密裏に行われた。大橋夫妻の了解は得たが、アミ子本人の承諾は得られなかった。「生命に危険のある興奮状態」なので、強い鎮静剤を連続投与しなければならなかったからだ。移送中はもちろん、サンフランシスコに着いてからも、同じ処置が続けられるだろう。アミ子はもう自分がどこにいるのか、どんな状態なのか、そして、どこで死ぬのかも知らずに、最期を迎える。それが彼女にとって、いちばん安らかなのだと、菅井は自分に言い聞かせた。

広汎切除の失敗は、菅井に大きなショックを与えた。しかし、今さらあとへは退《ひ》けない。自己欺瞞も卑劣も、今は無視するしかない。菅井は自らの医師としての良心を、自らの手で握りつぶした。事実を認めるには、彼はこれまであまりに努力を重ねすぎていたのだ。

アミ子はカリフォルニア州モントレーのドクター・チャン・セントラルホスピタルに入院し、その九日後にこの世を去った。「本人の希望」により、延命治療は施されなかった。

菅井はその報せを聞くと、記者会見を開き、深刻な表情で状況を説明した。

「奥山アミ子さんは、順調に回復していました。退院も視野に入れていたのですが、頭部に植皮したこともあって、しばらく静かな環境で療養したいと希望されたのです。それで彼女とも相談して、アメリカの病院を紹介しました。それがたった十日でこんなことになるとは、まったく信じられません。何か、ふつうでは考えられないことが起こったにちがいない。わたしの口からは、具体的なことは、申し上げられませんが」

アメリカの病院で重大な医療ミスがあったにちがいない。菅井の口ぶりはそうほのめかしていた。その噂が友人のドクター・チャンの耳に入ることはないだろう。

奥山アミ子はサンフランシスコ郊外の病院で亡くなり、その原因は不明。そして菅井の思惑通り、彼女を襲った「新型カポジ肉腫」の名は、恐怖とともに日本中に知れ渡った。

第三部　栄光

44

ウィーン大学医学部に付属する「ヨゼフィーヌム」は、現在は博物館として公開されているが、もともとは「外科学・医学軍事アカデミー」として設立された施設である。

展示品で有名なのは、ロウ製の解剖標本だ。筋肉や内臓を露わにしたロウ人形が、ガラスケースの中で優雅なポーズをとっている。全身をリンパ管に覆われた青年が、踊るように手を差し伸べていたり、胃腸や子宮を露出した美少女が、夢見るように横たわっていたりする。

為頼もこの展示は見たことがあった。しかし、今、彼が通された非公開の部屋には、より精緻《せいち》で淫靡なロウ人形が飾られていた。

〈この部屋の標本は、医療関係者にしか見せません。興味本位の連中があとを絶ちませんのでね〉

ヨゼフィーヌムの館長、ハインリッヒ・ヘブラが、薄い唇を歪めて笑った。

ヘブラはウィーン大学の皮膚科名誉教授で、年齢は七十六歳。ロンドン医科学協会や、フィラデルフィア医学アカデミーの名誉会員でもある重鎮だ。見かけは愛想がよく、服装も着古したジーパンにTシャツというラフな出で立ちだ。だが、眼窩《がんか》の奥に光る灰色の目には、世界が焼き尽くされても、微笑みながらそれを眺めているような底知れない冷ややかさがあった。

同席していたフェヘールが、補足するように言う。

〈これらの標本は、モーツァルトの時代に、皇帝ヨーゼフ二世が蒐集《しゅうしゅう》したものです〉

フェヘールは先日の約束通り、ウィーンの医師の集まりを主宰する人物に、為頼を紹介してくれたのだった。相手がヨゼフィーヌムの館長だと知り、為頼はぜひ会いたいと思った。ヨゼフィーヌムにはロウ人形だけでなく、医学史上第一級の資料が収められているからだ。

その後、サトミの治療は順調に進み、状況によっては少しずつ声が出るようになっていた。あのとき、為頼に陽性転移を起こしていたサトミは、はじめのうち為頼に会いたがったが、フェヘールがどう説得したのか、『フェヘール先生と治療に専念します』というメールを送ってきたなり、連絡をしてこなくなった。今では診察も二週間に一度になり、一回の診察時間も短くなってきたとのことだった。

〈こちらにも興味深い展示がありますよ〉

ヘブラに促されて、為頼はとなりの部屋に移った。そこは病理標本室で、さまざまな病変のロウ人形が並べられている。出産のときに赤ん坊の腕が先に出て、分娩《ぶんべん》困難になった妊婦の会陰《えいん》部、カエルを思わせる無脳症児、腹部に長い爪や髪の毛の入った畸形嚢腫《のうしゅ》などだ。

〈一般の人には、こういう自然のイタズラは刺激が強すぎますからね。この部屋を非公開にしているのもそのためです。世間にはほんとうのことを、知らせないほうがいい場合もありますから〉

ヘブラは額に深い皺を寄せて、確信犯のように笑った。

〈これは何という病気ですか〉

為頼が指さしたのは、男の顔の半分を青黒い腫瘍が覆っている標本だ。腫瘍の表面は醜く盛り上がり、一部は角化してひび割れている。ヘブラはフェヘールに謎めいた視線を送り、標本を愛《め》でるように微笑んだ。

〈ああ、これは肉腫《ザルコーマ》の一種ですよ。ドクトル・タメヨリ〉

ヘブラはドイツ語風の発音で為頼に言った。

〈別の部屋にも一見の価値のあるコレクションがあります〉

ヘブラは杖をつきながら、為頼を促して奥の部屋へと進んだ。そこは図書室で、床から天井までびっしり書架が並んでいる。ヘブラはテーブルに展示してあるB3判ほどの大きな本を指して言った。

〈もし、あなたが解剖学に興味をお持ちでしたら、当館にはこんな本もあります。ヴェサリウスの初版本です〉

為頼は思わず息を呑んだ。ヴェサリウスは、医師なら一度は耳にしたことのある解剖学の大家である。十六世紀にイタリアで活躍し、その著書『ファブリカ』は、それまでの医学書とは桁《けた》ちがいの正確さを備えていた。その初版本となれば、解剖学者でなくとも一度は目にしたい稀覯本《きこうぼん》だ。フェヘールが横に置いてあった白手袋をそっと差し出す。

〈中を見てもいいのですか〉

〈もちろんです〉

ヘブラの許可を得て、為頼は手袋をはめ、慎重に表紙を開いた。軋《きし》むような音とともに、古紙のにおいが立ち上る。教科書で何度も見た精緻な図版が為頼の目を奪った。

〈すばらしい。プロフェッサー・ヘブラ。感激です〉

〈ほかにも、メンデルの論文を収めた『ブリュン自然科学会誌』や、ロキタンスキーの『病理解剖学概論』、ビルロートの『総合外科病理学』などもあります。もしあなたが希望されるなら、いつでもこの図書室を自由に閲覧していただいてけっこうです〉

〈ありがとうございます。ヨゼフィーヌムは噂にたがわず、すばらしい医学史資料の宝庫ですね〉

為頼は素直に感動を表明した。

次にヘブラは、壁に掛けた一枚の銅版画を為頼に示した。

〈これは十七世紀のペスト医です。彼らは感染を免れるために、このような恰好をしていました〉

大きな帽子をかぶり、嘴《くちばし》と丸眼鏡のついた奇妙なマスクをつけ、マントを羽織った人物が描かれている。

〈彼らは鉤《かぎ》棒で患者のリンパ腺を切開しましたが、それが何の意味もないことを知っていました。しかし、患者の信頼に応えるために、もっともらしく振る舞わなければならなかったのです。それが患者のためであり、医師の権威を保つことになるからです〉

〈ドクター・タメヨリ。あなたがおっしゃっていたウィーンの二重性にも通じますね〉

フェヘールが言うと、ヘブラは大きくうなずいた。

〈二重性、それは重要な概念です。ペストの流行で、ウィーンは多くの人命を失いましたが、おかげで医療は大いに発展した。しかし、十九世紀に入ると、医学が進みすぎたために、逆に医療は闇の時代に入るのです〉

〈闇の時代？〉

〈そう。〝ウィーン治療ニヒリズム〟というのをご存じありませんか〉

為頼が首を振ると、ヘブラは自嘲するように笑った。

〈当時のウィーンは、ヨーロッパの医療の最先端にありました。消毒法や聴診法、打診法などが開発され、医師たちは病気の診断に夢中になりました。当然でしょう。正しい診断こそが、正しい治療につながるのですから。しかし、ウィーンの医師たちは、診断に熱心になりすぎるあまり、しばしば治療を忘れてしまった。彼らは自分の診断が正しいかどうかを確認するため、患者が死んで解剖されるのを待っていたのです〉

〈治療もせずにですか〉

〈まったくというわけではありません。しかし、医師たちの興味は、明らかに治療より診断に向いていました。医師というインテリ集団においては、ある種、致し方ないことです。診断は知的な作業ですが、治療は面倒ですから〉

〈しかし、患者はどうなるのです〉

〈ドクトル・タメヨリ。誤解しないでください。わたしは治療ニヒリズムに陥った医師たちを擁護しているのではありません。医療においては患者は常に優先されるべきです。だから、わたしは〝闇の時代〟と申したのです〉

ヘブラは落ちくぼんだ灰色の目で、射すくめるように為頼を見た。為頼は気圧されながら、話の続きを待った。

〈治療ニヒリズムは、医療の二重性を忘れたために発生したのです。患者は病気さえ治ればよくて、診断などどうでもいい。一方、医師は正しい診断を重視します。両者の求めるものは、はじめから別なのです。しかし、それではいけないと考える医師たちもいました。患者を置き去りにしては、医師は生き残っていけないと考えた人々です〉

〈歴史に名を残したわけではありませんが、飛び抜けて優秀な医師たちです〉

フェヘールが口をはさみ、ヘブラが引き取る。

〈そう。彼らが組織した医師の集まりが、我々の協会《フェライン》「メディカーサ」です。カーロイが今回、あなたに入会を勧めている〉

ヘブラはフェヘールをファーストネームで親しげに呼び、軽い目配せをした。フェヘールも心得顔にうなずく。

〈続きは、わたしの部屋でお話ししましょう〉

ヘブラはやせた身体を反転させ、杖を頼りに隣室へと向かった。

ヨゼフィーヌムの館長室は、漆喰壁《しっくい》の簡素な部屋だった。天井が高く、夥《おびただ》しい本が書架に並べられている。応接椅子に座ると、秘書がコーヒーを運んできた。ヘブラは一口すすり、おもむろに語りだした。

〈メディカーサは、ウィーンに本部を置く医師の協会です。設立は一八六二年。会員はヨーロッパばかりでなく、世界中に広がっています。設立のきっかけは、今お話しした治療ニヒリズムです。アム・ホーフで開業していた内科医のヨーゼフ・ブロッホと、ウィーン総合病院の青年外科医オットー・アードラー、精神科医のグレゴール・ペスの三人が、この風潮に危機感を抱いたのです。彼らは治療ニヒリズムだけでなく、もっと広い視野で医療を支える必要性を感じ、協会を創設しました。医学の進歩はどうあるべきか、医療は患者にどのようなサービスを提供すべきかなどを話し合う集まりです〉

ヘブラの話を聞きながら、為頼は、治療ニヒリズムは何も十九世紀のウィーンにかぎったことではないと思った。現在の日本でも、大学病院などでは、治療より研究を重んじる傾向が強い。研究は高尚だが、治療は下世話だと思っているエリート医師も少なくない。為頼がかつて大学病院を飛び出したのも、そんなエリート意識に反発してのことだった。

ヘブラが続ける。

〈もちろん、治療ニヒリズムの医師たちも、研究熱心であったという点では非難されるべきではありません。ただ、彼らはあまりにも一面的でありすぎた。医学はただ進歩すればよいと考えていたのです。医療はそんな単純なものではない。医療には哲学が必要です。ヨーゼフ・ブロッホはこう言っています。「医学は科学だが、医療は人間学である」と〉

〈そういう意味では、ドクター・タメヨリの悩みは、きわめて人間学的と言えますね。治らない病気の患者に、どのように接すればいいのかということですから〉

フェヘールが、為頼の話した診断のジレンマをヘブラに説明した。

〈優れた診断力を持つ医師は、患者の予後まで見えてしまうというわけですな。治らないとわかっていながら、治療を続けるのは欺瞞であるという考えは、優れて哲学的です。苦悩もあるでしょう。しかし、苦悩こそ創造の源泉と言えるのではありませんか〉

為頼は執務机の後ろにベートーヴェンの肖像画が掛けられているのを見た。眉間に深い皺を寄せた顔貌《がんぼう》は、いかにも苦悩の作曲家にふさわしい。右手の壁には、デスマスクも飾られている。その横にもう一つ、奇妙なデスマスクが掛かっていた。恐ろしいほど頬がこけ、目は落ちくぼみ、口を薄く開いている。

〈あなたはベートーヴェンがお好きなのですか。プロフェッサー・ヘブラ〉

為頼が聞くと、ヘブラは大仰に天井を仰いだ。

〈おお、好きというようなレベルではありません。心酔しています。かつてこの街にベート

ーヴェンがいたと思うだけで、わたしの胸は歓喜に震えます〉

〈デスマスクのとなりにあるのは？〉

為頼が指さすと、ヘブラは茶目っ気のある流し目をくれた。

〈あなたも多くの人々と同じまちがいをしていますね。あなたがデスマスクと言ったのは、ベートーヴェンのライフマスクです。となりにあるのが、ほんとうのデスマスク。カーロイ、すまないが、二つともこちらへ持ってきてくれるかな〉

フェヘールは立ち上がって、二つのマスクを為頼の前に持ってきた。

〈医学的に見れば、ベートーヴェンの生涯は病気との闘いでした。よく知られるのは、難聴を引き起こした耳硬化症《じこうかしょう》。ほかにも、天然痘《てんねんとう》、慢性胃炎、腸カタル、リウマチなどを患っています。死後、解剖も行われましたが、記録によると、ベートーヴェンの肝臓は通常の半分ほどに萎縮《いしゅく》し、凹凸ができていたそうです。肝硬変です。脾臓《ひぞう》も肥大し、腹水も六リットルほど溜まっていました〉

ヘブラの説明を聞きながら、為頼は目の前に置かれたデスマスクを眺めた。生々しい石膏《せっこう》像は、死人の顔そのものだ。偉大な楽聖も、死ねばただの人間と同じ死体にすぎない。力なく開いた口から洩れた最後の息は、庶民のそれと変わりなかっただろう。

為頼の冷めた感慨とは裏腹に、ヘブラは熱っぽく続けた。

〈ベートーヴェンは絶対音楽を追究した作曲家です。何億という音符を組み合わせ、モチーフと形式を徹底的に操作して、古典派とロマン主義を極めて高い次元で統合しました〉

〈あなたのいちばんのお気に入りは〉

〈もちろん、『第五番』です〉

〈『運命』ですね〉

為頼が反射的に返すと、ヘブラは灰色の目にどこか狂気じみた光を宿した。

〈ああ、日本ではそう呼ぶらしいですね。しかし、ドクトル・タメヨリ、「運命はかくのごとく扉を叩く」というのは、弟子のシンドラーが残した言い伝えにすぎません。ベートーヴェンは音楽の美と偉大さを、極限の形で表現したのです。『第五番』には、現実を超えた畏《い》敬《けい》と荘厳さが、緻密《ちみつ》に構築されています。それは人間の根源に迫るものだといってもいい。ベートーヴェンがあの曲を五番目に作ったことで、『第五番』という数字は、音楽の世界で特別な意味を持つようになりました。多くの作曲家が、自らの『第五番』に傑作を残そうとやっきになったのです。ブルックナーしかり、チャイコフスキーしかり、マーラーしかり〉

〈それは教授、あなたも同じでしょう〉

フェヘールが含みのある言い方で素早く片目をつぶった。為頼は意外な顔で訊ねる。

〈あなたも作曲を？〉

〈似たようなものをね〉

ヘブラは口をすぼめて笑い、為頼に顔を近づけた。

〈ドクトル・タメヨリ。ベートーヴェンの音楽には人間を支配する力があります。医学も同じです。人々は嬉々《きき》としてそれにひれ伏し、隷属する。優れた医師は、彼らを導く司祭です。メディカーサに集うのは、そういう医師たちです〉

興奮気味のヘブラの横で、フェヘールが静かにうなずく。ひとしきり話し終えたあとで、ヘブラが改まって訊ねた。

〈ところで、ドクトル・タメヨリ。先日、ニュースで見たのですが、日本では奇妙な病気が発生しているそうですな。たしか、新型カポジ肉腫とかいう〉

〈そのようです。私も詳しくは知りませんが〉

〈メディアはそうとう騒いでいるようですが、大丈夫ですか〉

〈日本のマスコミは大袈裟なのですよ。危機感を煽ったほうがインパクトが強まりますから〉

〈しかし、死者も出ているのでしょう〉

ヘブラが思わせぶりに口もとを歪めた。

〈ドクトル・タメヨリ。あなたならどのように治療します〉

〈私は患者を診ていませんので、何とも言えません〉

〈患者を診察すれば、治療法がわかるとでも〉

〈それは診察してみないとわかりません。けれど、病気の本質が見えれば、治療方針も自《おの》ずと決まるでしょう〉

ヘブラの片目が微妙に細められた。為頼が戸惑いを浮かべると、フェヘールが取りなすようにヘブラに言った。

〈ドクター・タメヨリは、すばらしい診断力をお持ちなのです。彼にかかればどんな病気でも本質を見抜けるでしょう。そういう意味からも、わたしはぜひとも彼にメディカーサに参加していただきたいのです〉

〈けっこう。歓迎します。しかし、ご本人の意向もあるでしょうから、ゆっくりと検討していただいたほうがいいでしょう〉

ヘブラは口もとだけ笑い、為頼を見送るために立ち上がった。

46

奥山アミ子の死亡以降、新型カポジ肉腫に関する報道は、新聞、雑誌、テレビで日に日に過熱していった。

しばらくして、タレント弁護士の平林世之介《ひらばやしよのすけ》が、新型カポジ肉腫を発症した。平林は左手の指の股《また》の部分にムカゴのような腫れ物ができた段階で、最寄りの皮膚科を受診した。診断がつくと、彼は即、創陵大学病院の菅井准教授に診察を申し込んだ。しかし、菅井の返事は受け入れ困難というものだった。患者が多すぎて、新患を診る余裕がないというのだ。

平林は仕方なく、築地《つきじ》のがん医療センターに入院した。すぐさま抗がん剤治療が開始され、放射線治療も試みられたが、肉腫は左手全体に広がり、さらには両足にも飛び火した。

陽気なキャラで売る平林は、その状態でテレビの中継に応じた。抗がん剤でスキンヘッドになった頭を隠しもせず、左手はガーゼと包帯で野球のグローブほどに膨らませて、ベッドの上からカメラに明るい声で応えた。

「この病気は痛くも何ともないんです。抗がん剤で頭はこんなになっちゃったけど、元気です。左手はほら、このまま外野フライが取れそうでしょう」

スタジオから激励の言葉をかけられると、平林は右手でVサインを作り、得意のギャグを連発した。それが彼の最後の映像となった。

新型カポジ肉腫の患者は、都市部を中心に全国で発症し、患者数は九月半ばについに百人を超えた。まだ決して多い数ではないが、厚労省は過敏に反応し、マスコミも危機感を煽った。『厚労省　新型カポジに厳戒態勢』『新型カポジで日本滅亡か』などの見出しが週刊誌に並び、ネットの世界では、天罰説、アメリカの陰謀説、平将門《たいらのまさかど》の呪《のろ》い説などが飛び交った。

　患者情報はツイッターやフェイスブックでも広がり、さまざまな風評が流れた。原因がヘルペスウイルスの一種であると知れると、帯状疱疹や口唇ヘルペスが新型カポジ肉腫の前兆などといわれ、抗ウイルス薬「ビラマックス」があっという間に医療現場から消えた。ただの口内炎や水虫までが危険視され、皮膚科クリニックには患者が押し寄せ、あちこちでパニック状態になった。

　人々を恐怖に陥れた最大の要因は、この病気を起こすウイルスＨＨＶ-９が、外部のどこからも検出されず、感染ルートが不明だったことである。病変はある日、突然、歯茎や首筋に現れる。それが急速に増殖して、手術で取り除いても、人面瘡《じんめんそう》のようにあとからあとから生えてくる。アミ子の影響で、頭皮を気にする女性も増えた。頭皮にぶよぶよしたものが見つかると、髪がごっそり抜け、脳がはみ出したような黒い腫れ物が広がりだすという噂が、女性たちを震え上がらせた。

　当初、恐怖を煽ってばかりいたメディアは、ほんとうの恐怖が蔓延しだすと、逆に安心を広めるような情報を流した。しかし、医療現場では医師も看護師も防護服に、ゴーグル、手袋、防護靴の完全武装で治療に当たっていた。その映像は否応《いやおう》なしに見る者の心胆を寒からしめた。感染源がわからないので、医師らは最高レベルの予防をせざるを得なかったのだ。

一方、この騒ぎをビジネスにつなげようとする動きもさまざまな業界ではじまった。「新型カポジ対応」と銘打った立体マスクは発売と同時に爆発的な売れ行きを見せ、同じネーミングの手袋、眼鏡、長靴、エプロン、シャワーキャップなども売り切れの店が続出した。道行く人はマスクやゴーグルを着用し、電車のつり革や手すりを持つ人はおらず、エレベーターのボタンもボールペンやティッシュで押す人が増えた。

「抗ウイルス」の名を冠した石けんや洗剤が登場し、化粧品、入れ歯洗浄液、下着、ワイシャツ、ネクタイ、靴下、文房具、ランドセル、果ては足拭きマットからカー用品まで、「抗ウイルス」とつけるだけで飛ぶように売れた。

書店には、『パンデミック・オブ・新型カポジ』『新型カポジからあなたを守る』『わかりやすい新型カポジ対策』などの本が並び、特集雑誌、防護マスク付きムック、ドキュメンタリーや解説のＤＶＤがレジに平積みにされた。

健康食品業界も同様で、ウイルスの増殖を抑えるという触れ込みで、ネギエキス錠、メカブフコイダンのサプリメント、卵白梅干しカプセルなどが大々的に売り出された。新型カポジ予防の万能コンドロイチン、自然治癒力を高める超《ウルトラ》グルコサミンなども、テレビのＣＭや新聞の全面広告で宣伝された。

家電業界も遅れをとってはいなかった。ウイルス除去フィルター付き空気清浄機と、ウイルス不活性化エアコンは、「新型カポジ予防に効果あり」という医師の「個人的発言」を前面に押し出し、売り上げを昨年の二倍に伸ばした。加湿器メーカーも「ウイルスウォッシャー付き」を売り文句にし、マイナスイオン発生器メーカーは「ウイルスクラスターは当社だけ」と胸を張った。

さらには信じがたいことに、医療界さえもこの流れに追従した。大手製薬会社がウイルス除去スプレー、抗ウイルス洗浄液、置くだけでウイルスを不活性化する消臭ゲルなどを販売し、美容整形やアンチエイジングに熱心な一部のクリニックは、体内からHHV―9を除去すると称して、怪しげな紫外線療法やマイクロ波治療、泥パックなどを喧伝した。

これらはいずれも根拠のないまやかしで、消費者の無知と恐怖につけ込んだ悪徳商法だったが、多くの消費者がそれに群がった。

タレント弁護士の平林世之介から診察依頼を受けたとき、菅井憲弘は承諾すべきかどうか、二時間悩んだ。承諾すれば、有名人の平林を治療することで、ふたたびマスコミの注目が集められる。しかし、平林の治療に失敗すれば、マスコミの攻撃は防げない。広汎切除が失敗した今、受け入れればアミ子の二の舞になる危険性が高かった。さすがにまた最後はアメリカへというわけにはいかない。それでも、売れっ子の平林の主治医になる誘惑を断ち切るのに、菅井は二時間を要したのだった。

平林ががん医療センターに入院したと聞いたとき、菅井は新たな不安に駆られた。がん医療センターの医師たちは、平林を徹底的に研究するだろう。こちらより先に治療法が発見されたらどうしよう。あそこは東帝大系だから、優秀な医師がそろっている。いや、自分とて伝統ある私学の雄、創陵大学の准教授なのだ。自分がこれほど苦労して見つけられない治療法を、がん医療センターの医師ごときに簡単に発見できるわけがない。

そう思いながらも、菅井は焦る気持を抑えられなかった。すでに全国の患者数は百を超え、東京だけでなく、京都、名古屋、大阪、福岡でも大学病院に複数の患者がいる。治療法の発見レースはすでにはじまっているのだ。菅井が持っている患者は、死亡例も入れて二十四人。ほかの大学と比べて圧倒的に多い。厚労省からの問い合わせも何度か受けた。その意味では先行しているが、しかし、治療法の確立は患者数では決まらない。

メディアでは菅井が新型カポジ肉腫の権威だったが、他大学からの問い合わせはいっさいなかった。つまり、それぞれが独自の治療法を開発しているということだ。負けてはいられない。第一報告者の名誉にかけても、ほかの医師に遅れをとるわけにはいかない。

菅井は創陵大学の総長にかけあい、学内に特別研究グループを立ち上げた。そして他大学に揺さぶりをかけるため、グループ発足を大々的にマスコミに売り込んだ。

『新型カポジ　特別研究グループ発足　創陵大学』

『チームリーダー菅井准教授　まもなく成果発表』

しかし実際のところは、治療法開発の目途はまるで立たなかった。

「新型カポジ肉腫の研究は、うちが先頭なんだ。あらゆる抗がん剤、ホルモン剤、ビタミン剤の組み合わせを試すんだ。レーザー治療、放射線治療、免疫療法、遺伝子治療、温熱療法、何でもいい。とにかく肉腫を縮小させる治療法を考えろ。日本中が我々の研究に注目している。一日も早く治療法を確立するために、時間を惜しめ！」

菅井は鬼気迫る表情で、グループのメンバーに檄《げき》を飛ばした。

治療法はきっとある。それさえ確立すれば、自分は一躍ヒーローだ。世間を恐怖に陥れている新型カポジ肉腫の征圧者として、日本のみならず世界の救世主になるのだ。

そんな誇大妄想めいた声が、壊れたプレーヤーのように頭の中で繰り返された。

特別研究グループが発足して二週間後、培養チームが肉腫細胞の培養に成功した。これで試験管での実験が可能になり、研究は大幅に進む。菅井は色めき立ったが、次の朗報はなかなか届かなかった。

折しも、全日皮膚科学会から菅井に分厚い封書が届き、十一月の学術総会で、オープニングの特別招待講演に菅井が選ばれたことを知らせてきた。学会に送ったのは論文のタイトルと概要だけだったが、学会はその大風呂敷を信じたようだった。菅井は喜ぶと同時に、不安に襲われた。今のままでは有効な治療法を発表できない。それではインパクトは半減だ。別のだれかが治療法の論文を出せば、栄誉も称賛もさらわれてしまう。

そんなとき、「週刊ＶＩＰ」の記者と名乗る男から菅井に電話がかかってきた。

「先日、アメリカで亡くなった奥山アミ子さんですがね、先生は治療に失敗していたんじゃないですか」

男の声は、徹夜明けの菅井の脳を鋭い針のように刺した。

「何を根拠に、そんな言いがかりを」

「言いがかりですかねぇ。わたし、モントレーのドクター・チャン・セントラルホスピタルにちょっとした知り合いがいるもんでね」

「それがどうした。向こうの病院でのことは、わたしは知らない」

憤然として受話器を叩きつけたが、菅井の心臓は毒液に浸されたように喘いだ。アミ子の死の真相が知られたらただではすまない。瀕死《ひんし》のアミ子を、大した設備もないアメリカの片田舎の病院へ追いやったのだ。医師として、いや人間として許しがたい行為だと、世間はいっせいに攻撃するだろう。

菅井の疲労と緊張は頂点に達し、今にも倒れそうだった。ここまで来たのに、無念の討ち死にをするのか。治療法さえ見つかれば、アミ子の問題も揉み消せる。ヒントがほしい。わずかでも、道筋の見えるきっかけがほしい。

菅井は血走った目で天に祈った。ヒントさえ得られれば、悪魔に魂を売り渡してもいい。そう考えていたとき、秘書が一通のエアメールを持ってきた。差出人はフレデリック・コワルスキー。見覚えのない名前だ。肩書きを見ると、WHOの伝染病対策部の部長とあった。WHOがいったい何の用か。朦朧としながら開いた便箋《びんせん》には、驚くべきことが書かれていた。

『親愛なるドクター・スガイ。

あなたが日本で新型カポジ肉腫対策の最前線に立っていることに、心より敬意を表します。WHOは、日本の流行状況を注意深くフォローしております。ところで以前、新型カポジ肉腫に類似した疾患が、ジョージアのムトゥクヴァリ川流域で発生したのをご存じでしょうか。その際には、高活性化したNK《ナチュラル・キラー》細胞による免疫細胞療法が、有効だったようです。お役に立てるかどうかわかりませんが、ご参考までにお知らせいたします』

高活性化したNK細胞……。

そうか。その手があったか。

これは試してみる価値がある。

菅井は暗闇に一筋の光を見た思いで、薄い便箋を握りしめた。

47

WHOから手紙をもらったあと、菅井はすぐ、伝染病対策部長のコワルスキーに連絡をとった。ジュネーブの本部に電話をかけると、何カ所かまわされたあと、コワルスキー本人と話すことができた。菅井は手紙の礼を述べたあと、なぜ一面識もない自分に情報を提供してくれたのかと訊ねた。

〈ドクター・スガイ。それはあなたが日本における新型カポジ肉腫のパイオニアだからですよ〉

コワルスキーはスラブ訛りの英語で答えた。自分のことがWHOで知られていると聞き、菅井は大いに自尊心をくすぐられた。

〈コワルスキー部長。あなたの手紙によれば、旧ソ連から独立したジョージアでも類似の疾患があったとのことですが、いつごろのことですか〉

〈四年ほど前です。ご存じありませんか〉

菅井は知らなかったが、とっさに体面を取り繕った。

〈もちろん知っていますよ。しかし、遠い国のことですからね。日本では情報が入りにくいのです。どのような状況だったのか教えていただけますか〉

〈わかりました。電話では詳しくお話しできませんから、詳しい資料をお送りしましょう。よろしいですか〉

〈お願いします〉

〈それから、ドクター・スガイ。これは念のためにお聞きするのですが、あなたの研究室《ラボ》で、免疫細胞療法は可能ですか〉

コワルスキーの声にかすかに危ぶむような調子があったので、菅井はやや気色《けしき》ばんだ。

〈当然ですよ。高活性化《アンプリファイ》したNK細胞の治療は、我々も検討に入っていたところです。ただ、この療法には、日本では保険が適用されないので、優先順位が低かったのです。決して発想になかったわけでは……〉

〈わかりました。可能であればけっこうです〉

コワルスキーはそれだけ確認すれば十分とばかりに電話を切った。

はじめはパイオニアだと持ち上げながら、研究室のレベルを試すようなことを聞き、まるで免疫細胞療法に誘導するかのような口ぶりだった。菅井は釈然としなかったが、深く考えている暇はなかった。十一月の学術総会までに、何としても新型カポジ肉腫の治療法を確立しなければならないのだ。菅井はスタッフにさっそく免疫細胞療法の試行を指示した。

この治療は、患者の血液から免疫細胞を取り出し、培養して数を増やしたあと、ふたたび体内にもどす方法である。ＮＫ細胞は生まれつき強い攻撃性を持っているので、「ナチュラル・キラー」と呼ばれる。治療に使う血液は五〇ミリリットル。ここからＮＫ細胞を取り出し、患者の血清で培養する。成長因子を入れることで、ＮＫ細胞は二週間後には約一千倍に増える。これを点滴で体内にもどすと、いっせいに肉腫を攻撃するのである。

新治療の対象に選ばれたのは、創陵大学病院に入院している患者のうち、肉腫が一つだけの七人だった。彼らを選んだ理由は、単発の患者のほうが治療効果を判定しやすいからだ。腫瘍の部位は、顔面が三人、頭部が二人、臀部と足が各一人。大きさは、小さいもので二〇×二四ミリ、最大は四五×六〇ミリだった。

菅井は七人をカンファレンスルームに呼び出し、臨床試験への参加を依頼した。免疫細胞療法について説明すると、全員が参加を了承した。まず、七人の患者から採血が行われ、分離培養がはじめられた。期間は二週間。菅井らは一日千秋の思いで培養を開始した。

新型カポジ肉腫の特徴は、あるときから急に増大がはじまることだ。何が引き金かは不明だが、いったんスイッチが入ると、肉腫は毎日計測しなければならないほどのスピードで増殖する。実際、NK細胞の培養に必要な二週間の間にも、各患者の肉腫は、五から二〇ミリほども大きくなっていた。菅井は沈みゆく船のマストに縛りつけられているような焦りを感じながら、培養が終わるのを待った。

ようやく迎えた治療日。七人の患者に培養したNK細胞が点滴で注入された。菅井らは肉腫の変化を固唾《かたず》を呑んで見守った。

効果は早くも翌日から現れた。肉腫の表面が干《ひ》からびたように縮小しはじめたのだ。これほど早く効果の出た治療は今までになかった。肉腫が完全に消滅する保証はないが、ここまで明らかな結果が出れば、有効と判定して差《さ》し支《つか》えないだろう。特別研究グループのスタッフルームに、遭難者が救援ヘリを見つけたときのような歓声があがった。

「菅井先生。ついにやりましたね。これで新型カポジ肉腫の征圧も目前です」

「いろいろ試行錯誤しましたが、NK細胞療法が正解だったんですね」

「菅井先生が免疫細胞療法に着目されたおかげです。それがなければ、今もまだ暗中模索してますよ」

スタッフらは口々に新治療の成功を喜んだ。

主任研究員の千田《せんだ》治彦《はるひこ》が、おもねるように言った。

「新しい治療法の呼び名ですが、高活性化ＮＫ細胞療法とか免疫細胞療法なんて、ありきたりなのはよくないですね。どうです。いっそ『スガイ療法』と呼びませんか」

「おいおい、この成果は僕だけのものじゃないよ。諸君の協力のたまものだ」

菅井が満面の笑みでスタッフを見まわし、謙遜のそぶりを見せた。わずかな間を置き、もったいぶった咳払いをする。

「しかし、まあ、みんながそう言うのなら、僕は『スガイ療法』でもかまわないが」

「よし、決まりだ。あとは論文にまとめて学会発表ですね」

千田がガッツポーズを決めると、ほかのスタッフたちも力強くうなずいた。

ボスの成功は、部下のポスト獲得にもつながる。だから、研究者たちはボスのために頑張るのだ。

48

〈ドクター・タメヨリ。困ったことになりました〉

フェヘールから困惑した声の電話がかかってきたのは、ヨゼフィーヌムでヘブラに会った五日後だった。

〈サトミが急に診察をキャンセルしてきたので、来週に延ばそうかと訊ねたら、もうわたし

の診察は受けたくないというのです〉

〈どうしてですか。治療は順調に進んでいたのではないのですか〉

〈たしかに、症状は改善しつつありました。しかし、まだ完全に回復したわけではありません。彼女は繊細だから、ちょっとした刺激で精神が不安定になる危険があります〉

フェヘールの声はかなり動揺しているようだった。サトミに何か不穏な徴候でも現れたのか。彼は息の震えを抑えるようにして、声をひそめた。

〈申し訳ありませんが、サトミのようすを見に行っていただけませんか〉

〈わかりました。すぐに行ってみます〉

為頼は受話器を置くと、午後の診療を終えてから、車で十六区のサトミのアパートに向かった。診療所を出る前に、彼女のスマホに連絡してみたが、電源が入っていないようだった。サトミと会うのは、市立公園の野外カフェに行って以来、四カ月ぶりだ。為頼は不吉な思いを胸に、オッタクリングへの道を急いだ。

車をアパートの前に停め、玄関のインターフォンを押すと、少し間をおいてから、「ヤー」と返事があった。まぎれもなくサトミの声だ。

「為頼です。南さん、話したいことがあるんだ。君のことが心配で」

インターフォンに言うと、戸惑う気配が伝わってきたが、やがて解錠のブザーが鳴った。

エレベーターで五階まで行き、さらに階段を上って屋根裏部屋をノックした。静かに扉が開くと、ひどく憔悴したサトミが、キャミソール姿で立っていた。

「南さん、どうしたの。そんな恰好で」

背後に人の気配がしたので見ると、奥のソファに日本人らしい上半身裸の男が寝そべっていた。髪と無精髭を伸ばし、ひどくやせて目だけが異様に光っている。いかにも崩れた感じの若い男だ。

「だれなんだ、君は」

為頼が問うと、男は頭の後ろに両手を組んだまま、へらへら笑った。

「へへっ、あんたこそだれなんだ。人に名前を聞くときは、自分から名乗るもんだぜ」

為頼は男を無視して、サトミに聞いた。

「彼は旅行者か、それとも不良留学生か。どうしてあんなやつを部屋に入れたんだ」

サトミは虚《うつ》ろな表情で為頼を見上げ、口元に淫靡な笑みを浮かべた。

「酔ってるのか。目を醒ませ」

肩をつかんで揺すると、骨が手のひらに感じられるほどやせていた。サトミの目はガラス玉のように生気がない。

男が寝そべったまま声をかける。

「よう、おっさん。そんなところに立っていないで中へ入れよ。楽しくやろうぜ」

部屋の中は乱れ、床には酒瓶や衣服や紙袋が散乱している。ソファにいかにも普段着らしいシャツや、スケッチブックが投げ出されているところを見ると、美術系の留学生なのか。

男は大儀そうに立ち上がって、為頼に近づいてきた。

「俺は芸術家なんだ。選ばれし者ってやつさ。サトミには潤いが必要なんだ。だから、俺が注ぎ込んでやったのさ。ぐふふっ」

「近寄るな。さっさと服を着て、ここから出て行け」

為頼が怒鳴ると、男は身をすくめ、よろめいて壁に片手をついた。

「南さんも服を着なさい。脚が剝き出しじゃないか。風邪をひいてしまう」

「あーあ、親切なこった」

男は床からジンの瓶を拾い上げ、ラッパ飲みにした。飛び出たのど仏が上下する。

為頼は椅子にかけてあるセーターを取り、サトミに差し出した。しかし、彼女は受け取らない。怯《おび》えたようにあとずさる。

「どうした。寒くないのか。この男はいつからここにいるんだ」

サトミは驚いたような顔で為頼を見つめ、身体を強ばらせた。両手のひらをきつく握り、小刻みに震わせる。楽友協会で声が出なくなったときと同じだと、為頼は思い当たった。

「南さん、声を出してごらん。インターフォンには返事ができただろう」

サトミはしきりにうなずくが、声は出ない。為頼は男を振り返って聞いた。

「おい、君。南さんとはふつうにしゃべってたのか」

「はあ？」

「声は出てたかと聞いてるんだ」

「おっさん、何言ってんの。サトミと俺とはテレパシーで会話してたんだぜ。テレヴィジョンのテレに、シンパシーのパシー。わかる？」

為頼は情けない気持でサトミの両手を取った。せっかく回復しかけていたのに、また逆もどりしてしまったのか。

「南さん、すぐフェヘール先生のところに行こう。もう一度、治療をやり直すんだ」

サトミは小さく首を振り、為頼の手をふりほどこうとした。

「どうした。このまま悪くなったら取り返しがつかなくなるぞ」

男が頓狂な声をあげて笑う。

「きゃははは。強制送還だ。頭のおかしくなった留学生は、無理やり日本へ送り返される」

「だまれ！　よけいなことを言うな」

為頼は男のものらしいシャツとスケッチブックをかき集め、相手に押しつけて出口に追いやった。

「出て行け。彼女は病気なんだ。とっとと帰れ」

「押すな。わかったよ、もう帰る。サトミ、またな、ヴィーダーゼーエン」

男は手を振りながら服を抱えて、ふらふらと階段を下りていった。為頼はサトミに向き合い、真剣な眼差しで言った。

「フェヘール先生から連絡があったんだ。診察を断ったんだって。何かいやなことがあったのか。治療は順調だったんだろう」

矢継ぎ早に聞くと、サトミは困惑したようすで首を振った。為頼はテーブルの上に紙とボールペンを見つけて、サトミを椅子に座らせた。

「何があったのか、書いてくれないか」

サトミはペンを持つが、戸惑うばかりで何も書かない。焦ってはいけないと思いつつ、つい声が苛立ってしまう。

「今の男はだれなんだ。知り合いなのか。君は日本人とは付き合っていないはずじゃなかったのか」

サトミが為頼を見上げ、悔しそうに眉根を寄せた。口を歪め、歯を食いしばる。突然、立ち上がって、為頼を突き飛ばした。ふいを衝《つ》かれた彼は、はずみで出口の近くまで後退した。

「何をするんだ」

体勢を立て直す間もなく、サトミがボールペンを投げつけてきた。テーブルにあるペン皿や小物を手当たり次第に投げる。CDのケースが壁にぶつかり、派手な音を立ててばらけた。

「わかった。今日は帰る。だから、落ち着いて」

サトミの興奮は収まらない。歯を剝き出して、罠《わな》にかかった獣のように熱い息を洩らす。為頼は頭を低くしたまま外に出て、扉を閉めた。内側に何かが投げつけられる音がする。奥から声帯を切られた犬のような、声にもならない悔しげな唸りが響いた。

49

サトミのアパートからもどったあと、為頼はすぐにフェヘールに電話でようすを報せた。失声症が再発したかもしれないと言うと、フェヘールは、〈困りましたね〉と電話口で深刻なため息をついた。留学生らしい男が部屋に入り込んでいたことを告げると、フェヘールはますます心配そうに声をひそめた。

〈それはよくないですね。サトミは若いので、男の影響を受けやすい。対策を考えなければいけませんね。ドクター・タメヨリ、協力してもらえますか〉

〈もちろんです〉

〈わたしの都合で申し訳ないのですが、明後日の土曜日の午後、ウィーン総合病院の「気狂《ナーレン・》いの塔《トゥルム》」で会合があるので、そのあとでお目にかかれると助かるのですが〉

〈わかりました。ご指定の時間にうかがいます〉

「気狂いの塔」は、十八世紀に建てられた精神科の病棟で、中世の要塞《ようさい》を思わせる六層の円筒形の建物である。今は病棟は閉鎖され、一階部分のみ「病理解剖学博物館」として公開されている。しかし、開館が週に三日、一日三時間だけなので、為頼は足を踏み入れたことがなかった。奇妙な場所で会合があるのだなと思いつつ、為頼はフェヘールの申し出を受け入れた。

土曜日の午後四時、第六中庭にある「気狂いの塔」に行くと、フェヘールから連絡を受けていたらしい事務員が中に入れてくれた。石壁の薄暗いホールにベンチが置かれ、黒猫がうずくまっていた。猫に遠慮しながら座ると、ほどなく中庭からフェヘールが入ってきた。

〈ドクター・タメヨリ。わざわざおいでいただき、ありがとうございます。今、会合が終わりました〉

〈サトミのことでは、ご心配をおかけして申し訳ありません〉

〈あなたが謝る必要はありませんよ。わたしのほうこそうまく治療ができなくて、心苦しく思っているのですから〉

〈それにしても、どうして彼女は急にあんな状態になったのでしょう〉

〈さあ、わたしにもわかりません。もしかしたら、陰性転移を起こしたのかも〉

陰性転移とは、陽性転移の逆で、妄想的な憎悪や怒りを治療者に向ける状態だ。

〈では、治療を中断したほうがいいのでしょうか〉

〈ご心配なく。陰性転移を起こした患者には、それ用のアプローチがあります。一昨日の感じでは、ドクター・タメヨリにも異常な応対だったのですね〉

〈サトミは酔っていたのかもしれません。男はかなり酒を飲んでいたようですから〉

〈メールでの連絡は〉

〈昨日も何度か試しましたが、彼女のスマホは電源が入っていないようです。バッテリーが切れてそのままなのかもしれません〉

〈もし、わたしに陰性転移を起こしているのなら、あなたも近づかないほうがいいでしょう〉

〈そうなんですか。私にできることなら何でもしますが〉

〈いや、我々は少し距離を置いたほうがいい〉

治療への協力を依頼しながら、近づかないほうがいいというのはどういうことか。為頼は納得がいかなかったが、それも専門家の判断だろうと受け入れた。

フェヘールは考えを巡らせるように言った。

〈サトミはたしか、ウィーン大学の法学部の学生でしたね。国際法を教えているハンガリー人の教授、ハンス・ミハーイはわたしの知り合いです。彼は学生部長も兼ねているから、大学からようすをさぐってもらいましょう〉

〈それで大丈夫でしょうか。サトミの病状をよく知らない人間が接触して、不用意な刺激をすると、かえって危険なのでは〉

〈大丈夫。わたしからプロフェッサー・ミハーイによく伝えておきます。そのあと、状況を見て、陰性転移に必要な治療を行います。治療経過は逐一、あなたに報告しますから、どうぞご心配なく〉

〈わかりました。では、よろしくお願いします〉

結局、為頼の出番はないということのようだった。釈然としなかったが、心理療法的にはそれが理にかなっているのかもしれない。

為頼が考えていると、フェヘールは気分を変えるように言った。

〈ところで、あなたはこの博物館の展示をご覧になりましたか〉

〈いいえ。まだ〉

〈それならぜひ見学されるべきです。ちょっと、君〉

フェヘールは事務員を呼び、展示室の鍵を開けるように指示した。

〈ここはヨゼフィーヌムと同じく、プロフェッサー・ヘブラが館長を務めているのです。なかなか興味深い展示ですよ。今日はドクター・タメヨリに見ていただきたいものもありますから、ぜひお入りください〉

地下牢《ちかろう》のような通路に入ると、まず最初に性病の標本を陳列した部屋があった。梅毒に冒されて変形した男性器、バラ疹と呼ばれる皮膚の病変、軟骨炎で鼻が落ちた女性の顔などが、ロウ人形で再現されている。

〈最初の展示室が性病というのも問題ですが〉

フェヘールは苦笑しつつ、〈しかし、性病は古くから庶民にとってゆゆしき問題でしたからね〉と取り繕った。

次の展示室には、拷問台のような十九世紀の歯科診療台や、骨董品《こっとうひん》まがいの顕微鏡が展示されていた。続く部屋には、さらにグロテスクな標本が陳列されている。ハンセン病患者の顔の断面、背骨が釣り針のように曲がった子どもの骨格標本、『キュクロプス（ギリシャ神話に出てくる一つ目の巨人）の赤ちゃん』と名づけられた単眼症《たんがんしょう》児のホルマリン漬け……。

それらは無気味でグロテスクではあるが、奇妙な荘厳さも感じさせた。標本として固定されることで、永遠の静謐さに浸っている。もう哀《かな》しむことも、苦しむこともない。自分がそんな感慨を持つのも、医師という職業のゆえだろうと為頼は思った。

ほかに見物人がいないせいか、博物館には異様な静けさが漂っていた。廊下が円形であるため、どこまで行っても展示室が続くような錯覚に陥る。わん曲した廊下の先に、頭部が風船のように膨らんだ子どもの骨格標本が置かれていた。身体を右に傾け、見上げるように顔を斜めに向けている。

〈これは『屋根裏の小伯爵令嬢《クライネ・グレーフィン》』と呼ばれる標本です〉

〈水頭症《すいとうしょう》ですね。しかし、これほど大きく膨れるとは〉

水頭症は、髄液《ずいえき》圧の異常で脳室が拡大する病気だが、骨の軟らかい子どもの場合は、頭蓋骨まで膨張する。それでもこの標本のように、一抱えほどにもなるのはまれだ。

〈彼女の両親は、娘がナチスに見つかるのを恐れて、屋根裏部屋に隠して育てたのです。発見されれば、優生学的な人種政策で、ガス室送りですからね〉

為頼は頭蓋骨を見つめ、少女の生前の面影を想像した。わずかに垂れ目で、顎は小さく、鼻はつんと尖っていただろう。彼女はどんな思いで屋根裏で生きたのか。

続いてフェヘールはシャム双生児の骨格標本の前に足を止めた。身長一メートルあまりのか細い身体に、一人前の頭蓋骨が二つ、左右に傾きながらついている。

〈カレルとハヴェルの兄弟です。第一次世界大戦前に、ボヘミアでたいへんな人気を博した

サーカスの主役です。残念ながら、二十七歳でジフテリアで死にましたが〉

〈見せ物になっていたのですか〉

　為頼が表情を曇らせると、フェヘールは眼鏡の奥でブルーの目を細めた。

〈あなたのおっしゃりたいことはわかります。日本人はそういうことに敏感ですからね。でも、彼らは人々から愛され、たくさんの花束や贈り物を受けたのです。興行主からも大事にされ、いつも上等の服を着ていました〉

〈それで当人たちは幸福だったとでも〉

〈もちろんです。彼ら自身がそう書き残しています〉

〈本心とは思えませんね〉

　フェヘールは半歩身を引き、首を傾げた。

〈ドクター・タメヨリ。本人が書いたものを、後世の我々が勝手に解釈するのはどうでしょう。見せ物になってつらい思いをした人間がいたのは事実です。しかし、この二人もそうだとは決めつけられないのでは〉

〈見せ物になって幸せな人間がいるとは思えませんね〉

〈それ以外に才能のない者でも？〉

〈才能……？〉

〈そうです。学才や商才で世に出る人がいるなら、障害で世に出る人がいてもよいのではないですか〉

〈障害を売り物にするということですか〉

為頼はわざと露悪的な言い方をして、相手の否定を引き出そうとした。しかし、フェヘールは逆に我が意を得たりという面持ちでうなずいた。

〈そうです。障害に妙な同情を寄せるのは健常者の奢《おご》りです。カレルとハヴェルの兄弟は、右手と左手で異なる文字を書き、別々の楽器を演奏し、ナイフ投げと皿回しを同時にやって観客を沸《わ》かせました。彼らにしかできない芸当を完成させて、成功を収めたのです。それを禁じたら、彼らの努力はどうなります〉

〈しかし、それは人権的な配慮を欠いています〉

〈人権！　日本人はきれい事が好きですね〉

フェヘールは身体をのけぞらせて両手を広げた。それから、赤みを帯びた大きな額を為頼に近づけ、秘《ひそ》やかにささやいた。

〈今の日本の医療崩壊は、そういうきれい事好きの国民性によって、引き起こされたものではないのですか〉

〈どういうことです〉

〈聞いた話で恐縮ですが、日本人は医療に絶対的な安全を求めるそうですね。出産は無事で当たり前、輸血に合併症がないのが当たり前、手術は外科医がすべての危険性を事前に承知していて当たり前だと。あり得ないことです。その上、日本人はすべての国民が平等かつ公平に、最良の医療を受けられるべきだと思っている。そういう過大な期待が、医療者に負担を与え、医師や看護師を現場から立ち去らせているのでは〉

〈たしかに、そういう一面はあるかもしれません。しかし……〉

〈ドクター・タメヨリ。わたしは日本人を批判しているのではありません。ただ、病気の徴候が見えるあなたなら、そういう状況に疑問を抱いておられるのではないかと思うだけです。あなたは凡庸な医師ではない。医療の本質が見える方です。問題から目をそむけずに、現実を直視すべきではありませんか〉

フェヘールの瞳の奥に、氷河のような青い光がまたたいていた。為頼はその真意が読み取れず、戸惑った。

フェヘールはさらに続ける。

〈たとえば、新しい薬や手術の開発には、臨床試験が必要ですが、それは取りも直さず、人体実験であるという事実。あるいは、新米の医師が一人前になるには、失敗も含めて、患者を練習台にせざるを得ないという事実。さらには、高度先進医療を行う病院は、治る見込みのある患者を優先しなければならないので、治らない患者は入院させないという事実。延命治療はときに患者を悲惨な状況にするとか、それを避けるためには敢えて死を受け入れるほうがよいという事実もあるでしょう。いわば〝医療の闇〟です。そこから目を逸《そ》らしていては、望ましい医療は実現できない。世間には、医師は患者に尽くすべきだとか、患者と医師は対等であるべきだとか言う人がいますが、そんなご託を並べてみても、決して医療はよくならない。もっと本質的な理解と、現実的な視点が必要でしょう。あなたならわかるはずです〉

　フェヘールは確信に満ちた言い方で為頼を困惑させ、ゆっくりと背を向けた。円形の先の見えない廊下に歩みを進める。

〈そう言えば、日本では今、医師の権威が低下しているそうですね。マスコミは医師を敵視し、患者は医師に不信の目を向けている。もちろん、悪徳医師や怠慢医師もいるでしょう。そういう不適格な医師は、当然排除されるべきです。しかし、善良な医師までが、権威を失いつつある状況は、改善する必要がありますね〉

　為頼は相手の背中に問いかけた。

〈ドクター・フェヘール。あなたはどうしてそんなに日本の医療に詳しいのです〉

　フェヘールはその問いを待っていたかのように向き直った。

285　第三部　栄光

〈実は、今、メディカーサでは、日本の医療崩壊が大きな問題となっていましてね。日本は地理的には遠いですが、医療崩壊の流れはいつ欧米に波及するかしれませんから。メディカーサは、あらゆる国と地域で医療のステータスを護り、よりよい医療を実現することを目指しています。そのために独自の研究を進めているのです〉

いつの間にか、廊下は行き止まりになり、鉄扉に「PRIVAT（私有区）」の標識が掛かっていた。フェヘールがポケットから鍵を出して扉を開くと、エレベーターが現れた。

〈先ほど、あなたに見せたいと言ったものが、こちらにあります〉

古びた石壁に、似つかわしくないテンキーパネルがついてる。暗証番号を打ち込み、エレベーターに乗り込むと、フェヘールは地下に下りるボタンを押した。

着いた小ホールには二重のガラス扉があり、紫外線のランプが灯っていた。扉の横に、バイオハザードのマークが表示されている。「危険レベル4」のウイルスを扱う施設ということだ。

〈メディカーサのラボのひとつです〉

フェヘールは平然と言い、壁のセンサーにIDカードをかざした。扉が開き、陰圧エアロックの風が背後から吹きつける。

〈サポートエリアから見ていただくだけですから、防護服は不要です。我々のラボには、世

界中から優秀な研究者が集まっています。ウイルスの遺伝子組み換え技術は、おそらく世界のトップレベルでしょう〉

　ガラスで仕切られた実験室には、さまざまな器具が並べられていた。研究者はブルーの防護服にゴーグル、マスクの完全防備で、黙々と実験に取り組んでいる。

〈ここの研究者たちもメディカーサのメンバーなのですか〉

〈いいえ。彼らはエキスパートです。メディカーサは彼らが行う研究の指針を決定しているのです〉

〈研究の指針？〉

〈そうです。医学の研究はときに思いがけない副産物をもたらします。バイオテロの手段になるものとかですね。そういうときには適切な指導が必要です。ならず者国家が悪用すると困りますから〉

　フェヘールは冗談めかして言ったが、眼鏡の奥の目は笑っていなかった。

〈ここでは遺伝子の組み換え、ゲノムデザインから免疫細胞の集中培養まで、あらゆる遺伝子工学の手法を応用しています。ドクター・タメヨリ。いかがです、あなたもその指導に加わってみませんか。あなたは医師として優れた能力をお持ちでいらっしゃる。それはいわば天賦の才です。あなたの才能は、目の前の患者にのみ費やされるべきではありません。医学

の飛躍、医療状況の改善に関与して、未来の患者のために広く貢献すべきです〉

〈私にはそんな大それたことは……〉

〈いえ。あなたなら大丈夫です。ぜひ我々メディカーサのメンバーとして、仲間に加わっていただきたい。プロフェッサー・ヘブラも、それを強く望んでいます〉

為頼は困惑しつつ、実験室の設備をもう一度見まわした。ここは古色蒼然《こしょくそうぜん》たる「気狂いの塔」の地下とは思えない超近代的なラボだ。大学の医学部でも国立の研究所でもないメディカーサが、なぜこれほどの施設を保有しているのか。

ふと見ると、蛍光灯に照らされた実験室内に、見慣れたマークの段ボール箱がいくつも積み重ねてあった。水色の国連旗の真ん中に、杖に絡みついた蛇がいる。WHOの旗だ。いぶかしげな表情を浮かべると、フェヘールは思わせぶりな笑みを浮かべた。

〈我々メディカーサは、WHOとも密接な関係にあるのです〉

50

『神戸市の高度先進病院建設　医師会反発——「臓器売買の恐れ」』

新聞の見出しを見て、イバラは首を傾げた。医師会がどうして病院を作るのに反対するのだろう。

記事を読むと、その病院は肝移植もできる大きな施設で、外国人の患者も来るらしい。そうすると、中東や中国の金持ちが、自分の国の貧しい人に、無理やりお金で肝臓を半分売らせるかもしれないというのだ。

ほんとうにそんなことがあるのだろうか。

イバラはケータイのメールで三岸に訊ねてみた。三岸もこのニュースを知っていたようで、返事はすぐに来た。

『医師会が市の病院に反対するのは、近くに大きな病院ができると、患者がそちらに取られて困るからよ』

医師会はそんな理由で新しい病院に反対するのか。医師会は患者のことを考えているのじゃないのか。

メールでそう訊ねると、三岸からあきれたような返事が来た。

『おまえは何も知らないね。参考になるものを送ってあげるから、勉強しなさい』

二日後、三岸から届いたのは、週刊誌のコピーだった。見出しに『総特集　医師会解体！』と書いてある。むずかしそうな記事だが、イバラは三岸が引いた赤線を頼りに懸命に読んでいった。

わかったのはおよそ次のようなことだ。

・医者が医師会に入る理由。

医療ミスをしたとき、患者がほかの医者にかかっても、医師会に入っている者同士だとかばってもらえる。入っていないと、ミスをばらされる。下手な治療をしたり、古い薬を使ったりしても、医師会に入っていると、ほかの医者は黙っていてくれる。

・後期高齢者医療制度に医師会が反対する理由。

医師会は、老人の患者を切り捨てるなとか、年齢差別だとか言って、この制度に反対している。しかし、ほんとうの理由は、この制度になると老人の患者が減って収入が減るから。医者は年寄りの患者にいらない検査をいっぱいして、お金を儲けている。

・メタボリック症候群は詐欺。

メタボ健診は、病気でない人を心配させて、病院へ行かせるための医師会の策略。病人だけでは患者が足りないから、健康な人も患者にして儲けようとしている。

・医師不足の嘘。

テレビや新聞で医師不足だといわれる。けれど、足りないのは地方の病院の医者で、都会の病院や、開業医は余っている。なのに、医師会は医学部の定員を増やせと言っている。それは、頭のよくない子弟を、医学部に入りやすくさせるため。

ほかにも、医師会は医者の税金を無理やり安くさせているとか、郵便局に悪いお金を隠しているとか、会長を決める選挙で、お金をばらまいたり、暴力団を使ったり、投票用紙をすり替えているとか、悪いことをいっぱいしていると書いてあった。

イバラは途中で頭が痛くなったが、頑張って最後まで読んだ。そして患者のことを少しも考えず、自分たちの利益を守ってばかりいる医師会に腹を立てた。

メールでそのことを三岸に伝えると、折り返し返事が来た。

『医師会の悪い医者は、こらしめる必要がある。でも全部はこらしめられない。だから、見せしめにだれかをこらしめたらいい。それがこの前言った「一罰百戒」。

医師会は、自分たちの利権

を守ることしか考えない許しがたい団体よ』

最後の文面を読んで、イバラは以前、似たようなことを聞いたのを思い出した。

――医師会は利権にまみれた許しがたい存在だ。

六年前、病院の方針に医師会から文句を言われたとき、白神陽児が吐き捨てるように言った言葉だ。

51

二階の応接室の窓から、阪神高速神戸線の高架がすぐ目の前に見えた。

神戸ビルメンテナンスの人事部長は、防音ガラスの窓を閉めて外の騒音を遮断した。

「どうぞおかけください。むさ苦しいところですが」

「お忙しいところを、恐縮です」

犬伏利男は、軽く会釈して背もたれのすり切れたソファに腰を下ろした。アポを取ってくれた兵庫新聞社の知人が、「喜んで会うやろう」と言った通り、人事部長の応対はごく愛想がよかった。

「イバラくんの採用は社長の意向です。うちはこんな会社ですが、社会貢献といいますか、障害のある方とかの雇用にも積極的です。仮釈放の人ははじめてですが」

人事部長は会社の宣伝意識を隠しもせず、垂れた目尻に皺を寄せた。イバラに直接話を聞くには、会社で会うのが手っ取り早いと犬伏は考え、本人に連絡せずに乗り込んできたのだった。人事部長への面会理由は、高島菜見子のときに使ったのと同じく、イバラの社会復帰を追うルポの取材ということにした。

「イバラくんがうちへ来て、そろそろ半年になりますかね。まじめにやってますよ。無遅刻、無欠勤だし、パートのおばさんたちにも評判がいいし」

「どんな仕事なんですか」

「今は清掃業務をやってもらってます。テナントビルの床ワックス、ブラインド洗浄なんかです。彼はもともと病院の器材係をやってましたからね。備品の扱いもていねいだし、トイレ清掃なんかも、そこまでやらなくてもというくらいピカピカに磨き上げるんですよ」

潔癖なイバラならそれくらいはするだろうと思ったが、犬伏は形だけノートをとった。人事部長が下からのぞき込むような笑顔で訊ねる。

「で、この話、兵庫新聞に載ったりするんですかね」

「いや、まだ企画の段階ですので、何とも」

「そうですか。いや、もし出していただけるなら、うちとしても名誉なことだと思いましてね。あははは」

　人事部長は笑いでその場を取り繕い、ものほしげな目線を泳がせた。犬伏はそれを無視して続けた。

「仕事上のミスとか、トラブルみたいなことはありませんか。彼はその、何というか、知能の面でやや問題があるようにも聞いているのですが」

「トラブルはないですよ。困ったことといえば、そうですね。几帳面すぎて、ざっと確認すればいいところでもきっちりやって、時間がかかることくらいかな」

「社員のみなさんは彼の素性というか、仮釈放の身であることはご存じなのですか」

「あれだけ新聞に騒がれた事件ですからね。社長はそういうことはオープンにするほうがいいという考えなんです。わたしも偏見などまったくありませんから」

　犬伏は軽いカマをかけてみる。

「これはちょっとうかがいにくいのですが、イバラさんは精神面での問題はありませんか。以前はかなり不安定だったようですが」

「それはないです。なぜそんなことを」

「いや、仮釈放者が社会復帰でつまずくのは、精神面でのトラブルが多いんですよ。周囲の目とか、心ない噂とか」

犬伏が言うと、人事部長は納得したように続けた。

「うちではそういうことはありません。我々は彼を温かく迎え入れています。ゆくゆくは資格も取らせて、設備管理業務とかもやってもらおうと思ってるんです。頭だって決して悪くはありません。ボイラー技士の二級くらいなら取れるんじゃないかな」

人事部長はあくまで自社を善良な協力雇用主として、アピールしたいようだった。

控えめなノック音がして、作業衣姿のイバラが帽子を手に入ってきた。人事部長が顔を上げる。

「ああ、待ってたよ。仕事のほうは大丈夫なんだろ」

「はい……」

裁判のときに聞いたのと同じ少年のようなか細い声だ。

「こちら、ジャーナリストの犬伏さん。君の活躍ぶりを取材に来られたんだよ。さ、ここに座って」

イバラは奥の席を勧められて、戸惑いながら座った。間近で見るイバラは、やはり息を呑む異様さだった。無毛の尖った頭はビニールを貼りつけたようだし、眉毛も睫もない目は、どことなく宇宙人っぽい。

「はじめまして。犬伏です。今、人事部長さんからいろいろ話を聞かせてもらいました。仕事、頑張ってるそうだね」

　親しみをこめて言ったが、イバラは緊張を解かない。

「この会社はビルの設備管理なんかもやってると聞いたけど、知らないことも多くて、戸惑ったんじゃない」

「別に、ないです」

　砕けた聞き方をしてみたが、イバラの表情は硬いままだ。犬伏はそれを口実にして、人事部長に言った。

「すみません。リラックスして話を聞きたいので、二人だけにしてもらえないでしょうか」

「それはかまいませんが……、イバラくんは大丈夫かな」

　イバラがうなずくと、人事部長は咳払いをひとつ残して出ていった。

「今日は急に訪ねてきて悪かったね。わたしはジャーナリストとして、仮釈放者が無事に社会復帰できるように支援しているんだ」

　犬伏はできるだけ優しく言った。相手を油断させるための常套《じょうとう》手段だ。

「会社の人たちは、みんなよさそうだね」

「はい」

「人事部長はみんなが君の事件のことを知ってると言ってたけど、いやじゃない？」

イバラは目を伏せて首を振る。事件に触れられるのがいやなようだ。それならもっと聞いてやれ。

「君はきちんと裁判も受け、償いも果たしたんだから、堂々としていればいいんだよ。わたしもあの裁判は知っているけど、実際はどうだったのかな。君は記憶があいまいなところもあるらしいね」

「……はい」

「それは、白神医師が君にのませたというサラームという薬のせい？」

サラームという言葉に、イバラは反射的に緊張する。

「その薬はどんな効果があったの。覚醒剤みたいなものかな」

「ちがいます。覚醒剤じゃない」

思いがけず決然とした口調に犬伏は違和感を持った。ムキになるのは、サラームをのませた白神をかばいたいからか。

犬伏は質問の方向を変える。

「君は生まれつきの無痛症らしいね。痛みはまったく感じないの」

「はい」

「でも、痛みは外からは見えないよね。わかるのは本人だけだ。君が無痛症だってことが他人にもわかるようなものは何かある？」

イバラは横を向いて右耳を見せた。上三分の一ほどのところが楔状《くさび》に割れている。

「これ、棚にぶつけて、切れたんです。それにこれは小学校二年のとき、扉で詰めましたが、何も感じませんでした」

イバラの左手の薬指の爪は、醜く波打っていた。成人しても変形が残っているのは、爪床《そうしよう》まで破壊されたからだろう。こいつはほんものだ。しかし、だからといってもちろん罪が軽くなるわけではない。

犬伏は核心に近づくため、声を低めた。

「自分が痛みを感じないと、他人の痛みもわからないよね」

イバラが顔を伏せる。犬伏は容赦しない。

「他人の痛みに共感すると、殴ったりするときでも、抑制がかかるものだけど、君にはそういうことはないんだろうね」

「ぼくは、人を殴りません」

「しかし、灘区の事件では、君は四人を撲殺してるよね。裁判記録には『殴打にはためらいの痕《あと》がまったく見られず』とあったけど、それはやはり無痛症のせいなんじゃないか」

「……覚えていません」

ただでさえ撫で肩のイバラの肩が、しおれるようにすぼまる。一応は贖罪《しょくざい》の気持はあるのか。

「被害者のことはどう思ってるの」

「かわいそう、と思っています」

「それだけ？」

「……………」

「申し訳ないことをしたとか、取り返しのつかないことをしたとか、反省の気持はないの」

「……ありります」

「償いはしなくていいの」

「……………」

「君は心神喪失で罪を免れたんだからね。あの事件では、まだだれも十分な償いをしていない。だれかが責任をとるべきじゃないか。そうでなければ、殺された一家が浮かばれない」

イバラはうつむいたまま、かすかに無毛の頭を震わせた。少しは反省しているのか。しかし、それくらいで簡単に贖《あがな》える罪ではない。

「刑法三十九条は知ってるよね。弁護士から説明を受けただろう。あの法律で、君は大幅に刑が軽くなったんだぞ。それについてはどう思ってるの」

「……よく、わかりません」

「助かったとは思わないのか。やったことをチャラにしてくれる法律なんだから」

イバラの肩がまだ小刻みに震えていた。歯を食いしばっている。事件に無関係な犬伏の追及に反論もせず、嗚咽をこらえているように見えるイバラは、この尖った頭で何を考えているのか。

無痛症に生まれたことは、彼の責任ではない。手を下したのはイバラだが、動機は彼にあったわけではない。そう思うとわずかに憐れみの気持が湧いた。

犬伏は小さなため息を洩らして言った。

「まあ、いちばん悪いのは、白神という医者なんだろうけどな」

するとイバラは両手で自分の膝をつかみ、ゆっくりと顔を上げた。充血した目で犬伏を見つめ、きっぱりと首を振る。

「ちがいます。白神先生は、いちばん悪い医者じゃありません」

「じゃあ、いちばん悪いのはだれなんだ」

「お金儲けばかり考えて、患者を大事にしない医者です。病院を作るのに反対したり、いらない検査をしたり、患者が困ることを平気でする医者です。医師会の医者はみんな悪い」

「医師会の医者？」

思いがけない話の飛躍に、犬伏は戸惑った。医師会に問題が多いことは知っている。しかし、なぜイバラはそんなことを言い出すのか。

「君はどこでそんなことを知ったの」

「新聞に出ていました。三岸先生が送ってくれた雑誌にも」

「三岸って、絵を教えてくれている三岸さん？」

「そう」

なぜ三岸はそんな記事をイバラに送ったのか。

犬伏はふと、三岸がむかし精神的に病んでいて、ドクターショッピングに陥っていたことを思い出した。つまり、満足のいく治療が受けられなかったということだ。医者に対して恨みとまではいかなくとも、強い不満を抱いていたにちがいない。

「三岸さんが、白神医師より医師会の医者が悪いと言ったのか」

「いいえ……。ただ、悪い医者はいっぱいいるって」

犬伏はふと、いつか新聞で読んだ女医の通り魔殺害事件を思い浮かべた。

「そういえば、少し前、大阪で女医が通り魔に殺されてたな。此花区の医療センターだっけ。まあ、医者に恨みを持つ人間は多いだろうが、殺さなくてもいいだろうに」

何の気なしにつぶやくと、イバラが弾かれたように顔を上げた。

「あの病院の医者は殺されても当然です」

叫ぶような声だった。耳が真っ赤に紅潮している。何を興奮しているのか。

「殺されて当然って、どういうこと」

イバラは犬伏につかみかかるように身を乗り出した。

「あの病院の医者は、八歳の女の子が苦しんでいるのに、救急車を受け入れなかったんです。医者なら患者を助けるのが当然なのに」

そのとき、犬伏は知人の新聞記者から聞いた話を思い出した。あの女医の致命傷は、何のためらいもなく首に切りつけられたような切創だった。

握った拳を震わせるイバラを見て、思わず犬伏は戦慄した。

52

十一月三日。神戸ベイカールトンホテルで、第一一〇回全日皮膚科学会の学術総会が二日間の日程で開催された。

初日のこの日、午前九時の開会式のあとには、特別招待講演として、創陵大学皮膚科の准教授、菅井憲弘の講演が予定されていた。演題は『新型カポジ肉腫の病態と治療』。

通例では、特別招待講演は海外の有名教授か、学会の大御所が選ばれることが多かった。

そのお鉢が准教授の菅井にまわってきたということは、取りも直さず、彼の論文が学会で異例の高評価を受けたことを意味する。国内でこれだけ評価されれば、いずれ海外の学会からも招聘《しょうへい》されるだろう。国際的な評価も高まり、アメリカのノーベル賞といわれるラスカー賞を受賞するかもしれない。何年かあとには、本家のノーベル賞も夢ではなくなる。そう考えると、菅井は新型カポジ肉腫との出会いを、千載一遇の幸運のように感じるのだった。

しかし、ここまでの道程は決して平坦ではなかった。最初の患者、加納真一が途中で病院を替わりたいと言い出したときには慌てたし、奥山アミ子の治療でも、広汎切除の失敗には落胆させられた。新たな治療法の開発を迫られ、疲労の限界まで研究に追いまくられた日々もつらかった。その意味で、WHOのコワルスキーからの示唆は、まさに天恵だった。今回の論文も、治療法まで含むことができたからこそ注目度が高いのだ。

メイン会場である「飛翔《ひしょう》の間」は、千三百ある座席の九割近くが埋まる盛況ぶりだった。開会まであと十分。講演者席に座った菅井は、抄録集をおもむろに取り出した。菅井の講演抄録はトップに掲載されている。それを満足げに眺め、さらにページを繰りかけたとき、週刊誌の切り抜きが滑り落ちた。昨日の夕刻、羽田から神戸空港までの機内で読んだ「週刊春秋」のグラビア、「アトリエ訪問」のページである。三岸薫という女流の日本画家が紹介されていた。

現代絵画や画壇に疎い菅井は、三岸薫を知らなかった。記事によれば、グロテスクなモチーフで知られる『気鋭の美人画家』との触れ込みである。純白のパンツスーツ姿の三岸は、化粧は濃いが、なるほどそうとうな美形だ。しかし、菅井の注意を惹いたのは、彼女の後ろに立てかけられた二百号ほどの新作だった。年末の個展に出品するらしいその絵は、中世のヨーロッパを思わせる町の広場で、逃げ惑う群衆の姿を描いたものだった。ある者は後頭部に黒い肉の塊を盛り上げ、ある者は手足に黒いイボをびっしり生やし、また、別の者は剛毛の生えた肉塊で顔を覆われていた。それらは新型カポジ肉腫の末期症状にそっくりだった。

新型カポジ肉腫の写真は、これまでいくらかマスコミに出たものの、末期の腫瘍はまだ世間に知られていないはずだった。あまりにグロテスクなので、写真の公開がはばかられたのだ。なのにこの三岸という画家は、それを驚くほどリアルに描写している。もしかして、彼女の身内に新型カポジ肉腫で死んだ者がいたのか。いや、しかし、画面にはとうてい一人の患者からでは知り得ないほど、多彩な腫瘍のバリエーションが描かれている。これは単に画家の想像力が描き出したものなのか。そう思ってページを繰りかけたとき、絵のタイトルが菅井の目を釘づけにした。

『肉腫の舞い』

この画家は何かを知っている。新型カポジ肉腫に関して、研究者も知らない何かを。

菅井は不吉な思いに駆られ、そのページを切り取ったのだった。

やがて定刻となり、開会が告げられたあと、学会理事長の挨拶に引き続き、特別招待講演がはじまった。あらかじめ舞台の袖に移動していた菅井は、客席の拍手に迎えられて壇上に立った。

「ただいまご紹介に与《あずか》りました創陵大学の菅井憲弘でございます。本日は、学術総会の特別招待講演にご選出いただき、誠に光栄に存じます」

深々と頭を下げながら、菅井はこみ上げる笑みをかみ殺していた。舞台の右手には、自分の名前を大書した垂れ幕があり、背後のスクリーンには自分の姿が大きく映し出されている。三方から煌めく照明を浴び、薄暗い客席からは千人を超える同業者の視線が集まっている。運営本部からの情報では、マスコミ関係者も少なからず来ているらしい。菅井の自尊心は、いやが上にも掻き立てられた。

「本年六月、わたくしが『皮膚科臨床』に報告いたしました新型カポジ肉腫は、十月末までに患者数二百十八人を数え、そのうち七十四人が死亡するという深刻な事態を迎えております。本疾患の原因は、HHV、すなわちヒトヘルペスウイルスですが、我々の研究により、すでに知られる1型から8型のいずれにも該当しない新型であることが判明いたしました。

すなわち、ＨＨＶ－９《ナイン》であります」

　いきなりの新型ウイルス発表に、会場がかすかにどよめく。

「ご承知の通り、ヘルペスウイルスは、初期感染が治癒してもウイルスは消失せず、神経細胞などに残って潜伏感染を続けます。それが何かのきっかけでふたたび症状を現すのが『回帰発症』であり、よく知られるのが、幼少時に感染した水痘が、後年、帯状疱疹となって再発する3型であります。この『回帰発症』の原因は、紫外線や化学物質、ストレス、老化、およびエイズによる免疫低下などであります。また、ヘルペスウイルスには発がん性もあり、性器ヘルペスから子宮がんに進展する2型、前立腺がんの原因となる5型、エイズ患者にカポジ肉腫を発症する8型などが知られています」

　菅井はパワーポイントを使って、ヘルペスウイルスの概要を説明し、聴衆の興味を高めてから、本題に入った。

「今回、我々が同定しましたＨＨＶ－９は、皮膚症状はカポジ肉腫に類似していますが、エイズとは関連性がなく、健康人に無差別に発症することが特徴であります。さらには転移の速度、重篤性など、悪性度は従来のカポジ肉腫の比ではなく、治療の困難さも含めて、『新型カポジ肉腫』と命名するに至ったのであります。ウイルスの分離には、マウスの腎臓《じんぞう》由来の細胞を用い、ゲノム解析には、塩基配列が比較的よく保存されているＮ遺伝子領域をターゲットとして、PCR法を用いました……」

発表しながら、菅井はこれまでの研究過程を思い浮かべていた。この新しい疾患に遭遇したあと、ウイルスを同定するところまでは順調に進んだ。この調子なら、治療法の開発も遠くないと楽観していた。ところが、奥山アミ子をはじめ多くの患者が、新たな治療を試みるたびに症状を悪化させた。マスコミの圧力や、他大学のライバルたちの動向も気になり、厳しい状況に追い詰められたとき、WHOのコワルスキーからの手紙が届いたのだった。それ以後、研究は順調に進み、まだ完全治癒には至らないものの、NK細胞を利用したスガイ療法の開発にこぎ着けることができた。

発表は新型カポジ肉腫の臨床症状に進んでいた。皮膚病変の特徴、好発部位、転移の状況を解説しながら、菅井はスクリーンにスライドを映し出す。

「新型カポジ肉腫の皮膚病変は、リンパ浮腫《ふしゅ》を伴う青紫から黒色の色素沈着、肉腫の疣贅《ゆうぜい》化、剛毛、血管増殖と易出血性《いしゅっけっせい》を特徴とします。肉腫の成長が異常に速い理由は、血管増殖遺伝子の活性化にあると思われます。HHV-9に感作された肉腫細胞は、血管の細胞に増殖の指令を出します。これは本来、外傷の修復システムですが、血管の細胞はそれが肉腫からの指令とは気づかず、肉腫を育てるための血管を増やすのです。すなわち、身体の組織は、いったん新型カポジ肉腫の支配下に入ると、盲目的に肉腫の成長を助けるというわけです」

菅井はわざと「支配下」「盲目的に」など、学会らしからぬ用語を使って、ことさら新型カポジ肉腫の恐ろしさを強調した。会場にいるマスコミ関係者へのアピールである。新型カポジ肉腫のイメージは、よりおぞましいものになるほうがいい。そのほうが発見者としての自分の名声は高まるのだから。

さらに菅井は内心では、この病気の患者がもっと増えればいいとさえ思っていた。もちろん、医師にあるまじき考えであることはわかっている。しかし、それはこれまで皮膚科を軽んじてきた医学界および世間に対する一種の報復でもあった。この新型カポジ肉腫が登場した今、世間はもはや皮膚科医をないがしろにはできないはずだ。

その気持は、会場の多くの皮膚科医たちにも共通していただろう。彼らは無意識のうちに、この新たな疾患が、皮膚科の重要性を世間に再認識させるきっかけになるものと感じているようだった。

講演はいよいよ後半に入った。菅井は、第一例目から挫折を繰り返し、筆舌に尽くしがたい困難を乗り越えて、ついに免疫細胞療法を開発した経緯を、ドラマチックに語った。だが、コワルスキーの手紙については触れなかった。すべてを自分の手柄にするためである。

治療の呼び名については、菅井自身は「この療法」としか言わなかったが、スライドには目立つところに「スガイ療法」と明記してあった。これで呼び名は自然に広がる。菅井は、自分の業績を常に大きく見せようとする研究者の性を感じながら、次のように講演を締めくくった。

「新型カポジ肉腫の研究は、まだまだ端緒についたばかりです。この疫病は純粋に皮膚科領域に発生したものです。これを治療できるのは、我々皮膚科医をおいてほかにはありません。今後、さらなる研究を重ね、一日も早くこの難病を克服するため、皮膚科医が一丸となって、奮闘努力されんことを切に期待するものであります」

盛大な拍手が巻き起こり、あたかもコンサートでアンコールを求めるそれのようにしばらく続いた。会場の熱気を肌身に感じながら、菅井は自分が皮膚科の新時代を切り開くリーダーになる予感に恍惚となった。


講演のあと、菅井は満ち足りた気分でほかの発表を聞いていた。休憩のたびに、顔見知りが講演の成功に祝辞を述べる。プログラムが終わったあとの懇親会でも同様だった。

その会場に、ほかの医師とは雰囲気のちがう官僚のような男性が二人混じっていた。だれだろうと思っていると、講演の座長をしてくれた神港《しんこう》大学の教授が紹介してくれた。

「WHO神戸センターの橋野先生と山岡先生です」

WHOと聞いて、菅井は思わず警戒した。彼らがコワルスキーの手紙を暴露すれば、スガイ療法が自分の発想でないことがばれてしまう。

菅井の緊張をよそに、神港大学の教授がにこやかに言った。

「新型カポジ肉腫は、WHOでも注目しているらしくてね」

橋野と紹介された医師が、屈託なく続ける。

「今朝の先生のご講演、すばらしい内容で感服いたしました」

年かさの山岡という医師も、同様に感心する。

「NK細胞を活用したスガイ療法は、実にユニークな発想ですな」

「はあ……」

菅井は背中に匕首《あいくち》を突きつけられている思いだった。おだてて、あとで一気に落とすつもりか。どう取り繕おうかと必死に考えていたが、橋野も山岡も他意はなさそうで、菅井をほめそやすばかりだった。

「いや、わたしもWHOにはいろいろお世話になっていますからね」

ようすをうかがうように言ってみると、二人は「とんでもない」と謙遜した。菅井は怪訝に思いながら、さらに探りを入れた。

「WHOでは、海外の新型カポジ肉腫や過去の類似疾患について、どの程度フォローされているのですか」

「大した情報はありませんよ。新型カポジ肉腫は今のところ日本のみの疾患ですから」

「いや、しかし、たしか四年前に旧ソ連のジョージアで……」

そう言いかけて、菅井は口ごもった。WHOの二人の医師が、何の話かというような顔をしたからだ。

中途半端に言葉を切ったままにしていると、山岡がいぶかしむように聞いた。

「菅井先生は日本以外の症例をご存じなのですか」

「確かな情報ではありませんが、ジョージアで類似疾患が発生したのではありませんか。WHOにも報告されていると思いますが」

「いいえ。聞いていません。なあ」

山岡に念を押され、橋野もうなずく。

「新型カポジ肉腫については、我々から随時本部に報告しています。類似疾患があれば、情報はまわってくるはずです。今のところ、ジョージアでの発生は聞いていません」

彼らはほんとうに知らないのか。それとも、もしかして、コワルスキーの手紙が偽りなのか。菅井はふいに胸騒ぎを覚えて訊ねた。

「WHOの伝染病対策部長は、何という人ですか」

「フレデリック・コワルスキーです。それが何か」

山岡が答え、橋野がうなずく。菅井は状況が理解できず、困惑のまばたきを繰り返すばかりだった。

53

全日医師会が本部を置く「全医会館」は、新宿区市ヶ谷《いちがや》にある八階建てのビルである。午後八時三十分。打ち合わせを終えて出てきた常任理事の久保田《くぼた》成秀《なるひで》は、思わず駆けだしたくなるような足取りで、正面玄関の階段を下りた。

土曜日の夜にアポを指定されたときには驚いたが、さすがはアメリカの広告代理店だ。時代の先端を行くセンスは、日本の広告会社とまるでちがう。ボストンに本拠地を持つルーダー・フライシュ社のチーフクリエーターは、ＰＲの要諦《ようてい》はインパクトだと言い切った。

「『患者を見捨てない』とか、『政府に向けて提言を』とか、そんなコピーは寝言にも等しい。我々が提案するのはこれです」

彼が示したのは、クローズアップされた患者の眼球に、眼科医がメスを入れる瞬間の写真だった。キャッチコピーは、『どんなときにも』。あとは見る者の想像力に委ねるのだという。ほかにも、生まれたての赤ん坊の手や、老人の年輪のような皺をモチーフにしたポスターも提示された。久保田はそのいずれにも時代を先取りする斬新《ざんしん》さを感じて満足だった。

常任理事としての久保田の担当は、広報と企画運営である。彼は杉並区医師会の理事を経て、二年前、五十歳の若さで全日医師会の常任理事に抜擢《ばってき》された。祖父の代から開業医である久保田は、医師会に特別な思い入れがあった。

医師会は今や、日本中の嫌われ者といっても過言ではない。圧力団体呼ばわりされ、何かといえば患者軽視だ、金儲け主義だと批判される。

もちろん、医師会にも反省すべき点はある。かつての医師会は、豊富な集票力と資金で政治家の頭を押さえつけ、「欲張り村の村長」といわれた輩《やから》も少なくなかった。しかし、大半の医師たちは、患者のために骨身を削って診療に勤《いそ》しんできたのだ。それは今も同じだ。いや、今の医師はもっと厳しい状況に耐えている。なのにまっとうに評価されないのは、それもこれも医師会につきまとう「悪」のイメージのせいだ。

今回の広報予算は六億円。これなら思い切った戦略がとれる。ルーダー・フライシュ社は、アメリカ大統領選挙で民和党の広報戦略を一手に引き受け、同党を勝利に導いた実績がある。経費はべらぼうだが、それだけの価値はあるはずだ。

久保田の自宅は杉並区天沼《あまぬま》で、最寄り駅は荻窪《おぎくぼ》だった。市ヶ谷から四ツ谷で乗り換えようとすると、すぐに快速が来て座ることができた。ツイてるときはこんなものだ。

久保田が打った手は、広告会社との提携だけではなかった。有力な評論家、作家などにもアプローチして人脈を広げている。久保田は自らの「人間力」に自信があった。医師会嫌いの相手でも、自分となら話をしてくれる。先日も、帝都ホテルで開かれた医薬審査機構の親睦《しんぼく》パーティで、医師会に批判的な大学教授と意気投合した。「日本によりよい医療を実現するために」と熱意を持って話せば、必ずわかってもらえる。だから、自分は医師会のために奔走する。まるで坂本龍馬のようだと、久保田は自惚《うぬぼ》れの笑みをかみ殺した。

荻窪に着いたのは、午後十時過ぎだった。駅を出て青梅《おうめ》街道を渡って北へ向かう。夜道を急ぎながら、久保田はこれから自分のすべきことに思いを馳《は》せた。

医師会の坂本龍馬としては、片づけなければならない問題が山積みだ。代議員の高齢化、総合医の資格化、専門医の特別報酬制度等々、いずれも一朝一夕には解決しない問題ばかりだ。しかし、嘆いてもはじまらない。問題が大きければそれだけ、解決したときの喜びも大きいはずだ。

久保田は考えながら、神社の手前を右に曲がった。このあたりはマンションやハイツも多い住宅街だ。駅から離れているので人通りは少ない。久保田の自宅は、細かく入り組んだ道の奥にある一戸建てだった。見慣れた風景。明日のゴルフのあと、来週もまた忙しい。打ち合わせ、会議、来客、資料読み……。

そのとき、久保田は背後に近づいてくる秘やかな足音を聞いた。理想の医師会を作るためにどうすべきかという思考と、足音への違和感が、久保田の脳裏で交錯した。次の瞬間、彼は右の脇腹に重い衝撃を感じた。肝臓が焼け石に変わったような灼熱感《しゃくねつかん》。振り向いた久保田の顔に、生臭い口臭が吹きかけられた。奇妙なシルエット。荒い息が細い肩を上下させている。男か女かわからない。そちらに手を伸ばしかけたとき、久保田はふいに膝から崩れ落ちた。

脇腹を見ると、スーツから突き出たナイフの柄《え》が、生き物のように拍動していた。大動脈に刺さっていることは、内科医の久保田でもわかった。なのに次の行動は、自分でもまったく理解できないものだった。久保田は反射的に蛇でも払いのけるように、ナイフをつかんで遠くへ投げ捨てたのだ。

ナイフが抜ける瞬間、刺されたときとは真逆の凍りつくような感触が、久保田の背筋を貫いた。

54

「あーっはっはっはっはっ」

窓のないアトリエに三岸薫の高笑いが響いた。

「エリートの愚かさったらないわね。今まで何人も患者を死なせてきたくせに、自分のときの動転ぶりはどう」

　イバラは胡粉をこねる手を思わず止める。あたりには下図を描き散らしたトレーシングペーパーが散乱している。

　三岸は年末にササヤマ画廊で予定されている大規模な個展のために、同時進行で新作の制作に追われ、十一月に入ってからイバラを毎週末、手伝いに呼び寄せていた。

　もう一人の助手、北井光子は、三岸に指定された岩絵具を無駄のない動作で絵皿に溶いている。

　三岸は籐の座布団にあぐらをかいて、新聞に見入っていた。

「大動脈に刺さったナイフを抜いたら、一気に出血するのは当然じゃない。医者のくせにそんなこともわからないなんてバカね。それでよく全日医師会の常任理事が務まるもんだわ」

　新聞には医師会の常任理事、久保田成秀の殺害事件が写真入りで大きく報じられていた。

「この久保田という医者はね、医師会の利権にまみれた最低の男よ。医師会を改革するとか、よりよい医療とか、きれい事ばかり言ってたけど、結局は自分が目立ちたいだけよ。あいつがどんな悪いことをやっていたか知ってる？　イバラ」

　突然の下問に、イバラは固まる。

「製薬会社と結託して、効きもしない薬を認可させたり、治験データをねつ造したり、医療機器メーカーと癒着して、地方の病院に大型検査機器を納入させたりしてたの。どちらからも法外なリベートを取ってね」

三岸の言うことはむずかしい。でも、この人はなぜそんなことを知っているのだろう。

「それに」と三岸が続ける。「あいつは医師会の裏金で競走馬を買い込み、京都に愛人を囲い、毎月、祇園《ぎおん》で豪遊してたの。医師会では理想家の仮面をかぶっていたけれど、裏ではライバルの医師を医療ミスの冤罪《えんざい》に陥れたり、モンスターペーシェントをけしかけたりもしていた。久保田は祖父の代から有名な強欲医者で、貧しい患者には洟《はな》も引っかけない差別主義者よ。だから、殺されても当然なの。そう思うでしょう、イバラ」

「……はい」

否定は許されない。

こね上がった胡粉を丸めていると、北井が苛立った声でイバラに指示をした。

「もういいわ。次は絵皿に叩きつけて。前に教えたように二百回よ」

イバラは黙って、団子状になった胡粉を絵皿に叩きつける。胡粉と膠をなじませるためだ。単調な作業をしながら、イバラは壁に掛けられた新作に目をやった。

中世ヨーロッパのような暗い石畳の町で、大勢の人が逃げ惑っている。中央で救いを求める男は、墨染めの巨大なポップコーンのように後頭部が弾け、頭蓋骨の裂け目から脳が垂れている。顔に黒いウミウシのような腫れ物が貼りついた人もいる。画面の奥に逃げる女性は、尻から剛毛の生えた肉の塊が垂れ下がっている。絵のタイトルは『肉腫の舞い』。

三岸はなぜこんな恐ろしい絵を描くのか。絵は三岸がすべて自分で創っているのではない。気味の悪い肉の塊は、写真を見て描いたものだ。三岸は参考にするための写真をたくさん持っている。

胡粉がまろやかな光沢を帯びはじめる。あと少しだ。イバラは作業に集中する。

三岸は新聞を放り出して制作中の絵の前に立った。譫言《うわごと》のようにつぶやく。

「ナイフには魅力がある。無防備な人を刺すのは何とも言えない。刺した瞬間、全身の細胞が電磁波のように震える。ナイフの切っ先が皮を裂き、脂肪を貫き、肉に食い込む。厚みのある動脈を切断する手応え。身体にはさぞ劇的な変化が走っているでしょうね。無様な人間をゴキブリのように叩き殺すときの快感はどう。イバラ」

答えたくない。思い出したくもない。顔をそむけると、憎悪のこもった北井の視線とぶつかった。

三岸はイバラにばかり話しかけていたことを取り繕うように、北井に指示を出す。

「辰砂《しんしゃ》の十番はしっかり黄目《きめ》（表面に浮く硫黄《いおう》分）を捨ててね。でないと、血の深みが出ないから。ミッチャンも知っているでしょう」

キツネのような北井の細面に、薄い笑いが浮かぶ。

三岸は画架に立てかけた麻紙《まし》に向き合い、線を入れる。すぐさま練りゴムで乱暴に消す。三岸が描いているのは、うずくまる巨大な老婆に、裸体の少女たちが群がって、ナイフを突き立てている絵だ。少女たちはナイフを逆手に持って振りかぶり、あるいは両手で突き出す。少女たちは笑っている。老婆はなすすべもなく半ば顔を覆い、恨めしげな視線をこちらに向けている。

——今にみんな同じ目に遭うのに。

老婆は無言でそう訴えているようだ。三岸は老婆の顔をじっと見つめる。やがて右手を垂れ、鉛筆を取り落とす。

「だめ。この絵には痛みがない」

ふいに三岸は髪を掻きむしる。北井が絵具を溶く手を止めて、三岸を見つめる。三岸は激しく首を振り、ヒステリックに叫ぶ。

「この老婆は痛みを感じてない。どうすれば痛みが描けるの。どう描けば耐えがたい痛みが伝わるの」

画架に手を伸ばし、麻紙を一気に引き裂こうとする。とっさに北井が三岸に飛びつき、腕を押さえる。

「先生、待って。こうすれば、痛みは見えます」

北井は散らかった画材から、鉄筆を取り上げる。三岸の前に左手の小指を立て、鉄筆を爪の先端に当てる。三岸が見つめると、北井は鉄筆を一気に爪の内側に刺し込んだ。

「あぁぁっ」

北井は悲痛な叫び声をあげ、切なげに眉を寄せた。そのまま三岸に視線を当てる。苦悶《くもん》と喜悦の入り混じった微笑が浮かぶ。

「わかった。ミッチャン。ありがとう」

三岸が北井を抱きしめる。北井が鉄筆を引き抜き、ふたたび短い叫びをあげる。小指の先から血が噴き出す。三岸は北井の小指を両手で包み込むように持ち、二人で眺める。

北井は三岸に頭を預け、甘えるように言った。

「先生。痛みってこんな感じ。わたし、まだ痛い」

「かわいそうに」

三岸が北井の頭を抱く。北井は勝ち誇ったような目をイバラに向ける。

イバラは自分の左手の薬指を見た。爪が変形している。小学校二年のとき、だれかが思い切り閉めた扉に指をはさまれたのだ。爪がぐちゃぐちゃになって、血があふれた。しかし、無痛症のイバラは何も感じず、自分で剝がれかけた爪をちぎった。

北井は自分の爪に鉄筆を突き刺して、何をしようとしたのか。苦しいようではあるけれど、悦《よろこ》んでいるようにも見える。痛みとはどんなものなのか。イバラは抱き合う二人を見ながら、漠然と思った。

一度、それを経験してみたい。

55

『学術支援会議　菅井教授に四十億円』

新聞に四段抜きの見出しが躍った。首相が議長を務める政府の学術支援会議が、補正予算から急遽《きゅうきょ》、菅井に四年で四十億円という巨額の研究費の割り当てを発表したのだ。

全日皮膚科学会での特別招待講演を終えてから、菅井のもとには次々と朗報が舞い込んだ。まず大学から、准教授の菅井を特任教授に昇格させるという通知が来た。これからさまざまな研究基金の対象になるだろう菅井を、准教授のまま据え置くわけにはいかないからだろう。実際、菅井のもとには、各種の学術団体、財団、投資ファンドなどから寄付や出資の申し込みが相次いだ。菅井は我が世の春を謳歌《おうか》したい気持だったが、現実は必ずしも「春が来た」といえる状況ではなかった。

新型カポジ肉腫の治療は、一応、ＮＫ細胞による免疫細胞療法、別名「スガイ療法」が有効であるとされていたが、学術総会での発表はあくまで初期治療であって、最終的な治療結果はまだ出ていなかった。発表の前には「効果あり」の症例が優勢だったが、その後、肉腫の縮小が見られなかったり、いったん縮小したものが、ふたたび増大に転じる症例が出たのである。果たしてスガイ療法で肉腫は完全に消えるのか。その結論はまだあいまいなままだった。

それからもうひとつ。ウイルスの感染源が明らかになっていないことも問題だった。原因ウイルスのＨＨＶ-９が、今のところまだ患者の病変からしか検出されない。ウイルスはいったいどこから患者に感染するのか。その感染源がわからないかぎり、有効な予防の手は打てない。

菅井はスタッフに秘密厳守を命じるとともに、スガイ療法の強化と、感染源の究明に全力をあげるよう指示した。スガイ療法の不完全性が世間に知られる前に、なんとしても完璧な治療法に仕上げなければならない。時間はないが、研究費はふんだんにある。人材を集め、研究設備を充実させれば結果は必ず出る。

強気で自らを鼓舞していた菅井に、新たな朗報が届けられた。日本の学術界でもっとも権威のある「武藤賞」に、「新型カポジ肉腫の発見」が選ばれたという通知だった。

「菅井先生、おめでとうございます。皮膚科領域からは初の受賞だそうです」

「それだけじゃありません。お歴々の受賞者が多いなかで、菅井先生は最年少受賞者だそうです」

特別研究グループのスタッフ、皮膚科の医局員、大学関係者らが次々と菅井の部屋に祝辞を述べに来た。菅井は過労気味の頬を緩め、血走った目で愛想よく応対した。受賞の報せは吉兆にちがいない。授賞式は来春だが、それまでにはきっと感染源を明らかにし、スガイ療法を完成できるだろう。

武藤賞の受賞が報された日、菅井は珍しく早めに帰宅した。早いといっても午後八時は過ぎている。住居は目黒区碑文谷《ひもんや》の高層マンションの十二階。娘が幼稚園に入ったのを機に、十年前に買った3ＬＤＫだ。いつもは終電ぎりぎりなので、そんな時間に帰ってきた夫を見て、妻の由香子《ゆかこ》は喜びより不安の色を浮かべた。

「あなた。具合でも悪いんですか」

「そうじゃないさ。僕だってたまには早く帰るよ」

上機嫌で部屋に上がり、寝室で部屋着に着替える。菅井が早く帰ってきたのは、由香子に直接朗報を伝えたかったからだ。

由香子とは、医局長の紹介で見合い結婚をした。菅井は大学を出てからずっと研究と診療に没頭し、自分で恋人を見つける暇がなかった。それに、一重まぶたのきつい目つきと、酷薄そうな薄い唇で、もともと女にモテるタイプではない。由香子もまた内気で地味な性格のため、見合い結婚を待っているような女性だった。

結婚後も菅井は仕事を優先し、一人娘の多佳子《たかこ》をもうけるまでに四年ほどもかかった。決して家庭を顧みなかったわけではない。ただ、彼には時間と心の余裕がなかったのだ。しかし、新型カポジ肉腫で評価が高まるにつれ、徐々に心の余裕だけは芽生えてきた。だから武藤賞の受賞も電話やメールではなく、面と向かって妻に伝えようと思ったのだ。

「お夕食、すぐ用意しますね」

「急がなくてもいいよ。待ちきれないほど空腹ってわけでもないから」

ダイニングに座り、キッチンでシチューを温める由香子を見ながら、どんなふうに切り出そうかと、菅井は束の間の迷いを楽しんだ。

「多佳子は今日も塾なのか」

「ええ。そろそろ帰ってくると思いますけど」

中学二年の多佳子は週に三日、マンションの一階にある学習塾に通っている。

菅井は新聞を手に取り、何気ないそぶりで言った。

「今日、武藤賞に僕が選ばれたって通知が来たよ」

「そうですか。おめでとうございます」

由香子はわずかに振り返り、料理の手を止めずに言った。菅井は軽く咳払いをして、念を押すように続けた。

「武藤賞は六十年以上も歴史のある賞で、日本の学術界ではいちばん権威のある賞なんだ。これまでの受賞者は、世界的に有名な研究者が顔をそろえてる。僕もその一員になるということだ」

由香子は菅井の話を聞かなければならないと思ったのか、料理の手を止めて向き直った。まるで教師に注意を受ける女生徒だなと、菅井は苦笑した。

「医学領域では内科や外科で選ばれることはあったけれど、皮膚科からははじめてだそうだ。しかも、僕は最年少の受賞者らしい」

「へえ」

「それだけかい、由香子。もう少し何かないのか」

「何かって……」

由香子に悪気がないのはわかっている。口下手でうまく言葉が出てこないのだ。布巾《ふきん》で手を拭いながら、テーブルの前に来る。化粧もせず、身なりも質素で、どことなく疲れている。多忙な大学病院の医師と結婚したことを受け入れ、開業医の妻のような派手な生活も望まず、気持になった。

今日まで慎《つつ》ましやかに暮らしてきたのだ。そう思うと、菅井は妻をねぎらわなければという

「今まで仕事にかまけてばかりで、淋しい思いをさせたかもしれない。でも、今日の受賞の報せでこれまでの苦労が報われたよ。これもみんな君のおかげだ。ありがとう」

由香子は菅井をじっと見つめ、わずかに微笑んだ。彼女はいつも感情を表に出さない。それでも気持は伝わっているはずだ。菅井は珍しく陽気になり、冗談めかして由香子に言った。

「僕はほかのだれに評価されるより、君にほめられるのがいちばんうれしいんだ。僕のことをいちばんよく知っているのは君だから」

「また、そんなことを」

由香子は照れくさそうに顔をそむけ、キッチンにもどった。やがてテーブルに温かい料理が並べられた。

「授賞式はいつなんですか」

「来年の四月だ。たぶん夫婦で出席することになるから、着物を用意しとけよ」

「はい」

それ以上の会話はなかったが、菅井は穏やかな幸せを感じた。これからはもう少し夫婦で過ごす時間を作ろう。そう考えながら、久しぶりに妻の手料理を味わった。

その夜、菅井は風呂上がりにブランデーを飲み、久しぶりに妻をベッドに誘った。前に関係を持ったのはいつだったか、まるで思い出せない。そんなことはどうでもいい。菅井の全身を包む高揚感は、これまでの辛苦と努力を練り合わせたように濃厚なものだった。

56

武藤賞内定の翌日から、菅井は豊富な研究費をバックに、これまで以上の集中力でスガイ療法の改良と感染源の調査を進めた。

新型カポジ肉腫は、その症状のグロテスクさと相まって、日本中に大きな不安と恐怖を与えた。これを克服するには医療に頼る以外にない。そんな空気が広がり、新聞やテレビでは医療に期待する論調が主となった。医学を礼賛する特集が組まれ、医師の活躍を美化するドキュメンタリーが作られ、スーパードクターが主人公のドラマが放映された。

いち早くこの流れに乗じたのが厚労省だった。医療は国家の最優先課題であるとして、予算の大幅増額を要求した。財務官僚たちは不快そうだったが、あまり抵抗すると世間から反発されるので、渋々容認せざるを得なかった。文科省もバスに乗り遅れるなとばかりに、科学研究費の増額を要求した。全日医師会も、開業医の経営困難を声高に主張して、診療報酬の大幅な上方改定を求めた。これまで敵対関係にあった厚労省、文科省、医師会は、医療推進ブームで呉越同舟《ごえつどうしゅう》となり、互いに可能なかぎりの勢力拡大をはかった。

医療界にも思わぬ変化が押し寄せた。これまでマイナーな科として人気がなかった皮膚科に、アンケート調査でにわかに医学生の希望者が集まったのだ。内科や外科からの転科組もあり、医療崩壊で閉鎖に追い込まれる科が多いなか、逆に皮膚科はあちこちで新設され、研究費は増額され、学会に出される論文の数も増えた。

菅井はその渦中にあって、日本に蔓延する空気の恐ろしさを痛感した。新型カポジ肉腫が出るまでは、皮膚科が世間から注目されることはなかったし、マスコミが医療にすり寄ることなど考えられもしなかった。それが、今や国民生活の要《かなめ》のようにもてはやされる。

その一方で、菅井には気になるニュースがあった。最近、連続して起きた医師に対する通り魔事件。九月に大阪此花区で起きた女性医師の殺害はそうでもなかったが、つい先ごろ起こった全日医師会の常任理事殺害はマスコミに大きく取り上げられた。菅井はその久保田という常任理事に、かなりの毀誉褒貶《きよほうへん》があることを知っていた。女性関係にもだらしなく、一部では久保田の死は天罰だと揶揄《やゆ》する向きもあった。

また、大阪の事件の被害者も、聞くところによると、協調性のない女性医師で、患者に冷たいことで有名だったようだ。たまたまかもしれないが、そういう不評の医師が被害に遭ったことで、医師は自ら身を律すべしという空気が、いつの間にか医療界に広まりつつあった。

それは望ましいことだが、菅井はどこか不自然なものを感じていた。

菅井が武藤賞内定の通知を受けた翌週、創陵大学の同級生たちが内輪の祝賀会を開いてくれた。

会場は帝都ホテルの「葵《あおい》の間」。集まったのは同級生百人中の十八人で、幹事を引き受けてくれたのは、菅井の次に昇進の早かった呼吸器内科の准教授だった。

祝賀会の報せを受けたとき、菅井は複雑な思いに駆られた。学生時代から同級生をライバルとしてしか見ておらず、だれにも胸襟《きょうきん》を開かなかった自分に、どうしてそんな会を開いてくれるのか。しかし、会場に集まった顔ぶれを見て、その疑問は氷解した。出席者は幹事役の准教授をはじめ、将来有望な連中ばかりだったのだ。要するに、自分が栄光を手にしたときにも祝ってもらえるようにと、他人の祝いごとにも馳せ参じたというわけだ。

そうとわかれば菅井も気が楽になった。シャンパンが抜かれ、幹事役の呼吸器内科准教授が乾杯の音頭を取った。

「菅井憲弘くんの武藤賞内定を祝して、乾杯！」

全員が唱和し、高々とグラスを掲げる。菅井のまわりに同級生たちが集まり、にこやかな談笑が繰り広げられた。

「やっぱり、学生時代の仲間に祝ってもらうのは嬉しいね」

菅井はかつての孤立など忘れたように、親しげな笑みを振りまいた。

「君は学生時代から光るものを持っていたよ。何か大きな仕事をするとは思っていた」

「おまえには運があるんだ。新疾患の発見なんて、内科じゃあり得んからな」

口々に祝う同級生たちも、古くからの友人のように屈託のない表情だった。

祝賀会は内科系の准教授の手配だけあって、大手の製薬会社二社がスポンサーについていた。壁際にスーツ姿のＭＲが数人控え、にこやかな表情で菅井たちを見守っている。いい気分だった。敬意と期待の視線を感じながら、優雅に酒を酌み交わす。

脳外科の筆頭講師が、ハイボールで赤くなった頰に余裕を浮かべて言った。

「こうやって、仲間の慶事を喜べるというのは幸せなことだな。いつまでもそうありたいもんだよ」

その場の全員がうなずいた。いずれも勝ち組の自信に満ちている。やはりこれは栄光を約束された者たちの集いなのだ。

菅井はころ合いを見て、咳払いで参加者の注目を集めた。

「今日はほんとうにありがとう。僕は幸い一足先に受賞したが、次は僕がみんなの栄光を祝う番だ。待ってるからな。みんなどんどん偉くなってくれ」

拍手が起こり、会はめでたくお開きとなった。

菅井は製薬会社のMRたちに見送られ、上機嫌で高級ハイヤーに乗り込んだ。車窓に映る街の灯が、自分を讃《たた》えるイルミネーションのように見える。

マンションのエントランスに着いて、古びた壁を見上げながら、菅井は思った。俺もいつまでもこんなマンション暮らしでもあるまい。いつマスコミが押し寄せてくるかしれないし、世田谷あたりに一戸建てでも買うか。そうすれば、由香子もきっと喜ぶだろう。

心地よい酔いに浸りながら、オートロックを解除した。ホールにはエレベーターが待ち受けている。浮かれた気分で十二階のボタンを押したとき、ふと右手の小指の裏側に奇妙なものが見えたような気がした。

ゴミでもついているのか。そう思って払ったが取れなかった。それどころか、表面にガサガサした無気味な手触りがあった。

不吉な予感が胸をよぎる。

まさか、そんな……。

ゆっくりと手首を返してみると、小指の付け根の外側に、小さな黒い〝イボ〟ができていた。

第四部　暗躍

57

「浦辺翔《うらべしょう》ですね。知ってますよ。札付きの不良留学生ですよ」

大使館の領事部の日本人職員は、パソコンの在留届を見ながら苦笑した。彼は為頼とは旧知の間柄である。

「どんなヤツです」

為頼が聞くと、職員は思い出したくもないというように顔をしかめた。

「ウィーン応用美術大学の留学生ですけどね。もう学校には行ってないんじゃないですか。二回ほど大使館で面倒を見ました」

サトミの部屋で見たときも、男はいかにも問題を起こしそうな感じだった。

「気狂いの塔」でフェヘールに会ったあと、為頼はもどかしい気持でサトミのことを考え続けていた。フェヘールも、サトミとは距離を取っていたようだが、約束通り大学の学生部を通じてアプローチしてくれ、状況を逐一報告してくれた。サトミはしばらく大学を休んでいたが、学生部からの働きかけで、ふたたび講義に出るようになっていたようだ。フェヘールの診察は再開できていなかったが、サトミは精神的に落ち着きつつあるとのことだった。ただし、失声の状態は続いているという。

サトミのアパートに来ていた男の名前も、学生部の担当者が聞き出してくれた。フェヘールから連絡を受けたあと、為頼は日本人会の名簿で調べたが、登録されていなかった。それで診療所が休みの木曜日の午後、日本大使館の領事部に問い合わせに来たのだ。

「大使館で面倒を見たというのは？」

「一度は酔っ払って、バーのガラスを割って逃げたんです。すぐにつかまって、警察からの連絡で、わたしが身柄を引き取りに行きました。店主が被害届を出さなかったので、弁償だけですみましたが、へらへら笑うばかりで、迷惑をかけたなんて気持はこれっぽっちもないようでした」

あの男ならそうだろうと、為頼は納得した。

「もう一度は、二カ月ほど前ですが、ギュルテルの歓楽街で立ちんぼの娼婦とケンカをして、石で頭を殴られて救急車で運ばれたんです。そのときも酔っていて、出血がひどかったので五針ほど縫ったそうです。翌朝、大使館に連絡が来て、わたしが迎えに行きましたが、殴った娼婦を罵るばかりで、やっぱりすみませんのひとこともなかったです」

「その浦辺に会いたいんですが、住所はわかりますか」

「いやあ、在留届の住所はずいぶん前に引き払ったようですよ。病院に迎えに行ったときも、友だちの部屋を転々としているとか言ってましたから。応用美術大学にはもう一人、日本人の留学生がいますから、彼に聞いたらわかるんじゃないですか。三島伸一《みしましんいち》という学生で、こちらはまじめな男です。見た目はちょっと変わってますが」

　領事部の職員はそう言って、ふたたび苦笑いを見せた。

　ウィーン応用美術大学は、市立公園に隣接したオスカー・ココシュカ広場《プラッツ》にある。為頼は路面電車の2番に乗り、大学に最寄りの停留所で降りた。正面玄関から入ると、中庭を囲んで左右に教室が並んでいる。画家のタマゴらしからぬこざっぱりした若者が行き来していた。為頼は日本人学生をさがしながら、半地下の学生食堂《メンザ》に下りていった。

〈日本人の学生をさがしているんだが、知らないか〉

　スタンドのテーブルでコーヒーを飲んでいた学生に聞いてみたが、首をすくめるばかりだ。すぐ横にいた金髪の女性が、〈シニチのことじゃない?〉と、三島の名前をドイツ語訛りで発音した。

〈そうだ。シンイチ・ミシマだ。どこにいる〉

〈彼なら絵画科の教室で仕事してるわよ。いつもそうだから〉

為頼は絵画科の場所を聞いて、三階に上がった。テレピン油のにおいがする教室で、数人の学生が絵を描いていた。奥で黒いセーターに黒いジーンズ、黒髪の学生が、百号ほどのカンバスに向き合っていた。腕組みをして、自作を見つめているようだ。肩まで伸びた長髪の後ろ姿が微動だにしない。

「こんにちは。ちょっといいですか」

日本語の呼びかけに、三島は驚いたように振り向いた。髪だけでなく、口髭と顎鬚も伸び放題で、細い目は古武士のように鋭い。

「日本人会の診療所の為頼といいます。少し聞きたいことがあるのですが」

近づいて話しかけると、三島は不審そうな表情で為頼を見た。

「制作の邪魔をしてすみません。浦辺翔さんに用事があって、会いたいんですが、どこにいるかご存じありませんか」

「浦辺くんですか。彼は学校には来てませんよ」

「らしいですね。住所も変わってるようだし、友だちのところを泊まり歩いているとも聞きましたが、三島さんのところにもいたりしますか」

三島はわずかに眉間を寄せ、改まった調子で答えた。

「僕の部屋にいたこともありますが、最近は会ってません。浦辺くんにいったいどんな用事があるのですか」

「これは失礼。実は私の知り合いで、南サトミという女性がいるのですが、浦辺さんが彼女と親しいようなので、話を聞きたいのです」

為頼がサトミの状況を簡単に説明すると、三島は納得したようにうなずいた。為頼のほんとうの目的は、浦辺をこれ以上、サトミに近づけさせないことだが、それは言えない。為頼はふと思いついて、三島に訊ねた。

「あなたは南サトミをご存じないですか。あるいは浦辺さんから何か聞いていませんか」

「いえ、何も」

「そうですか……」

落胆して見せると、三島は思案顔になりながら、不承不承に教えてくれた。

「僕が聞いてる範囲では、浦辺くんはＡＡＩの宿泊所の世話になっているようですよ。アジア・アフリカ研究センター。キリスト教のボランティア団体がやってる若者向けの支援施設です」

「わかりました。訪ねてみます」

為頼は礼を言って、応用美術大学を後にした。

時刻は午後三時四十分。十一月のウィーンは四時半には暗くなるが、まだ少し時間はある。スマホで調べると、ＡＡＩは九区のテュルケン通りにあった。さっきと逆向きの路面電車に乗り、日本大使館にもどる感じでショッテントーアまで引き返した。そこからテュルケン通りまでは歩いて五分もかからない。

ＡＡＩは通りに面した薄緑色の建物で、前には利用者が使うらしい自転車が二十台ほど並んでいた。玄関から入り、受付で浦辺翔に会いたいと言うと、女性職員は勝手に入ってさがせとばかりに、顎で奥をしゃくった。

事務局の奥に中庭があり、野外食堂になっているが、この寒空に座っている者はいない。横にガラス張りの薄暗いカフェがあり、アフリカ系らしい若者が何人かコーヒーを飲んでいた。目を凝らすと、右隅の席でふぬけたように全身脱力している浦辺がいた。為頼は入口にまわり、さりげなく浦辺に近づいた。背後から前にまわると、浦辺はようやく為頼に気づいたようだった。

「やあ、この前は悪かったね」

為頼は相手を警戒させないように穏やかに言った。浦辺はだらしなく椅子にもたれたまま、虚ろな目を上げた。

「ああ、サトミんとこに来てた……」

「覚えていてくれたか。君に聞きたいことと、話したいことがあってね。座ってもいいかな」

返事はないが、為頼はようすをうかがいながら腰を下ろした。改めて自分が日本人会の診療所の医者であることを告げ、サトミの状態についても簡単に説明した。どこでサトミと出会ったのかと聞くと、ナッシュマルクトの近くにあるカフェだと浦辺は言った。観光客などはあまり近寄らない場末の地域だ。

「そのとき、南さんとはふつうに話ができたかい」

「あんまりしゃべらなかったけど、返事くらいはしてたよ」

二人が出会ったのは、今から三週間ほど前で、浦辺はそのままサトミの部屋に転がり込んだという。サトミがフェヘールの診察をキャンセルしたのは、その少しあとだ。

「南さんは、それまでウィーンの精神科医の治療を受けていたんだ。ところが、君と知り合ってから急にキャンセルした。何か思い当たることはないかい」

「さあね」

「君が治療なんか受ける必要はないと言ったわけじゃないのか」

一歩踏み込んで聞くと、浦辺は「はあ？」と頓狂な声を出した。

「どうして俺がそんなこと言うわけ？　彼女ははじめからラリってる感じだったぜ。だから、ヌードを描かせてくれって頼んだら、すんなり部屋に入れてくれたんだ」

つまり、浦辺と出会う前に、サトミに何か変化があったということか。フェヘールはそれを把握していなかったのか。あるいは、もしかすると、フェヘールの治療が裏目に出て、サトミが陰性転移を起こしたのか。そうだとすれば、フェヘールも自らの失敗を為頼には明かしにくかったにちがいない。

「南さんは今、なんとか大学に復帰できているんだ。でも、まだ不安定だから、いつ来られなくなるかわからない。だから、君には悪いが、しばらく彼女をそっとしておいてやってほしい」

「そっとしとくって？」

「彼女に会わないようにしてほしいんだ。頼む」

為頼は両手を膝に載せて頭を下げた。反抗されるかと思ったが、浦辺は失笑して、顔の前で手を振った。

「近づこうったってムリ。彼女、消えちゃったから」

「消えちゃった？」

オウム返しに聞くと、浦辺は驚く為頼を嘲笑するように答えた。

「ここの宿泊代もそろそろヤバイんで、また泊めてもらおうと思って、俺、何度か彼女のアパートに行ったんだ。でも、ずっと留守。夜中もいないんだから、消えたとしか思えない。へへへ」

フェヘールからこの前サトミに関する連絡があったのは、四日前だ。そのときは何も言っていなかった。いったいどうなっているのか。

為頼はへらへら笑いを浮かべる浦辺を見ながら、困惑を深めるばかりだった。

58

武藤賞内定の祝賀会の帰り、自分の右手に黒い〝イボ〟を見つけた菅井憲弘は、エレベーターの床がふいに消え失《き》せ《う》たような不穏な気持に襲われた。扉が開き、雲の上を歩くような心許《こころもと》なさで自宅にもどると、妻の由香子が出迎えた。

「お帰りなさい。わりと早かったのね」

「……ああ」

何が起こったのか。見まちがいか？　茫然としたまま寝室に行く。上着を脱ぎ、ネクタイをはずす。

「今日はどうでした」

「ん？　ああ」

妻の前では確かめられない。おれは武藤賞に決まった優秀な医師なんだ。これまでずっと幸運に恵まれてきた。それなのに、おかしなことが起こるわけがない。

「……、……。……?」

由香子が何か言っている。無視して洗面所に行く。平常心を保てと自分に言い聞かせながら、右手の小指を見る。何もない。ほら、やっぱり。いや、死角に入っているのかも。ゆっくりと手首を返す。小指のつけ根の外側に、小豆ほどの黒い〝イボ〟があった。

目を閉じ、祈るような気持になる。ただのイボがインクか何かで汚れているだけじゃないのか。蛇口をひねり、洗ってみる。取れない。黒い色素は〝イボ〟そのものの色だ。表面はカリフラワーのようになっている。

あり得ない。信じられない。認められない。ぜったいちがう。

もう一度、手首を返してみる。病院でいやというほど見たもの、一目で診断を下してきたものが目の前にあった。病院とちがうのは、それが自分の身体にあるということだ。

洗面所から出ると、由香子が驚いた顔で言った。

「どうしたの。顔が真っ青よ」

声がおかしい。防音ガラスの向こうから聞こえるようだ。

今日は、疲れたから、もう寝る、きょきょうは、つっつかれたかぁらあ、もうねもねもねもね……。

自分の耳がおかしいのか。夢を見ているのか。寝室に入り、ベッドに座る。これまで新型カポジ肉腫で死んだ患者の顔が思い浮かぶ。冷や汗が出る。全身を覆う黒いカリフラワーのような肉腫。自分もあんなふうに死ぬのか。

落ち着け。まだ絶望と決まったわけじゃない。自分は専門医なのだから、きっと方法はある。

しかし、なぜだ。

感染予防は万全だったはずだ。診察でも治療でも、いっさい病変には触れなかった。空気感染、飛沫《ひまつ》感染、血液感染、すべてに厳重な注意を払ってきた。もしかして、HHV－9はゴム手袋を通過するのか。あり得ない。

菅井は必死に考える。考えることで、気持を落ち着けようとする。研究や診療で過労に陥りやすかった菅井は、人一倍健康には気をつかってきた。疲労に効くマルチタウリン、コンドロサミンなどのサプリメントを摂り、健康強化食のヨーグルトも毎朝食べていた。医者の不養生といわれないように、いつも気を配っていたのに、なぜこんなことに。

ふいに恐怖が込み上げる。地の底から吹き上げるような死の風。恐ろしい。これが患者の気持か。

だめだ。もう寝よう。ベッドに入って明かりを消す。肉腫はいつできたのか。気づかなかった。もしかして目の錯覚では？　明かりをつけて、もう一度確認する。おぞましい肉腫は小指の付け根に食い込んでいる。さっき見たときより少し大きい。まさか。そんなに早く増殖するわけがない。

とっさに爪で引きちぎりたくなった。鋏か包丁で切り落としたくなる。いや、だめだ。不用意に肉腫を傷つけると、転移を促す。医師としての本能が〝触るな〟と命じていた。

まだ転移はないだろうな。肉腫だけなら治せる。思い切って広汎切除をするか。タレントの奥山アミ子のときに失敗したのは、肉腫が頭蓋骨にまで広がっていたからだ。手なら骨まで食い込んでいても切断できる。肘から、いや、肩から落としたってかまわない。腕の一本や二本、命に比べれば惜しくない。

いや、早まってはいけない。まずスガイ療法を試すべきだ。自分の名を冠した治療法。しかし、NK細胞は培養に二週間かかる。そんなに待てない。待っている間に転移したらどうする。患者には当然のように二週間待つようにと言ったが、自分にはそんな悠長なことは言っていられない。

これくらいの小さい肉腫なら、液体窒素で焼灼するのはどうだろう。肉腫細胞を焼き尽くせば、転移の心配もなくなる。いや、その方法は何人かの患者で試して失敗した。焼いた途端に転移が広まったのだ。患者にはダメもとでやったが、自分の治療には失敗は許されない。

問題は転移だ。転移さえなければ命を落とすことはない。転移はなぜ起こるのか。それは悪性腫瘍の根本問題だ。転移は腫瘍細胞がほかの臓器に取り憑き、増殖することによって起こる。それを抑える薬があればいい。しかし、がんでも研究され尽くしているのに、新型カポジ肉腫にだけ有効な方法が見つかるはずがない。

気づくと、由香子がとなりのベッドで寝息をたてていた。いつ寝室に来たのかもわからない。

菅井は苦しい寝返りを反復しながら、一睡もせず朝まで悶《もだ》えた。

59

ＡＡＩを出たあと、為頼はダメ元でスマホでサトミに連絡を取ろうとした。しかし、案の定、電話もメールも応答はない。仕方がないのでフェヘールに電話をかけた。

サトミが失踪したかもしれないと告げると、フェヘールは〈何ですって！〉と、驚愕の声をあげた。為頼は事情を説明した。

〈この前、サトミの部屋にいた男に話を聞いたのです。浦辺という留学生ですが、四日ほど

前から、彼女のアパートを何度か訪ねたらしいですが、夜に行っても留守だったそうです〉

〈四日前といえば、わたしがあなたに連絡を入れた日ですね。あの日、ウィーン大学の学生部に問い合わせたら、特に変わったことはないという返事だったのですが……〉

〈大学ではサトミが講義に出ているかどうか、把握していないのでしょうか〉

〈さあ、長期欠席なら対応するでしょうが、一日や二日ではちょっと〉

為頼は苛立つ気持をぐっと抑えた。サトミは精神的に不安定なのだから、一日でも休んだら、すぐにアプローチする必要があるだろう。フェヘールはそこまで説明していなかったのか。

〈ドクター・タメヨリ。わたしは大学の学生部にもう一度、問い合わせてみます。何かわかればすぐにお知らせします〉

〈お願いします。私は彼女のアパートに行ってみます〉

そう言ってスマホの通話を終え、通りかかったタクシーを拾った。サトミのアパートの住所を告げると、はやる気持を抑えて考えた。サトミはフェヘールの治療を受けて、順調に回復しつつあったのに、突然、診察をキャンセルした。今回も大学側の働きかけで講義に出るようになっていたのに、急に行方をくらました。今はまだ浦辺の話だけだから、失踪したとまでは断定はできないが、この急な変化は何を意味するのか。どうも不自然な気がしてならない。

　タクシーが十六区に入ったところで、スマホが震えた。フェヘールからの着信だった。

〈ドクター・タメヨリ。申し訳ありません。大学の学生部はサトミの出席を十分に把握していなかったようです。わたしの落ち度です。もっと確実に対応するように言っていればよかったのですが〉

〈お知り合いの教授も何もご存じないのですか〉

〈プロフェッサー・ミハーイにも連絡しました。彼の講義は金曜日で、先週は出席していたそうです〉

　ということは、週末から今週にかけて変化があったということか。

〈わかりました。もうすぐサトミのアパートに着きますので、部屋にいるかどうか調べて連絡します〉

　アパートの前でタクシーを降り、玄関の横にあるサトミの部屋のインターフォンを押した。応答はない。何度か試すが、同じだった。すでにあたりは暗くなっていたが、見上げてもサトミの部屋に明かりはついていない。

　しばらく待っていると、スーパーの紙袋を抱えた中年の婦人が近づいてきた。鍵で玄関を開けようとしたので、為頼は〈すみません〉と声をかけた。

〈このアパートに住んでいる日本人の女性に用事があるのですが、ご存じありませんか〉

〈知りません〉

〈屋根裏部屋にいる女性ですが〉

〈知らないわよ。インターフォンを押して出ないのなら、留守なんでしょう〉

〈留守のはずはないんです。今日、会う約束をしていましたから〉

婦人が玄関を開けたので、為頼は話を続けながらいっしょに中に入った。

〈おかしいな。寝てるのかもしれない。部屋のドアを叩いて起こしてやりますよ〉

為頼は愛想笑いをしながら、婦人といっしょにエレベーターに乗り込んだ。胡散臭《うさんくさ》そうな目で見られたが、婦人は三階で降り、為頼は五階まで上がった。階段でサトミの部屋まで行き、扉をノックした。はじめは小さく、途中から拳で強く叩いた。

「南さん。為頼です。いないんですか」

呼びかけたが、反応はない。人の気配も感じられない。

為頼は財布から名刺を出し、『心配しています。至急連絡ください』と書いて、扉の下から滑り込ませた。

アパートを出てから、フェヘールにサトミが不在であることを告げた。フェヘールは暗い声で〈困ったことになりましたね〉と言い、ため息をついた。

〈万一、自殺するようなことがあっては手遅れですから、警察に捜索願いを出したほうがいいんじゃないでしょうか〉

〈そうですね、ドクター・タメヨリ。しかし、もしかしたら、サトミは友だちのところにいるのかもしれない。あるいはそのウラベという留学生が来るのを警戒して、しばらく部屋を空けているのかも。警察に届けるのは、もう少し待ってからのほうがいいような気がします〉

〈友だちってだれです。そんな親しい者がいるのですか〉

為頼はスマホを持ち替えて、思わず声を荒らげた。フェヘールは冷静に答えた。

〈たとえば、サトミにわたしを紹介してくれたブダペスト出身の女性とか。プロフェッサー・ミハーイにももう一度、聞いてみます。サトミが行きそうなところを知らないかどうか〉

大丈夫だろうか。為頼は不安だったが、警察に届けたところで、すぐに捜査がはじまるわけではない。日本と同じで、尋問に引っかかるか、事件に巻き込まれるかなどしなければ、発見されることはまずないだろう。

〈わかりました。では、よろしくお願いします。私も何とか自力でさがしてみますので〉

そう言って通話を終えたものの、どうすればサトミを見つけられるか、具体的な方法は何も思いつかなかった。

60

自分の右手に黒い肉腫を見つけた翌朝、菅井はいつもより二時間以上も早く出勤した。肉腫はガーゼで覆い、慎重にテープで留めた。特任教授室に入り、秘書に主任研究員の千田治彦が出勤したらすぐ来るようにと伝える。

午前八時二十分。待ちわびていた千田が来た。

「おはようございます」

愛想のよい声に反射的に腹が立つ。しかし、菅井は自分を抑えて言った。

「実は、ちょっと困ったことになってね」

右手にちらりと目線を投げる。肉腫を見せたくない。しかし、隠していては話が進まない。心の抵抗をねじ伏せ、ガーゼをめくる。

「これなんだ」

千田の顔色が変わる。見た瞬間にわかったようだ。すぐにガーゼをもどす。

「一刻も早くスガイ療法をはじめたい。すぐに手配してくれ」

「承知しました。すぐだれかに採血の用意をさせます」

「いや、君にやってもらいたいんだよ」

「あ……、はい。では、ただいま」

千田が察してくれなければ、まちがいなく怒鳴り散らしていたところだ。このことはぜったいに秘密にしなければならない。しかし、隠し通せるだろうか。

ノックがして扉が開く。入ってきたのは千田ではなく、若い研究員だった。

「おはようございます。先日、ご指示いただきましたDNAのデノボ経路ですが、やはりアミノプテリンで阻害される……」

「あとにしてくれ！」

思いがけず大きな声が出てしまう。研究員はあっけにとられ、黙って出ていく。ふと机のスケジュール表が目に入る。午前は合同シンポジウムの打ち合わせ、昼はランチョンセミナー、午後には二十一世紀メディカルフォーラムの座長会が入っている。無理だ。すべてキャンセルだ。今は少しでも体力を温存しなければならない。

秘書に電話をしかけて、手が止まる。キャンセルの理由はどうする。体調不良。それでは何日もごまかせない。入院するか。病名を偽って。病気は何にする。ありきたりな病気では、マスコミが詮索《せんさく》するだろう。新型カポジ肉腫であることが知られたら、信用はガタ落ちだ。万一、スガイ療法が効果を発揮できなければ、これまでの評価が百八十度ひっくり返る。自分の病気を治せなくて、患者を救えるのか。世間はそう嗤《わら》うだろう。

入院の名目は何にする。あまり突飛な病気でも逆に好奇心を煽ってしまう。入院が妥当で世間の目を惹かない病気。腎炎《じんえん》はどうだ。腎盂《じんう》腎炎。これならおあつらえ向きだ。

そこまで考えたとき、扉にノックが聞こえた。

「失礼します」

千田が緊張した面持ちで、採血セットを持って入ってくる。

「千田くん。僕は治療に専念するために入院するよ。あとで秘書に手続きをさせてくれ」

「承知しました」

「外部に向けての病名は腎盂腎炎だ。主治医は君に頼む。いいね」

千田は忠誠心を示すように深々と頭を下げる。五〇ミリリットルの太い注射器のパッケージを破り、注射針をセットする。菅井の腕に駆血帯を巻き、アルコール綿で消毒して血管を探る。

「では、採血させていただきます」

「あ、ちょっと待て」

菅井が思いついたように千田を止める。

「NK細胞の培養に二週間も待っていられない。もっと早くする方法はないのか」

「それは、ちょっとむずかしいかと」

「採血の量を倍にすればいいだろう。それなら一週間ですむ」

なぜこんな簡単なことが思い浮かばなかったのか。いや、倍といわず、四倍にすればいい。それなら三日半ですむ計算だ。採血量は二〇〇ミリリットル。まったく問題ない。

千田は黙っている。菅井ははっと気づく。NK細胞の増殖は一定速度ではなく、倍々に等比数列で増えていくのだ。だから最後の二、三日で爆発的に増える。スタートを倍にしても、一週間ではとても足りない。自分としたことが、そんな初歩的なミスを犯すとは。

菅井が納得したのを察すると、千田はおもむろに菅井の肘《ちゆう》静脈に針を刺した。静かに血液を抜き取る。すぐに専用のパックに移し替え、クーラーボックスに入れる。

「直ちに分離培養に入りますので、どうぞご安心を」

「千田くん。なんとか培養速度を上げる方法はないのかね。培養には成長因子を入れるのだろう」

「IL-2とレトロネクチンですね」

「それを増量したらどうだ」

「成長因子は適量が決まっていますから、増やしても逆効果の危険性が高いかと存じますが」

「培養条件を変えてもだめかね。無血清培地に入れるサイトカインの比率を調整するとか、肉腫細胞株と共存培養するとか、ほかにも、Tリンパ球の誘導培養法を応用するとか、できないのかね」

菅井は苛立った声でせっついたが、千田は顔を伏せているだけだった。培養法については、すでにあらゆる方法が研究し尽くされている。自分が患者になったからといって、特別な方法があるわけはない。しかし、二週間の培養期間はあまりに長すぎる。

「今、培養が終わりかけている患者のNK細胞があるだろう。それを使えないか。培養を一日延ばせば、NK細胞は倍になる。その半分をこちらにもらえば……」

「菅井先生。お気持はわかりますが、どうか冷静になってください。他人のNK細胞では拒絶反応が起こります。今は従来のスガイ療法が、もっとも効果を期待できるのです。学術総会での発表を思い出してください。単発の肉腫には明らかな縮小効果がありました。先生の肉腫はまだ小さいものです。どうぞ、焦らず、我々の治療を信用してください」

――我々の治療を信用してください。

これまで何度となく、患者に言ったセリフだ。確信を込めて、余裕たっぷりに。しかし、今、根拠もなしにとても信じられない。いい加減なことを言うな。

「では、わたしは血液を遠心分離してまいりますので」

千田が一礼して、足早に部屋を出ていった。

ああ、やっぱり待つしかないのか。

胸の奥底から込み上げる焦りと恐怖に、菅井は机の上のものを一気に床に払い落とした。

61

ＮＫ細胞の培養には、やはりどうしても二週間が必要だった。菅井は必死で期間の短縮を考えたが、方法は見つからなかった。

菅井は仕事の都合という名目で、皮膚科の特室に入っていたが、ここは第一号患者の加納真一や、タレントの奥山アミ子が入院していたのと同じ部屋だった。合理主義者の菅井は気にしなかったが、看護師や医師は名状しがたい不吉な雰囲気を感じているようだった。

主治医に指名された千田は、毎朝、病棟看護師長を伴って肉腫の消毒に訪れた。ガーゼをはずし、デジタルノギスで肉腫の直径を測る。

「七・一六ミリです」

肉腫から顔をそむけていた菅井が、青ざめて千田を振り返る。

「昨日は七・一三だったろう。〇・〇三ミリも大きくなってる」

「誤差範囲ですよ、菅井先生。デジタルノギスは、水分や埃《ほこり》の影響を受けますから」

「表面の性状はどうだ」

「変化はありません。色素沈着も同じですし、出血もありません」

千田は平静に言い、菅井が調合した特製の消毒液を塗ってから褥瘡《じょくそう》用の被覆《ひふく》テープを慎重に貼った。すべては菅井の指示である。万一、表面を傷つけて出血させると、肉腫細胞が全身に転移するかもしれないからだ。

看護師長が包帯を巻き終えると、菅井はようやくそむけていた顔をもどした。肉腫は気になるが見たくない。見たくないが気にかかる。しかし、見れば不安になり、今すぐなんとかしたくなる。だから、消毒中は顔をそむけていたのだ。それでも、常に右手の小指を意識するのを止められない。もし、肉腫から細胞が剝がれて、血管内に流れ込んだら、その瞬間、自分の死が決定してしまう。そう思うと、菅井は右手を持ち上げるのさえ恐ろしかった。肉腫細胞が身体のほうへ流れ込んでくる気がするからだ。食事のときも、ビクつきながら左手を使う。不用意に何かに当たって、はずみで肉腫細胞が剝がれたら万事休すだからだ。

「千田くん。今日の検査はどうなってる」

「午前中に頭部のＣＴと全身のＭＲＩ、午後に全身のＣＴと骨シンチを行います」

「超音波とＰＥＴは」

「超音波は明日ですが、ＰＥＴは明後日になります」

「なんとか今日中にできないのかね」

菅井は肉腫が転移していないことを確かめるために、ありとあらゆる検査を「大至急」でオーダーした。もちろん結果はその場でパソコンに取り込み、所見は菅井自身が診る。

「菅井先生。検査はさほど急がれる必要はないと思いますが。肉腫は単発ですし、大きさも一センチ未満ですから」

千田がやんわりと抗弁すると、菅井はこめかみに青筋を立てて怒鳴った。

「君は他人事だからそんなことが言えるんだ。少しは患者の身にもなってみろ。検査は僕の言う通りやればいいんだ」

「承知いたしました」

千田は最敬礼して、そそくさと病室を出ていった。

菅井は広い病室で、仰向けにベッドに倒れ込み、恨めしげに天井をにらんだ。腹が立って仕方ない。なぜ自分がこんな目に遭わなければならないのか。患者のために研究に明け暮れてきた自分が、なぜ、なぜ、なぜと、頭の中に理不尽な疑問符が乱舞する。一刻も早く検査をして治療を開始したい。順番も手続きもすっ飛ばし、今すぐに病気から解放されたい。なのにできない。菅井は毛布を引きちぎりたいような衝動を必死に堪《こら》えた。

検査の時間になると、看護師長が呼びに来る。ストレッチャーで検査室に運ばれる。通りすがりに患者やほかの医師に顔を見られないよう、毛布を顔の上まで引き上げる。ふつうは別々にする頭部のCTと、全身のMRIを続けて受ける。いったん病室にもどり、昼食抜きで、午後に全身のCTと骨シンチを受ける。

病室にもどって、結果が届くのを待つ。早くしろと、菅井はじりじりしながら念じる。ほかの患者なんかどうでもいい。俺の検査を最優先にしろ。俺が今までどれだけ病院に貢献したと思うのか。病院が総力をあげて協力するのは当然だろう。

やがて、頭部CTの結果がパソコンに送られてきた。ベッドのオーバーテーブルにパソコンを載せ、震える指で画像を開く。新型カポジ肉腫の転移で、もっとも危険なのは脳だ。第一号患者の加納をはじめ、多くの患者が脳転移のあと、数日から一週間で死亡している。

菅井は十六分割された画像をざっと見て、大きな異変のないことを確認した。わずかに安堵し、画像を詳細にチェックする。息を詰め、目をみはり、舐めるように調べていく。頭頂部からスライスされた脳を、大脳、中脳、小脳、脳幹としらみつぶしに診る。おかしな影はないか。脳の浮腫や出血はないか。何もない。よし。取り敢えずは、第一関門突破だ。

続いて全身のMRIの結果が届く。脳の次に要注意なのは肺、肝臓、腸間膜だ。頭部はCTで診たので後まわしにして、肺から順に診ていく。左の肺門部に小指ほどの影がある。落ち着け。ここはリンパ腺の多い場所だ。転移ではなく、正常なリンパ腺だろう。形、大きさ、いずれも転移を否定している。大丈夫だ。

菅井のこめかみに汗が滲む。ＭＲＩの画像を診るのに、これほど緊張したことはない。当たり前だ。これは患者の画像じゃない。転移が見つかれば、死ぬのは自分だ。

続いて肝臓に移る。たしかに千田が言った通り、肉腫はまだ一つだけだし、大きさも一センチ未満だから、転移の危険性は低いのかもしれない。しかし、油断は禁物だ。

肝臓の画像は、細かな灰色の砂を撒《ま》いたように見える。黒く抜けている部分は血管と肝内胆管だ。まずＴ１強調画像（主に組織の構造を診る）で、横隔膜に近い部分から順に診ていく。八つのセグメント（区域）のうち、Ｓ８、Ｓ７、Ｓ２、Ｓ１、Ｓ４とたどってきて、Ｓ６で、菅井の目が止まった。灰色の砂の中に、うっすらと色の濃い部分がある。落花生をはめ込んだような奇妙な影。まさか。いや、これだけではわからない。とっさに自分に言い聞かせ、すぐさまＴ２強調画像（主に病変を描出）をチェックする。Ｔ１強調画像とは逆に、黒っぽく映った肝臓の中に、落花生状の影が明らかに白く浮き出ている。血の気が引いた。

転移か。いや、ＭＲＩだけでは確定できない。

「千田くんを呼べ。大至急だ」

菅井はナースコールを押し、震える声で言った。

千田は一分ほどでやってきた。菅井はパソコンの画像を指さして言った。

「ここに気になる影がある。すぐに腹腔鏡の予約を入れてくれ。できれば明日、朝いちばんでしてもらえるように」

　千田はパソコンをのぞき込み、眉をひそめたが、すぐに首を傾げた。

「菅井先生。これは血管腫《けっかんしゅ》ではありませんか」

「それを確かめるために腹腔鏡をするんだよ。ＭＲＩだけではわからんだろう」

　思わず声が尖る。千田は頭を低くしたまま進言する。

「でしたら、造影剤を使ったダイナミックＭＲＩを予約します。それで十分、確定診断になりますから」

「そんな間接的な所見では納得できんのだよ。新型カポジ肉腫は新しい疾患なんだぞ。もっと直接的な診断をしなければだめだ」

「しかし、病変はＳ６の内部ですから、腹腔鏡では十分な所見が取れないと思いますが」

「腹腔鏡下に生検できるだろう。いや、超音波ガイドで体外穿刺でもいい。とにかく、病変から直接細胞を取り出すんだ」

「先生。万一これが新型カポジ肉腫の転移なら、生検や穿刺は、わざわざ細胞を全身にばらまくことになります」

「いいんだよ、それで！　もしも転移だったら、すべては終わってるんだから」

　菅井は力任せにオーバーテーブルを叩いた。呼吸を乱し、思い詰めた目でうなだれる。

「菅井先生。どうか冷静になってください。お気持はわかりますが、まだ手遅れと決まったわけではありません。NK細胞の培養も順調です。今は何もしていないのではなく、着実にスガイ療法の準備を進めているのです。先生の新型カポジ肉腫はまだ初期です。スガイ療法がきっと有効です。どうか、ご自身が開発された治療を信頼なさってください」

思いがけず力強い言葉だった。菅井は左手でこめかみを押さえる。落ち着け。自棄になるな。この影もまだ転移と決まったわけじゃない。菅井は目を閉じて大きく息を吸い込み、なんとか気持を鎮めた。

「わかった。千田くん。取り乱してすまなかった。それじゃ、取り敢えずダイナミックMRIを予約してくれたまえ」

「承知しました。先生、わたしはスガイ療法に自信を持っています。どうぞご安心を」

千田はていねいに頭を下げて病室を出ていった。

どうぞご安心を、か。千田は患者の気持がわかっていない。ストレスに振りまわされれば体力を損ない、免疫力が低下することくらい百も承知だ。しかし、病苦の懊悩《おうのう》は理屈を超えて襲いかかってくるのだ。患者は苦しみたくて苦しんでいるのではない。この苦しみから逃れられるなら、いっそ、すべてを自分の手で終わらせても……。

菅井はふと自死の思いに胸を衝かれる。これまで考えたこともない手段。しかし、甘美な誘惑だった。それが頭に浮かんだ瞬間、菅井は気持の安らぐのを感じた。

62

どれくらい眠っただろう。

もうすぐ夜が明ける。イバラは薄闇の中で身を強ばらせた。背中に貼りついた冷たい皮膚は、三岸の裸の胸だ。振り向かなくてもにおいでわかる。生まれつき痛みがわからないから、イバラはにおいで身を守る癖がついていた。体臭で人を嗅ぎ分けることもできる。右の肩口に三岸の顔が載っている。サングラスをかけていることも、眼鏡のプラスチックフレームのにおいでわかる。頭が重い。昨日、何があったのか。個展の創作を手伝うために、土曜日に鎌倉のアトリエに呼ばれ、日曜日には神戸に帰るつもりだったのに、帰してくれなかった。北井光子は小指の爪に鉄筆を突き刺し、三岸に甘えるように寄りかかり、しばらく二人で抱き合っていた。創作が進まないと、三岸は髪を掻きむしり、叫び、トレーシングペーパーを引き裂き、画架をなぎ倒す。北井にワインを持ってこさせ、がぶ飲みする。イバラにも瓶からラッパ飲みさせた。むせて窒息しそうになったが、三岸は許してくれなかった。そのまま何もわからなくなった。今日はもう月曜日だ。仕事に行かなければならない。七時半の出勤時間に間に合わない。会社のことを思い出し、イバラの身体がビクッと震える。

「動くな」

三岸の低い声がした。イバラの身がすくむ。どうしよう。人事部長に叱られる。

「今日は仕事に行く日なんです」

「あとで電話すればいい。病気だと言えばいい」

「ぼく、病気じゃありません」

「いいのよ」

三岸の身体から、腐臭が漂ってくる。膿がたまった傷みたいな甘いにおいだ。病気になりかけているのは三岸のほうだ。

「三岸先生の身体に、変なものができてます」

「何のこと？」

「病気です」

「なぜわかるの」

「においがするから」

「悪い病気かい」

「そうです」

「じゃあ、わたしはもうすぐ死ぬかもしれないね」

洞窟《どうくつ》の奥から響くような声が耳をかすめる。三岸はイバラを後ろから抱きすくめたまま、獲物をつかんだ蜘蛛《くも》のように動かない。

「でもかまわない。わたしはもう十分に生きた。長生きを求めるなんて愚かなことよ。身も心も衰え、美を感じる能力も老いる。だから、いつ死んでもいい。死は美しい。苦しみを消してくれる。肉体は腐るけど、魂は永遠の平安を得る。〝先生〟も言っていた」

「〝先生〟？」

聞き返したが、三岸は答えない。代わりに爪を立てる。イバラはふと北井の奇妙な行動を思い出して、三岸に訊ねた。

「北井さんは、どうして自分の爪に鉄筆を刺したんですか」

「あの子はね、痛みが好きなのよ」

三岸が冷えた胸をこすりつける。愛《いと》おしそうにイバラを抱く。

「ああ。おまえにはわからないんだね。痛みはいいものよ。指の爪くらいかわいいもの。あの子は右足の小指がない。自分で切り落としたのよ。手首にも肘にもリストカットの痕が無数についてる。六歳のときに親が離婚して、母親が再婚したあと邪魔者扱いされて、布団を被せられて窒息死させられかけた。それ以来、あの子は暗い部屋に入れなくなった。だからここにも来ない。義父にもひどい仕打ちを受けた。十歳のとき、母親のいない隙に陵辱されて。わかる？　裸にされて、指を入れられたの。ミッチャンは抵抗できず、母親にも言えず、小学校五年生のときに自殺しようとした。包丁で自分の下腹を刺したの。それから施設に預けられて、親とはずっと会っていない。施設でも寮母に嫌われ、学校でもいじめられた。それで、ミッチャンは自分を傷つけるようになった。壁に頭をぶつけたり、いきなり自分の腕に嚙みついたり、太腿《ふともも》をカッターナイフで切りつけたり。身体に痛みが走ると、心が楽になるらしい。嫌われて、蔑まれて、どうしようもない自分を傷つけると、いやな気持がすうっと消える。高校を出たあと、舌にピアスを入れて、刺青《いれずみ》もした。痛みに鈍感になって、血を見るのも慣れてしまう。だからどんどん過激になる。足の小指を切り落としたのもそのころ。みんなが驚いて、ミッチャンを怖がったらしい。それがおかしくて、わざと人がいやがることをするの。わかる？　イバラ」

「わかります」

似たような経験はイバラにもあった。無毛の尖頭で、どれだけからかわれたかしれない。イバラには自分を守るすべがなかった。指を切ればよかったのかと、今さらながら教えられた。イバラなら、指どころか手首を切断しても何ともない。切った手首を相手に投げつけてやれば、いじめっ子たちもきっと沈黙しただろう。

「二十歳のとき、ミッチャンはわたしの絵を見たの。画廊の前を通りかかって、ウィンドーの絵に衝撃を受けたと言ってた。内臓を露出して夢見るようにさまよう美少女とか、槍に胸を貫かれてうっとり空を見上げる美少年とかの絵を見て、ミッチャンは恍惚となった。それでわたしの弟子にしてほしいと懇願したの」

ふいに三岸が身震いをした。何かを思い出して、反射的に手足を縮める動きだ。三岸は深く息を吸い込み、その強ばりを解く。

「ミッチャンの気持はわかる。わたしも同じだったから」

三岸の息のにおいが変わる。身体が熱を帯びる。

「大学院のころ、わたしはプライドと自己嫌悪に引き裂かれそうだった。そんなとき、父が自殺した。わたしの才能を認め、愛してくれた父。わたしは自暴自棄になってアルコールとセックスに溺《おぼ》れた。そのあと、恐ろしいものが襲ってきた。何もかもが自分の思いと反対に動き、この世が終わってしまいそうな不安。すぐに病院に行ったけれど、どの病院でも異常はないと言われた。こんなに苦しんでいるのに、わかってくれない。わたしは絶望して、医師を恨んだ。追い詰められて、復讐しようと思ったとき、わたしは〝先生〟と出会ったのよ。すばらしい医師だった。わたしを診るなり、今まで苦しかっただろうと言ってくれた。『不快性強迫神経症』。それがわたしの病気だったの。苦しみの原因が病気だとわかって、身体が宙に浮くほど心が軽くなった。〝先生〟は、わたしの絵も見てくれた。絵に対する強い思いが症状の原因だから、それを解き放つ必要があると言って、〝先生〟は解剖の専門書を見せてくれた。そこにはロウ人形の標本の写真があった。皮を剝がれ、全身をリンパ管に覆われた青年が、踊るように片手を差し伸べている。わたしは自分の進むべき道を知った。絵に特別な力が宿ったのよ。〝先生〟は画廊も紹介してくれた。画廊主も先生の患者だった。それが笹山。ササヤマ画廊に所属してから、わたしは一気に成功の階段を駆け上った。すべて〝先生〟のおかげよ」

三岸の身体が躍動している。イバラは自分も同じようになりたいと思った。

「ぼくもその人に会いたい」

三岸は思わせぶりに笑った。

「無理ね。わたしも会えないんだから。でも、アドバイスをしてくれる。〝先生〟は患者を見捨てない。わたしは〝先生〟のためなら何でもする。おまえはどう。わたしのためなら、何でもする？」

三岸の顎が肩に食い込む。まるで首筋にナイフを突きつけられているようだ。

「何でもします。今も……してるじゃないですか」

「そうね。おまえはよくやっている。だけど、さらなる飛躍が必要よ。おまえにしかできない偉業を達成するために」

「どうすれば、いいんですか」

三岸の皮膚が一瞬、総毛立つ。とっさに身を離そうとしたイバラを、三岸の手足が強く引きもどした。

「おまえがいちばん怒りを感じることは、何」

「ありません」

「ないはずはない。おまえは気づいていないだけ。思い出してごらん。おまえが受けたいちばんの屈辱」

屈辱。軽蔑。辱め。悲しいことはあまりにも多すぎた。小学校のころ、帽子を踏まれた。給食に毛虫を入れられた。ハンカチを便器に捨てられた。フォークダンスでイバラと組んだ女の子が、イバラの顔を見て吐いた。みんなが変な目を向ける。気味が悪い。どうしてこんな子がいるのか。いちばんいやだったのは、親切そうに近づいてくる人間だ。かわいそうに、わたしが守ってあげる、何でもしてあげる。そう言って、ベタベタとすり寄ってくる。放っておいてと言うと、手のひらを返したように怒りだす。思い出した。小学校六年生の雨の日のこと。いじめっ子の中学生のグループに、工事現場の近くで出会ったときのこと。

——よう、宇宙ハゲ。

逃げようとしたが道を塞がれ、傘を取られた。追いかけると、後ろからランドセルを奪われた。取り返しに行くと、ラグビーのパスのようにまわされた。留め金がはずれ、中身がこぼれた。図書館で借りた大事な本が入っていたのに。

──やめて。返して。

必死に叫ぶと、中学生たちはよけいにおもしろがって、ランドセルを逆さに向けた。本が水たまりに落ちる。その上をわざと踏む。イバラが水たまりに突っ伏すと、中学生たちは歓声をあげ、笑いながら去っていった。図書館の本が泥水に浸《つ》かっていた。どうしよう。途方にくれていると、上等の服を着た太ったおばさんが近づいてきた。

──大丈夫？　怪我はない？

屈《かが》み込んでイバラに訊ねる。おばさんは散らばった消しゴムや定規を拾ってくれるが、泥水に浸かっていないものばかりを選んでいる。

──ひどい目に遭ったわね。おばさん、見てたわよ。

見ていたのなら、なぜ止めてくれなかったのか。イバラはふいに激しい怒りに駆られた。中学生より、この親切げなおばさんのほうが憎らしかった。

──あっちへ行って。

かろうじて言うと、おばさんはあきれたように目を剝いた。

──何よ。せっかく親切で言ってやってるのに、ありがとうくらい言ったらどう。

イバラはおばさんの胸に頭突きを食らわせた。気づいたら、身体が突進していた。

――きゃあっ。何するの。ちょっと、だれか、その変な子をつかまえて。

耳をつんざくような悲鳴を背中に聞きながら、イバラは走った。悔しかった。わけのわからない憎悪に駆られた。あのおばさんは自分の親切でいい気持になっているだけだ。みんなでグルになって、ぼくをいたぶり、笑いものにする。

「どうしたの、イバラ。身体が震えてる。何かを思い出したのね。それでいい。悔しい思いを解放しろ。おまえは何をやっても許される。前の裁判でもそうだったろう。法律はおまえを罰しない。おまえは正しいことのために力を与えられている。わたしは知っているよ」

イバラは三岸の抱擁を解こうとした。だが、逃れられない。苦し紛れにもがくと、全身の筋肉が軋んだ。長い間封印していた記憶がよみがえる。数々の憤懣《ふんまん》、憎悪。抑えつけてきた怨恨が、出口を求めて全身を駆け巡る。

そのとき、イバラの身体に異変が生じた。両肩の三角筋が膨隆《ぼうりゅう》し、肩甲骨が外に開く。広《こう》背筋《はいきん》が厚みを増して左右に広がる。膠着《こうちゃく》していた筋膜が剝がれ、閉じていた毛細血管に血流がほとばしる。極端な撫で肩だったイバラの上半身が、逆三角形に膨れあがった。

三岸が弾かれたように抱擁を解く。イバラは素早く立ち上がり、全身に力を漲《みなぎ》らせる。腕を突き上げ、雷鳴のような咆吼《ほうこう》がのどからほとばしった。

「すばらしい。聞きしに勝る迫力だわ。これならすべてを破壊できる」

イバラははっと我に返って戸惑う。三岸がサングラスを取る。残忍そうな目を細め、冷ややかに命じた。

「イバラ。おまえに絵の課題を与えよう。自画像を描きなさい」

63

イバラの保護司、石立聡から高島菜見子に電話があったのは、三日前の火曜日だった。いつも陽気な石立の声が沈んでいた。

「神戸ビルメンテナンスの人事部長から連絡があってな。イバラくんが昨日、会社を休んだんやて。急に腹が痛くなったと言うて。それはええんやけど、人事部長がアパートにようすを見に行ったら、イバラくん、おらんかったんやて」

「ずる休みしたということですか」

「さあ。今日はふつうに出勤してきたから、人事部長がそれとなく聞いたら、イバラくん、急に叫び声をあげて会社を飛び出したんやそうや。すぐもどってきたらしいけど、人事部長が何ぞあったんかて言うてな。高島さん。あんた何か聞いてないか」

「さあ……」

菜見子は七月に、イバラの犯因症を為頼に相談して以来、イバラとはつかず離れずの関係を保っていた。あのとき、彼女はイバラの写真をメールで為頼に送り、眉間に現れる「M」字形の徴候を見てもらったのだった。為頼はあまり神経質になるなと言ったが、息子の祐輔のことを考えると心配で、必然的にイバラから足が遠のいた。この四カ月の間に会ったのは三回だけだ。一度目は、為頼にメールで送った写真をプリントアウトして、アパートに持っていったときで、イバラは菜見子とのツーショットを無邪気に喜んだ。二度目は菜見子が勤める四つ葉学園の花火大会に誘ったときで、イバラは学園の子どもたちと楽しそうにしていた。三度目は九月の秋分の日で、三宮に『山のあなたに』という映画を観《み》にいった。奈良の山奥で障害と難病を抱えた少女を救う医師の物語である。イバラにもいい影響があると思ったが、観終わったあと、イバラがぽつりと言った。

――こんなの、作り話ですよね。

そうにはちがいない。だが、以前のイバラならそんなひねくれた見方はしなかったはずだ。石立は保護司として、イバラが再犯につながるようなことをしていないかと心配なようだった。イバラに話を聞きたいが、菜見子にも同席してもらえないかというのが、電話の真意らしかった。映画を観てからそろそろ二カ月になるし、よい機会だと思って、菜見子は前に行った南京町の愛城飯店で会うことにした。

午後六時半。仕事を片づけて駆けつけると、イバラは先に来ていた。

「ごめんね。長く待った？」

「いいえ。十二分です」

壁の時計を見上げて几帳面に答える。菜見子はまず、イバラの眉間を確認した。妙な皺や盛り上がりは見えない。眉毛も睫もないイバラの風貌は、一見、無気味だが、その無垢な瞳に気づけば安らぎを感じる。

「注文は何にする。好きなものを頼んでいいわよ」

メニューを渡すと、イバラは最初のページの上から順に見はじめた。

「やあ、遅うなりまして」

五分ほど遅れて石立がやってきた。菜見子の横の椅子を引き、笑顔で言う。

「ここで食事するのは、三岸さんと会《お》うたとき以来やな」

料理を決めてから、石立はイバラに愛想のいい顔を向けた。

「最近、三岸さんはどうや。ちゃんと絵の指導をしてもろてるか」

「はい。三岸先生は十二月十五日からの個展の準備で、とても忙しいんです」

「イバラくんもそのお手伝いで、毎週、鎌倉に行ってるのよね」

イバラが三岸のアトリエに行っていることは、前に本人から聞いていた。菜見子はふと思いついて訊ねた。

「でも、鎌倉まで往復すると、交通費がたいへんでしょう」

「全部、三岸先生が出してくれます」

「ほう。羽振りがええんやな。絵が高《たこ》う売れるんやろ」

石立が感心するのを軽くいなして、菜見子が訊ねる。

「イバラくんも何か描いてるの」

「はい。自画像を描いてます」

「実物より男前に描いてるのとちゃうか」

石立が混ぜ返したところへ料理が運ばれてきた。

食事がはじまったあと、石立が少し改まった調子でイバラに言った。

「実は、神戸ビルメンテナンスの人事部長から連絡があってな」

イバラの表情がさっと強ばる。会社を休んだ件だと直感したのだろう。

「今週の月曜のことやけど」

「すみません」

イバラが箸を置いて、頭を下げた。肩がすぼまる。

「いや、怒ってるのとちがうねんで。部長さんが心配してはるんや」

「イバラくん。部長さんね、あなたのアパートにようすを見に行ってくださったの。だから、あの日どこにいたのか心配されてるのよ」

　菜見子が優しく言うと、イバラは尖った頭を突き出すように顔を伏せた。石立が何か言いかけるのを、菜見子が制した。

「イバラくん。わたしはあなたを信じてるわ。だから心配もしていない。でも、会社に勤めている以上、上司にはきちんと報告する義務があるのよ。嘘を言ったのでは報告にならないでしょ」

　イバラは動かない。

「わたしたちに言いにくかったら、部長さんにだけ報告してもいいのよ。もし体調が悪かったのなら、わたしも心配だから聞かせてほしいけど」

「身体は、悪くありません」

「よかった。それならいいわ」

　菜見子がうなずくと、イバラはうつむいたまま小さく言った。

「月曜日は三岸先生のところにいたんです。土曜日から行って、日曜日に帰るつもりだったけど、三岸先生が帰るなって」

　石立と菜見子が顔を見合わせる。

「帰るなって、どういうことや」

菜見子が石立に応じる。

「どんな理由にせよ、仕事のあるイバラくんを無理に引き留めるのは問題だわ。いくら絵のためでも、今のイバラくんには会社のほうが大切なはずよ。イバラくん。わたしが三岸先生に言ってあげようか」

「やめて」

イバラが懇願するように手を合わせた。

「どうして」

「もうぜったいに会社は休みません。だからお願い」

「でも」

「高島さん。イバラくんがどこにおったのかわかったんやから、取り敢えずはええのとちゃいますか」

石立が菜見子をなだめるように言い、心得顔で眉を下げた。

「こういうことが続くようなら困るが、まだ一回だけやし、あんまりことを荒立てるのもね。何しろ相手は芸術家さんやから」

菜見子は釈然としなかったが、イバラの懇願ぶりを見ると無理強いもできなかった。だが、その必死さがかえって不審を募らせた。

「あのな、イバラくん。会社におったらいろいろ面倒なこともあるけど、それが社会なんやで。今回のことはこれで終わりや。さあ、ご馳走をしっかり食べなさい」

石立は菜見子の不安をよそに、これで一件落着とばかりに箸を取った。イバラはスイッチが入ったように料理をぱくつきだした。旺盛《おうせい》な食欲だ。これなら心配はないのか。

石立が唐揚げを小皿に取りながら訊ねる。

「それでイバラくん。最近、仕事はどうや。変わりないか」

「はい。でも、この前、変な人が会社に来ました」

「変な人？」

「ジャーナリストだと言って、ぼくの話を聞きたいと」

菜見子はひらめくものがあった。

「それ、犬伏っていう人じゃない。どんなことを聞かれたの」

イバラの箸が止まる。菜見子も食べるのを中断して声を強めた。

「その人はわたしのところにも来たわ。イバラくんの社会復帰をルポにしたいとか言ってたけど、変なことばかり聞いて、何か企んでいるようだった」

「何者や。それは」

石立が戸惑いながら聞く。

「フリーのジャーナリストらしいですけど、胡散臭い人で、イバラくんの足を引っ張るようなことばかり言うんです」

「イバラくんも何か言われたんか」

「前の事件のことを、悪いと思わないのかとか、殺された一家は浮かばれないとか」

イバラの声が震える。完全に食欲を失ったようすだ。

「そんなこと気にしちゃだめよ。あなたはきちんと裁判を受けて、償いをしたんだから」

「でも、ぼくは、法律で刑が軽くなったんでしょう。だから、ぼくは……」

涙の出ないイバラの目が赤く充血する。菜見子は胸が締めつけられる思いだった。犬伏が蛇のように執拗《しつよう》にイバラを責め立てているところが目に浮かぶ。

「イバラくんは悪くない。もうあの事件はとっくに終わってるのよ。心神喪失は裁判で認められたんだから、だれにも非難する権利はないわ。そのジャーナリストはあなたの過去を面白半分に暴きたてて、記事のネタにしようと思っているだけよ」

菜見子は断言し、深くうなずいた。石立も憤慨の面持ちで同意する。

「ジャーナリストという奴は正義面をして、ハイエナみたいに人のアラを嗅ぎまわるんや。仮釈放に反対しとる連中には、保護観察者につきまとって、わざと再犯を煽るような奴もおる」

「ひどい。でも、イバラくんは心配しないで。そんなことはわたしがさせない。もしまた犬伏という人が近づいてきたら、すぐに知らせて」

「はい」

菜見子と石立に励まされて、イバラはふたたび料理を食べはじめた。さきほどのような食欲はなかったが、デザートの杏仁豆腐《あんにん》まで食べ終えた。

「じゃあ、行きましょうか」

勘定は石立が、「今日はわしが」とレジに立った。店を出たところで菜見子が礼を言うと、イバラも「ごちそうさまでした」と頭を下げた。

菜見子はふと思いついて、イバラに言った。

「ねえ、イバラくん。今からあなたの絵、見せてもらいに行ったらだめ？」

石立が腕時計をちらと見る。

「八時過ぎか。まだそんな遅い時間やないけど、大丈夫かいな」

「ちょっとイバラくんに話したいこともあるし」

「そうか。ほな、わしはお先に失礼するわ」

石立は屈託なく片手をあげて、ＪＲの元町駅に向かった。菜見子とイバラは高架下をくぐり、花隈《はなくま》から中山手通りを歩いた。繁華街から住宅地に入ると、街灯も少なくなる。

「ねえ、イバラくん」

菜見子がイバラの顔をのぞき込んだ。以前、犬伏が取材に来たとき、息子の祐輔は安全かというようなことを言っていた。イバラのところにも来たのなら、何を吹き込んでいるかしれない。ここは先手を打っておくべきだ。

「あなた、祐輔のことはどう思ってる」

「どうって……」

「わたしがあの子を大事に思っているのはわかってる？」

「はい」

「じゃあ、わたしがイバラくんをどう思っているか、わかってるかな」

「それは、いつも親切にしてくれています」

「ただ親切にしてるだけじゃない。わたしはあなたを心から大事に思ってる。祐輔も大事だけれど、あなたも同じくらい大事。だから、あなたが仕事を続けて、無事に暮らしてくれることを心から願ってるの。もし、あなたに何かがあったら、わたしはとても悲しい。あなたも祐輔も、わたしにはかけがえがない人なの。それをよくわかってほしいの」

自分を大切に思ってくれる人がいるということが、きっと再犯の歯止めになる。そう信じて、菜見子はイバラの返事を待った。しかし、イバラは黙って坂道を上っていくばかりだった。気持が伝わらないのか。不安になりかけたとき、イバラが狭い四つ辻《つじ》で立ち止まった。

「高島先生。ありがとうございます。ぼく、一生懸命、頑張ります」

尖った頭が膝につくくらいに深く礼をした。彼はわかってくれた。これで抑止力が働くだろう。菜見子は安堵の胸を撫で下ろした。

イバラのアパートはそこからすぐだった。住宅街の奥にある外階段つきの二階建てで、イバラの部屋は一階の奥にある。大事な話はすんだから、そのまま帰ってもよかったが、せっかく来たのだから彼の絵を見ていくのも悪くないだろう。菜見子はイバラが鍵を開けるのを待った。

「急に来ちゃってごめんね」

「いいです」

イバラが明かりをつけると、寒々しい六畳間が浮かび上がった。壁のそこここにデッサンが貼ってある。画用紙に鉛筆と木炭で描いた黒っぽい絵で、さまざまな角度から見た手や、筋骨隆々たる首から下の身体が描かれている。

「さっき自画像って言ってたわね。それはどこにあるの」

「こっちです」

イバラは壁に立てかけた大判のスケッチブックを菜見子に渡した。菜見子はスタンドの下でそれを広げた。正面から見据えた顔。それを見たとたん、菜見子は全身を氷のナイフで突き刺されたような恐怖を感じた。

何かのまちがいではと、ページを繰る。しかし、どれにも同じものが描かれている。

「あなた……。自分の顔が、こう見えるの」

「そうです。三岸先生が、ありのまま描けと言ったから」

菜見子は青ざめる。スケッチブックに描かれたイバラの顔の眉間には、「M」字形の皺が、隆々と盛り上がっていた。

64

その後、サトミの行方《ゆくえ》に関して、フェヘールから為頼に電話がかかってきた。ミハーイ教授がブダペスト出身の女子学生に聞いたところ、サトミは療養を兼ねてウィーンから国外に出ると告げていたらしい。行き先は不明だったが、数日後、思いがけないところから居場所が知れた。ミュンヘンのヨアヒム・ベックという精神科の教授から、フェヘールに連絡があったのだ。

〈プロフェッサー・ベックは、サトミがウィーンに来る前、ミュンヘンで世話になっていた

医師のようです。ドクター・タメヨリはご存じですか〉

そう言えば、サトミが最初に日本人会診療所に訪ねてきたとき、そんなことを言っていた。

〈サトミははじめ何も伝えなかったようですが、一週間くらいしてから、ウィーンでわたしの治療を受けていて、無断でミュンヘンに来たことを明かしたので、プロフェッサー・ベックが慌てて連絡してきたというわけです〉

〈ミュンヘンだったらスマホがつながるはずですよね。どうしてサトミは、私の電話にもメールにも応えなかったんでしょう〉

〈それはわかりませんが、プロフェッサー・ベックは、サトミの失声症にはウィーンの環境が影響していると考えているようです。だから、ウィーンを思い出させるもの、つまり、わたしやあなたと今はまだ接触したくないんじゃないでしょうか〉

そうなのか。為頼はにわかに納得できない思いだったが、サトミはふつう以上に繊細な神経をしているから、そういうこともあるかもしれない。

〈そのプロフェッサー・ベックの連絡先を教えてもらえますか〉

〈もちろん〉

為頼はフェヘールからベックの電話番号を聞き、その場でベックの教授室に電話をかけた。折りよくベックは在室していて、気さくに応対してくれた。

〈あなたのことはドクター・フェヘールから聞いています。サトミがウィーンでお世話になったようですね。ありがとうございます〉

〈とんでもない。私のほうこそお礼とお詫びを申し上げなければなりません。サトミが突然、そちらに行ったようで〉

為頼もていねいに応対し、サトミのようすを聞いた。ベックの見立てはフェヘールから聞いたのとほぼ同じだった。

〈サトミがなぜ、あなたやドクター・フェヘールを避けているのかはわかりません。彼女はひじょうにデリケートな感覚の持ち主ですから、彼女なりの理由があるのでしょう。ドクター・シラガミも、サトミはむずかしい患者だと言ってましたから〉

ベックの口から思いがけず白神陽児の名前を聞いて、為頼は忌まわしい不快感を覚えた。そうだ、サトミをベックに託したのは、彼女を日本から連れ出した白神だったと、今さらながら思い当たったからだ。

65

ウィーン十九区の山手にあるヒンメル《天上》通りは、その名の通り、天にも通じるかと思うほど優雅な坂道である。上るにつれてウィーンが一望でき、緑に覆われた家々は城館さながらの趣だ。ハインリッヒ・ヘブラの館《やかた》は、そのいちばん奥の九十七番地にあった。宮殿を思わせる豪華な鉄門をくぐり、前庭の駐車スペースに車を停めると、玄関口に執事が現れた。

〈お招きいただいている為頼です〉

〈ヘル・ドクトル・タメヨリ。プロフェッサー・フォン・ヘブラがお待ちかねです〉

執事は一礼し、恭しく為頼を招き入れた。

サトミがミュンヘンにいるとわかったあと、ヨゼフィーヌムの館長ヘブラが、為頼とフェヘールの心労をねぎらうために晩餐《ばんさん》に招待してくれたのだ。

執事は寄せ木細工の床を軋ませ、ゆっくりと廊下を進んだ。豪華な花が飾られ、まるで美術館のように肖像画が並んでいる。執事は重厚な扉の前で止まり、厳かにノックした。

〈ヘル・ドクトル・タメヨリがご到着です〉

広い居間の奥で、ヘブラが背もたれの高いソファから顔をのぞかせた。

〈ドクトル・タメヨリ。お待ちしていました。さあ、こちらへ〉

一人掛けのソファが四つ、赤大理石の暖炉の前に置かれている。左の奥には先に着いたらしいフェヘールが座っていた。正面の壁には、小ぶりの鹿角《しかつの》の剝製が百ほども飾られている。暖炉の上の大鹿の剝製は、角を振り立て客を威圧するかのようだ。ヘブラは正装に近いダークスーツで、少ない髪に油を塗り、深紅の蝶《ちょう》ネクタイを締めていた。

〈プロフェッサー・ヘブラ。今日はお招きにあずかり、光栄です〉

〈まあ、そう畏まらずに、どうぞこちらへ〉

勧められてヘブラの横に座ると、フェヘールが茶目っ気のある表情でささやいた。

〈この館はすごいでしょう。わたしもはじめて来たときには面くらいましたよ。正真正銘の貴族の館ですから〉

〈それで執事が、フォン・ヘブラと言ったのですね〉

為頼が言うと、ヘブラは顔をしかめて右手を振った。

〈むかしの話ですよ。あの執事は父の代からいるのでね。先の大戦で貴族制度は廃止されましたが、母などは戦後も〝男爵夫人《バローニン》〟と呼ばなければ返事をしませんでしたよ。ハハハ〉

白服の給仕が酒のワゴンを押してきた。為頼がシェリー酒を頼むと、ヘブラは〈ようこそ〉と改めて乾杯し、フェヘールもそれに和した。

サイドテーブルに古い写真が飾ってある。透かし彫りの額に入れた写真に、ピッケルハウベ（槍つきヘルメット）をかぶった老人が写っている。

〈プロフェッサー・ヘブラのご先祖は、軍人だったのですか〉

〈それは祖父です。クラカウの第一皇帝歩兵連隊の軍医中佐でした〉

〈では、父上も軍医でいらした？〉

〈いいえ。父はウィーン大学の精神科の教授です〉

鼻眼鏡をかけた白衣の医師がそれだろう。その横に若い女性と物憂げな青年の写真が飾られている。為頼が首を傾げると、ヘブラがしゃがれ声で説明した。

〈妻と息子です。妻のクララは、三十年前に乳がんで亡くなりました。息子のルドルフはそのあとを追うように、自ら命を絶ちましてね〉

〈それはお気の毒に……〉

為頼は自分も妻を亡くしていることを言おうかと思ったが、ヘブラが先に話題を変えた。

〈それはそうと、あなたが心配していた日本人の女子学生は無事でよかったですね〉

〈おかげさまで〉

〈その女子学生は君の患者でもあったのだろう、カーロイ〉

ヘブラは前にヨゼフィーヌムで会ったときと同じく、フェヘールを名前で呼んで訊ねた。

〈そうです。明らかな病気というのではありませんが、精神的にかなり繊細な女性でした〉

〈だから、私は彼女が自殺しないかと心配で〉

そう言ってから、為頼ははっと口をつぐんだ。ヘブラの息子が自殺したことを思い出したからだ。しかし、ヘブラは気にするようすもなく、逆に興味深げに言った。

〈自殺と言えば、日本には男女や親子がいっしょに死ぬ二重自殺《ダブル・スーサイド》というものがあるそうですね。日本語では奇妙な言い方をしたと思うが〉

ヘブラが目顔で問うと、フェヘールが答えた。

〈「シンジュウ」ですね。意味は「心の中」〉

〈そう。ドクトル・タメヨリ。わたしは日本人に興味を持っていましてね。カーロイほどではないが、いろいろ勉強しているのです。ことに医療に関する日本人の国民性は、世界でも特異なものですな〉

〈どういうことです〉

〈たとえば、日本には〝人間ドック〟というものがあるでしょう。健康な人間をあれこれ検査して、異常のないことを確かめる。我々からすると奇異なことです。どこも悪くないのに、検査をすれば無駄に終わる可能性が高い。検査は症状が出てからすればいいでしょう〉

〈日本人はそれでは遅いと考えるのです〉

〈日本ではメタボリック症候群の健診もあるそうですね。メタボリック症候群は基準もあいまいだし、病気の予備軍としての意味合いも不明です。なのに、政府が健診を主導し、国民が唯々諾々と従う。とても信じられない〉

〈それは、日本人が健康を何より大切に考えているからです〉

為頼が言うと、ヘブラは大仰に両手を広げた。

〈我々だって健康は大切ですよ。健康ほどありがたいものはありませんからね。ただし、健康はあくまで手段です。目的ではない。それは金と同じことです。金儲けが目的になってしまうと、人間は金の奴隷に成り下がってしまう。日本語にはたしか、おもしろい言葉があったね。カーロイ、何と言ったっけ〉

〈「シュセンド」ですね。「金を守る奴隷」という意味です〉

〈そう。日本人は健康を大切にするあまり、健康の奴隷になっているのではありませんか〉

〈健康を守る奴隷、「シュケンド」ですか〉

フェヘールがおどけたように肩をすくめた。日本人は〝守健奴〟だというのか。為頼は眉をひそめたが、ヘブラは灰色の目に見透かすような色を浮かべた。

〈ドクトル・タメヨリ。日本人には「シュケンド」体質が蔓延しているようですね。人間ドックやメタボリック症候群の健診は、ふつうに考えれば、医療界と政府の陰謀ですよ。だって、健康な人間まで患者にしてしまうのですから。日本の医療界はそれで大儲けをしているのではありませんか〉

　たしかに、オーストリアには人間ドックやメタボリック症候群の健診はない。いやヨーロッパでもアメリカでも、政府がそんなことを主導している国はない。

〈ほかにも、日本には健康食品やサプリメントが氾濫《はんらん》しているそうですね。健康にいいと言われたら、すぐに飛びつく。テレビや新聞でも、健康情報があふれていると聞きました。抗生物質の使用量も世界的に突出して多い。抗生物質が効かないウイルスにも、どんどん使われるのでしょう。日本では、抗生物質の別名は〝よく効く薬〟らしいですな〉

ヘブラは額に針のように細かな皺を寄せる。

〈それほど健康を大切にしながら、一方では、理屈に合わない状況もある〉

〈どういうことです〉

〈医師の冷遇ですよ。健康が大事なら、医師を大事にするのが当然でしょう。なのに日本の医師は労働時間も長く、休暇は少なく、住居はウサギ小屋のようだというじゃありませんか。オーストリアでは、実力のある医師はみんな、優雅な暮らしをしていますよ。欧米ではどこでもそうです〉

〈日本人の医師は慎ましやかなんです〉

為頼は苦しい弁解をする。

〈ほう。それは立派なことだ〉

フェヘールが、為頼を弁護するように口をはさむ。

〈プロフェッサー・ヘブラ。日本には「医は仁術」という言葉があります。医師は何より患

者を優先し、報酬や待遇には見向きもしないという崇高な精神が期待されているのです〉

〈おお、すばらしい。日本はまったく神秘の国だ〉

ヘブラが天を仰ぐように両手を打ち鳴らした。為頼は苦々しく顔を伏せる。フェヘールは黒縁眼鏡の奥でブルーの目を細めている。

ヘブラはシュナップスのグラスを一気に飲み干し、改まった調子で言った。

〈ドクトル・タメヨリ。前にお話しした通り、我々の組織メディカーサは、世界レベルで医療の安定的発展を目指しています。そこには当然、日本の医療も含まれます。我々は今、日本の医療崩壊に特に注目しているのです〉

横でフェヘールがひとつうなずいた。ヘブラは低く続ける。

〈医療崩壊は、これまでもさまざまな国でありました。ドイツでは大学医学部の予算が問題視され、アメリカでは保険会社主導の医療に批判が集まり、イギリスでは国営化で医療の自由が制限され、中国では役人の不正や政府の圧力で医療が破綻寸前になりました。そのたびにメディカーサは状況改善のため、ささやかな介入を行ってきました。日本の医療崩壊は医療不信が原因ですね。医療は信頼を取りもどさなければなりません〉

〈その通りです。でも、いったいどうやって〉

〈慌てないで、ドクトル・タメヨリ。まず、我々メディカーサの見解をお聞きください。

我々は医療を絶滅危惧種のようなものだと考えています〉

〈絶滅危惧種？〉

〈そうです。放っておくと、医療は自分で自分の首を絞めますからね〉

為頼が腑《ふ》に落ちない顔をすると、ヘブラはやっかい事を説明するように首をすくめた。

〈医療の目的は病気を治すことです。しかし、もし仮に病気がなくなってしまえば、医療は存在意義を失ってしまう。医療は病気を撲滅することを目指しながら、病気がなくなると困るという自己矛盾を孕《はら》んでいるのです。これは平和運動などにも共通する矛盾です。平和主義者は平和を主張しながら、潜在的には戦争を求めています。完全な平和が実現すれば、平和主義者の出番がなくなりますからね〉

〈差別の反対運動も同じですね〉と、フェヘールがまた口をはさんだ。〈差別がなくなれば、運動家たちはすることがなくなってしまう。だから、彼らは無理やりにでも差別を見つけ出し、糾弾する〉

平和主義者が戦争を求め、差別反対の運動家は差別をさがすというのか。バカな。戦争も差別もなくなることなどあり得ない。病気だって同じだ。

為頼の思いを読んだように、ヘブラが目の奥で嗤った。

〈そう。地球上から病気がなくなることはないでしょう。しかし今、たとえば、結核は治る病気になりましたね。結核患者はどれくらい医療に感謝しているでしょうか。結核は治って当たり前。治らないときより、感謝の度合いは低くなっていませんか〉

ヘブラの質問を補うように、フェヘールがふたたびつぶやく。

〈逆に、がんやエイズの患者は、医療への依存度が高いですね〉

〈そう。健康な人間は医療を必要としません。もし、自分が病気にならないとわかったら、だれが医療に敬意を払うでしょう。しかし、病人には医療が重要です。つまり、医療にとっては、ある程度、病気が患者を脅かしてくれるほうが都合がいいのです〉

〈悲しいけれど、現実ですね〉

フェヘールがあいまいな笑みを浮かべる。

〈ドクトル・タメヨリ。人々はあまり目を向けたがりませんが、医療にはこのような〝黒いテーゼ〟があるのです。ほかにも、たとえば、新しい治療法は常に人体実験を経て作られるとか、たいていの治療は当てずっぽうの側面を持つとか、医師は患者を練習台にして一人前になるとかです〉

たしかに、医療にはヘブラが言うような要素があるのも事実だ。しかし、この二人はそれで何が言いたいのか。

問い返そうとしたとき、入口の扉にノックが聞こえた。新しい客が来たようだ。さっきの執事が、厳かにヘブラに告げた。

〈ヘル・ドクトル・コワルスキーがご到着です〉

そういえば、もう一つソファがあった。為頼は、豊かな顎鬚を蓄えた長身の医師が近づいてくるのを見つめた。

66

〈遅れまして、申し訳ありません〉

尖った鼻に鼻眼鏡を載せたコワルスキーが、スラブ訛りの英語で言った。

〈待っていたよ。さあこっちへ〉

ヘブラが席を勧めると、コワルスキーは遠慮がちにフェヘールのとなりに座った。フェヘールがにこやかに紹介する。

〈ドクター・タメヨリ。こちらはドクター・フレデリック・コワルスキー。WHOの伝染病対策部長です。メディカーサでは、アジア大洋州管区の統括をしています。ドクター・コワルスキー。こちら、ウィーン日本人会のドクター・タメヨリ。わたしの友人です〉

〈お目にかかれて光栄です〉

コワルスキーはぎこちないお辞儀をしながら、右手を差し出した。

〈はじめまして、ドクター・コワルスキー。WHOにお勤めということは、ふだんはジュネーブにいらっしゃるのですか〉

〈そうです。先週は出張でジャカルタとマニラに行っていましたが〉

〈ウィーンにもよくいらっしゃるのですか〉

〈今回はメディカーサの仕事で参りました。プロフェッサー・ヘブラ直々《じきじき》のお招きですから〉

　コワルスキーが視線を向けると、ヘブラは満足げにうなずいた。

〈ドクトル・タメヨリ。メディカーサのメンバーは、彼以外にもWHOの要職を兼務している者が少なくありません。WHOから提供される調査報告は、非公式のものを含めると年間千五百に及びます。我々はそれをもとに、世界の医療状況を好ましい方向に向けるため、さまざまな活動を行っているのです〉

　メディカーサがWHOと深いつながりがあることは、前に「気狂いの塔」でフェヘールからも聞いていた。しかし、医師の私的な協会であるメディカーサが、なぜWHOとそんなに密接な関係にあるのか。

　フェヘールが、ヘブラのあとを引き取るように続ける。

〈メディカーサの活動は多岐にわたっています。ときには歴史的な役割も果たしました。古くはフロイトの精神分析にヒントを与えたヨーゼフ・ブロイアー、ペニシリンの発見者であるフレミングのシャーレに、こっそり青カビを混ぜたチャールズ・モリソン卿《きょう》、ＤＮＡの構造を研究していたワトソンとクリックに、二重らせんのヒントを与えたロザリンド・フランクリンなどが、我々のメンバーです〉

コワルスキーもにこやかにつけ足す。

〈クリスチャン・バーナードが、ケープタウンで世界ではじめて心臓移植を成功させたときも、メディカーサは支援を行いました。エイズウイルスを発見したロバート・ギャロにも協力していますし、日本では、そう、ｉＰＳ細胞を確立したシンイチ・ヤマオカにも、重要な示唆を与えました〉

〈エイズについては当然だろう、フレディ〉

ヘブラはコワルスキーを愛称で呼び、無気味な笑いを洩らした。真偽のほどはわからないが、ヨーゼフ・ブロイアーやロザリンド・フランクリンの名前は為頼も聞いたことがあった。それらが事実なら、メディカーサは世界の医学に計り知れない影響を与えていることになる。しかし、その存在がほとんど知られていないのはなぜか。

フェヘールが当然というようにうなずく。

〈驚かれるのは無理もありません。メディカーサはずっと表舞台に立つことを避けてきまし

たからね。我々の目的は名誉ではありません。医療の本質を高め、存在意義を維持することです。いわば、医療の後見役です〉

〈後見役？　どういうことです〉

〈それはさっきも申し上げましたな。医療は絶滅危惧種なんですよ。だから、人為的に介入して、保護しなければならない〉

　そう話しかけたヘブラに、給仕が音もなく近寄ってきて耳打ちをした。

〈ディナーの用意が調ったようです。続きはあちらで〉

　ヘブラが杖を頼りに立ち上がると、フェヘールとコワルスキーも腰を上げた。為頼も三人のあとに従う。暖炉で何かを警告するかのように、薪が鋭く爆ぜた。


　ダイニングルームは居間のとなりにあった。長いテーブルの端に当主のヘブラが座り、右側に為頼、左側にフェヘールとコワルスキーが並んで着席した。銀のナイフやフォークが、シャンデリアの光を眩しく反射している。

〈今夜は気軽な集まりだから、堅苦しいことは抜きにしよう。料理もシンプルなウィーン料理でご辛抱を願うよ〉

〈そのほうがありがたいです。最近、下腹が成長して困っていますから。日本でなら、即メ

タボリック症候群の健診で、治療対象者入りでしょうな〉

フェヘールがさきほどの話題に絡めて片目をつぶる。給仕がシャンパンを注ぎ終えると、ヘブラが勢いよくグラスを掲げた。

〈では、医療の発展に乾杯！〉

食事はシンプルと言いながら、軽い前菜からはじまり、スープのあとサラダの代わりに温野菜を和《あ》えたゲミューゼ・テラーが続き、メインにはブイヨンで牛肉を茹《ゆ》でたターフェル・シュピッツが出た。つけ合わせはリンゴのムースとホースラディッシュ。ウィーン旧市街の一流レストランに負けない高級な味だ。

会話はヘブラの若いころの放蕩《ほうとう》、フェヘールの研究の失敗談など、他愛もない話題に終始した。デザートとコーヒーが運ばれたあと、為頼はＷＨＯのことで前から気になっていたことを、コワルスキーに訊ねた。

〈何年か前、豚インフルエンザが流行したとき、ＷＨＯがパンデミック宣言を出して、問題になったことがありましたね。あれはどういう経緯だったのですか〉

〈「偽パンデミック宣言疑惑」ですね。実際はさほど流行しなかったのに、ＷＨＯがパンデミック宣言を出したために、ワクチン製造会社が大儲けをしたという話。あれにはいろいろ事情がありますす〉

コワルスキーはヘブラをうかがうようにちらと見た。ヘブラがナプキンで口を拭いながら強ばった笑いを浮かべる。

〈そうだったな、フレディ。WHOの専門家が、製薬会社から資金提供を受けていたから、偽のパンデミック宣言が仕組まれたのではないかという疑惑だ。金が絡むと世間はすぐスキャンダルを疑うが、現実はそんな単純なものじゃない。あの豚インフルエンザは、一種の事故だったのですよ〉

〈事故？〉

〈そうです、ドクトル・タメヨリ。あのウイルスはまだ流行させる段階ではなかった。それをある研究者が持ち出して、予定外のメキシコなんぞでばらまいた。本来はパンデミックを起こすはずのウイルスだから、WHOは取り敢えずそう宣言した。ところが、その研究者はばらまく直前に、ウイルスを弱毒化していたのです。だから大した流行にならなかった〉

ヘブラはいかにも気にくわないというように顔をしかめた。話が見えない。予定外とかパンデミックを起こすはずだとか、まるで自分たちがウイルスを操っているかのような言い方だ。

フェヘールが小さなため息をついて、首を振る。

〈あれは我々にとっても不幸な出来事でした。ウイルスを持ち出した研究者はメディカーサの一員でしてね。インドネシア人の医師、アキヴァ・ラヌ・サルディという男です。優秀で

したが、どうも精神的に不安定なところがあって〉

〈そう。だから、あんな死に方をしたんだよ。フォッフォッフォ〉

ヘブラが嗤い、コワルスキーが痛ましげに顔を伏せる。

〈パンデミック宣言から二カ月後、ドクター・ラヌ・サルディィは、メキシコシティーのスラムで何者かに刺殺されました〉

〈おかげで同時に投入する予定だった『第六番』が水の泡だ〉

〈『第六番』？〉

為頼が聞き返すと、ヘブラはひとつ咳払いをして、給仕に目配せをした。椅子を引かせ、テーブルを支えに立ち上がる。

〈いや、口が滑った。続きはあちらへもどって、葉巻でもやりながら話しましょう。フレディの報告も聞かなけりゃならんし〉

コワルスキーがうなずき、フェヘールとともに席を立った。為頼も彼らに続き、ふたたび居間の大きな暖炉の前にもどった。

67

さっきと同じソファに座ると、給仕が静かにワゴンを押してきた。

〈飲み物をどうぞ〉

ヘブラに勧められて、為頼はブランデーを頼んだ。フェヘールらもグラスを手に載せ、ヘブラが葉巻に火をつけた。馥郁《ふくいく》たる香りがあたりに漂う。

〈まず君の報告から聞かせてもらおうか、フレディ〉

〈承知しました〉

コワルスキーは一礼して、諳《そら》んじるように話しだした。

〈日本の医療崩壊について、最初にWHOからメディカーサに報告があったのは二〇〇五年です。当時はまだ「医療崩壊」という言葉も一般的ではありませんでした。しかし、その後、日本では勤務医の激務化、開業医の競争激化、地域医療の崩壊等が急速に進み、現在も改善されていません。従って、メディカーサに出された日本医療への介入要請は、誠に時宜《じぎ》を得たものであったと言わなければなりません〉

日本医療への介入？　どういうことか。為頼はいぶかしげにコワルスキーを見たが、彼はそれを無視して続けた。

〈本年四月、日本に新しい疫病が発生し、「新型カポジ肉腫」と名づけられました。現在のところ、患者は約三百人。その内、九十人ほどが死亡しております。数としてはさほど多くありませんが、日本のメディアは過敏に反応し、異様なほど警戒しております。冷静に判断

せず、空気に支配される特質は、韓国、中国にも見られ、極東に共通する国民性かもしれません〉

フェヘールが大きくうなずく。

〈新型カポジ肉腫の蔓延により、日本人の医療依存は高まり、医師の地位は相対的に向上しています。かつて当たり前だった「医師＝強者、患者＝弱者」の構図は崩れ、「モンスター・ペーシェント」「コンビニ受診」等、患者側にマイナスイメージの新語も使われるようになりました。がんを患う有名なジャーナリストが、テレビで医師への感謝を述べたり、新聞や週刊誌で医師の活躍を称揚《しょうよう》する特集が組まれたりもしています。医療費の値上げ、研究費の増額、医師の勤務環境の改善なども進み、我々の目指す医師のノーブレス化が、着実に実現しつつあると見られます〉

〈〝不適格医師〟の問題はどうなんだ。我々がいくら医師のステータスを上げても、一方で堕落した〝不適格医師〟が評判を下げていては何にもならんだろう。金儲け主義、勉強不足、不誠実などのどうしようもない医師はどうする〉

ヘブラが苛立ったようすで数え上げた。コワルスキーはフェヘールに素早い視線を送る。

〈それはドクター・フェヘールが、方策を講じておられます〉

〈例のあれか、カーロイ。ラヌ・サルディのときと同じやり方〉

ヘブラの落ちくぼんだ目が冷たく光り、フェヘールは眉をそびやかせてそれに応じる。

〈すべての〝不適格医師〟を排除するのはむずかしいですから、一罰百戒という形で……〉

コワルスキーがおもむろに続ける。

〈新型カポジ肉腫の治療に関しましては、WHOから免疫細胞療法の示唆を与えております。すでに学会発表もすみ、短期的には効果を上げておりますが……〉

〈よろしい。さて、ドクトル・タメヨリ。あなたはこの経過をどうご覧になりますか〉

〈この経過とは〉

〈新型カポジ肉腫なる新しい疫病が広まって、日本の医師のステータスが向上しつつあるということですよ〉

ヘブラは何を言いたいのか。食事の前に聞いたヘブラの言葉が思い出される。

――医療にとっては、ある程度、病気が患者を脅かしてくれるほうが都合がいい……。

日本の状況はまさに彼の主張通りだ。しかし、まさかそんなことが現実にあり得るのか。

為頼は自分の思いにかぶりを振って、苦しい反論を試みた。

〈たしかに恐ろしい病気があれば、人々は医療に頼るでしょう。しかし、それはあくまで結果論であって、偶然にすぎないのでは〉

〈メディカーサは、偶然に頼るほど楽観的ではありませんよ〉

ヘブラの頬が持ち上がり、瞳の奥に赤い光が煌めく。為頼は喘ぎながら訊ねた。

〈さっき、ドクター・コワルスキーは、WHOがメディカーサに日本医療への介入を要請したとおっしゃいましたね。具体的にはどういうことです〉

〈それはまだ詳しくは申し上げられませんな。あなたが正式にメディカーサの一員になる意思をお示しになるまでは〉

あいまいな沈黙を守っていると、ヘブラが葉巻を灰皿に押しつけてひとつ咳払いをした。

〈ドクトル・タメヨリ。我々の論理は単純です。医療には優秀な人材を集めなければなりません。そのためには、医療の権威が必要です。中世ヨーロッパのペストにはじまり、疫病は常に医療のレーゾンデートル（存在意義）となってきました。それはWHOとて同じです。WHOの存在意義は、悲惨な疫病や衛生問題があってはじめて高まるのです。医療が廃《すた》れれば、患者が困り、世界が困る。だから、介入が必要なのです〉

フェヘールとコワルスキーが静かにうなずく。ヘブラが間合いを計るように、為頼に上体を近づけた。

〈我々メディカーサは、WHOとはコインの裏と表の関係なのです。疫病と医療のバランスをとり、ときには特殊な状況も演出する。疫病によって、医療の地位が向上するのは事実です。たとえば、第一にドイツでマールブルグ熱と呼ばれたエボラ出血熱、第二にアメリカの

エイズ、第三にイギリスの狂牛病、第四に中国のＳＡＲＳ……〉

血のような赤大理石の暖炉で、薪がふたたび鋭く爆ぜた。為頼ははっと気づき、戦慄する。

〈……新型カポジ肉腫が、疫病の『第五番』ということですか。まさかそれがメディカーサによって日本に投入されたとでも〉

ヘブラ、フェヘール、コワルスキーの三人が為頼を見つめる。為頼は信じられない思いに息を呑む。

〈そんな研究には協力できません〉

為頼が席を立つと、フェヘールが慌てて腰を浮かせた。

〈ドクター・タメヨリ。どうぞ落ち着いてください。医療は進歩しすぎると、廃れてしまうのです。だから介入が必要なのです。それは患者のためでもあるのです〉

〈詭弁《きべん》だ。私には医療を弄《もてあそ》んでいるようにしか見えない〉

フェヘールと為頼の視線が激しくぶつかった。フェヘールの顔に、為頼を憐れむような微苦笑が浮かんだ。

それを無視して、為頼は憤然とヘブラに言った。

〈私はこれでおいとまします。すばらしい晩餐に感謝いたします。ただし、これだけは申し上げておく。私がメディカーサに加入することは、断じてありません〉

ヘブラの落ちくぼんだ目が、冷ややかにまたたいた。為頼は素早く一礼して出口に向かった。アルコールは入っているが、これくらいならオーストリアでは運転は許される。

居間の分厚い扉を閉じるとき、為頼は背後に三人の確信犯的な視線をひしひしと感じた。

68

『……刑法三十九条で刑を減軽され、社会にもどった人間が、万一、ふたたび凶悪な犯罪に走ったとき、いったいだれが責任を負うのか。もしわたしが被害に遭ったり、被害者の遺族になったら、声を大にして言いたい。なぜそんな危険な人間を世に放ったのか。惨劇が繰返されることは、わかっていたではないか』（週刊世相・連載コラム「日々口実」）

『……人を死なせたら、まったくの過失でも、過失致死罪に問われる。それなのに、残忍な殺人を犯しても、心神喪失なら無罪というのはどうか。特に一家殺人のような重大な罪を犯した者を社会にもどすことは、多大の危険を孕んでいる』（共済ジャーナル・一口エッセイ「殺人者を野に放つな」）

犬伏利男は自分の原稿を読み返し、満足げにスクラップブックを閉じた。

彼は最近、機会あるごとに、イバラの再犯を予見するコラムやエッセイを書いている。もちろんイバラの個人名は出していない。だが、イバラが再犯すれば自分はそれを予見していたと、明確に主張できる内容にしてある。

先月、神戸ビルメンテナンスでイバラに取材して以来、犬伏の予想はほとんど確信に高まっていた。大阪で女性医師が通り魔に遭った事件を話したときのイバラの変貌には、ふつうではあり得ない凶暴さが秘められていた。イバラはなぜあんなに興奮したのか。

犬伏はもう一度ネットで事件を調べ直した。被害者は大阪市の此花区医療センターの内科医、木原真砂代、四十歳。死亡推定時刻は、九月八日の午後九時半から十時の間。死因は鋭い刃物による頸動脈切断による失血。

ネットの情報によると、被害者の木原はあまり評判のよくない医師のようだった。すぐヒステリーを起こし、患者を怒鳴りつけることもしばしばだったという。

大阪府警を担当している知人の記者によると、犯人像はまだつかめていないらしい。近隣住民の証言では、髪の長い不審な人物が目撃されていたが、犯行との関わりは明らかでないという。

犬伏が事件の話をしたとき、イバラは「あの病院の医師は殺されても当然です」と言った。さらには「あの病院の医者は、八歳の女の子が苦しんでいるのに、救急車を受け入れなかったんです」とも。イバラが言ったのは、六月にあった患者のたらい回し事件だろう。此花区医療センターは最初に受け入れを断った病院として、批判の矢面に立たされていた。

亡くなった女の子と、イバラには接点はなさそうで、木原医師とイバラの関係も直接的にはないようだ。「あの病院の医師は」という言い方からすれば、木原医師を特定したわけではなく、医師ならだれでもよいというニュアンスだった。しかし、いくら義憤に駆られたとしても、イバラが医師を殺害する必然性があるだろうか。いや、それこそが奴の凶暴性か。

犬伏は事件当日のイバラのアリバイも調べてみた。神戸ビルメンテナンスの人事部長に問い合わせると、九月八日もその前後も、イバラは通常通り出勤していた。ただし、当然のことながら、退社以後の行動はわからない。であれば、午後九時半前後にイバラが大阪にいてもおかしくはない。

似たような事件は、東京でも起こっていた。久保田成秀という全日医師会の常任理事が、帰宅途中に何者かに殺害されたのだ。こちらも通り魔の可能性が高いという。

念のために神戸ビルメンテナンスに問い合わせたら、驚くべき答えが返ってきた。久保田が殺害された十一月十二日、イバラは鎌倉の三岸のアトリエに行っていたというのだ。しかも、十四日は腹痛を理由に欠勤し、人事部長がようすを見に行ったらアパートにいなかったという。鎌倉から杉並へは、当然、移動が可能だ。常任理事の死因は、脇腹から大動脈にまで達するナイフの一突き。犬伏はイバラへの疑惑をさらに深めた。

犬伏にとって、イバラの再犯を予見する記事を書くことは、極めて分のいい賭けだった。勝てば大勝ちし、負けても失うものがない賭け。刑法三十九条による凶悪犯罪者の放免は危険だと書いておく。イバラが再犯を行えば、そら見たことかと先見性をアピールできる。犬伏の慧眼《けいがん》は称賛され、各方面から意見を求められるだろう。本の執筆依頼も来るし、メディアの露出も増えるにちがいない。そうなれば、本格的なジャーナリストとして一本立ちできる。芋づる式に話題を膨らませれば、当分メシのタネには困らない。

しかし、二件の医師殺しがこのまま収束したらどうしよう。いや、奴がこのまま終わるわけはない。監視を続ければ必ずまたやる。やるまでつきまとってやる。プレッシャーをかければ、イバラはきっと凶悪犯罪に走るだろう。

犬伏は、イバラの犯罪を待ち望む自分に気づいて苦笑した。だが、イバラの再犯は、ジャーナリスト犬伏利男にとってぜひとも必要なのだ。

69

〈カーロイ。君にルートヴィヒ・v《ファウ》・B《ベー》の苦悩がわかるか〉

ヘブラがベートーヴェンのデスマスクを見つめながら言った。ヨゼフィーヌムの館長室で、間接照明の光が、大作曲家の死に顔に陰影を際立たせている。

〈わたしには縁遠い存在なので〉

フェヘールが顔を伏せると、ヘブラは椅子に腰掛けたまま斜めに視線を上げた。

〈交響曲『第五番』が、v・Bにとって究極の絶対音楽であったように、疫病『第五番』は、わたしにとって特別な存在なのだ。わかるだろう、君にも〉

〈もちろんです。だからこそ、わたしは彼をメディカーサに引き入れるよう画策したのです〉

〈しかし、見込みちがいだったようだな〉

〈申し訳ありません〉

〈あの男は何もわかっていない。優れた診断力を持ちながら、ありきたりな医師の発想しかない。目の前の患者を治療して満足していられるのは、凡庸な医師だけだ。そういう連中こそが、医療の権威を損ねていることがなぜわからないのか〉

ヘブラは忌々しげに言い捨て、落ちくぼんだ灰色の目をフェヘールに向けた。

〈それで、彼はどれくらい危険なんだ〉

〈もし彼が日本に行って、患者を診察すれば、病態を見抜く可能性は高いでしょう〉

〈冗談じゃない！〉

ヘブラは激しく机を叩いた。

〈『第五番』は君も知るように、日本人の国民性を巧みに利用した傑作なのだ。少なくともあと数年は脅威であり続ける必要がある。それを妨害することは断じて許さん。あの男を我々に近づけたのは君だ、カーロイ。処理は君が責任をもってやりたまえ〉

〈ご心配なく。すでに手は打ってあります。メディカーサへの協力を拒絶した今、彼の存在は我々にとって危険なだけですから〉

〈大丈夫なのか〉

〈はい。プロフェッサー・ヘブラ。ドクター・ベックのところに送った彼女を呼びもどしていますから〉

〈ミュンヘン支部のヨアヒムに任せた娘だな、君が暗示と例の薬で声を奪った〉

ヘブラが声をひそめると、フェヘールは自信ありげに会釈をした。

70

ＭＲＩの検査で、転移かもしれない影を肝臓に見つけた菅井は、翌日、千田の勧めに従って、ダイナミックＭＲＩを受けた。結果、その影は良性の血管腫であることが判明し、次の日に行われたＰＥＴの検査でも、転移の可能性は否定された。

すべての検査を終えたあと、千田はこれまでの結果をそろえ、胸を張って説明した。

「可能なかぎりの検査を行いましたが、現段階では転移はないと判断できます」

千田は喜びを共有するかまえでいたようだが、菅井の声は沈んでいた。

「しかし、画像に写らない微細な転移がないとは言い切れんだろう」

検査でわからないものを気に病んでも仕方ないじゃないか。相手が患者なら、菅井もそう突き放すところだ。だが、今は自分の気持をどうすることもできない。

「NK細胞の培養は、順調に進んでいるのかね」

「もちろんです」

「治療開始まであと六日か。まだまだ先だな。二日、いや一日でも、早くできないのか」

またその話ですかというように、千田は面《おもて》を伏せる。自分でもわかっているが聞かずにはいられない。肉腫は一昨日からテープで覆ったままにしてある。直径が九ミリになったため、千田が測定をやめたのだ。もともと毎日測る意味などなかった。逆に、増大を確認する分、心理的に負担になるという千田の意見はもっともだった。

「スガイ療法がはじまれば、肉腫は確実に小さくなります。大きさを意識しないほうが、治療にもよい効果があります」

たしかに大きさを測ったところで、増大が止まるわけでもない。あとはスガイ療法を待つしかないのだ。しかし、その時間が持ちこたえられない。自分はそんなに精神的に弱かったのかと、菅井は我ながら情けなかった。

「千田くん。何か気を紛らす手立てはないかね」

千田はふと思いついたように顔を上げた。

「菅井先生。いっそ温泉にでも行かれたらいかがです。奥さまとお二人で、二泊ほどゆっくり骨休めをなさってきてください」

「温泉……？」

思いがけない提案に、菅井は一瞬、頭が混乱した。

「ＮＫ細胞の培養が終わるまですることはありませんし、温泉で英気を養えば、免疫力もきっと上がりますよ。先生さえよろしければ、すぐに手配いたしますが」

「しかし、入院中なのにいいのか。しかも、女房となんて」

「外泊の形で行かれれば問題ありません。治療前の体調管理にはもってこいじゃありませんか。それに、これまで先生は仕事が忙しすぎて、ろくに奥さま孝行をされていないんじゃありませんか。ちょうどいい機会ですよ」

千田は自分を持て余しているのではないか。そう思ったが、考えようによっては温泉も悪くない。二泊で行けば三日はつぶれるし、明日、旅館の予約などをさせて、明後日に出発すれば、帰った翌日には治療を開始できる。それなら六日の待ち日数もあっという間だ。

「わかった。じゃあ、適当なところをさがしてくれ。場所は君に任せるから」

千田にそう頼んでから、菅井は妻の由香子に連絡を入れた。温泉に行くなら、千田に言われるまでもなく、由香子もいっしょでなければならない。ひとりでなど行ったら、よけいにくよくよ考えてしまうだけだ。病気のことは入院するときに由香子には告げていた。彼女はショックを受けたようだったが、元来、感情を表に出さない性格なので、取り乱すことはなかった。ただ心配そうにこう聞いただけだ。

——あなたが開発した治療で治るんでしょう。

——ああ、そうだ。

治療がはじまるまで温泉に行こうと言うと、由香子は菅井以上に驚いたようすだったが、治療前の保養だというと素直に納得した。

千田が手配した宿は、長野県八ヶ岳の中腹にある唐沢《からさわ》鉱泉だった。武田信玄の隠し湯といわれる秘湯で、十二月はじめのこの時期にはほとんど客もおらず、お忍びの旅行にはもってこいらしかった。

二日後、菅井は由香子とともに新宿から特急スーパーあずさに乗り込んだ。ハンチングを目深にかぶり、コートの襟を立てた菅井は、席に座っても肩の力が抜けなかった。ふと留守宅の娘のことが気になった。

「多佳子は大丈夫か」

「お友達の家にお泊まりさせてもらうことにしました」

「そうか」

それ以上、会話が続かない。菅井の気がかりは、スガイ療法で肉腫が完全に消失するという確証がないことだった。しかし、日々、改良は進んでいる。Tリンパ球の追加、ペプチド感作、樹状細胞ワクチンの併用など、新たな可能性が出てきている。豊富な研究費で改良に取り組めば、きっと根治療法が完成できるはずだ。そう考えながら、菅井はいつしか山間《やまあい》に入った車窓の風景にも気づかず、虚空をにらみ続けていた。

茅野《ちの》駅には午後四時に着いた。駅前からタクシーに乗り、冬枯れの畑にはさまれた田舎道を東へ向かう。やがて林間の道となり、さらに舗装されていない山道をしばらく行くと、ロッジ風の建物が見えた。秘湯にふさわしく、まわりは深閑とした雑木林に囲まれている。

旅装を解くと、すでに外は夕暮れだった。夕食まで時間があるので、取り敢えず温泉に浸かることにした。内湯だが岩風呂風で、鉱泉らしい金属臭が立ちこめている。

肉腫の被覆テープを濡らさないように気をつけながら、檜《ひのき》の湯船に入った。深呼吸でリラックスしようと努めるが、吐息が震える。今の自分は死刑判決を待つ被告人も同じだ。学生のころから勉学に励み、遊びにかまけることもなく、医学のために懸命に働いてきた結果がこれか。新型カポジ肉腫との邂逅《かいこう》は、人生の千載一遇のチャンスだと思ったのに、皮肉にも自分がその病気にかかるとは。

病気になってみて、はじめて健康のありがたみがわかった。自分は健康に注意しているのだから、健康で当然。そんな意識しかなかった。もしこの病気が治ったら、自分は生まれ変われるだろうか。人から称賛してもらおうとあくせくし、他人に負けまいとしゃにむに頑張るような生活から抜け出せるだろうか。

夕食のときも、菅井は物思いに耽《ふけ》ったままだった。だが都会の喧噪を離れ、宿の人の素朴さに触れ、無口だが細やかな気遣いの妻に付き添われて、菅井は徐々に安らいでいった。

翌日は、レンタカーを借り、蓼科《たてしな》高原から霧ヶ峰までドライブをした。この季節には珍しい穏やかな日和《ひより》で、途中のビーナスラインからは雪に覆われた富士山を眺めることもできた。

時間はあっという間に過ぎ、最終日の午前は、宿の人に勧められて鉱泉の湧出地《ゆうしゅつち》を見に行った。山道を少し行ったところに、水面が盛り上がるように湧き出る源泉があった。鉱泉の成分が鍾乳石《しょうにゅうせき》のように積み重なり、不思議な形を作っている。ほかでは見ることのできない自然のオブジェだ。

「きれいなところですね」

由香子がつぶやく。岩場の奥で、老婆が朝採りの白ネギを洗っていた。宿の台所でもちらと見かけたから、お手伝いか賄《まかな》いの女性だろう。

「あら。あの人の首」

由香子が菅井の腕を引いた。姉さんかぶりの後ろから見える首筋に、黒い丸餅《まるもち》のようなものが貼りついていた。菅井の目が医師のそれに変わる。離れてはいるが、カリフラワー状の盛り上がりはまちがいない。こんな田舎にまで、新型カポジ肉腫の患者がいるのか。

白ネギを洗い終えた老婆は、竹のザルを抱えて立ち上がった。足もとに注意しながら、こちらへ近づいてくる。

「お婆さん」

由香子がふいに呼び止めた。老婆は腰を曲げたまま振り返る。

「首のそれ、大丈夫ですか」

老婆は照れと羞恥《しゅうち》の混じった顔で手ぬぐいを下ろす。

「何でもねえだに」

「何でもないことないわよ。ねえ」

由香子にせっつかれ、菅井が訊ねる。

「それ、いつからできてるの」

「さあ、いつやったかや。三月《みつき》ほど前やろか」

たしかにそれくらい時間はたっていそうだった。だが、これまで診察した肉腫とはどこか感じがちがう。

「病院には行ったの」

「いいや。病院は嫌いだもんで」

「だめよ。ちゃんと診てもらわなきゃ。今はいい治療法があるんだから。ねえ」

由香子が念を押すように菅井を振り返った。菅井はあいまいにうなずく。

「病気は早く治療するのがいちばんよ。手遅れになる前に病院に行ったほうがいいわ。茅野まで出たら、大きな病院があるでしょう」

「ご親切にありがとうございます」

老婆は由香子にていねいにお辞儀をして、宿に通じる道を引き返していった。

「あのお婆さん、早く治療すればいいけど」

由香子が心配そうに見送る。新型カポジ肉腫は、スガイ療法で治ると由香子は信じているようだった。

71

『新型カポジ猛威　死者100人突破　感染者は315人に』

『厚労省〝迷走〟　パンデミックは時間の問題か』

十二月に入って新型カポジ肉腫の患者は急激に増え、各新聞は連日、過激な報道を繰り広げた。マスク姿の通勤客、防護服で治療に当たる医療者、鳴りやまない電話に対応する自治体職員などの写真が掲載され、社説にも『冷静に被害食い止めよう』『専門病棟の充実急げ』などの記事が相次いだ。

週刊誌には、『新型カポジ　スーパー銭湯で集団感染か』『患者は全員隔離を』『苦しむ患者には安楽死を』など、より煽情的《せんじょうてき》な見出しが並び、手足や歯茎にできた肉腫のグロテスクなカラー写真も掲載された。

国際的な波紋も広がり、アメリカ、イギリス、シンガポールは日本への渡航自粛を発表。大使館の館員および家族の引き上げを開始した。韓国、カナダ、フランスもそれに続き、中国は日本製品の輸入を制限、オーストラリアとニュージーランドは日本産の野菜や卵製品の検疫を強化した。

ＷＨＯは緊急委員会を開き、新型カポジ肉腫を国際感染症に認定。警戒度を「フェーズ4」と発表したが、これはパンデミックの可能性が中程度以上とするものだった。委員会のあと、ＷＨＯのジェームズ・イケダ事務局長補代理は記者会見で次のように語った。

《新型カポジ肉腫の感染ルートは現在のところ不明。感染力ならびに潜伏期に関する十分な

データはない。治療法は未だ確立されず、予防には限界がある。日本政府には、本疾患の海外流出の防止を強く期待する》

世間ではさまざまな風評が立ち、ホクロやイボはすべて切除したほうがいいとか、アトピーの患者は新型カポジ肉腫になりやすいとか、シャンプーや美白化粧品に原因物質が含まれるという説などが、テレビや週刊誌でまことしやかに語られた。

新型カポジ肉腫は内科や外科では正しく診断できないという噂が広まり、どこの病院でも皮膚科に大勢の患者が押し寄せた。胃痛や不整脈など、まったく関係のない症状でも、新型カポジ肉腫を恐れる人が続出した。にわかに多忙になった皮膚科医たちは、不眠不休で対応した。新型カポジ肉腫の予防法や、症状の見分け方など、世間が求める情報を次々提供したが、そのほとんどは根拠のないものだった。研究が進んでいないのだから仕方がない。しかし、世間の動揺を抑えるためには、とにかく専門家による情報が必要とされたのである。

八ヶ岳の温泉からもどった菅井に、千田はスガイ療法の補助として、「超高濃度ビタミンC療法」の併用を提案した。これはビタミンCの抗酸化作用で肉腫細胞のアポトーシス、すなわち細胞の自死を促進させるもので、アメリカのノーベル賞受賞者、ライナス・ポーリングが考案した療法である。いったんは無効とされていたが、最近の研究でふたたび有用性が着目されていた。

「ビタミンCは、細胞障害性のあるヒドロキシラジカルを発生させます。正常細胞はカタラーゼでこれを中和しますが、肉腫にはカタラーゼがないので、障害を受けるのです」

「正常細胞が無傷ということは、副作用がないということだな」

「そうです」

菅井は千田の提案に賛成した。ヒドロキシラジカルの効果は、NK細胞による攻撃と共通するので、相乗効果が期待できる。一日でも早く治療をはじめたい菅井は、病院にもどったその日から超高濃度のビタミンCの点滴を受けた。

翌日、ようやくNK細胞の培養増殖が終わり、スガイ療法の準備が整った。治療前の計測のため、千田は八日ぶりに菅井の右手の被覆テープをはずした。肉腫の直径は一一・五二ミリになっていた。一週間余りで約二・五ミリの増大だ。

「意外に大きくなっていませんね。もしかしたら先生の肉腫は増殖力が弱いのかも」

千田は菅井を気遣うように言い、看護師長に点滴の準備を指示した。菅井はベッドに横たわったまま、自分のNK細胞が入ったオレンジ色の点滴パックを見上げた。

「よろしく頼むよ」

菅井は肘を伸ばし、目を閉じた。さあ、いよいよだ。自分はこの治療にすべてを賭ける。

これで肉腫が消えれば、これまでのすべての苦労が報われる。自ら実験台になって、この凶悪な肉腫に立ち向かうのだ。成功すれば、大勢の患者が救われる。

しかし、もしこの治療が失敗したら……。

ちらと思うだけで呼吸が震えた。指先が冷たくなり、全身に死の恐怖が広がる。

余計なことを考えるな。今は病気を治すことだけ考えろ。必死に自分に言い聞かせ、NK細胞が肉腫を攻撃している場面を思い浮かべた。いわゆるイメージ療法だ。医師だから患者よりはるかにリアルに想像できる。歪な核を持つ肉腫細胞の周囲を、円盤形のNK細胞が取り囲む。肉腫細胞は防御しようとするが、NK細胞がゲームの兵士のように四方八方から肉腫細胞を攻撃する。肉腫細胞は毒を注入されたイソギンチャクのように悶え苦しみ、ついに細胞膜が破れて中身を流出させる。それが連鎖的に起こり、肉腫細胞は次々と消滅する。氷山が崩れるように、あるいは廃ビルが倒壊するように、肉腫が瓦解《がかい》していく。

必死でイメージを膨らませていると、右手の小指のつけ根にかすかな熱感が湧いた。NK細胞の攻撃がはじまったのだ。ビタミンCのヒドロキシラジカルも効いているはずだ。

結果を焦るな。そう言い聞かせたが、逸《はや》る気持は抑えがたかった。菅井は少しでも体力を温存するため、絶対安静を守り、夜は鎮静剤で気持を鎮めた。

翌日、千田が被覆テープを剝がすと、肉腫は明らかに小さくなっていた。大きさだけでなく、全体が干からびたように勢いがなくなっている。デジタルノギスで測った千田が、興奮に声を震わせた。

「直径九・八六ミリ。たった一日で二ミリ近い縮小です」

「やったな」

菅井は上気した顔でうなずいた。ビタミンCとの併用が効果を強めたようだ。しかし、まだ油断はできない。今までも、スガイ療法は治療のはじめに効果が高かった。それでも二ミリ近い縮小はこれまでにない成果だ。

菅井は緊張して経過を見守ったが、治療の効果は翌日も続いた。縮小のスピードはやや鈍ったものの、治療開始から五日目には七・〇六ミリとなり、初診時の大きさを下まわった。あとは肉腫の消失を待つばかりだ。二回目のNK細胞の培養も怠りなくはじめている。超高濃度のビタミンCも追加した。このままいけば、肉腫は完全に消えるかもしれない。そうなれば、自分が根治症例の第一号になる。信じられないようなミラクルストーリーだ。

首を振ったとき、ふと不吉なものが視界に入った。右手の中指と薬指の間の柔らかい部分。目の錯覚か。まさか、そんな、あり得ない。見まちがいにちがいない。恐る恐る指を開いて、指の間を見る。菅井は絶叫した。

そこには、新たな黒い〝イボ〟が二つ、目を剝いていた。

72

「今、噂の〝居留守ドクター〟が、離婚問題まで抱えているとなったら、週刊誌がどれほど喜ぶかしらね」

妻の佐知恵《さちえ》が、腕組みのまま不敵な笑いを浮かべた。

開業医の円堂康三《えんどうこうぞう》は、革張りのソファに浅く腰掛け、虚しく拳を握りしめた。悔しいが、殴りかかるわけにはいかない。でっぷりと太って、ジムだ、エステだと鍛えている彼女に、やせぎすの六十男の円堂がかなうはずもない。それに少しでも暴力を振るえば、佐知恵はしめたとばかりに、治療費だ、慰謝料だと請求するだろう。

円堂が院長を務める「ほほえみ総合クリニック」は、もともとは内科だったが、佐知恵が経営に口を出し、アロマテラピーや漢方ダイエットを取り入れて事業を拡大した。彼女は時代のニーズを先取りし、富裕層相手の自由診療も手がけて、巨額の収益をあげた。

強欲な佐知恵は節税と称し、不法な経費の計上や収益のごまかしを繰り返し、さらなる収益を求めて、特別優遇措置のある在宅医療に食指を伸ばした。円堂は外来患者だけで手いっぱいだったが、佐知恵に押し切られる形で在宅部門を開設した。在宅医療は原則、二十四時間対応をしなければならない。ところが、無計画に患者を増やしたため、円堂は対応しきれなくなった。患者から電話がかかっても居留守を使う。それを以前からクリニックに不満を持っていた看護師が、週刊誌にたれ込んだのだ。

折り悪く、直前に税務署の調査が入り、約一億円の脱税を指摘されていた。脱税事件とタイミングが合ったため、週刊誌は大きく取り上げた。

『巨額脱税の開業医　患者の電話に居留守!!』

円堂は一躍スキャンダルの主役となった。アイマスク写真が載せられ、佐知恵にせがまれて建てた目黒区の豪邸はカラー写真で報じられた。見出しは『居留守ドクター御殿』。ほかにも『自由診療で金持ち相手に大儲け』だの、『怪しげなアロマテラピーで贅沢三昧』だの、たれ込み看護師の情報で、あることないことを書かれ、強欲で不誠実な医師というイメージが独り歩きした。

実際の円堂はまじめで、服装や食事も質素だったが、申し開きにだれも耳を貸さない。世間にとっては、作られたイメージが〝事実〟なのだ。

この状況で、さらに離婚問題を報じられてはたまらない。佐知恵はそんな円堂の気持を見透かすように、冷ややかに言った。

「あなたはあたしのために一生、稼ぐしかないのよ。離婚するにも慰謝料が払えないでしょ」

身勝手な言葉が、虚しく耳を通り過ぎる。円堂は膝を見つめ、肩を落とした。自分はこんな人生を求めたわけではない……。

そのとき、インターフォンが鳴った。

「あなた、出てよ。あたし、寒いわ」

寒いのはこっちもだと思いながら、円堂は立ち上がる。

「はい」

「遅くなってすみません。宅配便です」

モニターに帽子をかぶった宅配人が映っている。時計を見ると午後九時四十分。

「日曜日のこんな時間に配達か」

「すみません。荷物が、立て込んでいて」

宅配人が段ボール箱を持ったまま頭を下げる。休日に遅くまで働いている彼に同情の気持が湧いた。

「わかった。すぐ行く」

円堂は勝手口から門に出た。

「ごくろうさん」

門扉を開けて判子を押そうとすると、宅配人が段ボール箱を地面に置いた。背中から望遠鏡のようなものを取り出す。金属の筒の先に小さな炎が揺らめいていた。

何だろうと思った瞬間、円堂の顔をめがけて太い火炎が噴き出した。とっさに身を折り顔を覆う。炎は容赦なく噴きつける。猛烈な痛み。薄い髪が一瞬にして焼け焦げる。溶けた鉄を浴びせられたような灼熱を感じ、円堂は地面に転がった。それでも炎の噴射はやまない。

「やめろ。やめてくれ」

宅配人は執拗に追ってくる。炎は轟音《ごうおん》を立てながら円堂に襲いかかる。叫ぼうとして、まともに炎を気道に吸い込む。

（あっ、あぁーっ）

声にならない悲鳴が洩れる。炎が顔面に集中する。まぶたが溶け、剝き出しの眼球が炎に焼かれ、破裂する。唇がまくれ上がり、前歯が弾け飛ぶ。

火はガウンに燃え移り、中のシャツを焦がした。宅配人はそれでもなお炎を向けてくる。首の皮膚が破れ、頸動脈から沸騰した血が噴き出した。

円堂は枯れた芝生の上を転げまわった。生皮を剝がれた上に、煮え立ったカラシを塗りつけられるような激烈な痛み。これはいったい何の罰か。

そう思った瞬間、すっと感覚が遠のいた。脳内モルヒネが大量放出されたのだろう。死の直前に起こる反応だ。医師である円堂にはそれがわかる。しかし、なぜ自分が襲われるのか。

肉体の苦痛は遠のいても、心の痛みは最後まで消えなかった。

73

犬伏利男は、コンビニで買い込んできた週刊誌の記事を食い入るように読んだ。十二月四日の日曜日、庭先で何者かに焼き殺された開業医、円堂康三に関する詳報だ。

翌日、新聞でこの事件を知ったとき、犬伏は思わず戦慄した。イバラがその日、おそらく東京にいたことを知っていたからだ。情報源はササヤマ画廊の笹山だ。彼はイバラが十一月の前半から毎週末、三岸のアトリエに個展の手伝いに来ていると言っていた。

犬伏はさっそく笹山に電話をかけて、この週末もイバラが来ていたかどうか確かめた。

「来てたと思いますよ」

笹山は犬伏に対していつも低姿勢だった。自分の弱み——軽井沢の別荘で幼女に乱暴したのを、ヤメ検弁護士の岡部に揉み消してもらったこと——を犬伏が知っていると思っているからだ。犬伏はそれにつけ込んで、十二月四日のイバラの行動を三岸に確認するよう笹山に指示した。

笹山は折り返し、電話をかけてきた。

「イバラくんは日曜日の昼前に神戸に帰ったそうです」

「昼前に？　いつもは夕方までいるんじゃないの」

「勤め先の社長の家で、昼から忘年会があるとかで」

まさか。信じられないと思ったが、犬伏は何も言わなかった。これでイバラが鎌倉を離れたことはわかった。犬伏は続けて神戸ビルメンテナンスの人事部長に電話をかけた。会社のことを新聞に書いてもらえると思っている人事部長は、相変わらず犬伏に協力的だった。

「この前の日曜日に、お宅の社長の家で忘年会があったと聞いたのですが、イバラくんのようすはいかがでしたか」

「イバラくんは来てません。参加の予定だったんですが、急に来られなくなったようで」

「そうですか」

思った通りだ。イバラは三岸には神戸へ帰ると言い、会社には都合が悪くなったと言って、日曜の午後から行方をくらませたのだ。

しかし、それだけで円堂の殺害をイバラの犯行と決めつけるわけにはいかない。詰めなければならないことはいくらでもある。まず動機だ。

これまでの医師通り魔殺害事件。一件目は大阪で、木原真砂代という此花区医療センターの女性医師が殺された。二件目は東京都杉並区で、全日医師会の常任理事の久保田成秀が被害に遭った。そして今回は目黒区だ。

木原は患者に冷たく、八歳の救急患者を病院が受け入れなかったことを正当化するような発言をしていたらしい。久保田は製薬会社や医療機器メーカーから賄賂《わいろ》を受け取り、医師会の裏金で放蕩していたという噂があった。三件目の円堂は脱税をして豪邸に住みながら、患者の電話に居留守を使うような医師だった。この三人に共通しているのは、許しがたい堕落医師だということではないか。イバラは案外、正義感が強い。特に医療に関しては、以前、病院の手術室で働いていたから敏感だ。イバラの直情径行を考えれば、抑えがたい憤りを感じたとしても不思議ではない。

円堂は火炎放射器のような草焼きバーナーで殺された可能性が高いと、週刊誌は報じていた。ふつうの神経では、生身の人間を焼き殺すような残酷なことはできない。しかし、もしそれが、痛みに共感できない生来の凶暴性を持つ者だったら。

犬伏はもう一度、神戸ビルメンテナンスの人事部長に電話をかけた。

「すみません。つかぬことをうかがいますが、御社ではビル清掃のときに、雑草の処理をされることもありますか」

「ときどきあります。屋外の植え込みや空き地のメンテも頼まれますから」

「その際、どんな用具を使われますか」

「除草剤とか草刈り機ですね」

「草焼きバーナーは」

「たまに使います。あれは土をアルカリ性に変えるので、土壌処理の効果もあるんです」

「イバラくんがそれを使ったことは」

「この前、使わせました。鈴蘭台《すずらんだい》のお客さんが、倉庫前の雑草を焼いてほしいと言ってきたので」

ビンゴだ。イバラはそのとき使い方を覚え、円堂の殺害に使用したのだ。

ケータイを握る手に汗が滲む。ついに大きなネタをつかんだ。これで一躍、ジャーナリズム界の寵児になれる。

いや、その前にすべきことがある。まずはジャーナリストとして、社会的責任を果たすことだ。犬伏は震える声を抑えて言った。

「今からお目にかかれませんか。イバラくんのことで、至急、お話ししたいことがありますので」

「今、イバラくんはいませんよ」

「いや、むしろそのほうが好都合です」

犬伏は三十分後の約束を取りつけ、神戸ビルメンテナンスに駆けつけた。

「どうしたんです。そんなに慌てて」

人事部長が訝《いぶか》るのもかまわず、犬伏は応接間のソファで声をひそめた。

「落ち着いて聞いてください。これから申し上げることは、御社にとってもひじょうに重大なことですので、くれぐれも内密に願いたいのです。先日、東京の目黒区で開業医が焼き殺された事件をご存じですか」

「ああ、ニュースで見ましたが」

「実は、その事件に、イバラくんが関わっている可能性がきわめて高いのです」

「何ですって」

人事部長が啞然《あぜん》としたようすで聞き返した。無理もない。せっかく社会貢献のために仮釈放者を雇用したのに、恩を仇《あだ》で返されたのだから。

「関わっているというのは、つまり、その……」

「そうです。彼が犯人だということです」

犬伏は深刻な面持ちで告げた。人事部長は目をしばたたき、顔の筋肉をいっせいに緩めて首を振った。

「犬伏さん。そんなバカなこと」

「信じられないお気持はわかります。しかし、状況証拠はそろっています。目黒区の事件だけではありません。先月の杉並区の医師会常任理事や、九月の大阪の女性医師の通り魔殺害も、彼の犯行である可能性が高いのです」

どうせなら最悪の事態まで知らせておいたほうがいい。犬伏は心を鬼にして言ったつもりだった。自分とて、建前ではこの推理がはずれていることを願っている、しかし、これは紛れもない事実なのだ。

人事部長は硬い表情で返してきた。

「何を根拠におっしゃるのか存じませんが、先日の目黒区の事件に、イバラくんが関わっていることはあり得ませんよ」

まだ言うのか。認めたくないのはわかるが、どんなに拒んでも事実は変わらないのだ。

犬伏が苛立ちかけたとき、人事部長は冷静な、むしろ怪訝そうな声で言った。

「だって、あの事件の夜は、イバラくんはわたしといっしょに神戸にいたんですから」

74

菅井が新型カポジ肉腫で創陵大学病院に入院している事実は、スガイ療法の開始数日後、「週刊パトス」にスクープされた。情報の出どころはわからない。治療の経過などは明かされていなかったので、皮膚科以外の病棟からリークされた可能性が高かった。

ほかのメディアも取材に殺到したため、創陵大学病院は記者会見を開き、菅井はスガイ療法で快方に向かっていると発表した。しかし、詳しい治療経過は明らかにされなかったので、逆にさまざまな憶測を呼んだ。副作用が出ているのではとか、肉腫が顔面にできて人前に出られない姿になっているのではとかである。

実際の菅井の状況は、そんな憶測よりはるかに悲惨だった。

小指のつけ根の肉腫が縮小して喜んだのも束の間、中指と薬指の間に新たな肉腫を発見した菅井は、完全に自制心を失っていた。このままでは右手はびっしり肉腫に覆われ、指は肥大化して黒いカボチャのようになってしまう。菅井は居ても立ってもいられず、主治医の千田を呼びつけ、すぐにスガイ療法を追加しろと怒鳴った。しかし、二回目のNK細胞の培養が終わるのは、まだ十日以上も先だった。

「そんなに待てるか。だれの培養液でもいい。すぐ持ってこい」

菅井は手もとのボールペンを千田に投げつけた。

「しかし、ご承知の通り他人のNK細胞では拒絶反応が」

「かまわん。何でもいいからすぐ治療を再開するんだ」

「先生。落ち着いてください」

「うるさい。おまえは主治医だろう。すぐになんとかしろ。なんとか、一刻も早く……、うっ」

菅井は怒りの発作に見舞われ、むせび泣きながら口から泡を吹いた。千田はナースコールで鎮静剤を持ってこさせ、菅井の肩に注射した。菅井は意識を失い、眠りとはほど遠い苦しい朦朧状態をさまよった。

二時間後、菅井は鉛のように重い頭で意識を取りもどした。ぼんやりした視界が、ゆっくり像を結ぶ。ころ合いを見計らったように、扉にノックが聞こえた。

「菅井先生。そろそろ気がつかれましたか」

千田が静かに入ってきた。鎮静剤のせいか、すぐに返事ができない。しかし、さっきよりは冷静に考えることができた。菅井は力ない声で千田に訊ねた。

「中指側にできた肉腫は、転移ではなくて、重複肉腫だろうね」

「そう思われます」

これまでの患者でも、内臓の肉腫は転移だったが、皮膚に発生したものは別個にできた重複肉腫がほとんどだった。それなら助かる見込みはある。

「菅井先生。今、特別研究グループのスタッフで緊急カンファレンスを開いたのですが、超高濃度ビタミンCの追加と、細胞障害性Tリンパ球の培養をはじめたらいかがでしょうか」

「いや。スガイ療法には、もう頼らない」

菅井の思い詰めた声に、千田は困惑の色を浮かべた。

「しかし、小指の側の肉腫には明らかに縮小効果がありましたし、明日になれば、中指側のものも小さくなっている可能性が」

「だめだ。そんな悠長なことは言ってられない」

「と、申しましても、ほかにどんな方法が」

「広汎切除だ」

千田が息を呑むのがわかった。菅井は自分に言い聞かせるように続けた。

「新型カポジ肉腫の死因は、内臓への転移だ。それさえ防げば致命的にはならない。肉腫は今のところ、右手だけにとどまっている。今のうちに切除して、転移を防げば大丈夫だ」

「しかし、先生。広汎切除と申しましても、手の場合は、切断ということに……」

「もちろんだ」

「では、右の手関節《しゅかんせつ》から切るのですか」

「それでは『広汎』にはならない」

「まさか、肘関節からですか」

「いや、肩関節からだ」

「そんな無茶な」

千田が悲鳴のような声をあげた。

「何が無茶だ。この治療にはわたしの命がかかっているんだ。もし見えない肉腫細胞が前腕や上腕に広がっていたらどうする。あとから切り足しても間に合わないんだぞ。この業病を克服するためなら、腕の一本や二本、惜しくもなんともない」

「しかし、広汎切除は、以前……」

千田が足踏みしながら抗弁した。彼の言いたいことはわかる。タレントの奥山アミ子をはじめ、何人かの患者に広汎切除を行って、よい結果が得られていなかった。しかし、奥山アミ子は頭蓋骨に肉腫細胞が残っていたし、ほかの患者も肉腫から十センチほどの距離しかとらない切除だったから、広汎性が不徹底だったのだ。

「だから、今回は『超広汎切除』でいく。千田くん。すぐ整形外科に連絡して、手術《オペ》の段取りを進めてくれ。もちろん緊急だ」

「わかりました」

迷いを振り切るように、千田は一礼して病室を出ていった。

菅井は捨て身の覚悟だった。肉を斬《き》らせて骨を断つの心境だ。

すぐさま整形外科との合同カンファレンスが開かれ、菅井も出席した。自分の病状を医師の口調で説明する。

「……今のところ、肉腫は右手のみに限局しており、内臓その他への転移は見られません。右上肢切断の『超広汎切除』は、ダメージは大きいですが、救命効果は高いと考えられます」

「そうですね。整形外科でも、悪性度の強い骨肉腫や軟部腫瘍は、病変が末端でも、中枢で切断しますからね。患者である菅井教授が、自らアンプタ（切断の隠語）を求められるのであれば、当科としてはお断りする理由はありません」

菅井の説明に、整形外科の教授が慇懃に答えた。

翌日の午後、緊急用の手術室で菅井の右上肢切断手術が行われた。

麻酔から覚めたあと、病室にもどった菅井は、右肩から襷《たすき》のように包帯を巻かれ、まんじりともしなかった。右腕切断という過激な手段で、病気との闘いに決着をつけたのだ。彼は前線で戦闘を指揮する司令官の心境だった。これまでも患者の治療で、似たような気分になったことはある。しかし、それは負けても失うものはないバーチャルの闘いだった。今回は自分の身体が戦場だ。敗北は死を意味する。そう思うと、病に冒された右腕への感傷などまったくなかった。

傷の回復は順調だった。感染もなく、幻肢痛《げんしつう》（ないはずの四肢に感じる痛み）に悩まされることもなかった。それでも菅井の不安は消えない。細胞レベルでの転移はないか。彼は抜糸も終わらないうちから、ふたたび全身の検査を命じた。血液検査も通常では測定しない項目までも調べた。しかし、詳しい検査をすればするほど、異常も見つかりやすい。わずかな酵素の上昇、電解質のアンバランス、CT画像の薄い影など、すべてが転移を疑わせる。菅井は疑心暗鬼に陥り、さらに詳しい結果を求めて、ダイナミックMRI、三次元トモグラフィ、血管造影など、思いつくかぎりの検査を繰り返した。

もはや千田が口をはさめる状況ではなく、すべては菅井の主導で進められた。しかし、どんなことでもそうだが、ないことの証明はむずかしい。どこまでやっても、転移はないとは言い切れない。菅井は食欲が落ち、夜も眠れず、疲労困憊《こんぱい》した。しかし、菅井は検査との闘いに連戦連勝した。明らかな転移の所見は見つからなかったのだ。

切断手術から一週間後、整形外科教授による抜糸で、治療は一応の完結を見たかに思われた。医局員を引き連れた教授の一行が出ていったあと、菅井は残った左手で思い切り伸びをした。これで一息つける。そう思ったとき、彼は尻のあたりに奇妙なざらつきを感じた。

何だろう。

腋に冷たい汗が走る。菅井はすぐさま毛布を剝ぎ、片腕でズボンと下着を下ろした。指で肛門の周囲を探る。何もない。少し前に進める。中指の先にかさぶたのようなものが触れた。凍りつくような衝撃が走る。菅井は股を割り、身体をねじって必死にのぞき込む。肛門と陰《いん》嚢《のう》の間に、小指の先ほどの肉腫が顔を出していた。

だめだ。これで終わりだ。

目の前が真っ暗になり、髪が逆立つような恐怖に襲われる。菅井はベッドに倒れ込み、全身から生気が抜けるのを感じた。もう千田を呼ぶ気力もない。あきらめと失望に、思わず嗤いが込み上げた。

なんという惨めさ。

そう思ったとき、医師としての矜持《きょうじ》が頭をもたげた。まだすべてを投げ出すのは早い。きっとどこかに抜け道がある。そんな気がした。菅井は手鏡を使って、もう一度、会陰部の肉腫を見た。今度は医師の目で診た。これも転移ではない。会陰部の皮膚に新たにできたものだ。それならこれも切除すればいいではないか。

菅井は気を取り直して千田を呼んだ。そして、外科と泌尿器科に緊急の合同カンファレンスを申し入れさせた。

75

カンファレンスには前回同様、菅井自身も出席した。その目は異様にぎらつき、頬はこけ、隻腕《せきわん》のやつれた全身には、鬼気迫るものがあった。

菅井は自分の病歴を説明したあと、会陰部の肉腫の「超々広汎切除」を提起した。手術は肉腫の周辺だけでなく、直腸、肛門、陰嚢、膀胱《ぼうこう》、前立腺、性器を含めてすべて切除する。

前二者の切除は外科に依頼し、後者は泌尿器科に取ってもらう。外科には人工肛門を、泌尿器科には回腸導管《かいちょうどうかん》（小腸の一部を切断し、そこに尿管を吻合《ふんごう》して、断端を腹壁に固定して排《はい》泄《せつ》させるもので、いわば人工肛門の排尿版）を造ってもらい、腹部から排便と排尿ができるようにする。これは直腸がんと膀胱がんと陰茎がんに対する手術を合わせたもので、同時に行うことを除けば、特に目新しい手術ではない。

皮膚科からカンファレンスに参加した医局員は、菅井以外、全員顔を伏せていた。だれもが無謀だと感じているのだ。白髪頭で長老格の外科の教授は、菅井の病気に対する同情と、強引さへの反発をない交ぜにして慎重に切り出した。

「つまりは、外性器と小骨盤内臓器の全摘出ということですな。それだけの大手術をやって、術後のＱＯＬ（生活の質）は保証できるのかね」

菅井は即座に返答した。

「ＱＯＬは命あってのことです。まず生命予後を保証することが先決でしょう」

着任して日の浅い泌尿器科の教授が、遠慮がちに発言する。

「膀胱まで切除する必要はあるのですか。回腸導管は管理がやっかいですよ」

菅井は顔色ひとつ変えず、居丈高に答えた。

「会陰部から膀胱までは数センチしか離れていません。新型カポジ肉腫の場合は病変から少なくとも十五センチは離したい。根治を考えれば、小骨盤内臓器の全摘は当然の判断です」

「しかし、ほんとうにそこまでやる意味があるのかね」

「泌尿器科としても、二の足を踏みますね」

外科と泌尿器科の教授がともに難色を示し、医局員たちも消極的なようすで首を傾げた。

菅井はその反応を予想していたかのように、おもむろに立ち上がり、燃えるような目で両科の医師らを見つめた。

「みなさん。新型カポジ肉腫は新しい疾患です。大勢の患者がこの病気で苦しんでいるのです。未だ決定的な治療法は確立されていません。もし、徹底した広汎切除で治癒が可能になれば、多くの患者が救われます。わたしは病気を克服するために、すでに右腕を切断しました。これはわたしの生きる意志です。わたしは医師として、わずかでも可能性があるかぎり、最後まで治療をあきらめるわけにはいかないのです」

白衣の右肩を突き出し、左手で空虚な右袖を誇らしげに持ち上げる。そして菅井は、二人の教授に挑みかかるように身を乗り出した。

「もし、お二方が手術を受けてくださらないなら、わたしは東帝大病院に転院します。あそこなら、日本一のメンツにかけて手術してくれるでしょう」

泌尿器科の教授が困惑顔で外科の教授を見た。外科の教授は唇をへの字に曲げて低くうなった。創陵大学の医師が東帝大病院に転院するだけでも、体面上、ゆゆしき問題だ。その上もし、東帝大が菅井の手術を引き受けでもしたら、創陵大学の面目は丸つぶれになる。

「わかった。それでは至急、手術の準備に入りましょう」

外科の教授はそれだけ言うと、六十歳を超えているとは思えない身軽さでカンファレンスルームから退出した。外科の医局員たちがあとに続く。泌尿器科の教授と医局員も遅れじとばかりに出口に向かった。

「千田くん。あとは両科と連携して、よろしく頼む」

千田は菅井の指示に深く一礼した。

妻の由香子は、悲愴な顔で毎日、菅井の病室に通っていた。右腕を切断するときも、今回の大手術にも、いっさい口出しは許されなかった。わずかでも反対すると、菅井が狂ったように怒鳴りつけるからだ。

三日後、菅井は、肉腫とともに肛門、性器、小骨盤内の臓器をすべて切除し、への左横に人工肛門、右横に回腸導管を持つ身となった。

76

菅井の会陰部にできた直径二十センチほどの皮膚欠損部には、臀部の筋肉と太腿の皮膚を移植して、かろうじて傷を閉じることができた。皮膚移植は皮膚科の千田が行った。医師になって二十年の千田にも、そんな大がかりな手術ははじめてだった。こんな前代未聞の手術をして、菅井は果たして助かるのか。

千田は菅井からの矢継ぎ早の指示に振りまわされながら、通常の診療もこなさなければならなかった。

午前の外来をはじめる前に、医局のソファで新聞を広げると、社会面には相変わらず煽情的な見出しが並んでいる。

『新型カポジ猛威　全国に拡大』

『政府　市民生活を制限　最悪の事態想定』

死者はまだ高々百人を超えたばかりなのに、新しい病気だとどうしてこうも大騒ぎするのか。喘息でさえ毎年三千人は死んでいるのに。おかげで外来患者が激増し、昼食を摂る時間もない。

千田はコーヒーを一口すすり、背もたれに身を預けた。彼が皮膚科を選んだのは、皮膚科特有ののんびりした雰囲気に惹かれたからだ。皮膚科は死につながる病気が少ないから、緊急呼び出しも少ない。患者や家族の愁嘆場に立ち会うこともめったにない。逆にアトピーや湿疹、皮膚炎など、軽症の病気は多く、開業しても患者に困ることはない。皮膚病の診断はむずかしく、内科や外科が領分を侵してくることも少ない。そんな気楽な理由で皮膚科を選んだのに、今年の四月以来、新型カポジ肉腫騒動で一挙に忙しくなってしまった。

医局の電話がけたたましく鳴った。若い医師が受話器を取る。

「千田先生。外来からです。今日も患者が多いので、早めに診察をはじめてもらえませんかって」

「すぐ行くと言ってくれ」

面倒そうに舌打ちをする。コーヒーもゆっくり飲めない。

それにしても、菅井の主治医を務めるのはたいへんだった。主治医とは名ばかりで、方針はすべて菅井の独断で決められ、口をはさむ余地はまったくない。菅井は右腕の切断と、小骨盤内臓器と外性器の全摘出をしたあと、ますますエキセントリックになって、手がつけられない状態だった。検査でも、治療でも待てしばしがなく、言う通りにしなければ怒鳴り散らす。居たたまれなくなった夫人が泣きながら帰ったのも、一度や二度ではなかった。

治療の改善をせっつく菅井に、千田は困惑と倦怠《けんたい》を感じていた。スタッフ全員が何日も徹夜で知恵を絞り、考えられる可能性をすべて試しているのだ。創陵大学だけでなく、全国の大学でも研究が進んでいる。それでも妙案は出ないのだ。千田自身、もう頭がオカラのような状態で、いい方法があるなら何でもやってくれという投げ遣《なや》りな気分になっていた。

ふたたび医局の電話が鳴り、さっきの医師が身体を斜めにして言った。

「千田先生。外来がまだかかって聞いてます」

「もう出たと言っといて」

まるでそば屋の出前だと自嘲しつつ、千田はふたたび新聞に手を伸ばす。少々早くはじめたところで、どうせ夕方までかかるのだ。千田は気だるげに新聞のページを繰った。

社会面にふと目を惹く記事があった。派手な美人が、強い目線で微笑んでいる。

『三岸薫展　来週スタート』

新進気鋭の日本画家、三岸薫が今月十五日から、銀座のササヤマ画廊で個展を開くという記事だった。千田は写真を見ながらふと思い当たった。これはたしか、菅井が前に話していた画家だ。神戸で開かれた全日皮膚科学会のあと、週刊誌のグラビアを見せられた。

――この絵、どう思う。

その絵はたしかに奇妙だった。新型カポジ肉腫の末期の画像がまだ公表されていなかったのに、絵の中の人間には、実物そっくりの肉腫が描かれていたのだ。

77

為頼は診療所でパソコンのモニターを見つめていた。

ネットの情報によれば、日本で発症した奇病「新型カポジ肉腫」は、すでに百人以上の犠牲者を出し、人々を恐怖に陥れているとのことだった。もし、この病気が人為的に作られたものだとすれば、どこかに治療のヒントが隠されているかもしれない。

為頼は実際の患者を診れば、何らかの対処法を見出《みいだ》せるのではないかと思った。そのためにはいったん日本に帰らなければならない。日本人会の会長に休暇の相談すると、二つ返事で一時帰国を認めてくれた。

日本に帰れば、菜見子にも会える。彼女は先月、イバラの自画像の眉間に「M」の紋様を見て、激しく動揺していた。メールには為頼に確かめてほしい気持と、無理に帰国は頼めないという遠慮が、ありありと表れていた。自画像の紋様がただの偶然か、ほんとうに危険な徴候なのか、イバラに会って見極めなければならない。

為頼が一時帰国の準備をしていた十二月六日の午後六時過ぎ、突然、サトミが診療所にやってきた。彼女とは、フェヘールに頼まれてアパートにようすを見に行って以来、会うのは約一月半ぶりだった。

為頼は診察室に入ってきたサトミを見て、驚き半分、喜び半分の表情を浮かべた。

「南さん、いつミュンヘンからもどったの。もう体調はよくなったのかい」

サトミは答えない。まだ失声症が続いているのか。落胆しかけると、サトミは診療机の横に置いたスーツケースを無表情に見た。

「ああ、これは休暇の準備なんだ。日本で奇病が流行《はや》っているらしいから、状況を見るために、一度、帰国しようと思って」

「……奇病」

サトミがオウム返しに言った。

「南さん、声が出るのか。よかったじゃないか」

しかし、サトミの声は抑揚のない機械の音声のようだった。声ばかりではない。身体の動きもアンドロイドのようにおかしい。ほんとうにサトミなのか。彼女は細身のジーパンにカーディガンしか羽織っていない。いくら若くても、この寒さにコートなしでは寒いだろう。

「外は寒かっただろう。熱いコーヒーでもどう」

「……コーヒー」

また虚ろな声で繰り返す。眼球が外斜視のように左右に開いている。

「どうしたんだ、南さん。やっぱり体調が悪いのか」

もしかしたらミュンヘンのベック教授のところからも、無断で抜け出してきたのではないか。それなら至急、連絡をしなければならない。

「南さん。ベック教授は君がウィーンにいることを知ってるのかい」

サトミは為頼に半分背中を向けたままうなずく。カーディガンのポケットから何か取り出し、右手に握った。シャープペンシルだ。

「何か書きたいの」

ふたたびうなずく。声が出るのなら、筆談の必要はないだろうにと思いながら、為頼はメモ用紙をサトミに差し出した。

「診療机で書いたらいいよ。日本に帰ったら高島さんにも会うつもりだ。出発は来週だけど、手紙とか渡すものがあるなら届けてあげるよ」

サトミは診療机の横に立ち、身体を小刻みに震わせた。体調が悪いのか、それとも単に寒いのか。いずれにせよ、コーヒーで身体を温めたほうがいい。

為頼は立ち上がり、壁際のコーヒーメーカーのほうに向かった。

二人分のカップを用意して、サーバーから注いでいると、後ろでシャープペンシルの芯を出す音が聞こえた。その音が徐々に近づいてくる。振り返ると、サトミがすぐそばに迫っていた。白眼を剝いた眉間に、「M」の皺がくっきりと浮き出ている。

サトミは逆手に握ったシャープペンシルを振り上げ、為頼目がけて振り下ろした。芯の代わりに注射針が出ている。とっさに身をかわしたが、腰に鈍い衝撃を受けた。痛みはない。針は革のベルトをかすめたようだ。サトミは体勢を整え、ふたたび針を振り下ろそうとした。

為頼は力任せにその手を払った。上から叩き落とすと、シャープペンシルがサトミのジーパンの太腿に突き立った。

「うぐっ」

サトミが歯を食いしばって獣のようなうなり声を発した。眉間の「M」はますます明瞭に盛り上がり、そこだけ別の生き物のようにうねっている。

「南さん。大丈夫か」

サトミは横倒しに床に転がり、太腿を押さえながらのたうちまわった。シャープペンシルを引き抜き、突然、血を吐いて意識を失った。

「しっかりしろ。どうしたんだ。なぜ私を襲った。答えろ」

サトミの顔は蒼白で、口から血の混じった泡を噴き出している。為頼は急いで両手首の脈を取った。拍動が触れない。薬剤性のショックだ。聴診器で呼吸と心拍を確かめたが、どちらも聞こえなかった。

為頼は電話で救急車を呼び、床に倒れたままのサトミに、懸命に人工呼吸と心臓マッサージを繰り返した。

一週間後、大使館の領事部の職員が、為頼を空港まで見送りに来た。

「為頼先生が日本に届けてくださるとうかがって、ほんとうに助かりました。こういうものは扱いに困りますから」

「でしょうね」

領事部の職員は恐縮しながら、ビロードの袋に入った銅製の壺《つぼ》を為頼に手渡した。片手に載るくらいのそれには、サトミの遺骨が入っている。

心肺停止の状態で救急車に乗せられたサトミは、ウィーン総合病院の特殊救急部に搬送された。蘇生処置を受けたあと、いったん心拍は再開したが意識はもどらず、髪の毛はほとんど抜け、全身の皮膚がびらん状態になった。

翌日、血漿《けつしよう》交換の治療を受けたが、高熱と嘔吐が続き、白血球が二〇〇まで落ちて、多臓器不全に陥った。病状は急速に悪化し、懸命な治療の甲斐もなく、彼女はその日の深夜、意識不明のまま亡くなった。

それにしても、サトミはなぜ自分を襲ったのか。しかも得体の知れない毒物まで用意して。為頼には思い当たることがまったくなかった。単なる陰性転移の嫌悪や憎しみからとは思えない。だれかが自分の殺害を企てたのだ。

為頼は警察で任意の事情聴取を受け、知っているかぎりのことを話した。フェヘールも警察に呼ばれたようだが、彼はサトミがミュンヘンからウィーンにもどっていたことも知らないと証言したらしい。ミュンヘンのベックにも、オーストリア警察からドイツ警察を通じて事情を聞かれたが、為頼襲撃に関する心当たりはまったくないとのことだった。

ミュンヘンからウィーンへの移動についても、サトミの足取りは確認できず、凶器の入手経路についても手がかりはなかった。為頼は念のため、帰国の日程を一日遅らせたが、警察は被疑者死亡のまま書類送検して、事実上の捜査を打ち切った。

領事部の職員は、日本にいるサトミの親族に連絡を取ろうとしたが、父親の所在は知れず、母親は重度のうつ病で入院中ということで、為頼が代理で火葬を了承し、サトミの遺体は荼《だ》毘《び》に付された。

飛行機の出発を待つ間、領事部の職員が沈鬱な声で言った。

「南さんが持っていたシャープペンシルの中から、猛毒のリシンが検出されたそうです。昨日、ウィーン警察から連絡がありました」

「リシン?」

その薬物の名前を、為頼は知っていた。何年か前、傘に仕込んだ空気銃で、リシンを封入した微小カプセルを打ち込まれ、スパイが殺害された事件があったからだ。それにしても、だれがそんなものをサトミに持たせたのか。

領事部の職員は、さらに意外な事実を告げた。

「南さんの血液分析で、リシンのほかにある薬物が検出されたそうです。彼女はその薬を常用していなかったかと警察に聞かれました」

「どんな薬です」

「特殊な向精神薬らしいです。市販されているものではないので、効果ははっきりしないようですが……」

あのとき、サトミのようすがおかしかったのは、その薬のせいか。しかし、彼女はなぜそんな薬をのんだのか。

為頼の脳裏に信じられない予感がよぎり、彼は思わず戦慄した。

第五部　炎上

79

頑丈な乗り板に正座し、跪拝《きはい》するように前屈みになった三岸薫が、息を詰め、鬼気迫る集中力で面相筆《めんそうふで》を進めていく。床に置いた絹本に描かれているのは、地獄で逆巻く業火のような炎と、それに焼き尽くされる人間たちだ。

イバラは三岸の斜め後ろに座り、いつでも質問に答えられるように控えている。三岸の後頭部から煎《せん》じ薬のようなにおいが流れてくる。イバラは気にしないように努め、絵に見入る。

画布の手前から噴き出す炎は、まるで絵を見る観客の手もとから発せられているかのようだ。薄闇の空間に、逃げ惑う裸の老人。恐怖の面持ちで振り返る女は、髪が炎に包まれ、額が半分焦げている。地面に転がる老人は、頬の肉が溶け、唇が焦げてめくれあがっている。

首の血管から沸騰した水蒸気のように血を噴き出す老婆、逃げようとして焼けた膝から大腿《だいたい》骨《こつ》が突き出た男、ひざまずいた腹から真珠色に輝く大腸をあふれ出させた女、あちこちに飛び散った脂肪が鬼火のように燃え、血溜《ちだ》まりが泡立っている。

聞いただけでこんな絵が描けるなんてと、イバラは驚きを隠せなかった。

「イバラ。おまえはわたしをインスパイアする。もっと話して」

先週から三岸はイバラを雑用から解放し、語り部のように自分のそばにはべらせた。雑用はすべて北井光子に押しつけられた。

筆が止まると、三岸が鋭く問う。

「炎はどんな音をたてるの。熱の刃《やいば》はどんなふうに切り裂く？」

イバラは画布に向き合う三岸の背中に懸命に答える。

「火は、見えない舌のように走ります。ものすごい音を出して、耳の中に、台風が来たみたいな。赤くねじれて、白かったり、青くなったり、渦を巻いて、目が眩《くら》みます」

三岸の頭には、緑のサテンのターバンが巻かれている。イバラはその下に隠されたものを知っている。以前、彼女自身が描いていたのと同じ、ぶよぶよとした黒い肉の塊。

「ミッチャン。緋《ひ》の十一番を溶いて。それと古代紫の白《びゃく》を。インスピレーションが湧いたの。早く！」

三岸は北井に見向きもせずに命じる。

「この辰砂は何。色が死んでる。墨は瑞龍《ずいりゅう》？　すりが甘い！」

三岸の声が苛立つ。神経が張り詰める。

「筆がきれいに洗えていない！」

筆を北井に投げつける。軸がまともに額に当たり、北井の表情が強ばる。

三岸の神経が立っているのは、個展の期日が迫っているからだ。今、描いている『清浄の業火』は、新たに予定外に制作しはじめたものだ。だからよけいに時間がない。

三岸が乗り板の上に腹這いになる。絵に顔を近づけ、息を殺して線を入れる。神聖な儀式のように張り詰めた空気。焼き尽くされる老人の叫び声が聞こえるようだ。

――絵は攻撃的でなければならない。

いつか三岸が言っていた。

――観客がそれを求めているから。できるだけ残酷に、凄まじく。きれいなだけの絵はいらない。絵は見る者の生気を吸い取って、魔的な力を蓄えなければだめ。多くの人がその絵にひれ伏し、心を奪われる。それがいい絵よ。

人を殺すことも三岸は肯定していた。

――だれでも人殺しには興味がある。眉をひそめていても、心の奥底では惹かれる。殺されるのはいやだけれど、殺す側の人間になるのならだれでも喜ぶ。それは神の側に立つことだから。〝先生〟が言ってた。わたしが心から信頼している人。

三岸が身体を起こし、長い息を吐く。満足感にあふれた吐息。思い通りの線が引けたのだろう。頭に手をやり、ターバンを緩める。煎じ薬のにおいが濃くなる。

イバラは恐る恐る訊ねた。

「三岸先生。病院で診てもらったんですか」

「病院には行かない。でも心配ない。わたしが心から信頼している医師に、相談しているから。前におまえに話したわね、わたしの恩人」

「〝先生〟、ですか」

「そうよ」

アトリエの隅から、北井が冷ややかな目でにらんでいる。三岸は両手を合わせ、歌うようにうれしげに言った。

「昨日、メールが来たの。〝先生〟がわたしの個展を見に来てくれるって。とうとう帰ってくるのよ」

喜びを分かち合うように、三岸がイバラを抱きしめる。肩越しに見える北井の目が、すっと細まる。能面のような光のない視線が、イバラを突き刺した。

80

十二月十三日午後一時四十五分。ウィーンのシュベヒャート空港を飛び立ったオーストリア航空51便は、成田空港に向けて順調な航行を続けていた。為頼英介は、それとなく周囲を警戒しながら、エコノミーのシートに身をゆだねた。

窓の下はもうウラル山脈を過ぎただろうか。東へ向かう飛行機は時間を短縮する。離陸してまだ二時間ほどだったが、空はすっかり夕暮れの色になり、眼下の雪原を薄いブルーに染めていた。

久しぶりの日本だが、心は弾まなかった。いちばんの用向きがサトミの遺骨を母親に届けることだからだ。サトミの母、南雅代《まさよ》が入院しているのは、東京都立川市にある都立滝沢病院だった。

帰国のもうひとつの目的は、イバラの犯因症を見極めることだった。菜見子は臨床心理士として、冷静にイバラに向き合っていたが、妙なジャーナリストの口出しのせいで動揺していた。不安が募ると、祐輔をイバラに拉致されたときの記憶がよみがえるのだろう。そのたびに彼女は哀れなほど母性に押し潰されそうになる。彼女に犯因症のことを話した責任からも、イバラの徴候は自分が確かめなければならない。

菜見子によれば、イバラは一週間ほど前から会社を休んで、東京に行ったきりとのことだった。彼に日本画を教えている三岸薫が、間もなく個展を開くので、その手伝いに忙しいらしい。菜見子はサトミのことをずっと気にしていたので、遺骨を届けるとき、自分も同行すると言ってきた。為頼が日本に着く翌日が三岸の個展の初日なので、もともと菜見子も上京する予定だったらしい。

機内食は万一のことを考えて手をつけず、代わりに客室乗務員に日本の週刊誌を頼んだ。渡された「週刊文潮」の表紙には、為頼が懸念していた記事の見出しが躍っていた。

『新型カポジ　最悪のシナリオ』

グラビアのページに、パニック状態で病院に殺到する人々や、防護服姿で治療に当たる医師などの写真が出ていた。記事を読むと、今年四月の発生以来、患者はすでに三百四十人を突破し、そのうち百三十七人が死亡したとあった。致死率が約四〇パーセントというのはたしかに高率だが、死亡者の数はインフルエンザや肺炎に遠く及ばない。それなのにこの感情的な見出しはどうだ。まるでこの病気が、今にも日本を滅ぼすといわんばかりだと、為頼はあきれた。

――日本人は健康を大切にするあまり、健康の奴隷になっているのではありませんか。

ふと、ヘブラの言葉が思い浮かぶ。落ちくぼんだ灰色の目が、意味ありげに嗤っている。

ヘブラの館で聞かされた話、あれは事実か、それともヘブラたちの妄想か。

医療には〝黒いテーゼ〟があり、病気が患者を脅かしてくれるほうが都合がいい。ヘブラはそう言っていた。もし、新型カポジ肉腫が、メディカーサによって人為的に創り出されたのなら、必ず発症を抑える手だてはあるはずだ。それを知るためには、まず患者を診なければならない。

為頼は週刊誌の記事を読みながら、病気の概略を頭に入れた。記事には、新型カポジ肉腫を最初に学会に報告した菅井憲弘という医師が、その病気で創陵大学病院に入院中とも書いてあった。

新型カポジ肉腫のいちばんの謎は、感染源がどこかということだ。ウイルスは患者の体内からは検出されるが、それ以外にはどこからも見つかっていないらしい。しかし、感染するからには、どこかに存在するはずだ。それが見つからなければ、完全な予防はできない。

新型カポジ肉腫は日本に突如発症し、海外にはほとんど広がっていないことも腑に落ちなかった。にもかかわらず、WHOは警戒レベルを「フェーズ4」と発表した。これはパンデミックを表す「フェーズ6」の二歩手前という厳しさだ。警戒レベルを上げると、物流が滞り、経済に大きな支障を来す。その一方で医療者の発言権は強まる。それはすなわち、メデイカーサが目指す方向性と一致している。

やがて前方の座席から順に明かりが消えた。明朝の到着に備えて、早めの消灯なのだろう。

明日、菜見子に会ったら、サトミの死の詳しい経緯を話さなければならない。出発前の慌ただしいときだったので、サトミが急死したことだけ報せて、詳しいことは会ってから話すと伝えた。六甲サナトリウムでサトミをかわいがっていた菜見子は、どれほどショックを受けるだろう。それを思うと、為頼は気が重かった。

サトミの血液から検出された向精神薬の成分。サトミの異常が薬のせいだと気づく前に、眉間に犯因症が浮き出て、とっさに身をかわした。それが彼女を死なせることになってしまうとは。

為頼は申し訳ない気持とやり場のない悔いに、狭い座席で何度も体を反転させた。

81

十二月十四日午後零時二分。東京行きのぞみ120号は、定刻ちょうどに新神戸駅に入ってきた。

自由席に乗り込んだ犬伏利男は、移動に便利な通路側の席に座った。彼が自由席を利用するのは、節約のためばかりではない。うるさい客がそばにいたとき、指定席だと動きづらいが、自由席ならすぐ場所を変われるからだ。

ところが、この日は思惑通りにいかなかった。新大阪駅で通路の反対側に赤ん坊を抱いた母親が座り、ほかにも大勢の客が乗ってきて、自由席がほぼ満席になってしまったのだ。四十六歳で未だ独身の犬伏には、赤ん坊は得体の知れない存在である。犬伏はできるだけそちらを見ないようにして、ポケットから取り出した取材用のメモ帳に意識を集中した。

週刊誌に〝居留守ドクター〟と書かれた円堂康三が殺害されたのは、十二月四日。その前日からイバラは三岸のアトリエにいた。だが、事件当夜は神戸ビルメンテナンスの人事部長といっしょにいたという。

「イバラくんは、わたしに会社を辞める相談をしてきたんです」

人事部長はそう証言した。イバラは十一月の半ばに、三岸のアトリエに行って一日欠勤したことがあったらしい。体調が悪いと電話をかけてきたが、それが嘘だとわかったので、保護司に相談して注意してもらったという。イバラは反省して、二度と仕事は休まないと約束したが、また三岸に休まされそうになったので、イバラは悩み、社長宅で昼から行われる忘年会に出席するつもりで神戸には帰ってきたが、結局は忘年会には出なかった。夜になって、人事部長に退職したいと電話してきたので、午後八時過ぎから元町の喫茶店で会って話したのだという。

「仕事がいやになったのかと聞いたら、そうではないと言うので、それなら退職せずに、休職扱いにしたらどうだと言ったんです。忙しいのは三岸さんの個展が終わるまでだと言うので」

「いくら忙しくても、イバラくんには仕事のほうが大事でしょう。どうして断れないのかな」

「何だか三岸さんには逆らえないようですよ」

それを聞いたとき、ジャーナリストの勘に引っかかるものがあった。なぜ三岸はそれほどイバラに影響力を持っているのか。犬伏は三岸薫について、経歴や過去の紹介記事を調べ直した。その中で彼が目を留めたのは、新聞の対談コーナーだった。ミュージシャンと対談した三岸が、創作についてこう語っていた。

――絵を描くときは、聞いた話にインスパイアされることもあります。想像力が広がって、モチーフが深まるんです。わたしが敬愛する明治の天才画家、青木繁《あおきしげる》の『海の幸』も同じです。房州に写生旅行に行ったとき、同行していた坂本繁二郎《さかもとはんじろう》が見た漁師の水揚げの話を青木が聞いて、それに触発されてあの幻想画が誕生したのです。

スケッチや写生をもとに描く画家も多いが、人の話で想像力を広げる画家もいるだろう。三岸の絵にはグロテスクなモチーフが目立つが、残忍な犯罪者であるイバラの話は、三岸にとってインスピレーションの源泉となるのではないか。

そう考えたとき、となりで赤ん坊がぐずりはじめた。母親があやすが、よけいに泣きだし、本格的に泣きじゃくりだした。ツイてない。母親は鞄から哺乳びんを取り出して与えたが、赤ん坊は顔をそむけてさらに大声で泣く。

やっかいな赤ん坊だな。母親も母親だ。デッキに連れて行ってくれればいいのに。

犬伏は不快げに顔をしかめる。彼の前の席の客も、ちらちらと後ろを気にしだす。その客は京都から乗ってきて、割り込むようにして座った強引な男だった。しかも、座った直後、声もかけず背もたれを倒してきた。

男は後ろに半身を向けて、母親に低く怒鳴った。

「うるさいよ。どうにかしてくれ」

それを聞いて、犬伏は弾かれるように立ち上がった。

「ちょっと、あんた」

男の顔色が変わる。犬伏はかまわず相手に詰め寄った。

「赤ん坊が泣くのは仕方ないじゃないか。お母さんだって、さっきからあやしてるんだ。新幹線は公共の乗り物だぞ。みんなで協力すべきだろう」

決然とした声に、まわりの客がいっせいに振り返る。男は言い返すことができず、不機嫌そうに前に向き直ったが、やがて乱暴に席を立って別の車両に移っていった。

「すみません。ご迷惑をおかけして」

母親が赤ん坊をあやしながら頭を下げる。よく見ると、なかなかの美人だ。

「いやぁ、いいんですよ。当然のことを言ったまでですから。あんな思いやりのない奴は、どこかへ行けばいいいんだ」

犬伏は母親にとびきりの笑顔を向けた。俺は一流のジャーナリストなんだ。不正は断じて許さない。彼は自分も顔をしかめていたことはきれいに忘れ、気分よく背もたれに身を預けた。

今回、犬伏が東京へ向かうのは、円堂殺害の捜査について、新聞記者や警察関係者から裏情報を聞くためだ。警察は現場の焦げ跡などから、強力な炎が吹きつけられたと見ているようだった。実際に草焼きバーナーを使ったことのある者以外、そんな凶器をだれが思いつくだろう。

調査を終えたら、明日の三岸薫の個展にも顔を出すつもりだった。そこにイバラもいるはずだ。きっと尻尾《しっぽ》をつかんでやる。そのための仕込みもしてある。

犬伏は作戦を確かめるように、鞄から新聞の切り抜きを取り出した。最新作の日本画を前に微笑む三岸薫のカラー写真。『清浄の業火』と題された作品には、火炎放射器で焼かれているような人間が、生々しく描かれていた。

82

為頼にとって五年半ぶりの日本は、冬の太陽に照らされ、奇妙な白々しさに包まれていた。スクランブルの交差点を渡ると、行き交う人はみんな苛立ち、遅れまいと焦り、刹那の笑いと屈折に顔が歪んでいる。それはここが東京だからか。日本の中心で、最先端で、もっとも豊かで、もっとも便利で、もっともストレスにあふれた街。

今朝《けさ》、予定通りに成田に着いた為頼は、成田エクスプレスで東京駅に到着後、菜見子が予約してくれた新橋の第一東京ホテルにアーリーチェックインをした。

ホテルの部屋で休んだあと、サトミの遺骨を入れた壺を持ち、東京駅構内の新幹線改札口に行った。

午後一時。菜見子が階段を下りてくるのが見えた。ベージュのコートに身を包み、背筋を伸ばして歩いてくる。菜見子も為頼に気づいたらしく、胸もとで小さく手を振った。その表情は、再会の喜びよりも、用件の重苦しさのせいか憂いをたたえていた。

「為頼先生。お久しぶりです」

「やあ。元気でしたか。今日は祐輔くんは」

「実家に預けてきました。もうすぐ冬休みなので」

二人はそのまま中央線のホームに向かい、高尾行きの快速に乗った。南雅代が入院している都立滝沢病院に行くには、立川まで行かなければならない。

電車が動き出すと、菜見子は待ちきれないように言った。

「サトミちゃんのことを聞かせてください。あの子はどうしてこんなことに」

為頼はひとつ大きく息を吸い込み、サトミが診療所を訪ねてきたときのことから順に話した。ウィーン大学の法学部に編入して、六甲サナトリウムにいたころとは見ちがえるほど立派な女性になっていたと言うと、菜見子は乗客の目もはばからずに涙を流した。

最後にサトミが診療所に来たときのことは、さすがに言いづらかったが、できるだけ率直に説明した。菜見子は眉をひそめ、信じられないというように口もとを手で覆った。

「サトミちゃんは以前の発作が出たんでしょうか」

「いや、薬をのまされていたようです。市販されていない特殊な向精神薬。その影響で半ば催眠状態だったようです」

菜見子の瞳に強い不安と混乱の影が差した。

「いったいだれが、そんな薬を」

為頼は唇を動かしかけたが、自重するように沈黙を守った。不用意なことを話して、菜見子によけいな心配をさせるわけにはいかない。

「それはそうと、イバラくんのようすはどうです」

話を変えて訊ねると、菜見子は新たな不安を思い出したように表情を曇らせた。

「あれからしばらく会ってないんです。保護司さんの話では、今月のはじめから会社を休職して、ずっと鎌倉にいるとのことでした。だから、明日の三岸先生の個展で会うのが一月ぶりくらいなんです」

「そうですか」

為頼は胸騒ぎを覚えつつ、流れ去る車窓の風景に目を凝らした。


立川には三十五分ほどで着き、そこからタクシーを拾った。都立滝沢病院は多摩川沿いの立川公園のそばにあった。受付で雅代の主治医を呼んでもらう。面会の手はずは菜見子が事前に調えてくれていた。

現れたのは、四十代前半の温厚そうな医師だった。

「南雅代さんの容態は、どんな感じなのでしょう」

直截《ちょくせつ》に聞くと、主治医は為頼が医師であることを意識しながら、簡潔に説明した。

「南さんのうつ病は、ＤＳＭ－Ⅳの診断基準に従えば、大うつ病性障害ということになります。従来の診断では内因性うつ病ですね。いずれにせよ重症で、入院して一年になりますが、回復の兆しは見られません。最近は無言無動に近い状態で、食欲もなく、朝晩、点滴で補液していますが、るいそう（やせ）は顕著です」

「自殺の危険はないのですか」

「今は重症期ですからね。希死念慮も湧かないでしょう」

うつ病患者の自殺が、病気の初期と回復期に多いことは、為頼も承知している。しかし、訪問の目的が目的だけに、さらに念を押しておく必要があった。

「今日は娘さんの遺骨を届けに来たのです。十日余り前、不幸な事故に巻き込まれて、ウィーンで荼毘に付しましたので」

「ええ。うかがっています」

「南さんにはどう伝えればいいでしょう。伏せたほうがよいのであれば」

「いえ」と主治医は為頼を遮って言った。「娘さんのことは、先にわたしから伝えてあります。ほとんど反応はありませんでしたが」

「わかりました。ではこちらもそのつもりで面会します」

為頼は時間を取ってもらったことに礼を述べ、菜見子と二人で教えられた病室に向かった。

雅代は三階の開放病棟に入っていた。四人部屋の名札を確かめて部屋に入る。

「南雅代さんですね。こんにちは」

刺激を与えないよう静かに挨拶したが、雅代は視線を天井に固定したまま、やせ細った両腕を布団の上に投げ出していた。まだ五十前のはずだが、白髪頭で頰はこけ、幽鬼かと見まがうほどのやつれようだ。

為頼は気を取り直して、自己紹介をした。

「私はウィーンで日本人会の診療所に勤務している為頼と申します。サトミさんのことは誠にご愁傷さまでした。お聞きかと思いますが、サトミさんは彼の地で荼毘に付されましたので、遺骨をお届けに上がりました」

雅代は天井を見つめたまま、見向きもしない。為頼は菜見子と視線を交わしてから、遺骨を入れた銅壺《どうこ》を取り出して雅代に差し出した。

「これがそうです。どうぞお納めください」

返事はない。為頼はどうすべきか迷ったが、無理に押しつけるのはよくないと、いったん手元に引き取った。

「サトミさんのことで、何かお聞きになりたいことはありませんか。私にわかることなら、何でもお話ししますが」

事件のことを聞かれたらどう話そうかと思ったが、雅代は何の反応も見せなかった。娘の死がわからないはずはない。それでも涙も出ないほどうつは深いようだ。為頼は、本物のうつ病の恐ろしさを、改めて痛感した。

菜見子がサイドテーブルの上を片づけてくれたので、遺骨の壺を静かに置いた。

「サトミさんはここにいます。もし何かあったら、いつでも連絡してください」

為頼は名刺の裏に日本での連絡先を書き、サイドテーブルの端に置いた。

「それでは失礼します」

もう一度、深く頭を下げ、菜見子を促してベッドの前を離れた。雅代は最後まで何の反応も示さなかった。

83

……顕微鏡の下では信じられないことが起きていた。

赤紫色に染色された肉腫細胞に、青いＮＫ細胞が十個ほども取りついている。これまではせいぜい二、三個だった。だから、肉腫細胞はアポトーシスに至らず、縮小するだけだった。ひとつひとつの細胞が縮むから、肉腫全体も小さくなる。しかし、細胞が死なないから肉腫は消失しない。それがスガイ療法の弱点だった。

ところが今、その壁がついに打ち破られたのだ。ステロイドの追加でＮＫ細胞はこれまでの数倍に活性化された。肉腫細胞の核が悶えるように膨張し、一気に崩壊するようすが顕微鏡ではっきりと観察される。しかもそれが連続して起きている。これで肉腫は完全に消える。

ついに「新スガイ療法」が完成したのだ。

肉腫細胞が消失したあと、ＮＫ細胞はプレパラートの上で勝利を祝うように細かく震え、次の肉腫細胞に群がる。ステロイドの効果だ。若いころ、菅井が悪性黒色腫の治療に応用した方法だ。抗がん剤にステロイドを加える手法は、腫瘍内科でもよく使われる。なぜ今まで思いつかなかったのか。

おい、千田。ちょっと来てみろ。肉腫細胞が連鎖崩壊している。

声を弾ませて千田を呼ぶ。もう一度、顕微鏡をのぞきながら、菅井はふと思い当たる。待てよ。今、自分はどうやってピントを合わせたんだ。対物レンズのハンドルは右側についている。知らないうちに、右手でハンドルをまわしていた。なんだ、右手があるじゃないか。てっきり手術で切断したと思っていたのに。


……………

はっと目を覚ます。左手で右の腕を探る。袖の下には何もない。新スガイ療法も幻だ。細胞免疫療法にステロイドを加えるなど、荒唐無稽《こうとうむけい》もいいところだ。どうしてそんな夢を見たのか。菅井は暗闇の中で悔しげに歯を食いしばる。

……デパートの文具売り場で万年筆を見ていると、エスカレーターで見覚えのある顔が下りてきた。高校のときに好きだったサッチャンだ。むかしと少しも変わっていない。横には父親がいる。

お父さんですか。父親と買い物に来たのか。こんにちは。僕、高校でサッチャンの二級上だった菅井です。

ああ、聞いてるよ。

サッチャン、久しぶり。元気だった？

ええ。じゃあね、お父さん。

彼女は父親と離れ、菅井のあとについてくる。自分と二人になりたいのか。菅井は最上階のバーへ行く。カウンターにはだれもいない。水槽に巨大なアロワナが泳いでいる。

君の電話番号、今でも覚えてるよ。８０５３。

今も同じ番号よ。

じゃあ、今も実家にいるの。

サッチャンは恥ずかしげにうなずく。

サッチャンが腕を絡める。いつの間にかホテルに来ている。

僕は君と結婚したかったんだ。でも言えなくて。

ガラスのブースに大きなシャワーがある。見晴らしがいい。シンガポールのホテル・リッツカールトンだ。国際皮膚科学会のときに泊まった。サッチャンは今四十六歳のはずなのに、少女のような身体つきだ。ああ、ついに俺は由香子を裏切ることになるのか。いけない。しかし、もう止められない。股間に激しい脈動を感じる。手術で性器を切断したと思っていたが、あれは思いちがいだったのか。

…………


「あなた。しっかりして」

由香子の声で菅井は目覚める。病院のベッド、白い天井、枕もとのナースコール。むかしの彼女と深い関係になることなどあり得ない。しかし、あり得ないことを見るのが夢なのか。

「うなされてたわよ。悪い夢でも見たの」

「いや……」

菅井の頰に涙が流れる。どうしてこんなにつらい目に遭うのか。悔し涙が止まらない。女々しいところを見せたくない。菅井は妻に背を向け、怒ったような声で言った。

「今日はもう帰ってくれ」


……右手にできた二カ所の肉腫と、会陰部にできた肉腫はそれぞれ別個のものだった。転移でも再発でもない。だから切った。万一、またどこかに肉腫ができれば、即座に叩き切ってやる。

菅井は毎日、全身に隈《くま》なく目を光らせていた。髪の毛があると頭部がチェックできないので、スキンヘッドにした。衣服を着ていると発見が遅れるので、全裸で横たわっている。背中をチェックするために、身体を宙に浮かせ、鏡に映った像をモニターで監視している。脇腹、首筋、太腿、足の裏も、ファイバースコープで常時、見張っている。

これだけ厳重に警戒していれば、見落とすことはないだろう。死角を作らないように、腕は十字に開き、両脚も六十度に開いている。どこかで見た図だ。そう、レオナルド・ダ・ヴィンチの『ウィトルウィウス的人体図』だ。

右のくるぶしに何かある。左のすねにも何か見える。光沢を帯びた黒いイボ。肉腫だ。どんどん増えている。黒い溶岩が這い上がってくるように、足先から肉腫に覆われる。急げ。今すぐ両脚を切断するんだ。

…………

汗びっしょりで目が覚める。呼吸が乱れる。ああ、夢か。よかった。

いや、待てよ。まだ夢の中にいるのか。夢なら現実ではないはずだ。なのに、これは。

動悸をこらえつつ毛布をめくる。両脚ともない。先週、右足のくるぶしと左脚のすねに新たな肉腫が発生して、両脚とも太腿のつけ根から切断したのだった。

よいことは夢なのに、悪いことだけは現実だなんて。

菅井は込み上げる嗚咽に耐えきれず、一本だけ残った左手で激しく自分の胸を殴打した。

84

……この部屋、変なにおいがするわね。

頭に包帯を巻いたタレントの奥山アミ子が、顔をしかめた。菅井は首だけ起こして、薄暗い空間を見つめる。

菅井先生。お風呂に入ってないんじゃないの。あ、その身体じゃひとりで入るのは無理か。左腕と首だけの胴体って、なかなかシュールね。あらら、男性の大事なところもないの。お気の毒に。でも、そこまでして助かりたいの。みっともないなあ。

アミ子は嘲りの表情で近づく。

わたし、頭に肉腫ができて、とってもつらかったの。先生は事務所の大橋ママとの約束を破って、わたしの入院をマスコミに洩らしたでしょう。製薬会社の人を使って。

あれは、天馬製薬の田村が持ちかけてきたんだ。

まだしらばっくれるの。じゃあ、そのあと、テレビで言ったことはどうなの。「十分に勝算はあると確信しています」なんて大見得切って。

あのときはそう思っていた。

嘘。先生はわたしの手術をイチかバチかでやったのよ。学会で発表するために。

ほかに方法がなかったんだ。

手術のあと、「肉腫はすべて取り去りました」って言ったわよね。わたしはその言葉を信じて、これで治ったと喜んだ。手術のあとの再発を知ったとき、わたしがどれほどショックを受けたか想像できる？

アミ子の目から墨汁のような涙が流れ出る。頭の包帯から黒トリュフの塊のような肉腫がはみ出す。

先生はマスコミ向けに恰好のいいことばかり言って、悲惨な結果を全部わたしに押しつけて、挙げ句の果てにわたしが病院で死ぬのを避けるために、アメリカへ追いやった。医師として、いいえ、人間として許されることじゃないわね。

その報いはどうやって受けてもらおうかしら。今、十分に苦しんでるって？　甘い甘い。わたしの苦悩はそんなもんじゃなかったのよ。でも、まあその芋虫みたいな身体はちょっと哀れね。先生も不安なんでしょう。内臓への転移が防げるかどうか。わたしがその鍵を握っているとしたらどう。土下座でもする？　そうね。まずわたしに謝ってほしいわね。学会に発表するために、見込みのない手術をやりましたって、床に額をこすりつけて謝罪してちょうだい。

菅井は左手で毛布をはねのけ、柵《さく》にぶら下がるようにしてベッドを下りる。うつ伏せになり、左手をついて頭を下げる。

悪かった。あの手術はまちがっていた。だからお願いだ。肉腫の転移だけは止めてくれ。

……先生。あたしのこと覚えてるかな。

顔を上げると、ずんぐりした全裸の女性が背中を丸めて立っていた。全身が水死体のように青黒く膨れあがり、濡れた髪が顔の前に垂れている。

あたし、佐々木彩美っていうの。二例目の患者よ。菅井先生はあたしが死んだあと、名古屋まで標本を採りに来たでしょう。あたしはステンレスの解剖台に横たえられて、頭からホースで水をかけられたわ。あたしは引きこもりで、長い間、お風呂にも入っていなかったから。そんなあたしを見て、先生は嗤ったわね。研究のために肉腫を採りに来たのなら、必要なことだけすればいいじゃない。どうして嗤ったの。

覚えていない。悪気があったんじゃない。

でしょうね。傷つける側はいつも軽く考えてる。あたしだって苦しんだの。つまらない人生だったけど、必死に努力したの。あたしの苦しみも知らないくせに、嗤ったのは許せない。

だから、先生も嗤われる。いじましく生にしがみついて、惨めな姿でさらし者になるのはどんな気分かしらね。

……菅井先生。ぼくたちも言いたいことがあるんです。

顔を上げると、数人の元患者が立っていた。菅井はベッドの脚につかまり、身体を起こす。

ぼくたち、スガイ療法で肉腫がいったん小さくなって、学会で治療がうまくいった例として報告されたんです。でも、そのあとでまた肉腫が大きくなって、肝臓や脳に転移して死にました。どうしてそのことを学会に報告しないんですか。ぼくらはみんな死んだのに、学会に出た論文では、スガイ療法が効いた症例ということになってるんです。いいところだけ論文に利用して、死んだ事実は隠蔽するつもりですか。

そんなつもりはない。

先生は自分の名前をつけた治療法に、傷がつくのがいやだったのでしょう。たまたま効果のあった患者や、一時的に効いた患者ばかりを集めて、さも有効であるように見せかける。研究者のやることって、いつもそうですよね。患者からすれば、研究なんてどうでもいいんです。とにかく病気を治してほしい。それが医者の仕事でしょう。

しかし、研究も必要なんだ。今ある治療も、すべて過去の研究から生まれたんだから。

……とうとう本音を言いましたね。

薄闇に立っている患者たちの前に、若い男が歩み出た。忘れもしない新型カポジ肉腫の第一号患者、加納真一だ。

あんたははじめから僕を治すつもりなんかなかった。いろいろ方法はあったのに、皮膚科の利権を守るために、内科や外科の医者を遠ざけ、放射線科の治療も途中でやめさせた。あんたが求めたのは、自分の成功と名声だけだ。治療に最後までベストを尽くさず、僕が死ぬのを待っていた、解剖をするために。

ちがう。

まだシラを切るのか。あんたが僕の両親の前で、嘘の涙を浮かべたのは知っているぞ。医学の発展のためだとか、ご子息の死を無駄にしないためにとか、おためごかしで両親を誘導し、無理やり解剖を承諾させた。敬意と慎みをもって解剖すると言いながら、僕の腹に新聞紙を詰めた。あんたは医者として最低限の義務も果たさず、僕を単なる研究材料としてしか見なかったんだ。そうだろう！

加納が鋭く指を突き出した。菅井は壁際に追い詰められる。

あんたが今、そんな姿になっているのは、自業自得だ。思い上がりとあさましい欲望への報いだ。

そうだそうだ。

患者たちがじわりと迫る。奥山アミ子がふたたび前に出て言う。

この部屋の変なにおい、何かわかった。死臭よ。先生はもう死んでるの。

患者たちが嗤う。菅井は追い詰められ、ベッドの下へ転がり込む。その薄暗がりに、無気味な肉腫が充満している。


「だれか来てくれ。助けてくれ！」

菅井は汗びっしょりになり、大声で叫んだ。声を聞きつけた看護師が駆け込んでくる。

「菅井先生。どうしたんです」

遅れて千田も駆けつける。菅井は蒼白の頰を引きつらせて訴えた。

「患者の亡霊に襲われたんだ。助けてくれ」

「落ち着いてください。何もいませんよ。夢でも見たんですか」

「夢じゃない。そこを見ろ。絨毯が濡れてる」

「お茶でもこぼしたんでしょう」

菅井は震えながら首を振る。

「ちがう。解剖のときに水をかけた遺体から垂れた水だ」

「菅井先生。安定剤をお持ちしましょうか。それとも鎮静剤の注射を」

看護師が意味ありげに目配せをし、千田が深刻そうに首を振る。

この苦しみから逃れる道はないのか。

そのとき、ふと菅井の脳裏にあることが思い浮かんだ。神戸の学会に出たときに見た雑誌のグラビア。新型カポジ肉腫の末期症状にそっくりな絵を描いていた女流画家。三岸薫だ。画家の想像力だけであそこまで描けるとは思えない。彼女は何かを知っている。

菅井は千田の白衣の裾《すそ》をつかんで叫んだ。

「おい、三岸薫という日本画家を呼んでくれ。話を聞きたい。大至急、ここへ来てくれるよう頼んでくれ」

85

十二月十五日。三岸薫の個展会場は、大勢の客で賑わっていた。画廊主の笹山靖史は、満足そうにそれを眺めていた。

この日、ササヤマ画廊のギャラリーは、個展会場というより、何が飛び出すかしれない魔術的な空間という趣だった。壁と間仕切りに飾られているのは、大胆な着想で新境地を開いた三岸の新作から、彼女の名声を高からしめた代表作まで全四十六点。これまでの画業の集大成ともいうべき作品の数々だった。

三岸本人は会場の奥に控え、挨拶に訪れる客たちに優雅な笑顔を振りまいていた。新作がバロック調の雰囲気なのに合わせてか、三岸はハプスブルク家の皇女さながらの豪華な衣装をまとっていた。胸もとの開いたブルーグレイの繻子《しゅす》のドレスに、真珠とルビーの首飾り。このところずっとターバンで覆っていた頭には、マリー・アントワネットを思わせる銀髪のカツラ。白塗りの顔に、黒いガーベラのようなマスカラをつけ、深紅のルージュを引いた三岸の顔は、それ自体がひとつの作品であるかのような完璧な美を創り出していた。

笹山も三岸に合わせて、控えめながら十九世紀ウィーンの新興ブルジョアを思わせるビーダーマイヤー調のジャケットに、縦縞《たてじま》のズボン、首にはアスコットタイという出で立ちだった。三岸の内弟子、北井光子は詰め襟の黒いドレスに、白いエプロン、レースのヘアキャップという侍女のスタイル。イバラは短ズボンにハイソックス、バックル付きの靴に、フロックコートと、縁が巻かれた三角帽という従僕《じゅうぼく》の恰好だった。ほかの画廊の職員たちも、それぞれに作品の邪魔にならない程度に装いを凝らし、会場は夕方のオープニングパーティを待たずして、祝祭的な雰囲気に包まれていた。

笹山は会場をゆっくり巡りながら、余裕の笑みを浮かべた。有名評論家や作家、テレビコメンテーターなどが、派手な雰囲気をかもし出している。外国人もいて、笑顔でハグや頰ずりを交わしている。祝い花は辞退すると案内状に明記してあったのに、盛り花スタンドや胡蝶蘭《ちょうらん》が次々届き、豪奢《ごうしゃ》な彩りを添えていた。

笹山が顔見知りに挨拶をしていると、三岸が片手をあげて彼を呼んだ。

「笹山さん。悪いけれど、イバラくんを呼んでくださる」

三岸のまわりには、アート好きの出版社社長や女優、美術コレクターらが集まっていた。イバラは会場の隅で所在なげに立っていた。笹山が連れてくると、三岸はイバラの背中に手をまわして紹介した。

「これが今お話ししていたわたしの一番弟子ですの。みなさんにご挨拶なさい」

イバラは三角帽を取って頭を下げる。笹山はおやっと首を傾げる。三岸の一番弟子は北井ではないのか。

「ほう。なかなかユニークな青年だ」

「ほんと。なんだか新しい芸術のオーラを感じるわ」

客たちが三岸におもねるようにお愛想を並べる。三岸は象牙の扇子を揺らめかして、イバラを持ち上げた。

「彼の作品は、いわゆるアール・ブリュットなんです。独特の緻密さと深みを感じさせますわ。わたし、彼にとっても期待してますの」

「ぜひ一度、作品を拝見したいもんですな」

「日本のアール・ブリュットはパリでもたいへんな人気だったからね」

「モチーフは何ですか」

「今は自画像を描かせています。すばらしいですのよ。ご覧になります？」

三岸はプチポワンのハンドバッグから、スマホを取り出して、画像を呼び出した。

「こういうときのために、最近の一点を保存してますの。いかが。まるで生きたまま焼却炉に入れられて絶叫しているみたいでしょう。ウフフ」

イバラの自画像の習作は、笹山も見ていた。たしかに伝統の枠にはまらないアール・ブリュット的な迫力がある。うまく売り出せば、イバラもササヤマ画廊の有力アーティストになるかもしれない。笹山は広報戦略を練りながら、密かに胸算用をする。

何気なく顔を向けた先に北井がいて、笹山は思わず息を呑んだ。暗所で燃える鬼火のような眼差しを、イバラの尖った頭に注いでいたからだ。

「三岸先生。共報通信の記者さんが取材にいらしてます」

画廊の事務員の報せに応じて、三岸は客たちの前を離れた。彼女が世に出るきっかけとなった大作『精々流転』の前に行き、取材を受けはじめる。イバラは三岸から解放され、ほっとした顔つきでその場を離れる。笹山も会場の巡回にもどり、ふたたび来客のようすに目を配った。

長年の勘か、好ましからぬ客は入ってくると、扉が開いた瞬間にそれとわかる。

午後四時過ぎ、傍若無人に扉が開かれ、格調高いササヤマ画廊に不似合いな薄汚れたセーター姿の男が入ってきた。むさ苦しい長髪、押しつけがましい目つき。ジャーナリストの犬伏だった。

犬伏は絵よりも観客に興味がありそうなようすで、じろじろと会場を見渡している。笹山は不快感を抑えて、愛想よく近づいた。

「これは犬伏さん。遠いところをわざわざお出でいただき、ありがとうございます」

「ご盛況ですな」

お愛想を言いながら、犬伏は獲物を狙うハイエナのような目つきで作品をねめまわす。

「何かお目当ての絵でも？」

「いえ。どうぞおかまいなく」

犬伏は笹山など眼中にないといったようすで、ゆらゆらと会場を奥へ進む。一悶着《ひともんちゃく》起こりそうな気配に、笹山は事務員に命じて、イバラを控え室に連れ出させた。幸い犬伏に気づかれる前に、イバラは奥の間仕切りの陰に消えた。

犬伏の姿を追うと、彼は三岸の新作『清浄の業火』の前で立ち止まり、ほかの客を押し退けるように前に出た。逃げ惑う老人たちを、業火が焼き払っている絵だ。犬伏はその絵を食い入るように見つめている。と、いきなり会場全体に響くような声で言った。

「円堂康三！」

客たちがいっせいに振り返る。三岸が驚愕に目を見開き、わずかにあとずさった。犬伏はその三岸に向かって一歩踏み出し、後ろ手に作品を指さしながら、さらに叫んだ。

「これは〝居留守ドクター〟と報じられた円堂康三が、焼き殺されたときの絵だ」

静まり帰った会場に、不穏なざわめきが洩れる。笹山ははっと我に返り、急いで犬伏に駆け寄った。

「犬伏さん。何をおっしゃるんです。個展の妨害は困りますよ」

「妨害じゃない。事実を言っているだけだ」

「ちょっと、やめてください。今日は大事なお客さまもお見えですので。どうぞこちらへ。ボクがお話をうかがいますよ」

笹山は甲高い声で犬伏をなだめ、押しやるように事務室へ連れていった。間仕切りの陰からイバラが怒りの形相で犬伏を見ている。気づかれないように手振りで引っ込めと命じて、笹山は犬伏を事務室の応接セットに座らせた。

「いったいどういうことです、犬伏さん。あなた、お酒でも飲んでるんですか」

ほんとうなら今すぐ画廊の外へ蹴り出してやりたいところだが、ヤメ検の岡部との関係があるのでそうもいかない。笹山は自分を抑えて、犬伏の言い分を聞いた。

「今月四日の夜、円堂康三という目黒の開業医が殺された事件を知ってるだろう」

笹山がうなずくと、犬伏は興奮が冷めないようすで口から唾《つばき》を飛ばした。

「三岸薫のあの絵が、事件に関係しているんだよ」

「どうしてそんなことがわかるんです。言いがかりもいい加減にしてください」

「言いがかりじゃない。三岸薫は新聞の対談で言ってるんだ。絵を描くときは、聞いた話にインスパイアされることもあると」

「だからといって、あの絵と事件が関係しているとは言い切れないでしょう」

「ほかにも証拠はある。あの絵の炎はリアルすぎる。実際に噴き出す炎を見るか、聞くかしないと描けない。イバラは仕事で草焼きバーナーを使ってるんだ。あの炎にそっくりの火を噴き出す道具だ」

「それはボクも聞きましたよ。アトリエにようすを見に行ったとき、イバラくんがみんなの前で話したんです。それに三岸が新たなインスピレーションを得て、さらに詳しく聞いてました。だから、炎がリアルなんですよ。でも、それと円堂某の事件とはつながらないでしょう。その医者とは縁もゆかりもないし、殺す動機がまるでないんだから」

「いや、動機はある」

犬伏は笹山をにらむような熱い視線を向けた。

「……何です」

「三岸薫は医者を恨んでる。彼女は美術雑誌のインタビューでこう話していた。若いころ、精神が不安定で地獄のような苦しみを味わっていたとき、どの病院にかかっても救われなかったと。だから彼女は医者に恨みを抱いてるんだ」

「そんなバカな」

「三岸薫はイバラから草焼きバーナーの話を聞いたとき、新たなインスピレーションを得たが、イバラが言ったのは草を焼く話だけだ。それでは焼かれる老人は描けない。三岸薫はイバラにこう言ったんじゃないか。『人間を焼くとどうなるのかしら』と。イバラはそれにそそのかされて、週刊誌で取り沙汰されていた〝居留守ドクター〟に天罰を与えに行った」

「そんなことは、あり得ない。信じられない」

笹山は蒼白になり、金縛りに遭ったように身体を硬直させた。

「そう。これはあり得ない話なんだ。だから揺さぶりをかけてみた。するとどうだ。さっきの三岸薫の驚愕ぶり、あんたも見ただろう。あれはたしかに彼女が事件に関わっていることを示している」

「冗談じゃない」

笹山の甲高いハスキーボイスが裏返った。たしかに三岸の驚きようが尋常でなかったのは認めざるを得ない。

ノックが聞こえ、女性事務員が遠慮がちに言った。

「笹山さん。作品購入の希望者がいらっしゃるんですが」

「わかった。すぐ行く」

事務員に応えてから、笹山は犬伏に顔を近づけて声をひそめた。

「犬伏さん。今日は取り込んでいるので、ゆっくりお話をうかがえません。明日の夜なら時間が取れます。もう一度、詳しくお聞かせいただけませんか」

犬伏は勝ち誇ったように脚を組み、余裕の表情でケータイのスケジュールを見た。

「明日は予定があるな。こっちもいろいろ調べたいことがあるのでね。そのあと関西に帰るつもりだけれど、話があるなら時間を取ってもいいが」

顔に唾を吐いてやりたい気持を抑え、笹山は懇願した。

「お願いします。ボクのほうでも調べてみます。ですから、無用な騒ぎはどうぞ起こさないで」

86

サトミの遺骨を母親に届けた翌日、為頼は菜見子とは別行動で、大学時代の同級生、立浪《たつなみ》吾郎《ごろう》と霞ケ関駅近くの和食店で会っていた。立浪は現在、厚労省大臣官房の審議官のポストに就いている。彼は大学を卒業すると、内科の研修を受けたあと、そのまま厚労省に入った変わり種だが、為頼とは臨床実習《ポリクリ》が同じグループで、気心の知れた仲だった。

昨日の夕方、ふと思い立って立浪に電話をかけたのは、新型カポジ肉腫に対して、厚労省がどんな対策をとっているかを聞くためだった。立浪は旧友の一時帰国を喜び、忙しいスケジュールを調整して、遅めの昼食を摂りながら話すことになった。菜見子はイバラのようすを見たいからと、昼前から、今日が初日の三岸の個展会場に行っている。

約二十年ぶりの再会を祝したあと、為頼はさっそく本題に入った。

「新型カポジ肉腫はウィーンでも大きく報道されてる。日本の厚労省がどう対処するか、世界が注目してるんじゃないか」

「もちろん対策は立ててるよ。患者が増えはじめた十月に、健康局の疾病《しっぺい》課に新型カポジ肉腫対策室を立ち上げて、課長の直属マターでやってる。大学の研究グループや国立医療センターとも連携しながら、データ集めや治験の特別措置を進めてるところだ。それくらいやらないと、新聞やテレビが黙っていないからな」

「厚労省は新型カポジ肉腫の脅威はどれくらいと見てるんだ。治療や予防の目途は立っているのか」

「いや。具体的にはまだ何もわかっていない。本格的な研究はこれからだ」

「それならもっとマスコミを抑えて、世間の不安を取り除くべきじゃないのか。新聞や週刊誌には不安を煽るようなことばかり出てるじゃないか」

「厚労省からは世間を安心させるような情報は出せんよ。あとで事態が深刻化したら、厚労省バッシングが起こって、だれかが責任をとらなければならなくなる。それにマスコミが危機感を煽ることは、我が省にとって悪いことじゃないんだ。健康不安が高まれば、次年度の予算が要求しやすくなるからな」

おまえまでそんなことを言うのかと、為頼は顔をしかめた。これじゃ医療功利主義のヘブラやフェヘールと同じじゃないか。

その表情を読んで、立浪は苦笑した。

「為頼は変わってないな。金のことばかり言うなってんだろ。でもな、新型カポジ肉腫対策室に専従のスタッフを置くのにも人件費がいるんだ。二宮尊徳も言ってるじゃないか。『道徳なき経済は犯罪、経済なき道徳は寝言』って」

為頼は箸を持ったまま唇を嚙む。こんなところで青臭い議論をしている暇はない。

「新型カポジ肉腫の患者を診たいんだが、紹介してもらえないかな」

「診てどうする」

「患者を診れば、何かわかるかもしれない」

立浪が官僚らしい警戒の表情を浮かべる。

「部外者が患者を診察するのはむずかしいんじゃないか。病院側もいやがるだろう。今は患者の個人情報の管理がうるさいからな」

そこをなんとかと頼んだが、立浪は簡単には首を縦には振らなかった。為頼は気を取り直して別の話題を振った。

「具体的な予防策は何か打ち出してるのか」

「今のところは手洗いとかうがいの励行、患者との接触を避けるとか、患者の血液や排泄物の処理に注意喚起するくらいだな」

「つまり、厚労省は新型カポジ肉腫をヒト‐ヒト感染の伝染病と考えているんだな。原因はヘルペスウイルスだと聞いているが」

「ヒト‐ヒト感染も危険だが、それだけでは説明がつかない。周囲に感染者のいない孤発例が全国に広がっている。そこがこの病気の謎なんだ」

立浪は言葉を切り、難問を前にした医学者の顔になって続けた。

「新型カポジ肉腫はおそらく経口感染で広がっている。ところが、患者が口にしたものをシラミ潰しに調べても、どこからもウイルスが検出されないんだ。奇妙としかいいようがない」

為頼の腋に冷たい汗が流れる。やはりメディカーサによる操作があったのか。彼は動揺を隠して立浪に訊ねた。

「ほかに何か患者に共通することはないのか。免疫力が低下しているとか、アトピー体質だとか、ステロイドを常用しているとか」

「そういう報告はない。しかし、健康局の局長が妙なことを言ってたな。新型カポジ肉腫の患者は、不摂生をしている者より、健康オタクみたいな人が多いらしいんだ。人より健康に注意しているのに、どうしてこんな病気になったんだと、そんな問い合わせがいくつか対策室に来たと言ってたから」

健康オタク。その言葉が為頼の脳裏に引っかかる。いやな響きだ。似たような言葉をどこかで聞いた。フェヘールが揶揄した「守健奴」だ。

為頼は吸い物の椀《わん》を持ったまま、動けなくなった。

87

立浪と別れたあと、為頼は国会図書館に行って、新型カポジ肉腫に関する新聞や週刊誌の記事を調べた。最も早い報道は、六月下旬に出た「週刊時流」のインタビュー記事だ。『専門医が警鐘　新型カポジ肉腫の脅威』というタイトルで、創陵大学の菅井憲弘という皮膚科准教授がインタビューに答えている。その後、新聞やテレビで新型カポジ肉腫に関する報道が目立ちはじめる。菅井はそのいくつかに登場し、十一月には全日皮膚科学会の学術総会で、細胞免疫療法を応用した治療法を発表している。自ら「スガイ療法」と名づけたようだが、効果は一時的で、根治療法にはなり得ていないようだった。

為頼はヘブラの館で聞いたコワルスキーの言葉を思い返した。

――新型カポジ肉腫の治療に関しましては、WHOから免疫細胞療法の示唆を与えております。

これがたぶんスガイ療法だろうが、菅井がWHOから示唆を受けたことを示す記事は見当たらなかった。わざと伏せた可能性もある。もし、これがメディカーサのシナリオなら、WHOの関わりは人目につかないほうがいいだろう。

夢中で資料を読んでいて、気づいたときにはもう午後六時をまわっていた。為頼は慌ててタクシーで銀座に向かった。ササヤマ画廊に着いたのは午後六時三十五分。菜見子の話では、初日の今日は、午後六時から八時まで個展会場でオープニングパーティが催されるとのことだった。

ガラス扉を押して入ると、会場には大勢の人が詰めかけていた。入口の近くに、夢見るように眠るドレス姿の少女を描いた絵が飾られている。ただし少女の頭はアドバルーンのように膨れている。よく見ると、周囲にカマキリやコウモリ、サナダムシなどが描かれている。

為頼はその絵のタイトルを見て衝撃を受けた。

『屋根裏の小伯爵令嬢』

いつか「気狂いの塔」で、フェヘールに見せられた水頭症の骨格標本につけられていた愛称と同じだ。

「為頼先生」

絵の前で茫然としていると、前のほうで菜見子が背伸びをするように手を振っていた。シャンパングラスを持って、すでに顔を火照らせている。為頼は人をかきわけて前方に進んだ。

「遅くなってすみません。それにしてもすごい人ですね」

「三岸先生って、今いちばん注目の女流画家らしいんです。為頼先生も何かお飲み物、いかがですか」

菜見子は妙に晴れやかなようすだ。酔っているのか。為頼は訝りながら訊ねる。

「イバラくんはどこに」

「さっきまでいたんですけど。どこへ行ったのかな。画廊主の笹山さんに用事を頼まれてたみたいだけど」

ひとしきり会場を見まわし、改めて為頼に言う。

「さっき、三岸先生にイバラくんの自画像を見せてもらったんです。スマホに取り込んであって。先生のアトリエで描いた作品らしいですけど、すごい形相で、猛獣が吠えてるみたいに口を開けてるんです。でも、眉間に『M』の盛り上がりは描かれていませんでした」

それで安心しているのか。もし前に菜見子が見た自画像の眉間の「M」が単なる偶然なら、それはそれに越したことはない。菜見子はさらに声を弾ませる。

「三岸先生はこの個展がすんだら、本格的にイバラくんの絵を指導してくださるそうです。イバラくんはここの笹山さんや、美術コレクターの人たちからも期待されてるんですって」

「そうですか。それはよかった」

為頼は取り敢えずそう応じ、ボーイからワインのグラスを受け取った。菜見子がふたたび会場を見まわし、為頼の腕を取る。

「三岸先生にご紹介します。今、だれもお相手されてないみたいだから」

引っ張られるように客の間を抜け、為頼は豪華なドレスに身を包んだ三岸の前に出た。

「三岸先生。こちらがさっきお話ししました医師の為頼先生です」

「まあ、ようこそ。わざわざウィーンからいらしたんですって。高島さんからお聞きしましたわ」

「本日はおめでとうございます。たいへんな盛況ですね」

為頼は恭しく頭を下げ、顔を上げたとき思わず三岸を凝視した。奇妙な徴候が浮かんでいる。顎の線がおかしい。鼻も化粧の下でわずかに赤らんでいる。見たこともない徴候だ。

「あ、ちょっと。笹山さんをご紹介するわ」

三岸が通りかかったジャケット姿の男性を呼び止めた。

「為頼先生。こちらこのササヤマ画廊の笹山靖史さん。わたしのバックアップをしてくださっている方です。笹山さん、こちらはウィーンからいらっしゃったドクター為頼」

「これは遠いところからようこそ」

笹山はどことなく浮ついた物腰で会釈をした。にこやかなその顔を見て、為頼は思わず絶句した。菜見子が横から話しかける。

「笹山さん。イバラくんはいませんか」

「ああ。二階にカタログを取りに行ってもらいました。予想外にお客さまが多くてね。用意した分では足りなくなって」

　笹山は菜見子に答えてから、為頼には「どうぞ、ごゆっくり」と愛想よく言い、足早に別の客たちのほうへ離れていった。

　そこへしかつめらしい黒服姿のやせた女性が近づいてきて、三岸に告げた。

「三岸先生。先ほど志方《しかた》ミカラム先生が一点、お買い上げくださいました」

「まあ、志方先生が。早く言わなきゃだめじゃない」

　志方ミカラムはニューヨークで活躍する現代美術の売れっ子だ。為頼が黒服の女性を見つめていると、三岸が慌ただしく紹介した。

「アシスタントの北井光子です。イバラくんといっしょにわたしの制作を助けてくれてるんです。ミッチャン。こちら、高島さんのお知り合いのドクター為頼」

「はじめまして」

　為頼は侍女風のヘアキャップに隠れた顔を、しげしげとのぞき込んだ。

「ミッチャン。それで志方先生はどこにいらっしゃるの」

「今、あちらで手続きをしていただいています」

　北井が答えるやいなや、三岸は「挨拶してこなくちゃ」と、為頼たちのことは忘れたかのように裾を引きずってその場を離れた。北井も一礼してあとを追う。為頼はその後ろ姿から目を離すことができない。

「どうかしました」

菜見子が不審げに聞いたとき、ちょうど二階の収納庫から百冊ほどのカタログを抱えたイバラが下りてきた。

「あ、イバラくん。それを運んだらこっちへ来て」

茫然とする為頼を尻目に、菜見子がイバラを呼ぶ。為頼は慌てて心の準備をする。イバラと会うのは神戸の事件以来だ。彼は覚えているだろうか。あのときは白神がのませたサラームの影響下にあって、心神耗弱と認定されたから、記憶はあいまいかもしれない。

イバラはモーツァルト時代の従僕スタイルで、頭にはスエードの三角帽を載せていた。

「イバラくん。為頼先生よ」

菜見子が紹介しながらわずかに緊張を見せる。為頼はイバラの眉間を注視する。イバラは目を伏せて戸惑っているようだった。

「無理に思い出さなくてもいいよ。今、君は立派に社会復帰しているらしいね」

「はい。でも、会社は休職しています」

「絵はどう。おもしろい？」

「はい」

「イバラくん。三岸先生がお呼びだ」

離れたところから笹山が片手で呼びつける。振り向くイバラを見て為頼は表情を変えた。

「すみません。呼ばれたので行きます」

イバラはバネ仕掛けのように頭を下げ、急ぎ足で三岸のほうに向かった。菜見子は一抹の不安をたたえて為頼に聞いた。

「イバラくんの犯因症はどうでした」

「それが……」

為頼は言い淀む。菜見子の顔に不安が浮かぶ。

「よくわからないんです。はじめは何もないようだったが、笹山さんに呼ばれた瞬間、眉間に『M』の皺が盛り上がったように見えたんです」

「じゃあ、笹山さんに殺意を抱いているということですか」

「いや、そうとは限らない。見まちがいかもしれませんし」

「止めることはできないんですか」

「わかりません。タイミングを見て話してみれば何かわかるかも。でも、いずれにせよ無理に抑えるのはよくない。逆に暴発を招くだけです。それより、高島さん」

「何です」

菜見子の頬に怯えが走る。為頼は言葉を絞り出すように言った。

「画廊主の笹山氏と、アシスタントの北井さんの眉間に、『M』の盛り上がりがあるんです。イバラくんよりもっと切迫した強さで」

88

帝都ホテルの最上階。スイートルームのゆったりした寝椅子に身を預け、三岸薫は愛用の長キセルで紫煙をくゆらせていた。心地よい疲労と、奇妙な興奮が全身を包んでいる。個展の初日は大成功だった。マスコミも各社が取材に来たし、コレクターや美術館の学芸員らも大勢来た。これではずみがつけば、新作はきっと完売するだろう。

それにしても、あの為頼という医者は、なんとおめでたい堅物なんだろう。病気を見抜く診断力はあっても、人間は見抜けないらしい。

三岸は煙をくゆらせながら、つい今しがたのことを回想した。

オープニングパーティのあと、笹山ら画廊関係者と赤坂へ出て、眺めのいい高級ワインバーで初日の成功を祝った。途中でスマホに見知らぬ番号からの着信があり、出ると為頼だった。折り入って話したいことがあるので、時間を取ってほしいという。遅い時間でもよければ、宿泊している帝都ホテルでと言うと、彼は了承した。

午前零時の少し前、ホテルにもどると、為頼はひとりでロビーで待っていた。

「遅くなってごめんなさい。コレクターの方がどうしても離してくれなくて」と、おもねるように言ってみたが、為頼はにこりともせず、人気のない隅のソファに三岸を導いた。

「時間がないので率直にお聞きします。画廊主の笹山氏と、アシスタントの北井さんに、何かおかしなところはありませんか」

「おかしなところって」

「険悪というか、殺伐としたようすというか」

「そうね。ミッチャンはいつも不機嫌だし、笹山さんは殺伐どころか、個展が盛況で大喜びでしたわ」

「しかし、あの二人には危険な徴候が現れています。信じてもらえないかもしれませんが、殺人の徴候です」

この医者はわたしをからかっているのだろうか。それならそれで、付き合ってやってもいい。

三岸はワインの余韻で火照った頰を緩めた。

「おもしろいことをおっしゃいますのね。どうしてわかりますの」

「眉間に独特の皺が浮き上がるのです。ちょうど『M』の字の形に」

「それで殺人者が見分けられるんですか。まるで予言者ね。おほほほ」

わざと冗談めかして笑ってやったが、為頼は表情を変えなかった。三岸はだまされないわよというように、茶目っ気のある目つきで訊ねた。

「どうしてそんな皺が浮き出るんです」

「わかりません。おそらく殺人という非日常の行為が、無意識の圧力となって表れるのでしょう。殺すという異常な意志が、眉間に凝り固まるのかもしれません。殺人は一種の病気ですから、健全な人間には行えない。殺人を犯せるのは、あらかじめＤＮＡに殺人ソフトのようなものが組み込まれている者だけです」

「それが為頼先生には見えるというわけね」

「ふだんはわかりません。しかし、殺人の前後に、その緊張とエネルギーが高まると徴候が現れるんです」

「それで笹山さんとミッチャンにその徴候が現れていたと。わたしにはどうです。『Ｍ』の盛り上がりは出てませんこと」

わざと眉間に皺を寄せて見せた。為頼は挑発には乗らず、冷静に答える。

「あなたには出ていません」

「ほんとう？　見落としてらっしゃるんじゃありませんか」

「いいえ。ほかに徴候があったのは、あなたではなくイバラくんです。でも、笹山氏と北井さんのほうが差し迫っていた。だから二人に気をつけてほしいのです」

「まあ、イバラにも。怖いこと。でも為頼先生。どうして先生にはそんなものが見えますの」

「わかりません。しかし、大勢の患者を注意深く診ていると、いろいろなことが見えてくるんです。たとえば糖尿病の専門家なら、検査をしなくても、患者の血糖値がだいたいわかります。あらゆる病気には外見に現れる徴候があるからです。詳しく話している暇はありませんが、殺人も病気です」

　そう言ってから、為頼は急に何かを思い出したように声を強めた。

「三岸さん。あなたもどこか悪いのではありませんか」

　三岸は虚を衝かれたが、平静を装って軽くいなした。

「それは個展の準備に追われていましたから、もうヘトヘトですわ」

「単なる疲れではなく、もっと深刻な。いや、失礼をお許しください。しかし、医師として、私には気になる」

「先生。こんなところで長話するより、わたしの部屋へいらっしゃいませんこと。ブランデーでも飲みましょうよ」

「今夜はもう遅いので失礼します。でも、あのお二人にはくれぐれも注意なさってくださ
い」

せっかく誘ってやったのに、為頼は見向きもしないで帰っていった。まったく野暮《やぼ》な男だ。見た目はそんなに悪くはないのに。

そう思って、三岸ははっと自分を戒めた。今はそんなことを考えているときではない。為頼はイバラにも殺人の徴候が出ていると言ったが、それはあのトレーニングと関係があるのか。極端な撫で肩が一気に逆三角形に膨れる筋力トレーニング。〝先生〟の指示通り、怒りも蓄積させている。それが徴候として現れているのか。まさか。そんなものが見えるわけがない。しかし、わたしの変調に気づいたのはなぜだろう。

三岸は為頼の診断力に脅威を感じた。

そういえば、夕方、奇妙な電話がかかってきた。創陵大学病院に入院している菅井という教授が、自分に会いたがっているという。主治医の千田という医師が、いやに低姿勢に頼んできた。新型カポジ肉腫という病気を知っているかと訊ねてきたので、三岸は「それがどうかしまして」ととぼけた。三岸の絵にその末期症状とよく似た絵が描かれているので、菅井が話を聞きたがっているという。菅井は今、新型カポジ肉腫になって、右腕と両脚を切断するような過激な治療を受けているらしい。そんな人間、めったに見られるもんじゃない。そ

う思って、三岸は面会を承諾した。

そうだ、明日は為頼もいっしょに連れていこう。あの医者が菅井を見てどう言うか、聞いてやろうじゃないの。

三岸は億劫《おっくう》そうに寝椅子から身を起こし、レストルームに入った。鏡に向かってつけ睫を剝がす。銀髪のカツラを取ると、後頭部のクルミほどの黒い肉腫が露わになった。

89

かすかに赤みを帯びた薄闇に、鍾乳石のようなものが盛り上がっている。よく見ると、それは全身に広がった肉腫だ。身体の内側から肉腫を見ると、こんなふうに見えるのかと、菅井は納得した。

遠くから三本脚のカタツムリのようなものがすり足で近づいてくる。無表情な目が左右に飛び出している。こいつが肉腫の親玉か。

どうして、おまえは俺に取り憑いた。

菅井が朦朧とした意識で問う。肉腫は移動をやめ、二つの目を直立させる。

おまえの目的は何だ。

肉腫は答えない。

おまえの正体はわかっているぞ。新型のヘルペスウイルス、HHV‐9だろう。姿を現せ。

肉腫は動かない。菅井は焦れて声を荒らげる。

おまえは、俺の細胞を乗っ取り、俺の身体を肉腫で埋め尽くすつもりだろう。しかし、それで俺が死ねば、おまえも死ぬんだぞ。なぜ共存を考えない。少しは頭を使え。

直立した目が、わずかに迫り出す。菅井は懇願の声を絞る。

この勝負はおまえの勝ちだ。もう治療法はない。降参する。ほしいものは何でもやる。だから話し合いに応じてくれ。

カタツムリのような目がにゃぐにゃっと動く。交渉に応じてくれるのかと菅井が期待したとき、その目がただの色素の沈着で、まるで意味のないものだとわかる。ペンキで描かれた落書きの目と同じだ。肉腫の頭が割れ、中から正二十面体のカプシドに包まれたウイルスが現れる。驚く菅井を尻目に、カプシドの中で二重らせんのDNAがどんどん複製され、ウイルスが増殖する。完全に無機質な反応だ。意思もなければ意味もない。こんな奴を相手にしていたのか。敵は純然たる不条理だったのかと、菅井は絶望する。

「菅井先生。大丈夫……ですか。……が面会に来られてますよ」

遠くで呼ぶ声がする。千田だ。何の用か。

菅井はまだら状態の意識で目覚める。耳もとでしゃべる千田の声も、回転数の落ちたテープのようだ。

「三岸……薫さん……です。それから、こちらは、ウィーンから来られた……医師の……為頼先生……」

三岸薫。ああ、あの画家かと、菅井は右目を開く。左目はなぜか開かない。視界が徐々に焦点を結ぶ。グリーンのターバンを巻いた女優のような女性と、蓬髪《ほうはつ》の中年男が立っている。

千田が二人に説明している。

「菅井先生は……、三日前に……脳転移が見つかり、昨日から、意識レベル……が下がって……いるんです」

それで朦朧としてるのか。あれほど転移を恐れていたのに、脳転移と聞いても、さほどのショックはない。精神が鈍麻して、恐怖を感じなくなっているのだろう。

「三岸薫……と申します。こちらは為頼……先生」

タメヨリ？　何者だ。菅井は右目を動かして、傍らに立つ男を見る。男は菅井の頭から下へ全身をスキャンするように視線を動かす。顔にもどし、顎と鼻のあたりを注視している。何を見ているのか。

三岸が自分をのぞき込んで言う。

「菅井……先生。わたしに何か、お訊ねになりたいことが……、あると……うかがいました……が」

「ああ。あなたの絵……です」

菅井はわずかに首を起こす。言いながら自分の声もおかしく聞こえる。

「週刊誌の、グラビアで……あなたの『肉腫の舞い』……という作品……を見て」

三岸がじろじろ見ている。右腕と両脚のない自分の身体に、露骨な好奇の目を注いでいる。

今度は手足のない人間を描くつもりだな。どうでもいい。考えがまとまらない。

「あの絵は、何を……モデルに……」

「モデルは特に……ありません……わ。わたしの想像力……で」

「そんな……はずは、ない。あれほどリアル……に」

為頼という医師が小さく首を振る。どういう意味だ。菅井は不安を感じる。

「何かを、ヒント……にして、あるいは、参考に……し」

「それなら、ウィーン……から送られてきた写真が……ヒントになった……かもしれません……わね」

「ウィーン？　ジョージア……ではなく……て」

ウィーンにも新型カポジ肉腫が発生しているのか。聞いたことがない。さっそく千田に調べさせなければ。

「菅井……先生」

為頼という医師が、身を屈めて言った。

「菅井先生にはわかって……おられる……のではない……ですか。なぜ、ここまで……肉腫……が悪化……したか」

今さら何を言う。いや、しかし、この医師はなぜわかるのだ。自分が、この、状態になって、はじめて、気づいたことを。ふと、菅井の脳裏をかすめるものがあった。あの老婆はどうなった。妻が心配していた温泉宿の老婆の肉腫は。

「八ヶ岳……の麓、唐沢鉱泉」

「何……です」

為頼が身を乗り出す。

「宿の賄い……のお婆さん……の首に、まったく未治療の、新型……カポジ」

「……？　……！　……」

現実とのつながりが切れ、視界がかすむ。きっと、肉腫が前頭葉を冒しているのだろう。不思議な気分だ。すべてがあいまいになって、根源的な平安に近づきつつあることがわかる。

いつか、最初の患者、加納真一に向けた言葉が思い出される。

——本人にすれば、このほうが楽だよな……。ある意味で救いだ。その通りだ。自分は、これから……たぶん、きっと……。

菅井は深い昏睡に陥った。

90

菅井に面会したあと、為頼が新型カポジ肉腫のレクチャーを頼むと、千田は快く引き受けてくれた。三岸もこの病気には興味があるらしく、いっしょにレクチャーを受けたいと言った。千田は二人をカンファレンスルームに案内し、備えつけのパソコンを起動させた。

「これは、菅井先生が皮膚科学会の学術総会で行った講演の抄録です」

千田は部屋の照明を落としながら、スクリーンにパワーポイントの画像を映し出した。

「第一例目の患者が受診したのは、今年の四月です。肉眼的所見から旧来のカポジ肉腫を疑い、原因ウイルスの検出を試みました。ところが抽出されたDNAをクローニングした遺伝子配列は、HHV－8の一部に相同性が認められたものの、既知のどのヘルペスウイルスとも一致しなかったのです。それで我々は、この疾患を『新型カポジ肉腫』と名づけ、原因ウイルスはHHV－9であると発表しました」

為頼は説明を聞きながら、今し方見た菅井の状態を思い返した。説明の途切れ目を捉えて、千田に訊ねた。

「ＨＨＶ－９が原因であれば、それはどこから感染したのですか」

千田はいい質問だとばかりに微苦笑を浮かべた。

「ＨＨＶ－９の感染経路は、未だ明らかになっていません。わかっているのは、日常的な接触では感染の危険はさほど高くないということだけです。だから患者の隔離も必要ないわけですが」

「疫学的なデータはありますか」

「患者の発生は日本全国に及んでいます。地域別では地方より都市部に多い傾向が見られます。発症に男女差はなく、年齢層は二十代後半から五十代にかけてピークがあり、高齢者の発症もありますが、十代以下は少数となっています」

為頼が次々映し出されるデータを見ていると、千田は言い忘れたようにつけ加えた。

「孤発例が多いのも、新型カポジ肉腫の特徴です」

「その患者はどこでウイルスを受け取っているのでしょう。周囲に患者がいないのなら、ほかに考えられるのは、経口感染、血清感染、空気感染、昆虫・動物媒介感染」

「どういうことですの」

三岸が為頼を遮るように聞いた。

「つまり、食べ物や飲み物から伝染る経口感染か、輸血やセックスで伝染る血清感染、あるいはウイルスが空気中を漂っている空気感染か、蚊や犬によってウイルスが広められる媒介感染のいずれかということです」

説明しながら、為頼は密かにメディカーサの関わりを考えていた。もし、彼らが新型カポジ肉腫を広めたとするなら、もっとも使いそうな方法は何か。衛生状態がきわめて良好で、エイズや肝炎ウイルスの予防意識も高い日本で、ウイルスを広めるのは簡単ではない。ウイルスの空中散布もむずかしいだろう。

「千田先生。新型カポジ肉腫の感染ルートとしては、やはり経口感染が疑わしいのではありませんか」

「でしょうね、おそらく」

「新型カポジ肉腫の患者に共通した食べ物や飲み物はありませんか」

「それはたくさんあります。しかし」と千田は言い淀み、深刻そうに首を振った。「当然、我々も同じことを考えました。我々だけでなく、全国の研究者も経口感染をいちばんに疑っています。ですから、患者が食べたものや飲んだものは、徹底的に調査されました。飲食物だけでなく、患者が口にしたものはすべて、箸、フォークやスプーン、コップやストロー、口紅などの化粧品、煙草、患者が舐めた切手や印紙の類まで、ありとあらゆるものが徹底的に調査されました。しかし、そのいずれからもＨＨＶ－９は検出されなかったのです」

「サプリメントや健康食品は」

「もちろん調べています」

どういうことだ。為頼は振り出しにもどって考えた。新型カポジ肉腫は、インフルエンザやＳＡＲＳのような飛沫感染では広がらない。エイズやエボラ出血熱のように血液を介するわけでもない。狂牛病のように食べ物から広まったのでもないとすれば、いったいどんな方法があるのか。

思い悩む為頼に追い討ちをかけるように、千田が声を落とした。

「土壌中や水中の細菌、植物、動物、昆虫など、中間宿主の可能性があるものはすべて検索しましたが、今のところウイルスは確かめられていません」

ＨＨＶ－９は外界には存在しないということか。それなら最初の患者のＨＨＶ－９は、いったいどこから来たのか。

為頼が混乱していると、三岸が脚を組んで気だるげにつぶやいた。

「マスコミが騒ぎだしてから、世間ではやれマスクだ、手洗いだと懸命に予防して、お医者さまや看護師は防護服まで着用しているのに、発病する人があとを絶たないんですものね。お手上げですわね」

その投げ遣りな発言に、千田は気分を害したように声の調子を改めた。

「三岸さんは先ほど、ウィーンから送られてきた写真が絵のヒントになったとおっしゃいましたが、ウィーンにも似たような病気があるのですか」

三岸は、またその話というように、小さく肩をそびやかした。

「患者の写真じゃありませんわ。標本の写真ですの」

標本の写真？　為頼は最初にヘブラに会ったときにヨゼフィーヌムで見せられたロウ製の標本を思い出した。ヘブラはたしか「肉腫《ザルコーマ》の一種」だと言っていた。あの標本にあった濃い色の腫瘍は、さっき見た菅井の左目から額にかけてできていた肉腫とそっくりだった。

「千田先生。これまで世界で流行した疫病を考えてみてください。エボラ出血熱やエイズ、狂牛病やSARSです。衛生環境の整った日本でこれほど急速に広がるとすれば、感染ルートは経口感染しか考えられない。憶測の域を出ませんが、これまでなかった病気が同時多発的に発生したことを考えると、輸入された食品が怪しいのではないでしょうか。第一症例が今年の四月だというなら、潜伏期間を考えて、去年の後半から日本に輸入されて広範囲に広まったものがないか、調べていただけないでしょうか」

「輸入品ですか」

「ええ。厚労省大臣官房の立浪審議官は、わたしの大学時代の同級生です。彼を通せば厚労省も協力してくれるはずです」

千田はやや面倒そうな表情を見せたが、「期間を区切って調べるのなら」と取り敢えず了承した。打つ手がなくて、ダメもとでやってみようという感じだった。

「それから、さっき菅井先生が最後におっしゃった、八ヶ岳の麓にいるお婆さんというのは何ですか」

「あれは菅井先生が治療の前に行った温泉宿で、首の後ろに新型カポジ肉腫ができているお婆さんを見たという話ですよ。こんな田舎で、しかも高齢者まで発病しているとはと、驚かれたんです」

「まったく未治療とおっしゃってましたね」

「そう。病院には行ってないと言うので、先生の奥さまが受診を勧めたらしいです」

菅井は自らの治療を振り返り、取り返しのつかないその結果を自分で悟ったのだろう。だから田舎で出会った老婆の経過が気になったのだ。

二人の話を聞いていた三岸が、退屈そうなため息を洩らした。為頼が三岸に目を移す。顎の輪郭の奇妙な歪みと、鼻翼の細かな毛細血管の拡張。個展の会場で、はじめて対面したときに見取った徴候を再確認して訊ねた。

「三岸さん。あなたはそのターバンをいつから巻いているのですか」

三岸ははっと顔色を変え、グリーンのサテンに包まれた後頭部に手をやった。

「いつからって、つい二週間ほど前からですわ。なぜですの」

「いや、ちょっと気になって。でも、あなたは運がいい。くれぐれも過激なことはされないように」

為頼が思わせぶりに言うと、三岸は恥ずかしい秘密を暴かれたかのように赤面した。

91

個展五日目の午後、三岸はパーティションで仕切られた準備スペースで、苛立った気持を持て余していた。この日の彼女は黒いロングドレスに黒いビロードのターバンを巻き、目には食虫植物のようなマスカラを引いて、その攻撃的な眼差しをいっそう強調していた。

あの為頼という医者は、どうしてわたしの病気を見抜いたのかしら。

三岸は三日前に創陵大学病院で菅井と面会したあと、同行した為頼に翻弄《ほんろう》された自分にずっと腹を立てていた。

過激なことをするなってどういうこと。あの医者は、やはり特殊な診断力を持っているのかしら。だとしたら油断できない。

ギャラリーをのぞくと、数人の客が思い思いに作品に見入っていた。初日から連日の賑わいだったが、そろそろ一段落したようだ。ふと見ると、祝いに届いた胡蝶蘭に、北井がジョウロで順に水をやっていた。

「ミッチャン。ちょっと」

三岸は客に聞こえないように低く呼んだ。北井がパーティションの内側に入った瞬間、三岸は北井のジョウロを乱暴に奪い取った。

「水をやりすぎたら、根腐れするでしょう。ちょっとは考えなさい」

北井が驚いたように三岸を見返す。

「何よ、その目は。何か文句あるの」

「……いいえ」

「はっきり言いなさいよ。いっつも陰気な顔をして」

北井はきつく唇を結び、素早く視線を走らせる。イバラをさがしているのだ。彼女はこのごろ常にイバラを意識している。

「どこを見てるの。あなたにはあなたの役割があるでしょう。それだけきちんと果たしていればいいの。わかった？」

「……はい」

北井の暗い表情に、三岸は不愉快さを募らせる。テーブルの専用ケースから愛用のキセルを取り出す。火皿に煙草を詰めようとして、残量が少ないことにさらに苛立った。

「ミッチャン。葉っぱがないわ。マニトウ・ゴールデンシャグを買ってきて。三越で売ってるから」

北井は黙って画廊を出ていく。三岸は残っていた煙草に火をつけ、大きく吸い込む。イバラはどこにいるのか。目でさがすと、ギャラリーの隅でじっと立ち尽くしていた。朝からほとんど動いていない。あの子の頭はどうなっているのかしら。

「イバラ！」

三岸は今度はイバラを準備スペースに呼びつけた。彼は極端な撫で肩をわずかに傾け、急ぎ足でやってくる。

「画帳はどこにあるの。いつでもデッサンできるように用意してって言ってるでしょ」

「はい」

「いつアイデアが湧くかしれないのに、もたもたしてたらインスピレーションが逃げてしまう」

「はい」

イバラは急いで事務室にデッサン用具を取りに行った。

まるで仔犬《こいぬ》だと三岸は思う。呼べば来て、棒を投げればまっしぐらに取りに行く。しかし、飼い主に噛みつくことはないだろうか。あの逆三角形に変身した凶暴な肉体で。

ふたたびギャラリーに目をやると、外国人の客が来ていた。禿げ上がった大きな額に黒縁眼鏡をかけている。上等そうなスーツに身を包み、三岸の絵を一点ずつ興味深そうに見ている。ドイツあたりのバイヤーだろうか。いや、それにしては雰囲気がちがう。

扉の開く音がして、オーナー室から笹山が出てきた。

「ねえ。あれ、だれかしら」

「さあ」

笹山は首を傾げ、そのままギャラリーに向かった。外国人に近づき、親しげに話しかける。身ぶりを加え、いくつかの絵を説明しているようすだ。やがて準備スペースにもどってきて、三岸に言った。

「ハンガリー人の医者らしい。金持ちのようだから、もしかしたらコレクターになるかも」

「そう」

笹山がオーナー室に引っ込んだあとも、三岸はその外国人を眺めていた。ブルーの瞳が動き、眼鏡のレンズ越しに三岸を捉える。人なつこい笑顔で軽く会釈する。不思議な胸騒ぎが三岸の心を捉えた。画帳を持ってきたイバラも、三岸の横から男をじっと見ている。警戒するように見つめ、やがて妙な表情を浮かべ、鼻を鳴らした。

三岸は準備スペースから出て、外国人に英語で話しかけた。

〈いかがです。お気に召しまして?〉

相手は待っていたように微笑み、聞き取りやすい発音で答えた。

〈もちろんです。あなたの絵は、日本画のジャンルを超えて、普遍的な作品世界を作っていますね〉

〈ありがとうございます。そう言っていただけると光栄ですわ〉

三岸が愛想笑いを見せると、イバラが近づいてきて、勢いよく頭を下げた。

「先生! 先生ですね。お久しぶりです!」

「おまえ、何を言ってるの」

外国人に日本語で話しかけたイバラを三岸が咎《とが》めると、ハンガリー人の医師はその白い顔に波紋のような笑みを広げ、かみ殺した笑いを洩らした。

「くっくっく。さすがにイバラの嗅覚はごまかせないな。気鋭の女流画伯は、まだお気づきではないようだが」

相手の流暢《りゆうちよう》な日本語に、三岸はあっけにとられた。その直後、胸の奥から爆発するような喜びが湧き上がった。

「白神先生!」

「久しぶりだね、三岸さん。すばらしい個展、おめでとう。心からお祝いを言わせてもらうよ」

「でも、先生。そのお顔は」

「君には詳しく知らせていなかったが、わたしはこの世にいないことになってるんだ。アルゼンチンで脱毛と整形をして、額にシリコンを入れ、目もカラーコンタクトで色を変えた。だが、持って生まれた体臭までは変えられなかった。それをイバラに嗅ぎ分けられたというわけだ」

三岸は信じられない思いで白神陽児を見た。外見も声もまるでちがう。だが、身体の奥から発せられるエネルギーは、紛れもなくかつて自分が心服した〝先生〟のそれだった。

「ご連絡してくだされば、お迎えにあがりましたのに」

「いいんだ。それより君のターバン、その下はメールに書いてあったあれだね」

白神は三岸の頭に目をやり、わずかに表情を曇らせた。

「君まで発病するとは思わなかった。わたしのミスだ。申し訳ない」

「どうぞお気になさらないで。でも、ちょっと診ていただけます？」

三岸はイバラを残して白神をパーティションの奥に導き、ターバンをほどいた。後頭部にクルミほどの大きさの肉腫が盛り上がっている。白神は肉腫に触れ、その硬さや表面の状態を調べながら、中指の腹を二秒ほど肉腫の表面に押し当てた。

「わたしがメールで指示した通りにしているんだね」

「はい」

白神はさらに肉腫を仔細《しさい》に観察し、三岸の顎と鼻翼を念入りに診た。

「これなら大丈夫だ」

「白神先生。為頼という医者も同じようなことをほのめかしたんです」

「ほう。為頼先生が何と」

「くれぐれも過激なことはするなと。あの医者は警戒したほうがいいのかもしれません」

白神は眼鏡の奥で目を細め、冷酷な笑みを浮かべた。

「三岸さん。そのことで話があるんだ。イバラを呼んでもらえるかな」

三岸が呼ぶと、イバラはすぐにやってきた。白神はバッグからアルミニウムの薬ケースを取り出して、ふたを開けた。

「イバラ。三岸さんの言うことをよく聞いていたか。彼女はわたしの患者だったんだ。今まで直接連絡はできなかったが、おまえにはまた活躍してもらわなければならない。トレーニングは続けているか」

「……はい」

「よろしい。三岸さんに頼んだ〝不適格医師〟の見せしめは、うまく運んだだろう。あれはほんの序曲に過ぎない。これからはイバラ、おまえの出番だ」

白神は薬ケースから青いカプセルを一つ取り出して、イバラに渡した。

「サラームだ。おまえにはこれが必要だろう。これでおまえは日本の医療のために大切な役割を果たすのだ。さあ」

イバラは怯えたように三岸を見て、もう一度、白神に目を向ける。手のひらのカプセルを見て、ふたたび哀願するように白神を見た。

「どうした、イバラ。この薬がどれほどおまえの力を強めるか、忘れたわけではあるまい。大丈夫だ。何も恐れることはない」

イバラはゆっくりとうなずき、震える手でカプセルを口に入れた。白神は満足げに微笑み、イバラの肩を両手で強く押さえた。

「いい子だ。今日から服用をはじめるんだ。イバラ、わたしはおまえに期待しているよ」

92

為頼に輸入食品の調査を頼まれた千田は、いったんは了承したものの、いざ調べるとなると、どこから手を着ければいいのか見当もつかなかった。為頼は厚労省の審議官に協力を頼めばいいと言ったが、こんな途方もない状態で話を持ち込めば、こちらの見識を疑われるだけだ。同じ依頼をするにしても、ある程度は範囲を限定しておかなければならない。

しかし、ほんとうに食品からウイルスが広まったのだろうかと、千田はいぶかしんだ。確証はないが、消去法的には経口感染がもっとも疑わしいのは事実だ。為頼はなぜか輸入食品が怪しいと思っているようだが、根拠はあるのだろうか。これまでの千田らの検査では、輸入食品を含め、患者が口にしたと思われるあらゆる食品類からＨＨＶ－９は検出されていないのだ。

新型カポジ肉腫は、どこからともなく現れ、急速に広がった。可能なかぎりの感染対策をしているのに、まるで凶悪な伝染病のようにあちこちで患者が発生した。これはいったいどういうことか。

千田は為頼が言っていた過去の四つの疫病の広がりを、もう一度検証し直してみた。エボラ出血熱は、ザイールのエボラ川流域に潜んでいたウイルスが、食用のコウモリを媒体として人間に広まった。エイズは、サルの免疫不全ウイルスが、突然変異で人間に感染するようになり、セックスや注射針を介して蔓延した。狂牛病は、もともとスクレイピーという羊の病気だったが、感染した羊を飼料としたことで牛に感染し、その肉で作ったハンバーガーを食べた人間に感染した。ＳＡＲＳは、食用の野生動物であるハクビシンのコロナウイルスが、突然変異を起こして、人間に広まったという説が有力だ。以上を考えれば、やはり経口感染の可能性が高いのか。

　もしそうだとすれば、患者の発生状況から考えて、感染源は全国に広がっている食品だろう。田舎より都市部に多いというのは、おそらく流通の関係だ。幼児や高齢者の患者が少ないのは、青壮年がよく口にするもので、患者に男女差がないのは、嗜好《しこう》にも性差がないということだ。去年までは流通しておらず、ここ一年で都市部を中心に急速に広まったもの。千田の頭の中で、徐々に調査項目の範囲が狭まってきた。

　もし輸入食品が疑わしいなら、検査を担当するのは全国の検疫所だ。広範囲に流通していることを考えれば、東京、名古屋、大阪など、大都市の検疫所の食品監視課に問い合わせればいいだろう。食品衛生監視員が行う検査は、残留農薬や添加物など種々にわたるが、病原微生物の検査は、カビなどの真菌から、大腸菌やサルモネラ菌などの細菌までで、ウイルス検査は含まれていない。とすれば、これまでの調査で引っかからなかった品目から、ＨＨＶ－９が検出される可能性もある。

　そこまで考えて、千田の思考はまた振り出しにもどる。しかし、患者が口にしたものはすでに大半が調査ずみで、そこにはＨＨＶ－９は含まれていなかった。仮に、新たな輸入食品からＨＨＶ－９が検出されたとしても、今度は患者がそれを食べていない可能性が高いことになる。患者とウイルスとをつなぐミッシング・リンクは何か。

　このジレンマが解決されなければ、経口感染の可能性は消える。しかし、それならいったいほかにどんな感染ルートがあるのか。

　千田が医局で堂々巡りの思考をしていると、為頼から電話がかかってきた。

「千田先生。調査は進んでいますか。ちょっと思いついたのですが、菅井先生が好んで食べていて、ほかのみなさんは口にしていないものはありませんか」

「好んで食べていたものですか。さあ、すぐには思い当たりませんが」

「菅井先生の食生活は偏っていませんでしたか」

　為頼はあくまで経口感染にこだわっているようだが、どんな根拠があるのだろう。不審に思いながらも、千田は質問に答えた。

「菅井先生は、健康には人一倍気をつかっていましたから、偏食はなかったと思います。いっしょに外食しても、選ぶのは野菜中心のヘルシー系が多かったですから」

「嗜好品は」

「コーヒーは飲みましたが、煙草は吸いません。酒もビールかワインくらいですね」

「サプリメントの類は」

「それはいくつか使ってらっしゃいましたね。でも、為頼先生。先日も申し上げましたが、経口感染を疑わせる食品からは、HHV‐9が検出されなかったのです。それについてはどうお考えですか」

「いや、たしかに矛盾しています。しかし、ほかに考えられなくて……」

やはり消去法なのか。それではHHV‐9が検出されない事実をクリアできない。患者が口にしたものので、まだ検査されていないものがあるのだろうか。

「わかりました。わたしのほうももう少し調べてみます」

千田が答えると、為頼は申し訳なさそうに礼を述べ、通話を切った。

93

その二時間後、千田は病棟から至急の呼び出しを受けた。徐々に容態が悪化していた菅井が、ついに呼吸不全に陥ったのだ。おそらく肺転移によるものだろう。それはもう治療のしようがない。しかし、このまま見過ごすわけにもいかなかった。

「酸素六リッターで、SpO_2（血中酸素飽和度）八七パーセントです。呼吸数は三二回」

看護師が報告する。

「熱は」

「三九度二分です」

千田は菅井の前をはだけ、聴診器を当てる。右の胸は子どもの手ほどの黒い肉腫に覆われているので、よく聞き取れない。この肉腫は三日前にできて、急速に増大したものだ。

「動血《どうけつ》ガスをチェックしよう」

千田は菅井の唯一残った左手首から動脈血を採取した。酸素の値は七八mmHg。静脈血で測った白血球数は一万六千二百だった。転移に併発した肺炎だ。それなら人工呼吸をして、抗生物質を投与すれば回復の見込みはゼロではない。千田は看護師に気管内挿管の準備をさせ、朦朧状態の菅井に声をかけた。

「菅井先生。PaO_2（動脈血酸素分圧）が下がってますから、挿管しますよ」

菅井は答えない。こんな状況で本人の意思確認を待っていたら、ますます状態が悪化する。千田は看護師に静脈麻酔剤の投与を命じて、菅井の口から気管チューブを挿入した。カフを膨らませて、人工呼吸器につなぐ。

「奥さんに連絡して。緊急の処置だったから、事後承諾してもらうしか仕方がない」

あれだけ新型カポジ肉腫の治療に執着していた菅井であれば、延命治療も可能なかぎり望むだろう。千田はそう判断して、抗生物質の多剤投与とステロイドの点滴を指示した。

一時間後、病院に駆けつけた妻の由香子は、器械とチューブとコードにつながれた夫を見て一瞬、言葉を失ったが、医師の妻らしく毅然とふるまった。

「二日先生。ありがとうございます。お世話をおかけしますが、できるだけの治療をよろしくお願いいたします」

　家族の気持としては当然だろう。悲惨な延命治療になる危険性もあるが、最後まで治療を続けるのは医師の義務だ。

　その夜、重症当直の部屋で横になりかけたとき、千田のケータイが白衣のポケットで震えた。為頼からだった。

「千田先生。夜分にすみません。昼間の話ですが、こういうことは考えられませんか」

　為頼の声は興奮と疲労に半ばかすれていた。

「これまでウイルスが検出されなかったとおっしゃいましたが、HHV－9は外界から侵入したとはかぎらないでしょう。もともと体内にいたウイルスが変異した可能性はありませんか。日本人は抗生物質を多用しているし、抗菌グッズや清潔すぎる環境で、免疫機能が弱められている人が多いでしょう」

「それはそうですが」

「体内に潜伏感染しているウイルスは、免疫で排除されるのを防ぐため、自ら変異して抵抗性を獲得することがあります。何らかの刺激が、ウイルスの活性化シグナルを誘導して、転写発現に変化を与えれば、一部に逆転写が起こって、急速かつ活発な変異ウイルスの増殖につながる可能性もあるんじゃないですか」

　もともと体内にあるウイルスが変異して、ＨＨＶ－９になるのであれば、外界で検出されないのは当然だ。多くの日本人が持っているウイルスに、その刺激が加えられれば、新型カポジ肉腫が全国で発生したことも納得できる。そこまで考えると、千田は為頼のひらめきと同じ答えに行き当たった。

「ＨＨＶ－９は、水疱瘡を引き起こすＨＨＶ－３が変異したものかもしれないということですね」

「そうです。それなら水疱瘡にかかった人は、だれでも新型カポジ肉腫を発生させる可能性があることになる」

　ウイルスと患者をつなぐミッシング・リンク、それは既存ウイルスの体内変異だというのか。その原因が食品として流通すれば、たしかに患者が全国に発生してもおかしくない。

「つまり、去年の後半以来、日本中に広まって、特に都市部で入手しやすい食品ですね」

「そうです。体内でウイルスの宿主細胞になって、ゲノタイプの変異を引き起こしやすいものです」

　ウイルスは生きた細胞の中でしか生きられない。その状態で、食物として体内に入るものは限られている。つまりは、発酵食品、プロバイオテックの類だ。

そのとき、千田の脳裏にある光景がよみがえった。新型カポジ肉腫の研究で、連日泊まり込みをしていた菅井が、ある朝、若い医局員にコンビニでまとめ買いをさせていたもの。

――これがないと、俺の朝ははじまらないんだ。

菅井がうまそうに頬張っていたのは、パックに入った外国製のヨーグルトだった。

94

車窓の風景は、八王子を過ぎてしばらくすると冬枯れの山に変わった。

新宿駅を午前十一時に出発した特急あずさは、まばらな客を乗せて、山間を西へとひた走っていた。

「イバラくんのようすはどうです」

為頼が、不安げな表情で窓の外を見つめる菜見子に訊ねた。

「やっぱり落ち着かないようです。そわそわしたり、急にぼうっとしたりして」

菜見子は勤務先の施設に有給の延長を頼み、三岸の個展の二日目からイバラが泊まっている新富町《しんとみちょう》のビジネスホテルに移った。そして食事をともにしたり、話し相手になったりしていた。

「思い詰めたようすや、何かを準備しているようなそぶりは」

「それはないと思いますが」

三岸の個展の二日目と三日目、為頼は菜見子といっしょにイバラと昼食をともにした。そのときじっくり観察したが、イバラの眉間は平らだった。やはり見まちがいだったのか。菜見子にはそれでもイバラには近づかないほうがいいと忠告したが、彼女は臨床心理士として、イバラが少しでも心を開けるようアプローチしてみると逆に寄り添ったのだった。イバラに危険な徴候があるとしても、菜見子はイバラと自分の信頼関係に絶対の自信を持っているようだった。

為頼は東帝大のウイルス研究所や国立微生物センターで資料を集め、千田に頼んで、創陵大学病院に入院している新型カポジ肉腫の患者を何人か診察させてもらった。

この日、彼が訪ねようとしていたのは、菅井が面会の最後に口走った八ヶ岳の麓にいるという新型カポジ肉腫に罹患《りかん》しているらしい老婆だった。為頼には心中に秘めた思いがあった。もし自分の推測が正しいなら、新型カポジ肉腫への対処法がわかるかもしれない。当初はひとりで老婆を訪ねるつもりだったが、菜見子が為頼に話したいことがあると言って、同行を希望したのだった。

甲府を過ぎると、左手に白銀の富士山が見えた。しかし、今はその眺めを楽しむ気にもなれない。為頼は憂うつを振り払うように菜見子に聞いた。

「笹山氏と北井さんはいかがですか」

「わたしもずっと画廊にいるわけじゃないので、よくわかりませんが、笹山さんはどこかへ出張に行かれたみたいです。北井さんはいつも暗い顔をしていますが、それも前からのようです」

「三岸さんは」

「あの人は気分の変化が激しくて、この前まで苛立っていましたが、昨日は朝から上機嫌でした。一昨日、だれか待ち望んでいた人が来たみたいで」

「どんな人？」

「さあ。外国人のようですが、わたしは見ていません」

電車は午後一時過ぎに茅野駅に着き、二人は駅前で信州蕎麦《そば》を食べてからタクシーに乗った。住宅街を抜けると、左右に雪の残った畑が広がり、正面に雄大な八ヶ岳が現れた。

「これから会いに行くお婆さんは、名前はわかってるんですか」

「いや。でも、宿は一軒だけらしいから」

「そのお婆さんは、新型カポジ肉腫なのに、どうして治療を受けないんでしょう」

菜見子が心配そうにつぶやく。その疑問は当然だった。連日これだけ新型カポジ肉腫の死者がマスコミに報じられていれば、菜見子でなくても治療を受けずにいることの危険は見過ごせないだろう。しかし、病気は自然現象であり、治療が人為的な行為であることを考えれば、治療が常に病気の治癒につながるという保証など、どこにもありはしない。

「高島さん。新型カポジ肉腫という病気は、恐ろしい疾患です。私は菅井先生をはじめ何人かの患者を診て、この病気の特徴をある程度把握しました。その本態が明らかになれば、世間は究極の恐怖に陥れられるかもしれない」

「究極の恐怖？」

「ええ。日本人は健康にはことさら敏感ですからね。逃げ道のない不安が発生すると、あっという間にパニックに陥るでしょう」

「新型カポジ肉腫には有効な治療法がないということですか」

「いや、ある意味、治療法がないよりもっとたちが悪い。この病気は、治療することが肉腫の増大や転移を引き起こすのです」

菜見子は意味がよくわからないというように眉を寄せた。為頼はこれまで患者に何度も抱いたまどろこしさを感じながら説明した。

「逆説的ですが、この病気は治療で悪化するのです。一般の人は、治療は病気をよくするものだと思っているでしょう。実際は必ずしもそうではない。がんや血液疾患の中には、治療が重症化の引き金になるものも少なくありません。特にがんは、ある段階をすぎれば治療が寿命を縮めるものが多い。新型カポジ肉腫も同じです」

「それなら、この病気になったら、じっと死を待つしかないというのですか」

「いいえ。どんな病気でも、致死率が一〇〇パーセントということはありません。中世ヨーロッパのペストでも、江戸時代に死病と恐れられた結核やコレラでも、かかった者がすべて死ぬわけではない。まともな治療法がなくても助かる者はいるのです。病気というのは、そういうものです」

「でも、患者さんは治療せずにいられるかしら」

「そこが問題です。いくら専門家が危険を説いても、治療にすがろうとする人はあとを絶たないでしょう。マスコミもきっと理解を示さない。医師の中でも、医療のマイナス面を認める謙虚さのない者は、治療を美化することしか考えない。だから混乱するのです」

為頼は苦渋の思いで窓の外に目をやった。タクシーは細い林間の道に入り、スピードを落とした。あたりは一面の銀世界だった。樹氷にはさまれた道が開けると、赤い屋根のロッジ風の建物が現れた。八ヶ岳連峰のうち天狗岳《てんぐだけ》の麓にある唐沢鉱泉である。

為頼と菜見子は滑らないよう気をつけながら凍った雪道を進み、玄関に入った。

「こんにちは」

声をかけると、奥から四十代後半の女将《おかみ》らしい女性が出てきた。為頼は新型カポジ肉腫を調べている医師だと名乗り、賄いの老婆に会わせてもらえないかと頼んだ。

「ああ、シンさんね。今、いないんですよ。実家の兄嫁さんに不幸があって」

「そうですか」

為頼は電話の一本も入れておかなかったことを後悔したが、気を取り直して女将に訊ねた。

「そのシンさんという人は、首の後ろに黒い腫れ物ができていたと思うのですが、どんなようすですか」

「さあ。いっつも手ぬぐいをかぶってたから、よく見てないわ」

「病院には行ってませんでしたか」

「シンさんは大の医者嫌いでね。もし何だったら、本人に聞いてみてください。明日の朝にはもどりますから」

為頼は迷ったが、老婆の肉腫はどうしても自分の目で見ておきたかった。泊まり客はいないようだったが、宿は営業しているという。

「どうしましょう。私は一泊していこうかと思いますが」

為頼が困惑気味に言うと、菜見子は「わたし、温泉に入って温まってきます」と、さっとブーツを脱いで玄関に上がった。

95

細く開いた窓から冷気が流れ込む。濃い藍《あい》色の闇に、降る雪が浮かび上がる。

菜見子が独り言のようにつぶやく。

「雪って、降るとき音がするんですね」

サリサリと結晶の触れ合う音が、無音の闇から響いていた。

ひなびた岩風呂で温まり、夕食はがらんとした食堂で味噌仕立ての鹿肉鍋を堪能した。為頼は地酒の「真澄《ますみ》」を熱燗《あつかん》で二合飲み、菜見子は梅酒で頬を赤らめた。部屋は別々にしていたが、菜見子が「もう少しいかがですか」と、売店で調達した白ワインを盆に載せて持ってきた。信州産の貴腐ワインだという。一口飲むと、ハンガリーのトカイワインにも劣らない濃密な甘みとまろやかさだった。

「寒くないの」

「ええ。もう少し、雪の音を」

グラスを持った手を膝に置き、菜見子は窓際から離れなかった。効きすぎた暖房とアルコールの熱に、氷点下十度ほどの冷気は口直しのソルベのようだった。

「ウィーンにうかがって、ヴォルフガング湖へ行ったときのことを思い出します。きれいなところでしたね」

菜見子がグラスを口に運び、小さく笑う。

「あれからわたし、オーストリアのことをいろいろ勉強して、詳しくなったんですよ。あの湖が舞台の『白馬亭にて』というオペレッタのCDも買ったし、『サウンド・オブ・ミュージック』のDVDも何度も見たし」

「ああ、あの映画もザルツカンマーグートが舞台だったね」

「でも、マリアとトラップ大佐が結ばれるのは、ちょっと話がうますぎますね。現実もあんなふうにいけばいいけど……」

菜見子は窓を閉め、為頼の前にもどって横座りした。グラス半分ほど飲んだワインで、首筋を火照らせている。畳に浴衣《ゆかた》と丹前に襖。二年前のヴォルフガング湖畔とはまるでちがうが、為頼もあの夜のことを思い出した。

「わたし、ウィーンに行きたいとずっと思っていたんです。先生のお手伝いをしたいって。旅行から帰ってからも、ずっと。でも、祐輔のこともあるし、わたしの勝手な想いだけで、先生にご迷惑をかけるといけないと思って」

「今でも、そう思ってるの」

「ええ。でも、だめなんですよね」

菜見子がウィーンに来たとき、為頼が彼女を引き留められない理由が何かあることを、彼女は敏感に察していたようだ。

菜見子は為頼を見上げ、真剣な眼差しで言った。

「奥さまですか。亡くなった奥さまを、今も愛してらっしゃるからですか」

「いや、そうじゃない。倫子への気持は変わらないけれど、だから独りでいるわけじゃない」

「じゃあ、どうして」

菜見子の目が苛立ちと哀しみで砕けたガラスのように光った。口に出せないつらい気持が、張り詰めた瞳の奥にたぎっている。それを放置するのは、あまりに酷《むご》い。

「私にはあなたを幸せにできない。だから……」

「いいんです。幸せになんかなれなくても、わたし」

為頼の言葉を遮った菜見子の唇を、為頼が封じた。菜見子は撃たれた鹿のように上体を反らし、脱力した。かけがえのない女性。この気持は憐れみではない。もしそうならはじめから同行は認めない。そう確認して、為頼は熱い想いに身を任せた。

自分は菜見子を愛している。

深い闇が部屋に滑り込み、閉めたはずの窓から、雪の降る音が静かに流れた。

96

翌朝、食事を終えて待っていると、賄いのシンが実家のある原村《はら》からもどってきた。女将が為頼の希望を伝えると、気さくに食堂で話に応じてくれた。

為頼は「いやなことはしないから」と断って、シンに聞いた。

「その首の後ろの腫れ物は、いつごろできたんですか」

「さあ、もうじき四月《よつき》になるかいね」

「大きさは変わってませんか」

「首の後ろは自分じゃ見えんもんで」

彼女は素朴な人柄のようだった。肉腫のことを人にとやかく言われるのがいやで、手ぬぐいで隠していたが、痛くもかゆくもないので病院には行かなかったという。このときも深めの姉さんかぶりをしていたが、見せてもらえないかと為頼が頼むと、「見るだけなら」とあっさり手ぬぐいを取ってくれた。日焼けの染みついた皮膚に、五百円玉大の黒っぽい盛り上がりがあった。千田が菅井に聞いた話によれば、肉腫はたしか丸餅大だったはずだ。それなら一まわり小さくなったことになる。為頼は周囲の皮膚の性状と、肉腫の状態をじっくりと観察した。

「わかりました。これはこのままにしておけばいいですよ」

「言われんでもそうするだえ。はっはっはっ」

シンは大らかに笑った。菜見子が為頼に不安げに言う。

「大丈夫なんですか」

「この人の肉腫は、創陵大学病院で見た患者のとはぜんぜんちがいます。治療を受けた肉腫は、細胞が活性化して増殖のスイッチが入った感じですが、この人のは細胞が沈静化しています。このままなら肉腫は消えないかもしれないけれど、転移もしないでしょう。三岸さんのも同じです」

「三岸さんも病気なんですか」

菜見子が驚いて為頼を見返す。

「ええ。彼女はターバンで隠していますが、同じ肉腫があります。けれど、それを放置している。彼女も医者嫌いなのか、それともだれかに適切なアドバイスを受けたのか」

「じゃあ、新型カポジ肉腫は放っておけばいいんですか」

「そうともかぎらない。治療をせずにおいても、命に関わるケースもあるでしょう。それを防ごうとして攻撃的な治療をすると、ますます肉腫が勢いづく。そこがこの病気のやっかいなところなのです」

菜見子に言ってから、為頼は思いついたようにシンに訊ねた。

「シンさんは、サプリメントとか、健康食品みたいなものは食べてませんか」

「そんなもの、興味ねぇだら」

「見るからにお元気そうですものね」

「おかげでなあ」

菜見子のお愛想に応じたあと、シンはぽんと一つ手を打った。

「ああ、そういや名古屋の孫が送ってくれるもんがあったずら。町で流行っとるてね。何とかいうむずかしい名前のヨーグルト」

「見せていただけますか」

為頼が頼むと、シンは自分の部屋から細長いパックを持ってきた。商品名「ズドローブ」。パッケージに『二十一種の生きた酵母と乳酸菌入りのヨーグルト』と書いてある。産地はジョージアで、輸出業者はハンガリーの会社だった。

為頼が成分表示を読んでいると、菜見子が横からのぞき込んだ。

「これなら知ってます。テレビとかでコマーシャルしてましたから。けっこうブームになってますよ。どこのコンビニでも売ってますし」

ズドローブ……。

その奇妙な名前を、為頼は何度か口の中で唱えた。あいまいな記憶がよみがえる。ズドローブ。そうだ、思い出した。たしかロシア語で、「健康」という意味だ。

97

まったく、笹山のうろたえようときたらなかった。あいつはもしかしたら、真性のマゾヒストかもしれない。

犬伏は数日前の夜を思い出しながら、煤けたマンションを出て、狭い路地を通り抜けた。一仕事終えて、心は浮き立っていた。今夜も気分よく飲めそうだ。

犬伏のマンションは、兵庫県西宮市のＪＲ西宮駅寄りにあったが、彼が向かったのは阪急西宮北口駅のほうだった。阪神間に住むスノッブの見栄で、自分は阪急沿線の住人だと思いたい。大阪と神戸をつなぐ鉄道は三本あり、阪神よりＪＲ、ＪＲより阪急と、住む沿線でステータスがちがう。虚栄心の強い犬伏は、距離の不便さよりステータスを重視していた。

最近、犬伏は西宮北口の駅前通りから一筋入ったところに洒落《しゃれ》た店を見つけた。アンティーク調のスコッチバーで、何度か通ううちにマスターとも親しくなった。カウンターの隅でアイラモルトをストレートで飲むと、自然とくつろいだ気分になれる。この店もいずれ、気鋭のジャーナリスト犬伏利男の通う店として、有名になるかもしれない。そんな夢想に浸りながら、アルコールで執筆の疲れを癒すのが最近の日課だった。

東京からもどったあと、犬伏は構想していたノンフィクションの執筆に取りかかった。タイトルは、『連続医師通り魔事件』。単なる犯罪の暴露ではなく、刑法三十九条を絡めた問題提起は、きっと世間の注目を浴びるだろう。「ロス疑惑」や「宰相の金脈」などのノンフィクションの傑作と並び称されるかもしれない。

上機嫌で扉を押すと、蝶ネクタイのマスターが愛想よく迎えた。

「犬伏さん。今日もお仕事、はかどったようですね」

「わかるかい」

にやつき顔で答えながら、犬伏はいつものラフロイグを注文した。

「マスター。ちょっと聞くけど、美術評論家とか画廊主には、ホモが多いのかねぇ」

「どうしてです」

「俺の知ってる野郎が四十過ぎなのに、自分のことを〝ボク〟なんて言いやがって」

犬伏は笹山の女性っぽいハスキーボイスを思い出して、くくっと笑った。

三岸薫の個展の初日、会場で「円堂康三！」と叫んで揺さぶりをかけたのは大成功だった。

あのときの三岸薫の狼狽ぶりは、明らかに事件との関わりを物語っていた。二日後、笹山を詰め寄ったのだ。

八重洲《やえす》の鰻屋《うなぎや》に呼び出すと、おどおどと卑屈な目を向けてきた。だから犬伏もつい居丈高に

「杉並区で久保田という医師会の常任理事が刺されたときも、目黒区で〝居留守ドクター〟の円堂が焼き殺されたときも、イバラは三岸のアトリエに来て関東にいた。大阪の此花区で女性医師の木原が首を切られたときには関西にいた。これが単なる偶然だとでも言うのか」

円堂の事件ではイバラにアリバイがあったが、犬伏はわざと知らないふりをした。笹山がどう反応するか見ようと思ったのだ。

犬伏はある可能性を考えていた。イバラのアリバイは神戸ビルメンテナンスの人事部長が証言しているだけだ。もし、彼が嘘を言っているとしたらどうか。イバラをかばうために、あるいは三岸かだれかに買収されて。

三岸にはときどき妙な後ろ盾の影がちらついた。インタビューや取材記事で、「わたしには導きがありますから」とか「信頼できる人の指導で」などと答えていた。三岸は一見、奔放そうだが、若いころは精神的な問題を抱えていたことからもわかるように、内面はかなり不安定だ。その弱みを隠すために、ことさら攻撃的なモチーフを選び、グロテスクな表現で観客の心理を征服しようとしているのだ。

「三岸薫の絵はモチーフは派手だが、深みがない。奇をてらっているだけだ」

一刀両断にしてやると、笹山は表情を歪め、反論もできなかった。

「作品のタイトルだって何だ。見る者を煙に巻くような意味不明の思いつきだ。きちんと説明できるのか」

「ボクには、ちょっと」

「三岸本人だってできないよ。もともと意味なんかないんだから。三岸薫はまやかしだ。空疎な人形にすぎない」

断言しても、笹山は眉を八の字にしておろおろするばかりだった。手を揉みしだき、もっと罵倒《ばとう》してくれといわんばかりに顔を突き出す。

「あんたはイバラがどんな人間か知っているのか。あいつは神戸で教師一家殺害事件を起こし、心神喪失を盾に罪を免れた前科者なんだぞ。被害者には三歳と五歳の子どもも含まれていた。あいつはサイコパスだ。自分が無痛症だから、他人の痛みもわからない。三岸薫はイバラの裁判を傍聴していた。だから、彼女はそれをわかって弟子にしているんだ。三岸薫は自分の想像力の不足を補うために、イバラの暴力性を吸収しようとしてるんだ」

「そんなことはあり得ません」

「なぜわかる。三岸薫はイバラを支配している。彼女が命じれば、イバラは人を刺すのも焼き殺すのも、平気でやるぞ」

「まさか、そんな恐ろしいことを」

「三岸薫が自分で言ってるんだ。聞いた話にインスパイアされると。あんな残酷な場面を彼女はどうやって描いたんだ。まるで見てきたようにリアルな描写で」

「ボクにはわからない。許してください。ボクは何も知らないんです」

笹山は必死に懇願し、座敷の畳に頭をすりつけた。犬伏は片膝を立てて、笹山の上から凄《すご》んだ。

「あんたも知らないではすまされんぞ。自分の身を守りたいのなら、俺に情報を送れ。徹底してイバラをマークしろ。奴はまた通り魔をやる。イバラを告発することが、あんたの潔白の証明につながるんだ」

「はい。わかりました」

土下座しながら何度も頭を下げる笹山は、半ば恍惚となっているようだった。虫酸《むしず》が走る。そう思いながら、犬伏もまた、身体の奥で淫靡な快感に浸っていた。

関西にもどって二日目、すなわち昨日の夜、笹山はイバラのようすがおかしいとメールしてきた。興奮して、地に足が着かない感じだという。前夜、三岸とともにハンガリー人の医者と食事に行ったようだが、それがきっかけかもしれないと笹山は書いていた。もしかしたら、また通り魔殺人をやるのかもしれない。犬伏は笹山に、引き続き厳重にイバラを監視しろと伝えた。

イバラは神出鬼没だが、事前に動きをつかめば対応できるだろう。できれば、犯罪の現場を押さえたい。成功すれば大スクープまちがいなしだ。

いつの間にか、犬伏の前には四杯目のグラスが置かれていた。ピスタチオの殻が散乱している。さほど酒に強くない犬伏は、顔の火照りとまぶたの重みを感じた。

「ご機嫌ですね。何かいいことがあったんですか」

マスターに言われ、犬伏は苦笑した。

「この店は感じがいいな。そのうちに有名になるぞ」

酒に酔っているのか、自分に酔っているのか、判然としない笑顔で犬伏は店を出た。時刻は午後十一時過ぎだった。

不夜城の阪急西宮ガーデンズを右手に見て、津門《つと》川沿いの道を南へ進む。JRの線路に近づくに従い、人通りは消え、街灯も減り、草むらや板塀の家などが目につく。

犬伏のマンションは「西宮ロイヤルハイツ」と名前だけは立派だが、実際は古びたアパートも同然だった。あんなところ、本来の俺が住む場所じゃない。今書いている本が当たれば、阪急の山手に高級マンションを買って引っ越ししてやる。

角を曲がると、トレンチコートを着た髪の長い人影が立っていた。女じゃない。オカマか。

人影は反動をつけて身体をひねった。奇妙な動きだった。酔っている犬伏は、わずかに反応が遅れた。何かが光ったと思った瞬間、顎の下が熱くなり、一挙に首が三倍ほどに膨れた気がした。首から血が噴き出している。右手で押さえると、中指が傷の中に入った。触ったこともない筋肉や血管が指に触れる。慌てて左手を添えると、指の腹にビュッビュッと熱い血が吹きつけた。

助けて……！

叫んだつもりが、声にはならなかった。平衡感覚が消え、闇が激しく回転する。立っているはずなのに、突然、アスファルトがぶつかってきた。自分が転倒したのだと知り、後頭部に金気くさい衝撃が走った。医師連続通り魔事件、その犠牲者を自分は追体験している、これで襲われた瞬間をリアルに書ける。そんな奇妙な錯覚が浮かんだ。

目の前にコートの裾が見えた。ストッキングにパンプスの足が遠ざかる。右手に鈍く光る鉈《なた》をぶら下げていた。犬伏は首の傷を押さえて叫んだ。

「イバラ！」

犯人が振り向き、もどってきて犬伏の前に屈み込んだ。

「あはははは。イバラじゃないよ。ボクだよ」

女性っぽいハスキーボイス。笹山の目に、ルビーレーザーのような嗜虐《しぎゃく》の光が灯っていた。

98

ズドローブというヨーグルトは、たしかに新型カポジ肉腫患者が摂取した食品リストの中に含まれていた。しかし、すべての患者が食べていたわけではない。もし、大半の患者が同じズドローブを食べたというのなら、調査チームはすぐにそれが原因だと気づいただろう。千田がそのことを電話で訴えると、為頼はしばらく考えを巡らせていたが、それでも調査を継続してほしいと求めてきた。為頼にどんな思惑があるのかはわからなかったが、千田は取り敢えず調査を続けることにした。

ズドローブを輸入しているのは、茨城県土浦《つちうら》市にある「ペガサス」という食品会社だった。千田が問い合わせると、輸入は去年の六月からはじまり、現在までに約一千六十二トンが全国のコンビニやスーパーに出まわっているとのことだった。

ホームページを見ると、ペガサスは創業六年目で、資本金二千万、従業員十六人の小規模な食品輸入商社だった。そんな会社がなぜ、これほど大量のヨーグルトを販売できたのか。それは販売直後からはじまったテレビCMの効果だろう。好感度抜群のさわやか系の俳優と、ぜったいに嘘をつきそうにない往年の大女優が、「自然がくれた健康力」というキャッチフレーズで、耳にタコができるほど「ズドローブ」の名前を繰り返していた。地下鉄の吊り広告や、新聞の全面広告もあった。あれだけの宣伝をするには、相当の経費がかかったはずだ。おそらく億単位の宣伝費を、資本金二千万の会社がどうやって捻出《ねんしゅつ》したのか。

不思議に思っていると、同じことを考えていたらしい為頼が、興奮した声で報せてきた。

「千田先生。やはりズドローブが怪しいです。このヨーグルトは去年から頻繁にテレビのCMを流していたそうですね。調べてみると、その経費はほとんどハンガリーの輸出業者が出しているんです。協同販売契約があるそうですが、明らかに不自然です」

為頼は何かを疑っているようすで声をひそめ、次いで性急に訊ねた。

「ズドローブに含まれる菌の種類はわかりましたか」

「成田の検疫所に提出された輸入届出書の記載をもとに調べました。パッケージの記載の通り二十一種の菌があがっていて、今、うちの微研で確認中です」

「その中にHHV－3をHHV－9に変異させるものがあるかどうかですね」

ハンガリーの輸出業者が記載していた菌は、ヨーグルトの生成に必要な乳酸菌を中心とした以下の菌だった。ラクトバシラス・コーカシクス、ラクトバシラス・カセイ、ラクトバシラス・デルブルーキー、ラクトバシラス・アシドフィルス、ラクトバシラス・ケフィアファシエンス、ラクトバシラス・ラクティス、ラクトコッカス・ラクティス、ラクトコッカス・クレモリス、リューコノストック、ストレプトコッカス・ラクティス、ストレプトコッカス・ディアセチライティス、ストレプトコッカス・クレモリス、ブルガリア菌、サーモフィラス菌、ザルケミア菌、ビフィズス菌、ペディオコッカス、グルコノバクター、酵母、アセトバクター、アシドフィルス菌。

これらの菌にそれぞれHHV−3を感染させ、無血清培地で培養して、ウイルスのDNA変化を観察する。感染細胞からエクスプレス・ベクターを用いてDNAライブラリーを作製し、プレート上の細胞内で蛋白を発現させて、DNAをクローニングした後、HHV−9への変異を確認する。おそらく、当該菌の形質転換遺伝子が、HHV−3の転写制御経路に作用し、遺伝子変異を起こさせるのだろう。こうして生まれたHHV−9は、細胞内で増殖し、細胞膜を溶解して、一気にウイルス拡散を引き起こす。それが皮膚の肉腫形成を誘導する。

「千田先生。ひとつ聞いていいですか」

為頼が医学生のような率直さで質問した。

「HHV−3は通常、神経節の細胞に潜伏感染していますよね。それがどうやって口から入ったヨーグルトの菌に感染するのでしょうか」

「ウイルスが体内で細胞感染を起こすのには、二つの経路があります。ウイルス粒子が単独で標的細胞に接触するセル・フリー感染と、感染細胞が非感染細胞に直接接触してウイルスが伝搬されるセル・ツー・セル感染です。HHV−9はこの両方を使っていると思われます。

HHV‐3はまず軸索流に乗って神経線維を移動し、セル・フリー感染によって粘膜細胞に入り込み、そこからセル・ツー・セル感染で標的菌に感染するのでしょう。変異前のHHV‐3は水疱瘡や帯状疱疹などの皮膚病変を引き起こすウイルスですから、HHV‐9はウイルス拡散で皮膚の内皮細胞に移動し、そこで肉腫形成を行うものと思われます」

「なるほど。もともとのウイルスの特性を残したまま、発がんウイルスになるわけですね。それでDNAのクローニングまでにはどれくらいの時間がかかりそうですか」

「早くて一カ月か、二カ月」

「わかりました。それまでになんとかズドローブの販売を止められないか、厚労省に働きかけてみます」

為頼からの電話は慌ただしく切れた。

99

ズドローブに含まれる菌の調査研究を進める一方で、千田は末期症状にある菅井の治療にも専念しなければならなかった。

人工呼吸器をつけた菅井は、脳転移と鎮静剤の両方により、意識のない状態が続いていた。食事は摂れないので、中心静脈カテーテルが挿入され、高カロリーの点滴が輸液ポンプで送られた。出血傾向が出たため、そけい部の血管に輸血用のルートが取られ、連日、二から五パックの輸血が行われた。胃と十二指腸から出血があり、その血液を吸引するために、サンプチューブ（内腔が二重になった吸引チューブ）が鼻から挿入された。そのほか、心電図、パルスオキシメーター、動脈圧モニターが取りつけられ、左腕の末梢《まつしょう》血管からは強心剤、利尿剤、ステロイド、抗生物質の多剤併用が行われ、いわば延命治療のフル装備状態だった。

その姿は見るも無惨だった。心機能と腎機能の低下により、全身に浮腫が起こり、顔は数日間漂流した水死体のように膨れあがり、まぶたはふやけて閉眼できず、はみ出た眼球は結《けつ》膜《まく》出血で真っ赤だった。皮膚は強度の黄疸で土気色に染まり、ところどころ苔《こけ》が生えたように緑に変色していた。鼻や口、耳のほか乳首からも出血し、回腸導管から流れ出る尿も真っ赤で、人工肛門からは日々の輸血量とほぼ等しい血液が、コールタールのような血便となってあふれ出た。

ここまで肉体が変貌しても、健康管理に熱心だった菅井の心臓は、人並み以上に丈夫で鼓動を止めなかった。

夫のあまりに悲惨な姿を見て、妻の由香子は千田に治療の中止を懇願した。千田もできればそうしたかった。しかし、延命治療はいったんはじめると中止しにくい。死ぬとわかっていて中止すれば、刑事責任を問われる危険があるからだ。いくら由香子が治療の中止を求めても、あとで〝遠くの親戚〟が出てきて問題視したり、院内の敵対者から内部告発されたりする危険を考えると、おいそれと治療は中止できないのだった。

千田は器械やチューブにつながれ、見るに堪えない姿の菅井に向かって内心で叫んだ。

（菅井先生、どうか早く死んでください！）

千田は慄然《りつぜん》とした。医師である自分が何ということを願っているのか。しかし、これは自分が皮膚科医だから思うことかもしれない。日常的に終末期の患者を治療する内科医や外科医なら、煩悶《はんもん》もなく、患者のためを思って当然のようにそう願うだろう。

由香子は菅井の横で取り乱し、ついに自分で人工呼吸のチューブを抜こうとした。千田が取り押さえると、彼女はその場で泣き崩れた。

三日後、菅井の心臓は徐々に機能を失い、ようやく鼓動を止めた。死臭は立たなかった。その数日前から、部屋にはすでに腐臭が充満していたからだ。

100

唐沢鉱泉から東京にもどった為頼は、千田と連絡を取りながら、ズドローブの調査をはじめた。輸入しているペガサスという会社を訪ね、三億円を超える宣伝費のほとんどを輸出元のハンガリーの会社が負担したと知ると、すぐさま厚労省の立浪を訪ねた。大臣官房の審議官室に乗り込み、ズドローブを早急に回収すべきだと強く訴えた。だが、立浪の反応は鈍かった。

「為頼。ちょっと落ち着け。いきなりそんなことを言われても、すぐ回収命令なんか出せるわけないだろう」

「しかし、ことは一刻を争うんだ。このまま新型カポジ肉腫の患者が増え続けてもいいのか。ズドローブの過剰宣伝は、明らかに意図的だ」

応接ソファから身を乗り出すと、立浪は逆に背もたれに身を引いた。

「ズドローブはたしかに去年から派手に宣伝している。しかし、もしそれが新型カポジ肉腫の原因になったとしても、それは偶然だろう。だれが病気を広めるために、わざわざ巨額の宣伝費を使うというんだ」

為頼は焦れったそうに唇を嚙んだ。メディカーサのことは迂闊《うかつ》には言えない。リアリストのキャリア官僚である立浪には、突飛すぎてにわかに信用はしてもらえないだろう。

「創陵大学病院で、新型カポジ肉腫を研究している千田という医師に聞いてみてくれ。彼もズドローブが怪しいと言ってる。新型カポジ肉腫の発見者の菅井教授も、ズドローブを食べていて発病したんだ」

「しかし、新型カポジ肉腫の患者が、全員、ズドローブを食べているわけじゃないんだろ。

それに、ズドロープの消費者全員が新型カポジ肉腫を発症したわけでもないだろうし」

「疫病がそんな一対一対応の図式にならないのはわかってるだろう」

「ああ。潜伏期もあるし、患者個人の体質や遺伝的背景もあるからな。しかし、ウイルスの体内変異というのは、まだ仮説の段階だろ。食品の回収命令には複雑な手続きがいるんだ。自主回収にしても、保健所への報告や情報公開の義務があるから、業者側には大きな痛手となる。確たる根拠もなしに、行政指導なんかできんよ」

　立浪は官僚特有の思考回路で、できるだけ何もせずにすまそうとしているようだった。夕方からはじめた議論は堂々巡りになり、夜になっても結論は出なかった。為頼はぐったり疲れ、午後九時過ぎに厚労省を出たあと、食事を摂る気にもなれず、新橋のホテルまで歩いてもどった。

　着替えもせずにベッドに倒れ込んだとき、スマホが鳴った。菜見子からだった。

「為頼先生。すみません。すぐこちらのホテルに来ていただけませんか。イバラくんが興奮して、わたしではどうにもならないんです」

　緊迫した声に、為頼は弾かれたように起き上がった。

「イバラくんがどうしたんです」

「犯因症のことを話したら、急に暴れだして……。犯因症は無理に抑えたら暴発すると言われていたのはわかってたんですが、なんとかイバラくんの心を解きほぐそうと思って、わたしの部屋で話を聞いているうちに、逆にイバラくんに何か隠してるだろうと言われて、仕方なく打ち明けたら……。きゃあ」

語尾が悲鳴に掻き消される。

「大丈夫ですか。すぐに警察を」

「いいえ。警察は呼ばないでください。イバラくんは先生と話がしたいと言ってるだけですから」

「じゃあ、電話口に出してください」

為頼が言うと、スマホから少年のような甲高い声が聞こえた。

「ぼく、先生に聞きたいことがある」

「何が聞きたい」

「こっちへ来てもらわないと言えない」

「高島さんは無事なのか。さっきの悲鳴は何だ」

「何でもない。あーちゃんに代わる」

菜見子への呼び方が以前のイバラにもどっている。よくない徴候だ。そう思うと同時に、菜見子の声が聞こえた。

「わたしは大丈夫です。それより先生、早くこちらへ」

為頼はすぐイバラたちがいる新富町のホテルに行くことにした。部屋番号は聞いている。一階まで駆け下り、ホテルの前で客待ちをしているタクシーに乗った。運転手を急《せ》かして、十分ほどで新富町に着いた。

「すみません。知人が急用なんです」

ホテルのロビーに声をかけて、エレベーターも待てず、四階まで階段を駆け上がった。

「高島さん、為頼です。開けてください」

扉を叩くと、菜見子が待ちかねたように為頼を招き入れた。イバラは部屋の中央に立ち、見えない大岩でも抱えているように両腕を広げていた。額からかなりの出血がある。極端な撫で肩が、まるでレスラーのように逆三角形に盛り上がっている。床には椅子の残骸と、スタンドが倒れていた。

「イバラくん。落ち着け。私に何が聞きたい。わかることなら何でも答える」

イバラは眉毛も睫もない無気味な目で為頼をにらんだ。荒い息づかいで顔を突き出し、自分の眉間を指さす。

「ぼくのここに、『しるし』があるの」

そこには流れた血を避けるように複雑な「M」形の皺が盛り上がっていた。

「生まれつき人殺しという『しるし』があるの。あーちゃんが言ってた。『はんいんしょう』というの。ぼくにはそんなもの、見えない」

イバラはデスクの前にある鏡をのぞき込んだ。まるで自分以外のだれかをさがすように。

為頼は菜見子に小声で聞いた。

「イバラくんに何と言ったのです」

「危険な『徴』が出るかもしれないから、気をつけてと。どんな『徴』と聞くので、犯因症のことも話したんです。為頼先生がそれを見分けられることも」

「それで」

「イバラくんはベッドに座り込んで、しばらくうなだれていました。そのうち、身体が震えだして、見る間に肩が膨れあがったんです。ものすごい形相になって、壁に頭を打ちつけるので、止めようとすると、わたしを突き飛ばして、先生に確かめたいと言い出したんです。もう夜だからと説得したんですが、興奮して、椅子を壊して、スタンドを蹴り倒したので」

イバラが急に為頼を振り向いて、叫び声をあげた。為頼は興奮した自殺志願者に向き合うように、慎重に話しかけた。

「イバラくん。聞いてくれ。君がショックを受けたのはわかる。しかし、犯因症は、必ずしも、現実の殺人につながるわけではないんだ」

「どういうこと」

「犯因症は徴候にすぎない。遺伝子に組み込まれている素質みたいなもんだ。だから、うまくすれば、行為としては表れないんだ」

「遺伝子？　なら、やっぱり生まれつきだね。もう治らない」

「ちがう。今の医学ではまだわからないことがいっぱいあるんだ。希望を捨てるな」

「じゃあ、治るの」

為頼は答えられない。突然、イバラは頭を抱えてベッドに座り込む。

「前の裁判のとき、ぼくは覚えてないことをいっぱい言われた。一家全員を殺したとか、子どもの頭を叩き割ったとか。そんなことあるはずがないと思ってた。だけど、ほんとうだったんだ。ぼくは生まれつきの人殺しで、何をするかわからない人間なんだ」

「そうじゃない。あのときはイバラくんはサラームという薬で操られていたのよ。だから、裁判でもその件は無罪だったでしょう」

菜見子が懸命になだめる。イバラはわずかに顔を上げるが、すぐうなだれて首を振る。

「ちがうよ。薬をのんでも、ふつうの人は子どもを殺したりしない」

イバラの皮膚がビニールのような光沢を帯びている。まさか、イバラはまた……。

「白神先生はぼくを治そうとしてくれてた。為頼先生はどうなの。為頼先生はえらい医者だって、あーちゃんが言ってた。それなら治してよ。ぼくの『はんいんしょう』を治してよ」

わかったと言ってやりたい。だが、言えない。治る可能性があるなどと、嘘の希望を抱かせて、その場をやり過ごすのは欺瞞だ。それでいいなら、医師は専門知識も技術もいらない。患者をだます笑顔の練習だけすればいいのだ。

しかし、白神ならどう言うだろう。為頼の脳裏に、自分と同じ能力を持つ白神陽児の顔が浮かんだ。医療功利主義者の白神なら、大丈夫だと言うのではないか。事実に絶望させるより、嘘でも慰めるほうが大事だと。

患者を絶望させる誠実さと、希望を持たせる欺瞞のどちらがいいのか。これまで何度も繰り返した問いを、為頼は改めて反芻《はんすう》した。しかし、いくら現実が過酷でも、医師としての誠意を曲げるわけにはいかない。

「イバラくん。私には嘘は言えない。君の犯因症を治すのは、医療では無理なんだ」

わずかに首を振ると、イバラは立ち上がり、菜見子をにらみつけた。

「あーちゃんは、どうしてぼくに『しるし』のことを言ったの。治らないのなら、知りたくなかった。あーちゃんさえ言わなかったら、ぼくは知らずにすんだのに」

「でも、それはイバラくんのことを思って。あなたに罪を犯してほしくなかったから」

「自分がそんな恐ろしい人間だなんて、知りたくなかった。無理やり教えたあーちゃんが憎い」

　イバラの目が憎悪に燃えている。菜見子はショックを隠せないようすだ。イバラはそのまま為頼の前に出た。

「あんたは医者なのに、患者を絶望させるようなことを言っていいの。治療をやりもしないで、治らないなんて決めつけていいの」

「無駄な治療は患者を苦しめるだけだ」

「どうしてわかるの。医者なら治療するのが仕事でしょ。先生は嘘は言えないと言ったけど、嘘でもいいから、治ると言ってほしかった」

　イバラの目が怒りと悲しみに揺れている。悲痛な声が為頼の胸を貫く。

「どうしてぼくは、こんなつらい目に遭わなけりゃいけないの。『はんいんしょう』に生まれたのはぼくのせい？　ぼくが悪いの？　ぼくはどうすればよかったの」

「イバラくん」

　菜見子が反射的に近寄って抱きしめる。イバラが弾き飛ばす。壁に激突しそうになった菜見子を為頼がとっさに受け止める。

「医者に治せないなら、だれが救ってくれるの。もういい。ぼくは出ていく。ぼくを治してくれる人のところへ行く」

「待て。君はだまされているだけだ」

「それでもいい！」

イバラは甲高い声で叫び、扉に向かった。為頼が止めようとすると、片手で突き飛ばされ、ベッドの反対側まで転がった。

「大丈夫ですか」

菜見子が駆け寄る。開け放たれた扉から、非常階段を走って下りるイバラの荒々しい足音が響いた。

101

クリスマスの朝、三岸はいつもより早めに個展の会場に入った。会期もいよいよ明日までとなり、作品の売り立ても大詰めを迎えていた。新作は完売で、残っているのは美術館同士で転売交渉が進められているいくつかの大作のみだった。

この日は雑誌のグラビアのために、会場での写真撮影があった。スタイリストが持ってきたのは、カトリックの修道女をイメージしたような黒と白のドレスだ。ターバンの代わりに、額から上をすっぽり覆うベールが三岸の頭部を隠していた。

「ミッチャン。お客さまがいらしてるわよ。ご案内して」

手を叩いて北井を呼び寄せ、接客の指示を出す。離れ際、北井の袖をきつく引いて押し殺した声で言う。

「今日は笹山さんもイバラもいないんだから、あなたが気を利かさなきゃだめでしょ」

「すみません」

北井が小走りに離れると、撮影助手が三岸に強いライトを当てた。

「はい。それじゃ撮影のほう、よろしくお願いします」

三岸は絵の前に立ち、胸を反らせる。カメラマンが連写のシャッターを切る。

笹山は三日前から北陸に出張していることになっていた。しかし、初日は関西にいたはずだ。その首尾は新聞で確認した。

カメラのフラッシュを浴びながら、三岸は記事を思い出す。

『フリージャーナリストの犬伏利男氏　通り魔殺害か』

社会面のベタ記事だった。あんな無礼な男、それで十分だと三岸は嗤う。個展の初日、『清浄の業火』の前で、あの男が〝居留守ドクター〟の名前を叫んだときは、さすがに驚いた。笹山が調べたところによると、犬伏はイバラにつきまとい、医師の通り魔殺害をイバラの仕業だと疑っていたらしい。見当ちがいも甚だしい。しかし、これからイバラに活躍してもらわなければならないのに、余計なことを嗅ぎまわられても困る。それで笹山に最後の仕事として、処理させたのだ。

それにしても、と、ポーズを決めながら三岸は思い出し笑いをする。笹山はわたしが足の指を舐めさせてやるだけで、どんな命令にも喜んで従う。最初は真性のマゾヒストかと思ったけれど、裏には同じくらい根深いサディストの顔も潜んでいた。ぜったいに捕まらない方法を教えると、嬉々として通り魔殺人を繰り返した。動機も不明、背後関係もない。十分に下見をして、逃走経路も用意して、変装までしてやるのだから、警察も捜査のしようがない。そう言うと、笹山の目に怪しい光が浮かんだ。ほんとうにサディズムとマゾヒズムはコインの表裏だ。そして、今度はイバラと役割を入れ替わる。同じ手口を使えば、警察は犯人が変わったとは気づかないだろう。

それもこれも、すべては白神からの指示だった。白神がハンガリー人の医師になりすまして現れたのには驚いたが、考えれば当然だ。白神はあの神戸の事件で、今も主犯とされているのだから。

せわしないシャッター音がギャラリーに響く。

「はい。あともう少しです。右から目線、お願いします」

カメラマンが角度を変え、高さを変えて三岸を撮る。注文に合わせて視線をずらすと、ガラス扉を押して為頼と高島菜見子が入ってくるのが見えた。三岸が撮影中だとわかると、二人は戸惑ったように立ち止まる。

「ミッチャン。どこにいるの」

三岸が声をあげるが、返答はない。

「あの子、どこへ行ったのかしら。為頼先生、高島さん。どうぞお入りになって。もうすぐ終わりますから、あちらの椅子でお待ちいただけますこと」

三岸はポーズを中断して為頼らに声をかける。二人が奥へ進むのを見て、ふたたびカメラに向かう。そして、密かに思う。彼らはイバラをさがしに来たのだ。

昨夜、イバラが突然ホテルに来たのには驚いた。ひどく興奮したようすで白神先生に会いたいと言った。白神は同じ帝都ホテルに泊まっていたから、部屋に連れていくと、白神は喜んで迎えてくれた。

「はい。けっこうです。お疲れさまでした」

撮影が終わり、アシスタントが機材を片づけはじめる。三岸は撮影の衣装のままギャラリーの奥へ行き、為頼たちの前に座った。

「お待たせしました。為頼先生、先日はどうも。あのときお見舞いした菅井教授、一昨日お亡くなりになったそうですわね」

「ええ。主治医の千田先生から聞きました」

「お葬式には参列なさいますの」

「いえ。そこまでは」

横の菜見子のようすに、今気づいたように声をかける。

「あら、高島さん。どうかしまして。何だかご心配そうなようすだけど」

「イバラくんは今日、画廊に来ていないんですか。昨夜、ホテルを飛び出して、それから帰ってこないんです。三岸先生のところに連絡はなかったですか」

「いいえ。でも、いったい何があったの」

「わたしが悪いんです。よけいなことを言ってしまって」

うつむいて涙ぐむ菜見子を為頼がいたわる。白々しい。三岸は内心で嘲るが、顔には出さない。

「こちらもイバラくんが来ないので、困ってたとこなのよ」

「すみません。ご迷惑をおかけして」

「高島さんが謝ることはないわ」

三岸は鷹揚に微笑み、両腕を胸の前で組んだ。

「もしイバラくんから連絡があれば、すぐにお知らせしますよ。大丈夫。わたしも心当たりをさがしてみますから」

わざと明るく言ったが、二人は深刻な表情を解かなかった。

「三岸先生。笹山さんはいつもどられるんですか」

午後になって、北井が三岸に訊ねてきた。

「明日だけど、どうかした？」

「いえ」

北井は目を伏せて、引き下がる。今日の彼女は接客も上の空で、落ち着きのない足取りでギャラリーをうろうろしていた。突然いなくなったり、用もないのに二階の収納庫に上がったり。いったい何をしているのかしら。

夕方近くなって、客が空《す》いたとき、北井はふたたび三岸に近づいてきた。

「先生。今日、画廊が終わったあと、少しお時間をいただけませんか。見ていただきたいものがあるんです」

「何かしら。クリスマスプレゼント？」

「ええ……。みたいなものです」

北井が珍しくはにかんだ。

「場所はここか、鎌倉のアトリエがいいんですけど」

「ここは無理よ。今晩、ちょっと遅くだけど、フェヘールさんが使いたいと言ってたから。でも、鎌倉までもどるのは面倒ね。見せたいものって何なの」

「わたしの大事なものです。ほんとうは、イバラさんにも見せたいんだけど」

「イバラならフェヘールさんといっしょにいるわ」

北井の表情が微妙に変わる。

「わかりました。じゃあ、今日は先生にだけ見てもらいます。フェヘールさんたちが使う前に、すぐ終わらせますから」

「今日は取り込んでると思うわよ。明日じゃだめなの。個展が終わってから」

「いえ。ぜひ今日にお願いします。明日はきっと、後片づけで忙しいでしょうから」

102

菅井憲弘の葬儀は、彼の自宅マンションに近い碑文谷の「目黒アークホール」で、午後一時から営まれた。

千田は、読経の間、参列者の最前列に座り、菅井の遺影を見つめていた。あれは菅井が特任教授に昇進したとき、ホームページ用にプロのカメラマンが撮った写真だ。あのころが菅井先生の絶頂期だったなと、千田は複雑な気持で思い返した。

ササヤマ画廊を出たあと菜見子と別れた為頼は、国会図書館で千田からもらった新型カポジ肉腫の患者が摂取したもののリストを、再度、調べ直していた。ズドローブ以外に生きた菌を多く含む食べ物や飲料はないか。なかでも製品もしくは原料が輸入されているものが怪しい。

リストは膨大で、一日ですべてを調べ直すのは無理だったので、為頼は千田にズドローブによるウイルス変異のデータを急ぐよう電話を入れ、午後四時ごろ、ふたたび厚労省に向かった。アポなしで立浪を訪ね、辟易《へきえき》気味の相手にズドローブへの対応を重ねて求めた。

「回収が無理でも、せめてズドローブが新型カポジ肉腫の原因である可能性が高いという警告を出してくれないか。でないと新型カポジ肉腫の患者がまだまだ増えるぞ」

「無理言うなよ。根拠もないのにそんな警告を出したら、ズドローブを輸入してる会社から訴えられるぞ。それに風評が広がって、カスピ海ヨーグルトとかケフィアとか、ズドローブと関係のないヨーグルト類までボイコットされるかもしれん。そうなったら大問題だ」

「そんなことより、新型カポジ肉腫が広まるほうが問題だろ」

「だから、確たる根拠がないのに行政が動くわけには……」

ふたたび堂々巡りに陥り、為頼は天を仰ぐしかなかった。

　菜見子は、為頼と別れたあと新富町のホテルにもどり、当てもなくイバラの帰りを待っていた。イバラのケータイは電源が切れているらしく、通話もメールもできない。連絡があればどこへでも迎えに行くつもりだったが、イバラの消息は杳《よう》として知れなかった。時間はただ虚しく過ぎ、短い冬の日はあっという間に暮れてしまった。


　イバラは、昨夜、帝都ホテルに三岸を訪ねたあと、同じホテルに泊まっていた白神の部屋に連れていかれた。白神はイバラを歓迎してくれ、彼の障害に対する嘆きや、為頼に〝不治の病〟と指摘されて絶望した話を熱心に聞いてくれた。そして最後に、「大丈夫。わたしに任せればいい」と、自信たっぷりに言ってくれた。

「ぼくの『はんいんしょう』は治りますか」

「ああ。もちろんだ」

　白神は目を細め、優しくうなずいた。イバラは白神のもとへ来てよかったと思った。やっぱり白神先生は信用できる。

　白神陽児は、三岸がイバラを部屋に連れてきたとき、流れが自分に向いているのを感じた。

イバラを呼ぶ段取りを考えていたら、当人のほうからやってきたのだから。彼はイバラの悩みに耳を傾け、それを巧みに利用した。治療を請け負って安心させ、絶対的な信頼を植えつけた。

「おまえは何も心配することはない。わたしが必ず治す。だから、おまえはわたしのために働いてくれ」

「何をすればいいんですか」

「日本の医療を救うんだ」

それから白神は、夜を徹して日本の医療崩壊の実態をイバラに説明した。内容はほとんど理解できなかっただろう。かまわない。目的はイバラをとことん疲労させ、支配することなのだから。

ころ合いを見て、サラームを三カプセル与えると、イバラは朦朧となり、暗示にかかりやすい状態になった。

「為頼英介はおまえを絶望させた悪い医者だ。おまえを生まれつきの人殺しだと決めつけ、治らない病気だと言った。はじめから治療をあきらめ、おまえを見捨てたんだ」

白神はイバラから聞いた悩みをそのまま耳もとでささやいた。イバラの側頭部に憤怒の静脈が怒張した。

「そうだ。怒れ。為頼は敗北主義者だ。あんな医者がのさばっていたら、患者は希望を持てない。助かる見込みのある患者も助からないんだ。あいつがあちこちでしゃべると、同じ考えの医者が増える。もし、為頼みたいな医者が増えたら、患者はどうなる。あいつは日本の医療をだめにする悪い存在だ。早く排除しなければ手遅れになる」

イバラは催眠状態のままうなずく。白神は暗示の仕上げに入る。

「おまえの中には正義の怒りがたぎっている。その力で悪い医者を斃《たお》せ。おまえは指を鳴らす合図でわたしの命令に従う。すべてが終わったら、指を三つ鳴らす。それでおまえはすべてを忘れる。いいな」

暗示をかけ終わると、白神はイバラをベッドに横たえた。準備は完了だ。白神はそれまでイバラが十分に休めるよう、静かに部屋を出た。

同じころ、東京を遠く離れた軽井沢では、笹山靖史がイバラと同じく朦朧状態になっていた。三日前に関西で最後の〝仕事〟を完遂したあと、その興奮が収まらず、新潟へ出てロシア人からＭＤＭＡを箱で買い、志賀高原でスキー客の女子大生三人を引っかけた。彼女らは三人いることで警戒心が薄れたのか、笹山の口車に乗って軽井沢の別荘までついてきた。そこで酒とクスリで乱交パーティを続けていたのだった。笹山は三岸に電話だけ入れ、東京を離れていられる最後の一日を存分に楽しんでいた。

白神が帰ってきた今、三岸薫にとって、笹山の存在意義はほとんどなかった。今回の個展の成功は、彼女にとって大きな自信となり、新たな将来を強く意識させるものとなった。次のステップは世界進出だ。アール・ブリュットやポップアートなど、日本の美術は今や世界的な注目を集めている。三岸はまずウィーンに打って出ることを目論んでいた。ウィーン幻想派の本拠地で、ゴチックロマンを好む土地柄だ。華やかなオペラやコンサート、豪華な絵画や宮殿など、爛熟《らんじゅく》した文化の背後には、虚無と頽廃《たいはい》に彩られた死の影が潜んでいる。三岸のモチーフにぴったりだ。

ウィーンで成功すれば、次はアムステルダム、ブリュッセル、そして、パリ、ロンドンとヨーロッパを征服してやる。そうすれば、ニューヨークはいやでも低姿勢ですり寄ってくるだろう。

師匠がそんな夢想に耽っているとき、北井光子は忙しく自分の仕事を進めながら何度か三岸の作品に冷ややかな目線を送っていた。

これまでの三岸の絵には、北井の情念が深く塗り込められていた。五年前、画廊で個展を見て引き込まれ、そのまま内弟子になってから、三岸は北井に過去のつらい記憶や経験を執拗に話させた。それが自傷癖に苦しんでいた彼女の治療になると言われ、北井は苦しみながら告白した。自分ではどうしようもない嫉妬、抑えがたい怒り、恨み、屈辱、不条理。三岸はそれを糧にして、自らの創作エネルギーを紡いできた。いわば北井の一心同体の協力があってこそ、三岸はこれらの作品を生み出すことができたのだ。

なのにイバラが来てから、三岸はイバラばかりを重用《ちょうよう》した。北井はないがしろにされ、雑用ばかり押しつけられた。爪に鉄筆を突き立てて、一時むかしの関係を取りもどしたが、それも束の間だった。わたしはもうお役御免ということか。そうはいかない。

北井は決して容認できない現実を前に、冷ややかな執念を燃やしていた。

画廊の閉店時間が過ぎ、中央通りから何本か奥へ入ったササヤマ画廊の前は、クリスマスらしいイルミネーションもなく、ひっそりと静まり返っていた。

103

ベッドサイドに置いたスマホが、激しく振動した。

為頼ははっと我に返り、素早く起き上がった。彼は立浪との交渉に疲れてホテルにもどり、知らないうちにうたた寝をしていたのだ。着信は菜見子からのメールだった。

『イバラくんが見つかりました。ササヤマ画廊です。ちょっと困ったことになっています。わたしも行きますので、先生もすぐ来てください』

とっさに時間を確認する。午後十時十分。ホテルにもどったのが午後八時過ぎだったので、二時間ほど眠ったことになる。菜見子はどこにいるのか。詳しい話を聞こうと、ケータイにかけたが応答がない。ホテルにもどった直後に電話したときも、やはり菜見子は出なかった。おかしいと思ったが、取り敢えず、すぐ行きますとメールを打ち返して、為頼は慌ただしくタクシーを拾った。

ササヤマ画廊まではほんの七、八分で着いた。窓にカーテンは下りているが、隙間から常夜灯の明かりが洩れている。扉を開けてそっと入ったが、薄暗いギャラリーに人の気配はなかった。

「高島さん」

呼びかけたが返事はない。奥へ進むと、椅子席に人影が見えた。脚を組み、ジャケット姿で、顔にはサンタクロースの面をかぶっている。

「だれだ」

身構えると、人影はゆっくりと立ち上がり、くぐもった声で笑った。

「フォーッホッホッホッ。メリー・クリスマス！」

為頼を迎えるように両手を広げる。警戒しながら近づくと、相手は軽く会釈をしてから、聞き覚えのある英語で言った。

「Glad to see you again, Dr. Tameyori」

やっぱりそうだ。声を変えないところを見ると、正体を隠すつもりはないらしい。

〈ドクター・フェヘール。どうしてここに〉

為頼が英語で問うと、相手はサンタクロースの面を取って、ジャケットの胸ポケットから黒縁眼鏡を取り出してかけた。

〈失礼しました。ドクター・タメヨリ。三岸薫はわたしの元患者でしてね〉

陽気な調子で言い、口もとに慇懃な笑みを浮かべる。為頼はそれを無視して、いきなり前に大きく踏み出した。素早く下半身に手を伸ばす。相手は驚いて身を引き、腰をよじったが、為頼の手はそれより先に股間をまさぐっていた。二つあるべきものが一つしかない。停留睾丸だ。

為頼がその正体を確かめたのと同時に、相手は身を引き、憎々しげに為頼を見返した。

「お久しぶりです。為頼先生。ウィーンではなかなか愉快でしたね。しかし博学の先生も、さすがにわたしの名前の由来まではご存じなかったようですね。〝fehér〟は、ハンガリー語で〝白〟という意味です」

フェヘールは日本語で言い、不敵な笑いを浮かべた。

「やっぱり白神か」

そう言いながら、為頼はフェヘールと白神のあまりの風貌のちがいに戸惑いを浮かべた。

「この顔ですか。整形したんですよ。警察も見破れないくらいにね。語学は得意だから、ハンガリー語も生活に不自由ないくらいにはすぐ覚えたし」

「それじゃ、アルゼンチンで焼死体で見つかったのは」

「わたしに背格好の似た中国人ですよ。前もって睾丸を一つ抜いてね。自殺に見せかけるため、生活反応があるうちに焼きましたが、もちろん苦痛は与えませんでした。全身麻酔をかけましたから」

「よくそんな酷いことを」

「自由を得るためですよ。わたしは追われる身でしたから」

「南さんは知っていたのか」

「サトミには教えていません。知っていたのはヘブラ教授だけです。わたしがフェヘールになりきる間、サトミはミュンヘンの知人の医師の世話になっていたのです」

為頼は一歩詰め寄って語気を強めた。

「南さんが私を襲ったとき、血液から検出された向精神薬はサラームだな」

白神は答えず、ただ意味ありげに眉をそびやかす。為頼は怒りに声を震わせる。

「人でなしめ。おまえは南さんをかわいがっていたのじゃないのか」

「そうですよ。彼女は賢くて、心も身体も成熟していた。彼女の特殊な自閉症は、愚鈍で下劣な世間との軋轢《あつれき》が原因だったのです。だから、わたしがエネルギーを解放してやったんです。為頼先生の言う犯因症も持ってましたしね。先生の抵抗で、リシンの針が彼女に刺さったのは誤算でしたが」

たしかにあのとき、サトミの眉間には「M」の皺が浮き出ていた。しかし、それはサラームによって誘発されたものではないのか。

為頼は憎悪を込めて白神に言った。

「おまえをウィーン警察に告発してやる」

「無駄ですよ。わたしはメディカーサの庇護《ひご》のもとにありますから」

白神は平然と言い、為頼を上目遣いに見た。

「こういうとき、メディカーサは頼りになるのですよ。南米から逃亡するときにも、ずいぶん支援してくれました。身内は全力で守り、敵は全力で殲滅《せんめつ》する。これがメディカーサの伝統なのです。だから、為頼先生もお誘いしたのに」

ヘブラの館での一夜が為頼の脳裏によみがえる。豚インフルエンザのウイルスを弱毒化したために、メキシコで殺されたらしいラヌ・サルディという医師のこと。さらには、医療に対するメディカーサのグロテスクな論理。

「お気持は変わりませんか」

「当たり前だ」

白神は軽く肩をすくめ、首を振った。

「では、仕方ありませんね」

白神が手を伸ばし、鋭く指を鳴らした。後ろからだれかが近づく気配がした。振り向こうとしたとき、為頼は後頭部に強い衝撃を受けて、膝から崩れ落ちた。

104

粘膜を刺すような刺激臭が、鼻の奥に突き抜ける。

原液のアンモニアに顔をしかめ、まぶたの隙間からあたりを見ると、壁際に何枚もの絵や額縁が置かれていた。向こうの壁際に下へ向かう階段が見える。ササヤマ画廊の二階の収納庫のようだった。為頼は後ろ手に縛られ、身体を柱にくくりつけて座らされていた。

「気がつきましたか」

少し離れた椅子に、白神が脚を組んで座っていた。横に緑色の滅菌布を掛けたワゴンがあり、手術用の器具と大量のガーゼが載せてある。いったい何をするつもりか。あたりは薄暗く、階段の照明が逆光になっていた。

気つけのアンモニアを嗅がせたのはイバラだった。為頼が意識を取りもどすと、イバラは夢遊病者のように白神の横に立った。

「さて、準備は調ったようですね」

「イバラくん。縄をほどいてくれ」

為頼が呼びかけたが、反応がない。イバラはまるで機械人形のように全身が硬直している。

「おい、君は自分が何をしてるのか、わかっているのか」

無毛の尖頭が、逆光に奇妙なシルエットを浮き上がらせている。白神が膝の上で両手を組み、冷ややかに笑った。

「イバラにはわたしの声しか聞こえませんよ。暗示がかけてありますから」

為頼はイバラの助けをあきらめ、身体を前後に揺すった。肩に柔らかいものが触れた。柱をはさんで、背中合わせにもう一人縛られているらしかった。

「後ろにいるのはだれだ」

「高島さんですよ。為頼先生に来ていただくために、ご協力いただこうと思ってお連れしたんですが、出番はなかったですね。ケータイをお借りしただけで」

さっきのメールは白神が打ったのかと、為頼は歯嚙みした。背後の菜見子に呼びかける。

「高島さん。大丈夫ですか。怪我はありませんか」

菜見子はぐったりして答えない。

「ご心配なく。高島さんには手荒なまねはしていません。ちょっとエーテルを嗅いでもらっただけです。目隠しもしてありますから、酷いところも見ないですみますよ。ふっふっふ」

「何をするつもりだ。私をおびき寄せるためなら、もう高島さんに用はないだろう。すぐに解放しろ」

「そうはいきませんね。イバラは彼女にも相当怒っているようですから。いやなことを聞かされたと」

「逆恨みだ。イバラくん。目を覚ませ」

無反応のイバラの横で、白神が上体を倒して為頼に顔を近づけた。

「為頼先生。おそらく最後になるでしょうから、すべてをお話ししましょう。前からわかっていたことですが、先生とわたしには、似たような診断力がありますね。外見から病気を見抜く能力です。しかし、その使い方はまったく逆を向いている。たとえば、病気の告げ方ひとつでもそうです」

傍らのイバラをちらと見て、黒縁眼鏡の奥で笑う。

「昨日、為頼先生は、イバラに『犯因症』は治らないと言ったそうですね。誠意あふれる先生らしいご判断です。しかし、イバラはそのために傷つき、絶望して、自暴自棄になった。為頼先生がご自身の誠意を貫き、患者に事実を告げられることには、心から敬服いたします。でも、それって、所詮《しょせん》は先生の自己満足じゃないんですか」

最後はわざと砕けたような言い方だった。為頼は答えない。かすかに脈が速まる。白神は小さく鼻で嗤って続ける。

「医師が患者をだますのは、赤子の手をひねるよりやさしいことです。治らない病気でも、患者を思いやり、最後まで治療をあきらめないふりをする。それで患者は医師に感謝し、敬意を払う。お互いウィン・ウィンじゃないですか」

「それは欺瞞だ。そんな見せかけの医療で、患者が救われるはずがない」

「そうでしょうか。患者に聞いてごらんなさい。みんな、口をそろえて言いますよ、〝希望〟が大事だと。どんな場合でも」

明らかに絶望的な場合でもという意味か。病気が見えない医師なら、いつでも良心の呵責《かしゃく》なしに〝希望〟を語れるだろう。しかし、悪い結果が見えるときに、自分は患者に〝嘘の希望〟は告げられない。

「為頼先生。今、あなたはご自分の診断力を悔やまれませんでしたか。病気など見えないほうがましだと。しかし、天賦の才を活用しないのは、与えられた者の不遜《ふそん》ですよ。残念なことです。できればメディカーサのために、役立てていただきたかったんですが」

「私の診断力は、人殺しのためにあるんじゃない」

為頼はうめくように言葉を返した。白神が大仰に肩をすくめる。

「またまた、そんな古くさい理想主義者みたいなことをおっしゃる。たしかにメディカーサは、ときに手荒なこともします。わたしが三岸薫を通じて、日本の〝不適格医師〟を排除させたのも、その一環です」

「〝不適格医師〟だと」

「そうです。日本の医師は大半がまじめで、優秀で、使命感に満ちています。なのに世間からあまり尊敬されない。なぜだかわかりますか。一部の〝不適格医師〟が評判を落としているからですよ。金儲け主義、患者蔑視《べっし》、傲慢、不親切の医師たち。高級車を乗りまわし、美食を貪り、臆面《おくめん》もなく酒色に溺れる堕落者たちです。我々は彼らを〝不適格医師〟として、見せしめ的に排除しました。日本の医療界を浄化し、医師の信頼を高めるためです」

「思い上がりもいい加減にしろ。そんな暴力的なことをしなくても、医師がきちんと医療をすれば、自ずと望ましい状況は訪れるはずだ」

「ああ、恐るべき楽観主義ですね。世間というものは、身勝手で、厚かましくて、理解力が足りないのです。だから、導いてやらなければならない。〝不適格医師〟の排除は、車の両輪の片方です。もう片方は、医療の存在意義を際立たせる疫病の蔓延です。一方で医師の悪評の元凶を排除し、もう一方で世間に医療のありがたみを植えつける。これで医師のステータスは向上し、よい医療が行われます。それは世間にとってもよいことでしょう」

疫病の蔓延とは、新型カポジ肉腫のことか。為頼は毅然と顔を上げて言った。

「新型カポジ肉腫は、これ以上広まらないぞ。患者の発生は間もなく終息する。ズドローブの出荷停止は時間の問題だ」

白神の顔が憎悪に歪んだ。それでも虚勢を張りつつ、押し殺した笑いを洩らす。

「やっぱり為頼先生は嗅ぎつけましたか。でも、仕込みをしたのはズドローブだけじゃありませんよ。それに、あの病気にはほかにも仕掛けがあります」

為頼は白神の挑発に動じず言い返した。

「新型カポジ肉腫は、治療が症状を悪化させることもわかっているぞ。患者は病院へ行くほうだ死の危険が高まるんだ。つまり、医療のありがたみが増すどころか、新型カポジ肉腫は、治療しないほうがいい病気もあるということを、世間に知らしめる病気なんだ」

　白神は座ったまま為頼を見つめていた。やがて、憎々しげな冷笑を浮かべ、ゲームは終わりだというように片手をあげた。

「さすがは、為頼先生。でも、ふつうの医師はそこまで見抜けませんからね。特に日本人は患者も医師も治療が大好きです。先生の口さえ封じれば、当分の間は疫病『第五番』が猖獗《しょうけつ》を極めるでしょう。プロフェッサー・ヘブラの傑作です。それにしても、よく見抜きましたね。何かご褒美をあげないといけないな」

　憎悪のこもった声で言い、収納庫の壁に立てかけてある豪華な額縁に目をやる。

「そうだ。あとで三岸薫に為頼先生の肖像を描かせましょう。それで先生は絵として、この世に痕跡をとどめることができますよ。三岸のことだから、ちょっとグロテスクな作品になるかもしれないけれど。ふふっ」

　そう言って、白神はイバラに向けて片手をあげた。指を鳴らそうとしたとき、イバラが録音テープのような声で言った。

「三岸先生は、もう絵を、描けません」

「どうしてだ。イバラ」

白神が怪訝な顔で聞く。

「だって、三岸先生は、もう死んでいるから。あそこで」

イバラは収納庫の隅のロッカーを指さした。

「見てきます」

イバラはロボットのように歩き、四つ並んだロッカーの端の扉を開いた。中から絹本でぐるぐる巻きにされた等身大の塊が倒れ出た。上のほうが赤黒い色に染まっている。イバラがそれを引きずり、白神の前まで運んできた。絹本の端をつかんで一気に持ち上げると、死後硬直のはじまった死体が回転しながら出てきた。黒いパンツスーツを着ている女性だ。仰向けに倒れた死体の顔面は、皮膚が剝がれて、眼球と鼻腔《びくう》と歯が剝き出しになっていた。

白神が眉をひそめて、遺体の横にひざまずき、後頭部の黒い肉腫を確認する。

「たしかに三岸薫だ。イバラ。おまえ、どうしてこれを」

「においがしてましたから」

「殺《や》ったのはおまえか」

「いいえ」

イバラは首を振る。

為頼の背後でうめき声が洩れ、菜見子が顔を上げる気配がした。エーテルの作用が切れたらしい。

「高島さん。大丈夫ですか。しっかりしてください」

「為頼先生」

菜見子は身体をくねらせ、縄から逃れようとした。もちろん縄ははずれない。

「高島さんもお目覚めですか。それでは少し急ぎましょう」

白神はすっかり落ち着きを失っているようだった。三岸薫の死亡は、白神にも予想外だったようだ。

「イバラ。はじめるぞ」

白神は鋭く指を鳴らして、滅菌布を掛けたワゴンを引き寄せた。手術器具の中から大振りのメスを取って、イバラに渡す。

「おまえの好きな解剖用のメスだ。存分にやるがいい。メスの替え刃は二百枚ある。それだけあれば、二人を切り刻んでトイレに流すのに十分だろう」

「はい！」

イバラは大きな声で返事をした。白神が椅子ごと後ろへ引き下がる。

「イバラくん。やめて。これ以上、罪を犯さないで」

菜見子が目隠しされたままイバラに叫ぶ。白神が熱に浮かされたように菜見子に言う。

「高島さん。どうぞご心配なく。イバラにはサラームを三カプセルのませてます。前の神戸のときと同じです。だから、また心神喪失で無罪ですよ」

「やめろ、白神。おまえは狂ってる」

「かもしれませんねぇ。為頼先生。今、わたしはとても興奮してますからね。さあ、イバラ。そろそろ二人を黙らせるんだ。気管を切断しろ」

「はい！」

イバラがメスをかまえたとき、階下でボンッ、と低い爆発音が聞こえた。為頼は縛られたまま耳を澄ます。白神も何事かと身構えている。イバラも動かない。床の表面に、かすかにきな臭いにおいが流れた。

「どうした」

白神が立ち上がり、階段に向かおうとした。すると、下から火炎放射器のような炎が噴き上がった。火事の火ではない。ステンレス製の草焼きバーナーを抱えたやせた女が、ゆっくりと階段口に姿を現した。

「きゃははは。イバラ。ここにいた。覚悟をおし」

三岸のアシスタント、北井光子だった。草焼きバーナーの先端に揺らめく炎で、眉間にくっきり「M」の皺が浮き出ているのが見える。個展の初日に見たときより、はるかに強烈だ。

三岸を殺したのは彼女だと為頼は思った。そして今、新たな殺意がその身体に充満している。

北井は草焼きバーナーを小脇に抱え、階段近くに置いた段ボールのカバーを取った。十リットル入りのガソリンの携行缶が五つ並んでいた。北井は草焼きバーナーの火を出したまま、携行缶のふたを開けた。危ない。しかし、北井の目は完全に正気を失っていて、左右の焦点さえ合っていない。

「イバラ。もう逃がさない。おまえは、三岸先生のお気に入りだから、同じところに送ってやる。二人であの世でグロテスクごっこをやればいい」

「三岸薫を殺したのはおまえか」

白神が椅子の後ろに逃げながら、声を震わせる。

「そうよ。顔を剝いだのもわたし。先生のほんとうの顔を見ようと思ってね。でも、何もなかった。ただの血と骨。バカみたいな顔」

その言葉に反応するように、イバラの上半身が一気に膨れあがった。背中を丸め、攻撃に備える野生の獣のような緊張を漲らせている。眉間にはこれまでにない鮮明な「M」の皺が盛り上がっていた。

「イバラ。先にその女を斃せ」

白神が指を鳴らして命じる。イバラはメスを握ったまま、じりじりと間合いを詰める。北井も身を低くして、ゆっくりと横にまわり込む。

「きゃはっ」

鋭い笑い声とともに、北井が草焼きバーナーの炎を浴びせた。イバラが飛び退き、立てかけた麻紙の絵に火が燃え移る。イバラを追って北井が炎をまわすと、薄い絹本の絵が次々と燃え上がった。

北井はイバラにガソリンを浴びせようと、携行缶を逆手に持つ。飛びかかった瞬間、イバラが自ら床に倒れ込み、携行缶を下から蹴り上げた。倒れた北井にガソリンが降りかかる。イバラは先端から残り火の出ている草焼きバーナーをつかみ、北井目がけて投げつけた。

ガソリンに引火した炎が、北井の顔と胸で一気に燃え上がる。次の瞬間、横にあった携行缶が、さっき下から聞こえたのと同じ爆発音をたてて、炎を吹き上げた。北井が火だるまになって、床を転げまわる。髪が燃え、眼球が膨れ上がる。彼女の火が画布や額縁を焦がし、カーテンを燃やす。やがて北井は動かなくなり、肘と膝が徐々に曲がりだした。生きたまま焼かれたときに起こるボクサースタイルの拘縮《こうしゅく》だ。為頼は思わず顔をそむけた。

「イバラ。次はその二人だ。為頼とその女の首を切れ」

ふたたび白神がわめき、鋭く指を鳴らす。絵に燃え移った火は壁を這い、すでに天井を焦がしはじめている。屋根に穴が開けば、火は一気に燃え広がるだろう。為頼は炎の熱気に耐えながら、なんとか縄を解こうとした。背中で菜見子も歯を食いしばってもがいている。しかし、結び目はびくともしない。

ふと見ると、イバラがメスを持って目の前に立っていた。

「イバラくん。目を覚ませ。君は白神にだまされているんだ。嘘の希望にすがるな。現実を受け入れて、前へ進め」

イバラの無表情な目が、為頼を見下ろしていた。だめだ。何を言っても伝わらない。イバラがゆっくりメスを振り上げる。解剖用の大型メスだ。

「せめて高島さんは殺すな」

そう叫んで見上げると、イバラの目が真っ赤に充血していた。涙腺《るいせん》が正常なら、涙があふれているところだ。感情が麻痺しているはずのイバラがなぜ。そう思ったとき、燃えさかっていた何枚かの絵が轟音とともに崩れた。

「きゃぁーっ」

火の粉が舞い、強烈な熱風が吹きつける。菜見子の悲鳴が為頼の耳をつんざいた。

105

白神陽児は熱風に耐えられず、思わず両腕で顔を覆った。階段から、煙が巻き上がっている。このままでは逃げ遅れる。白神は煙を避けて床を這いながら下り口に近づいた。

イバラは為頼の前に立ち、メスを斜めに振り上げたまま動かない。

「早くやれ。イバラ」

指を鳴らして命じると、イバラは為頼の首を目がけてメスを振り下ろした。膨れあがったイバラの身体が為頼にのしかかる。その肩越しに、鮮やかな動脈血が、尾を引くように噴き出すのが見えた。さらにイバラは振りかぶり、今度は床近くまで振り下ろして切り刻んだ。

よし。これで為頼は出血多量死か焼死するだろう。

白神はイバラを残して、階段を駆け下りた。一階はすでに火の海だった。三岸の作品が、音をたてて燃え盛っている。屏風《びょうぶ》の大作も、掛け軸にした小品も、グロテスクな画面と溶け合うように炎に包まれている。一点、一千万円を超える値をつけた作品が灰燼《かいじん》に帰す。どうでもいい。所詮、三岸の芸術など、屈折した自己愛が生み出した徒花《あだばな》だ。

遠くからサイレンが近づいてくる。だれかが通報したのだろう。消防車が到着する前に姿を消さなければ。

そう思ったとき、天井から照明器具が落下して、白神の膝を直撃した。激痛に顔を歪め、横に転げる。顔を上げると、収納庫の階段から人影が下りてきた。イバラだ。シルエットはもとの極端な撫で肩にもどっている。

「イバラ。手を貸してくれ」

煙にむせながら白神が叫んだ。しかし、イバラは手を差し出さない。片手に何か提げている。さっき北井が持っていたガソリンの携行缶だ。なぜそんな危険なものを。そう思ったとき、白神はイバラの左腕から激しく出血しているのに気づいた。

「どうした、おまえ、怪我をしたのか。為頼にやられたのか」

傷は肘の内側らしい。出血の状態から見ると、動脈が切れているようだ。おかしい。いくら怪我をしたとしても、刃物で切られたりしなければふつうは静脈からの出血で終わるはずだ。

「おまえ、まさか、為頼にメスを奪われたのか」

白神は混乱しながらも、自力で立ち上がった。イバラは答えず、ガラスのような目で白神を見つめている。無言のまま、突然、携行缶のふたを開けて、ガソリンを頭からかぶった。

「何をしてる。イバラ。気でもちがったか」

白神が後ずさると、イバラはふたたび上半身を一気に盛り上げた。素早く白神の背後にまわる。バネ仕掛けの拘束器具かと思う速さで、白神を羽交い締めにした。白神の全身に恐怖の鳥肌が立つ。

「やめろ。イバラ。放せ」

白神は懸命に腕を後ろに伸ばし、イバラの顔の前で、指を鳴らした。イバラは反応しない。

「よし。もう、終わりだ。おまえを暗示から解き放つ。すべて忘れろ」

今度は指を三回、確実に区切って鳴らした。それでもイバラは力を緩めない。白神はパニック状態で手足をばたつかせる。イバラがその耳もとにささやいた。

「白神先生。ありがとうございました。ご恩は一生忘れません。でも、ぼくはもう終わりにしたいんです。先生も、終わりにしましょう」

「何を言うんだ。放せ。終わりたければ、おまえひとりで勝手に終われ」

白神の抵抗をものともせず、イバラは燃えさかる三岸の絵に近づく。炎の激痛が、白神の皮膚に食いついた。しかし、イバラは表情を変えない。当然だ。こいつは無痛症なのだから。

イバラの身体からガソリンのにおいが立ち上る。白神は恐怖と苦痛に駆られて、人間ばなれした声で絶叫した。

「やめろやめろ。放せーっ」

低い爆発音とともに、激しい業火が二人を包んだ。

イバラは白神を抱きすくめたまま、静かに目を閉じた。

これまで痛みを感じたことはなかったけれど、悲しみと嘆きはいやというほどあった。

でも、これですべて終わる。

猛烈な力でもがいていた白神は、徐々に抵抗を弱め、何度かけいれんしたあと動かなくなった。あの激しさは、きっと痛みのせいだろう。イバラにはわからない。痛みを感じないのはいいことなのか、悪いことなのか。今となっては、どちらでも同じだ。

イバラは、安らかな気持で炎に包まれながら、手足から力が抜けていくのを感じた。

106

消防車十五台が駆けつけたササヤマ画廊の火事は、建物全体と隣接するビルの壁を焼き、約五時間後に鎮火した。焼け跡から四体の遺体が発見されたが、損傷がひどく、身元はすぐにはわからなかった。

翌日の午後、カーロイ・フェヘールの名前で取られていた帝都ホテルの部屋から、イバラの遺書が見つかった。備えつけのレターペーパーに、ボールペンで書かれたもので、宛名は『高島先生へ』となっていた。日付は十二月二十五日。文面は以下の通り。

『高島先生。

ゆうべはかってにとび出して、ごめんなさい。

あれからぼくは、三岸先生にたのんで、白神先生のところに、つれていってもらいました。

白神先生は、ぼくのはなしをきいて、「はんいんしょう」はなおると、言ってくれました。

でも、そのあとで、サラームのカプセルを三つのめと言いました。

そんなにのんだら、ぼくはまた自分がわからなくなってしまう。

白神先生は前の神戸のときみたいに、またぼくに悪いことをさせようとしています。

白神先生は、ぼくに、おまえはカラダだけでなく、ココロの痛みも感じないと言っていました。でも、ぼくは、けいむしょに入り、いろんな人に会い、いろんなことを学びました。

カラダの痛みは学べないけど、ココロの痛みは少しずつ、わかりました。

だから、白神先生が、サラームのカプセルを三つのめと言ったとき、ココロが痛みました。

先生が、またぼくを悪い道具にしようとしているのがわかったからです。

それで、ぼくはサラームをのんだふりをして、白神先生に気づかれないように、はき出しました。サラームを三つのんだらどんなふうになるか、わかってたから、その通りやりました。

そうしたら、やっぱり白神先生は、為頼先生の悪いはなしをして、ころせと言いました。

そして、高島先生も死なすと言いました。

白神先生は、悪い人になっていました。だから、死んだほうがいいのです。

白神先生は、ぼくの「はんいんしょう」はなおると言いました。それはうそです。ぼくは自分でわかっています。ぼくはまたきっと、人を死なせる。三岸先生も、そう言ってました。今まで、笹山さんが悪い医者を死なせてましたが、これから、ぼくがそれをしなければならないと言っていました。ぼくがいやだと言っても、三岸先生はきっとゆるしてくれません。

だから、ぼくも死ぬしかないと思いました。

ぼくは「むつうしょう」のことも、けいむしょで勉強しました。この病気に生まれた人は、あまり長生きできないそうです。

でも、ぼくは、もう、二十九年も生きました。ふつうに比べたらみじかいけれど、いろいろなことがあったし、うれしいこともありました。みじかい間だったけど、けいむしょを出たあと、ふつうの会社でも働けたので、よかったです。

高島先生に映画につれていってもらったり、花火大会によんでもらったことも、うれしかったです。小さいころには、いやなこともあったけど、楽しいこともいろいろありました。

ぼくは人のためになることがしたかった。悪いことをして、けいむしょに入ったから、出たらそのつぐないに、いいことをしたかった。だから、ぼくは白神先生といっしょに死ぬことに決めました。それが、いちばんいいことでしょう。

高島先生、さようなら。先生のことはずっと忘れません。祐輔くん、さようなら。もっとあそびたかったけど、もう終わりです。

今まで、ほんとうに、ありがとうございました。

高島菜見子先生へ

イバラ　タダテル』

菜見子はイバラの遺書を読んで泣き崩れた。

ササヤマ画廊でメスを手にして為頼の前に立ったとき、イバラの目が充血していたのは、やはり人間らしい感情の高ぶりだったのだなと、為頼は再確認した。

あの夜、ササヤマ画廊の収納庫で、イバラはずっと好機をうかがっていたのだろう。遺書に決意は書いたものの、まだ迷いがあったのかもしれない。彼は以前、白神の病院で雇ってもらっていたことに恩義を感じていたようだし、精神的に白神に依存しているところもあった。北井光子の乱入で混乱し、火事でさらに興奮したかもしれないが、彼は最後に自分の意志を貫いた。

イバラが解剖用のメスを振り上げたとき、為頼は死を覚悟した。しかし、振り下ろされたメスは、為頼の首を切らず、イバラ自身の左腕の肘の動脈を切った。噴き出した血が、白神からは為頼の出血のように見えただろう。そうやって、イバラは白神に目的が完遂されたように見せかけたのだ。

二度目に振り下ろされたメスも為頼を傷つけず、腕と手首を縛る縄を切断した。自由を得た為頼は、菜見子の縄をほどき、煙と炎を避けて、二階の非常階段から脱出した。

107

事件の翌日、東京にもどった笹山靖史は、自分の画廊が全焼し、所蔵品もすべて失われたことに茫然自失の状態となった。だが、ゆっくり嘆いている暇はなかった。ジャーナリスト犬伏利男の殺害容疑で、逮捕されたからである。

犬伏を襲ったとき、笹山は瀕死の犬伏に、よけいな一言を放った。

――イバラじゃないよ。ボクだよ。

路地の板塀越しに、住人の男性がそれを聞いていた。男性はその声が独特の甲高いハスキーボイスだったと証言した。現場周辺の聞き込み捜査で、犬伏は殺される直前、西宮北口駅近くのスコッチバーで飲んでいたことが確認され、犬伏から仕事の話をよく聞かされていたマスターが、「イバラというのは、たぶん灘区の教師一家殺害事件の犯人でしょう」と証言した。その線から捜査が三岸の周辺におよび、関係者から「甲高いハスキーボイス」の主として、笹山が浮上したのだった。

さらにイバラの遺書にあった『笹山さんが悪い医者を死なせてました』という文言にも、

警察は着目した。捜索の結果、大阪の此花区と東京の杉並区、および目黒区で医師が襲われた通り魔事件に関係すると見られるコート、かつら、ナイフなどが、笹山の自宅から発見された。思いがけない展開に警察は色めき立ったが、当の笹山は重症の薬物中毒に陥っており、逮捕はされたものの、犯行時の責任能力が問えるかどうか、むずかしい状況だった。

犬伏利男は、ジャーナリストとして刑法三十九条に強く反発していたが、自分を殺した犯人もまた、その法律で罪を免れるか、減軽される可能性が高いという、皮肉な結末を迎えることになった。

新型カポジ肉腫のウイルス変異を調べていた千田治彦は、年が明けた一月の半ば、予想より早く実験結果を得た。ズドロープに含まれる二十一種のうち、ザルケミア菌がHHV‐3をHHV‐9に変異させることを示すNef蛋白の検出に成功したのだ。ウイルスの変異は、体内に常在菌が多い場合は、ザルケミア菌が劣勢になるため起こりにくいが、抗生物質の乱用などで、常在菌が減っている場合には起こりやすいことも判明した。すなわち、同じようにズドロープを食べても、ふだんから安易に抗生物質を使う人は新型カポジ肉腫を発症し、あまり使わない人は発症せずにすんだということだ。

いずれにせよ、これで新型カポジ肉腫の原因がHHV‐3の変異であることが証明された。

これを受けて、厚労省は直ちにズドローブの回収を命じ、テレビやインターネットを通じて注意喚起を行った。さらに千田らは、ズドローブ以外にもザルケミア菌を含有するいくつかの輸入プロバイオテックを同定し、厚労省は同様にそれらも規制した。

厚労省大臣官房の審議官、立浪吾郎は、東京に残っていた為頼に電話をかけてきて、為頼の主張が正しかったことを率直に認めた。しかし、十二月のあの時点では、役所としてはどうしても動くことができなかったのだと繰り返した。官僚の立場であれば、それも仕方ないのだろう。

その後、千田が正式なリーダーになった特別研究グループは、新型カポジ肉腫が治療によって症状が悪化することを公表した。ウイルスが治療に対する防衛機能を発揮して、逆に活性化するためだ。もっとも有効な方法は、安静と経過観察による自然治癒ということになった。千田らのグループは、治療を行った新型カポジ肉腫は致死率が、最終的に六〇パーセントを超えるのに対し、未治療の場合は二五パーセント程度に止《とど》まるというデータを、疫学調査ではじき出した。

その情報を聞いて、為頼は改めて新型カポジ肉腫の巧妙な脅威を実感した。

新型カポジ肉腫は、治療すればするほど致死率が上がる病気だ。治療しないで放っておくと、四人に一人が死亡する。そうなれば、患者は危険とわかっていても治療を求めるだろう。医師も懸命に治療をする。そして結果的に致死率が跳ね上がってしまう。

致死率が六〇パーセントを超えるような恐ろしい病気が広がると、医療に対する批判はほとんど封じられてしまうだろう。批判などしている場合ではないからだ。人々は医療に頼り、協力的になる。懸命に治療に取り組む医師らは尊敬され、優遇される。医療者にとっては望ましい状況だ。すなわち、メディカーサの狙い通りの。

108

一月の終わり、ズドローブの規制を見届けた為頼は、東京から神戸に移った。ウィーンにもどる前に、先に神戸に帰っていた菜見子に話しておかなければならないことがあったからだ。

菜見子は祐輔が学校へ行っている昼間に会うことを希望し、二人は北野坂の瀟洒なビストロで会った。あまり楽しい食事にはならないかもしれないと、為頼は約束するときにそれとなく伝えた。それでも、菜見子は為頼との再会を素直に喜んだ。

平日で空いている店内で、為頼は菜見子と向き合った。彼女はイバラの死を悼んでから、気持を切り替えるように張りのある声で言った。

「でも、これでもう新型カポジ肉腫騒ぎは収まりそうですね。よかったです」

「まだ潜伏期の人もいるから、もう少し患者は増えるだろうけどね。でも、それ以上は広がらないと思います」

為頼は食事を進めながら、いつ話を切り出そうかと躊躇《ちゅうちょ》した。それにしても、菜見子は何の予感もないのだろうか。妙に落ち着き、屈託がなく、自信さえ感じられる。つらい話を前にしている女性とは、とても思えない。

「ウィーンにはいつおもどりになる予定ですか」

菜見子が世間話のように軽く聞いてきた。微妙な話題に、為頼のほうが身構える。

「まだ決めていません。新型カポジ肉腫の動向も気になるし、千田先生たちの研究結果も知りたいので」

「そうですか。この前、八ヶ岳の温泉で言いましたけど、わたし、やっぱり為頼先生について、ウィーンに行きたいと思います。祐輔もいっしょに」

「いや、しかし、それは……」

またも先手を打たれ、為頼はうろたえた。菜見子の自信は、唐沢鉱泉での夜、為頼の愛を確信したからだろう。その気持に偽りはない。しかし、言うべきことは言わねばならない。

「高島さん。あなたの気持はうれしい。私もできればそうしてほしい。しかし、八ヶ岳で言ったように、私はあなたを幸せにはできないんです」

「わたしは先生といるだけで幸せですよ」

「でも、それがもし、長く続かないとわかっていたら」

菜見子はいぶかしげに首を傾げた。為頼は食事を中断して、菜見子を見つめた。

「私には他人の病気だけでなく、自分の余命もわかるのです。今は健康ですが、寿命は短い。おそらくあと七年ほどでしょう。まあ、それでも六十歳ですから、ちょうどいい死に時ではあるのですが」

「まさか。何の病気で亡くなるというんです」

「それはわかりません。しかし、寿命はわかります」

「どうしてわかるんです」

菜見子が声を震わせて詰め寄った。彼女はおそらく、何と言われてもウィーンについていく意志を固めていたのだろう。だから、あれほど落ち着き払っていたのだ。しかし、今聞いたことは予想外だったにちがいない。

「そんな、まだ起こってもいないことが、わかるわけないでしょう」

菜見子はナイフとフォークを持ったまま拳でテーブルを叩いた。離れた席の客がこちらをうかがう。為頼は低く咳払いをして、ナプキンで口を拭った。

「私にはわかるのです。身体のことや、病気のことが。なぜわかるのかと言われても困るけれど」

「わたしは信じません。もし、先生が早死にする運命にあるというなら、わたしがそれを変えて見せます」

「無理ですよ」

「どうして」

「現実だからです。現実は人間の力では変えられない」

為頼は努めて冷静に言った。菜見子の目に涙があふれる。過酷な現実があることは、彼女にもわかっているのだろう。

菜見子はハンカチで目頭を押さえ、顔をそむけて考え込んでいた。二分ほどもそうしていただろうか。彼女はひとつ肩で大きく息を吸い、充血した目で為頼をまっすぐ見つめた。

「わかりました。でも、ひとつだけ聞かせてください。為頼先生はいつも正しいのですか。ぜったいに過ちは犯さないのですか。人間なのに」

「いや……。それは、まちがえることもあるでしょう」

「事前にどれが正しく、どれがまちがっているかわかるのですか」

為頼は首を振る。

「じゃあ、先生の余命が短いということも、正しいかどうかわからないですね」

「いや、それは」

「いいです。わたしは先生がまちがっているほうに賭けます。先のことはだれにもわからないでしょう。そのほうが希望が持てるから」

涙に洗われた瞳がまっすぐ見つめる。その目は何も見ていない。だが、為頼をたじろがせる何かを放っていた。

為頼は思う。これまで自分は、懸命にいろいろなものを見ようとしてきた。そのほうがいい結果につながると思ったから。しかし、見えないほうがいいこともあるのかもしれない。何も見ずに、できるだけのことをする。そういう生き方もある。

為頼は不思議な気持で菜見子を見返した。言わなければならないことは話した。それで思わぬ方向に話が進むのなら、受け入れる以外にない。

〝希望〟とは、もともとそういうものなのだから。

エピローグ

二〇一〇年一月――

前年末より、欧州評議会で取り上げられていた豚インフルエンザの「偽パンデミック宣言疑惑」に対し、WHOは以下のような反論をウェブサイトに公開した（要旨）。

・新型インフルエンザウイルスは、遺伝子的にも抗原的にも従来のインフルエンザと異なる新種のものである。

・メキシコからの医療情報で、新型インフルエンザは、死亡を含む重篤な症状を引き起こすことが判明した。

・新型インフルエンザの症状進行は急速かつ重篤で、流行地域の広がりもきわめて速かった。

・二〇〇九年四月に九カ国から患者発生の報告があり、六週間後には七十四の国と地域から感染例の報告があった。

これに対し、パンデミック宣言に疑問を呈する向きからは、さまざまな問題が指摘された。

たとえば、パンデミックの基準の変更。それまでの基準は、①感染源が新型ウイルスであること、②感染拡大のスピードが速いこと、③ヒトが免疫を獲得していないこと、④疾病率・死亡率が高いことの四項目であったが、宣言が出される直前、③と④が削除された。そのため宣言は形の上では基準に合致しているが、変更はあたかも宣言を出すための下準備のようだった。

また、豚インフルエンザは大した被害を出さずに終息したのに、ウイルスの変異が猛威を振るう危険性があると喧伝され、欧米諸国でワクチン接種の継続が検討された。パンデミック宣言の一カ月後、WHOは専門家を集めた諮問会議を開催したが、その議事録の公開を拒んでいる。会議には欧米の大手ワクチン製造会社の幹部が出席していたからだ。WHOが警戒レベルを上げる背景には、自らのプレゼンスを高める意図があるのではと疑う人もいる。

インフルエンザにまつわるWHOの疑惑はほかにもある。

二〇〇八年、アメリカのバクスター社からヨーロッパに出荷されたワクチンには、〝過って〟強毒性のインフルエンザウイルスが混入しており、ワクチンの接種がインフルエンザの大流行を生みかねない状況だった。製薬会社が故意にウイルスを広めて、ワクチンの需要を高めようとしたのではないかという疑惑もささやかれたが、WHOによる調査結果は、「問題なし」だった。

豚インフルエンザウイルスは、実験室で作り出されたのではないかという指摘もある。ゲノム分析で、このウイルスは北米とアジアの計四種のインフルエンザウイルスが混ざったものと判明したが、自然界でそれほど離れた地域のウイルスが混合することはあり得ないからだ。

インフルエンザは、毎年、大流行を予測する研究者や公的機関があり、そのたびにワクチンの必要性が強調される。強毒性の鳥インフルエンザH5N1は、すぐにも人類の滅亡に結びつくようにいわれながら、いっこうに患者が増えない。にもかかわらず、アメリカの疾病対策予防センターは、ワクチンが接種されないと、労働人口の約四割が感染し、アメリカ経済は破綻するという予測を発表している。

日本の新聞は、二〇〇九年の豚インフルエンザの発生状況を伝えるため、地図上に患者発生国を赤で示したが、患者がたった六人のカナダ、二人のイギリス、一人のフランスとブラジルさえも全土が赤く塗りつぶされ、明らかに錯覚を与える報道を行った。

WHOはここ十年来、運営財源確保のため、官民の提携を進めており、民間企業から巨額の寄付や資金提供を受けている。その額は国連予算のほぼ二倍に達し、実質的にWHOを支えているといっても過言ではない。資金を提供しているのは、製薬会社、ワクチン製造業者、医療機器メーカーなどで、「医薬マフィア」と呼ばれている。彼らがジュネーブのWHO本部を訪ねると、「赤い絨毯を敷いて丁重に出迎えられる」という。

インフルエンザは医薬マフィアのドル箱であり、脅威は高いほど望ましく、撲滅は彼らの利益に反する。

WHOの活動は、世界の健康と衛生の維持であり、それは一般に必要かつ正しいことと認識されている。だから、詳細なチェックを免れやすい。少々の経費がかかろうと、だれも文句を言わない。健康や医療に関する活動は、平和や環境と同様、だれもが無条件に求めるところに絶大な正当性がある。ビジネスには恰好の隠れ蓑《みの》であり、そこに発生する膨大な利権は見過ごされやすい。


二月の半ばにウィーンにもどった為頼英介は、まず日本大使館に帰任の報告に行った。サトミの遺骨を無事に母親に届けたことを告げると、領事部の職員は「どうもありがとうございました」と頭を下げた。だが、そのあとで困惑したようにこう言った。

「実はつい先日、当国の保健省から、日本人会の診療所を閉鎖するようにという通達が来たのです」

「何ですって」

思いもかけないことに為頼は動揺した。理由を聞くと、オーストリアの医師免許なしに診療行為をするのは認められないからだという。

「しかし、これまで黙認していたものを、なぜ急にそんな杓子定規《しやくしじようぎ》なことを言い出したのです」

「わかりません。日本人会の会長といっしょに掛け合いに行ったのですが、保健省の応対はけんもほろろでした。はっきり言われたわけではありませんが、どことなく為頼先生個人の言動が好ましくないような口ぶりでした。何か先生のほうで思い当たることはありませんか」

「ありませんよ、そんなもの」

言下に否定したが、内心ではわかっていた。ヘブラがメディカーサを使って、保健省に圧力をかけたのではないか。

為頼は大使館を出たその足で、九区のヨゼフィーヌムに向かった。ヘブラは新型カポジ肉腫の蔓延を失敗させた報復に、為頼を排除しようとしたにちがいない。あまりに卑劣なやり方だ。

玄関の受付で、為頼は憤然とヘブラ館長に会いたいと申し入れた。応対したのは前とは別の女性だった。ヘブラには居留守は使わせない、拒絶されても部屋に乗り込んでやると、為頼は意気込んだ。

ところが、受付の女性は、アンドロイドのような冷ややかな無表情で首を傾げた。

〈ヘブラ館長？　当館にはそんな人はおりませんが〉

〈そんなはずはないだろう。私はこの前、ここで会ってるんだ〉

〈でも、当館の館長はプロフェッサー・ミュラーです〉

ヘブラというのは偽名だったのか。あるいはミュラーが偽の名か。とにかく館長に会いたいと強く言うと、受付の女性は内線電話で連絡を入れた。

〈館長はお会いになるそうです。三階の館長室へどうぞ〉

〈館長室は二階だろう。特別図書室の横の〉

しかし、またも冷ややかな無表情を返される。とにかく言われた通りに三階に上がり、「Direktor（館長）」のプレートが出ている一番奥の扉をノックした。

出てきたのは、六十代前半の小太りで短軀《たんく》の金髪の男性だった。ヘブラとはまったくの別人だ。

〈館長のミュラーです。どんなご用件ですか〉

〈あなたはハインリッヒ・ヘブラの後任ですか。彼は今、どこにいるのです〉

素早く室内に視線を走らすが、部屋にはほかにだれもいない。為頼は要領を得ない相手に苛立った声で迫った。

〈昨年までここの館長をしていたプロフェッサー・ヘブラですよ〉

〈プロフェッサー・ヘブラ？　それは何かのまちがいでしょう。わたしは五年前からここの館長を務めていますが、ヘブラなどという人物はいませんよ〉

〈そんなバカな。私は去年、ここで会ったんだ。ウィーン大学医学部の皮膚科名誉教授で、メディカーサを主宰している人物です〉

そう言うと、ミュラーは一瞬、間を置いてから、突然愉快そうに笑った。

〈はっはっは。おもしろいことをおっしゃる方だ。よろしい。では、ご案内しましょう。フラウ・ローレンツ。資料室の鍵を〉

ミュラーは秘書から鍵の束を受け取り、為頼を伴って二階に下りた。特別図書室のとなりの部屋の前で立ち止まる。前にヘブラと会った部屋だ。

〈さあ、どうぞ〉

扉を開けると、かび臭い空気が流れ出た。前とまるでようすがちがう。為頼が戸惑っていると、ミュラーが部屋の灯りをつけた。応接セットもヘブラの机もなければ、ベートーヴェンのデスマスクもない。代わりに古びた図録や論文集などが収蔵されている。

ミュラーは壁に掛かったエッチングの肖像画の前に為頼を案内した。茶目っ気のある目で為頼を斜めに見上げる。

〈プロフェッサー・フォン・ヘブラです。ウィーン大学医学部の皮膚科名誉教授。乾癬の発見者として、医学史に名を刻んでいます。ただし、一八六六年に亡くなっていますがね〉

そこにはハインリッヒ・ヘブラにそっくりな人物が描かれていた。針のような額の皺、落ちくぼんだ冷ややかな目。

ミュラーが打って変わって冷酷な表情で為頼を見ている。巣に掛かった獲物を見やる蜘蛛のような目だ。動揺を抑え、為頼はもう一度、肖像画を凝視する。次の瞬間、背筋に氷柱を差し込まれたような寒気に襲われた。

ヘブラの眉間には、あたかも為頼に警告を与えるかのように、「M」字の奇妙な皺がくっきりと盛り上がっていた。

参考文献

・『ウィーン精神―ハープスブルク帝国の思想と社会1848－1938』ウィリアム・M・ジョンストン著　みすず書房　一九八六年
・『死の真相―死因が語る歴史上の人物』ハンス・バンクル著　新書館　一九九〇年
・『西洋医学史ハンドブック』ディーター・ジェッター著　朝倉書店　一九九六年
・『ウィーン　ペスト年代記』ヒルデ・シュメルツァー著　白水社　一九九七年
・『基礎から学ぶ日本画　日本画演習Ⅰ・Ⅱ』京都造形芸術大学　一九九八年
・『ウィーンの内部への旅―死に憑かれた都』ゲルハルト・ロート著　彩流社　二〇〇〇年
・「美術手帖」二〇〇八年一月号　美術出版社　二〇〇七年
・『公平・無料・国営を貫く英国の医療改革』武内和久・竹之下泰志著　集英社新書　二〇〇九年

＊そのほか、新聞やWikipediaをはじめとするネット情報を参考にさせていただきました。
＊本作はフィクションであり、実在の人物、団体、医薬品とはいっさい関係がありません。
＊本作には先天性無痛症や尖頭症、自閉症など、さまざまな障害を持った人物が登場しますが、

その人格および行動は登場人物に固有のものであり、それぞれの疾患や障害とはいっさい関係ありません。

解　説

東えりか

久坂部羊の小説デビュー作『廃用身』（幻冬舎文庫）の衝撃は大きかった。事故や病気で動かなくなった四肢を、切断することによって身軽な体にしてしまうという題材は目新しく、実現可能なのではないかとさえ感じられた。と同時に、現役の医師でありながら敢然と現代医療の問題に切り込んでいく姿勢は清々しく、医療小説が大好きな私は、この一作目で応援していくと腹を決めた。

それから12年。久坂部羊は確実に腕をあげている。医師としての仕事を続けながら２０１４年は４冊の新刊を上梓し、『悪医』（朝日新聞出版）によって第３回日本医療小説大賞（日本医師会主催）を受賞している。

この賞は注目度が高まっている「医療小説」に光を当て、医療に対する国民の理解と共感を得ることを目的として、新潮社の協力のもとに行われている。長年囁《ささや》かれてきた医療業界の問題を、小説という形できちんと取り上げ、誰にとっても身近な出来事として捉えられるように、と創設されたものだ。久坂部羊が受賞したのは必然であった。

医学の進歩は目覚しい。かつて死病と呼ばれていたもののいくつかは克服され、忌まわしい癌でさえ、様々な治療方法が開発されてきた。

その反面、新しい病気に対する恐怖も増大している。冬が近くなると毎年のように囁かれる新型インフルエンザ。２０１４年は公園の蚊からデング熱が発生し、大騒ぎとなった。アフリカのエボラ出血熱の大流行、ひっそりと広がるエイズ、そして今年になってからは韓国で猛威を振るうＭＥＲＳ（中東呼吸器症候群）が大問題となっている。日本は水際で食い止められるのか、大きな関心を呼んでいる。

医療、治療の歴史は失敗の連続である。本当の原因や治療法が見つかるまで、実験の失敗や間違いを繰り返し、時には死を経験しなければ到達できない。一人前の医師になるまでには、多くの経験が必要なのである。誰かの死が大勢の命を救っていく。これは仕方のない事実だ。

斬新な医療小説である本書『第五番』も新しい病を克服するまでの挑戦が描かれていく。

事の発端はあるサラリーマンが自覚した口内炎だった。いわゆる町医者で抗生物質を処方されたが病名はわからず、より高度な検査を求めて総合病院にやってきた。

創陵大学病院皮膚科の准教授・菅井憲弘の元で検査した結果、彼はＨＩＶ抗体はマイナスでエイズではないものの、新型のカポジ肉腫と診断された。新種のウイルスも発見され手探りの治療が開始されたが、あっという間に劇症化し死亡してしまう。やがて散発的に各地に同じ症状の患者が出始めたが、感染経路は見つからず、治療法は五里霧中の手探り状態。しかし菅井にとってはまたとないチャンスである。「新型カポジ肉腫」の治療方法を確立すれば、医学界の権威になれる。

ＷＨＯからのアドバイスで治療法の一端を摑《つか》んだ菅井だったが、悲劇は彼自身に襲い掛かった。「新型カポジ肉腫」はパンデミックを起こすような伝染病なのだろうか。

これが第一のテーマとなる。いつ、どこからやってくるかわからない未知の病原体。パニック小説やホラー小説にはよくある設定である。本書のタイトル『第五番』は「新型カポジ肉腫」が第五番目の疫病として紹介されることによる。

エボラ出血熱、エイズ、狂牛病、ＳＡＲＳに次ぐ恐怖の疾病。完全な予防法がわからないと恐ろしさをあおるマスコミ、後手後手に回る政策、失敗が重なる治療方法。病気こそ違え、いまの韓国の状況によく似ているではないか。まるで予言をしているようだ。

そしてもうひとつ、登場人物がこの物語の恐怖を倍加させる。六年前、神戸で起きた教師一家殺害事件の犯人で加古川刑務所を出所したばかりのイバラは無毛症で無痛症。なおかつ頭が銃弾のように尖った尖頭症の異形の青年である。事件は特殊な向精神薬を飲まされたためだとし、刑法39条の規定により心神喪失者の犯行として刑が減軽されたのだ。更生し、ビル清掃の会社で働いているイバラは、時代の寵児としてもてはやされている女流日本画家の三岸薫に絵の才能を見出されていた。

サブタイトルに「無痛II」とあるように本書は〝『無痛』後〟の物語である。当然、『無痛』の主人公であったイバラの事件に巻き込まれた医師、「一目で病気がわかってしまう」天才為頼英介や臨床心理士・高島菜見子など、おなじみの人物たちが物語に絡む。

その上、ウィーンの日本人会診療所で働く為頼には、さらに大きな陰謀が迫っていた。果たして医師を敬い、必要とされる世界にするには何が必要なのだろう。そして、治療困難な新型のカポジ肉腫は、なぜ日本にしか存在しないのか。為頼の永遠のライバル白神陽児医師は、いまどこにいるのか。

ウィーンという街の描写も魅力的だ。そのことについて、雑誌「ダ・ヴィンチ」のインタビューで久坂部がこう語っている。

ウィーンはかつて在外公館の医務官として赴任した街です。そのときに、この街の持つ退廃的なムードに非常に共感して、ウィーンという街そのものと治療ニヒリズムを正面から捉えた作品を書きたいと思い続けてきて、ようやく『第五番』で実現できました。

現役医師の小説だけあって、症状や治療方法のリアリティは半端でない。ある日、体のどこかに小さく現れたイボは、急激に成長し真っ黒なカリフラワーのようになる。対症療法として考えられる限りの治療を施しても効果は表れず、その醜い腫瘍は体を覆い尽くして命を奪う。普段は命を奪うことが少ない皮膚病だからこそ、恐怖は倍増する。人の体を切り刻むことも容赦ない。外科医を経験した久坂部ならではともいえる容赦ないぶった切りようだ。

医者が病気になったときはどうするかという本がたくさん出版されているが、やはりあらゆる可能性に賭けてみることが多いように思う。治療法は大幅に進歩したとはいえ、大学病院ならではのヒエラルキーや心理的駆け引きは『白い巨塔』の時代とあまり変わっていないのかもしれない。

本書を読みながら、ヤン・ボンデソン『陳列棚のフリークス』（青土社）というノンフィクションを思い出していた。異形の体を持つ人間が、生きるために見世物として姿をさらしていた時代があった。映画「エレファント・マン」で有名になった特殊な皮膚病や、小人症、巨人症など現代では治療対象となる人たちの物語である。見た目が変わってしまうのは、ストレートに恐怖の対象になる。普通の姿で死にたいものだ。

現代の日本の医療に対しての問題提起を続けてきた作家として、医療の闇の部分にも深くメスを差し込んでいく。

新型の病気が発生したとき、その治療法が確立されるまで儲けるのはどんな人たちなのか。情報統制をすることで、誰が得をするのか。治療薬の開発にかかるリスクとは誰が負い、完成した商品の流通や使用方法では、どこに利益が落ちるのか。病気の治療法ひとつで、人を掌握することも背かせることもできる。昔の人が言った「薬九層倍」のからくりは、現代でも通じることなのだ。

もしその病気の発生に作為が潜んでいたとしたら、蔓延も終息もデザインされていたとしたら、なんと恐ろしいことだろう。作者の表すデータにウソはない。そこから導き出される仮説は背筋をぞっとさせる。

ただでさえ医師と製薬業界の癒着が問題化している真っ最中である。2015年5月に上梓された鳥集徹『新薬の罠』(文藝春秋)は、この問題の根深さを教えてくれる。

重篤な副反応を引き起こす「子宮頸がんワクチン」、降圧剤「ディオバン」の効果を過剰に示した不正論文事件、認知症治療薬の効果、国立大学にも蔓延する試験の不正、情報操作などなど、医師のモラルはどこへ行ったのかと怒らずにはいられない事件が、いまの日本に存在しているのだ。そんな不正を絶対に許せないと思っている人も多いだろう。

日本は世界一清潔好きで潔癖な国だと言われている。寄生虫を駆逐し、病気が出る前に予防に努める。人間ドックの結果に一喜一憂し、やせるようにとメタボ検診で注意を受ける。1歳でも若くみせたいとアンチエイジングに励み、40代半ばになってもまだ妊娠しようと足掻《あが》く。政府の指針通りに健康管理を行っているが、本当にそれは正しいことなのだろうか。企業との癒着や他国との関わりのため、国民がなんらかの犠牲を払っていないのか？

毎年のように新たな病気が生まれ、それを回避するための情報を得ようと奔走する。ときにはまじないに近いような予防法に飛びつき、先手を取ることに躍起になる。日本人の薬好き健康好きに隙があるとすれば、それはどこなのか。

『第五番』が問いかけてくるテーマは本当に重く、痛い。病気はどこからやってくるのか、医者が必要なのはどんなときか、もし治らないと言われたとき、人はどのように過ごすのか。生まれてから死の宣告を受けるまで一番身近な医療とは、本当はどうあるべきなのか。健康な人間は医者を必要としないのだ。こんな簡単な命題をみんなすっかり忘れてしまっている。

人は医療と離れて生きていくことは困難だ。仮に本書のような事態に巻き込まれてしまえば、私たちは無力である。せめて取り乱すことだけはしたくないと思う。誰が一番まともな人間だったのか。読了後、本を閉じてしばらく考え込んでしまった。

——書評家

この作品は二〇一二年二月小社より刊行されたものです。
文庫化にあたり大幅改稿を施しました。

第五番《だいごばん》 無痛《むつう》II

久坂部羊《くさかべよう》

平成27年8月5日　初版発行
平成30年3月30日　5版発行

発行人——石原正康
編集人——袖山満一子
発行所——株式会社幻冬舎
〒151-0051東京都渋谷区千駄ヶ谷4-9-7
電話　03(5411)6222(営業)
　　　03(5411)6211(編集)
振替00120-8-767643
印刷・製本—株式会社　光邦
装丁者——高橋雅之

幻冬舎文庫

ISBN978-4-344-42372-5　C0193　　く-7-7

幻冬舎ホームページアドレス　http://www.gentosha.co.jp/
この本に関するご意見・ご感想をメールでお寄せいただく場合は、
comment@gentosha.co.jpまで。